이상수필작품론

이상수필작품론

이상문학회 편

역락

목 차

특집 – 이상수필작품론

▮ 존 프랭클(John M. Frankl) ▮
영역 표시−민족적 정체성에 대항하는 「산촌여정」의 글쓰기 ·········· 9

▮ 방민호 ▮
'돌아갈 수 없는 방랑'의 근거와 논리−이상의 수필 「권태」 ········· 23

▮ 김성수 ▮
이상의 동경, 동경의 이상−수필 「東京」에 대하여 ······················· 71

▮ 김주현 ▮
잉크와 피−「血書三態」론 ··· 91

▮ 이경훈 ▮
자연의 이른 봄, 도시의 이른 봄−「조춘점묘」에 대해 ················ 115

▮ 임명섭 ▮
공포의 체험과 문학적 대응−「공포의 기록」에 대하여 ··············· 135

▮ 고현혜 ▮
「첫번째 放浪」−"삶의 새로운 의의와 광명" 찾기 ···················· 155

▮ 박성필 ▮
「추등잡필(秋等雜筆)」에 나타난 풍자와 그 구조적 의미 ············· 185

┃ 김예리 ┃
이상의 전위성, 현해탄 건너기의 의미 ┄┄┄┄┄┄┄┄┄┄┄┄┄ 201

┃ 최효정 ┃
李箱의 수필 「슬픈이야기」에 나타난 심리 양상과 구성법 ┄┄┄ 227

┃ 박현수 ┃
이상 시학의 밀실로 가는 열쇠, 「애야(哀夜)」 ┄┄┄┄┄┄┄┄ 251

일반 논문

┃ 김영건 ┃
이상 시의 이중성 연구 ┄┄┄┄┄┄┄┄┄┄┄┄┄┄┄┄┄┄ 277

┃ 신용목 ┃
질주하는 언어의 세계
―이상의 시 『오감도』 「시제1호」를 중심으로 ┄┄┄┄┄┄┄┄ 295

::: 이상문학 단신 313

특집

이상수필작품론

영역 표시—민족적 정체성에 대항하는 「산촌여정」의 글쓰기 | 존 프랭클(John M. Frankl)

'돌아갈 수 없는 방랑'의 근거와 논리—이상의 수필 「권태」 | 방민호

이상의 동경, 동경의 이상—수필 「東京」에 대하여 | 김성수

잉크와 피—「血書三態」론 | 김주현

자연의 이른 봄, 도시의 이른 봄—「조춘점묘」에 대해 | 이경훈

공포의 체험과 문학적 대응—「공포의 기록」에 대하여 | 임명섭

「첫번째 放浪」—"삶의 새로운 의의와 광명" 찾기 | 고현혜

「추등잡필(秋等雜筆)」에 나타난 풍자와 그 구조적 의미 | 박성필

이상의 전위성, 현해탄 건너기의 의미 | 김예리

李箱의 수필 「슬픈이야기」에 나타난 심리 양상과 구성법 | 최효정

이상 시학의 밀실로 가는 열쇠, 「애야(哀夜)」 | 박현수

영역 표시—민족적 정체성에 대항하는 「산촌여정」의 글쓰기*

존 프랭클(John M. Frankl)**

사후 칠십 년 넘게 거의 한결같이 대중적이고 학문적인 관심을 받아왔음에도 불구하고 이상의 삶과 글은 여전히 그 어떤 수수께끼로 남아있다. 주로 한국[1]의 모더니스트 / 실험적 작가로 알려진 이상(본명 김해경)은 작가가 아니라 건축가로 훈련받았다. 그리고 더욱 문제를 복잡하게 만드는 것은 그가 종종 일본어로 창작했다는 점이다. 따라서 아이러니하게도 그의 시 텍스트 중 상당한 양이 많은 한국인들에게 번역을 통해서만 읽힌다.[2] 그의 문학이 한국 문학으로서 자랑스럽고도 당연하게 주

---

* (역주) 원래 제목은 "Marking Territory : Writing against Nation-based Identity in Yi Sang's 'Lingering Impressions of a Mountain Village"이다. 이 글은 하버드대학교 한국학연구소(Korea Institute)가 발간하는 *Azalea* 2호(2008, pp.347-358)에 실린 것을 필자 및 편집자 이영준 선생님의 허락 하에 번역해 재 수록한 것이다.

** 연세대학교 언더우드학부 부교수.

1) (역주) 필자는 한국(인)과 식민지 조선(인)을 모두 Korea(n)로 지칭하고 있다. 따라서 번역은 맥락과 의미에 따라 한국(인)과 조선(인)을 구분하려 노력했다.

2) 가장 최근에 나온 권위 있는 전집에 수록된 이상 시의 거의 반(더 정확히는 56편 중 24편)이 원래 일본어로 창작되고 출판되었다(김주현 편, 『이상전집 1』, 소명출판사, 2005를 참고할 것). 이 중 많은 시들이 이상의 사후 20년과 40년 사이까지 한국어로 번역되었다. 그러나 현재 출판되는 좀 더 많은 선집들, 이상과 한국 문학이

장되고 있지만 말이다. 게다가 그가 받은 건축학 교육의 영향이겠지만, 그의 많은 시들은 통사적 구성보다는 숫자의 의미, 기하학적 형식, 그리고 지면에 단어를 공간적으로 배열하는 데에 더욱 관심을 기울이는 듯하다. 그리고 단어들 자체에 더 깊이 집중하기 위해 이러한 장애물들을 뛰어넘었을 때조차 우리는 프랑스어로부터 영어, 물리학으로부터 야금술(冶金術), 로자 룩셈부르크로부터 알 카포네에 이르는 언어, 개념, 형상의 거대한 혼합물을 만나게 된다. 이 모든 것들이 결합해 혼성적이고 특이하며, 무엇보다도 손쉬운 해석에 저항하는 작품들이 창조된다.[3] 일본어로 씌어짐으로써 더 복잡해지지는 않았음에도 불구하고 이상의 산문소설 역시 이와 비슷하다.[4] 하지만 나는 종종 그를 이해할 수 없게 하는 것이 그가 선택한 언어보다는 그의 특이성(idiosyncracy)이라고 주장하고자 한다. 물론 이는 그가 주로 일본 제국의 이중언어적인 조선인 독자들을 위해 글을 쓰고 있던 1930년대에는 더욱 그러했을 것이다.

이상의 많은 작품에 대한 그 어떤 결정적인 해독 같은 것에 도달하기 어렵게 하는 수많은 장애에도 불구하고, 또는 아마도 바로 그것 때문에 그의 시와 산문에 대한 연구는 넘쳐난다.

그의 삶과 (몇몇) 작품들은 기성 연구자들과 대학원생들 모두에게 여전히 인기 있는 토픽이다. 이는 한국 외부에서도 마찬가지이다. 『무애 1』

어쨌든 "순수"했으며 지금도 순수하다는 분명한 신화를 창조하고(창조하거나) 영속화하기 위해 노력하는 듯이 보이는 이 선집들은 그 시들이 시종 일본어로 되어 있었다는 사실에 대해 어떠한 언급도 하지 않는다. 이와는 달리 위에 언급된 이상 전집은 각각의 번역 시들이 언제, 그리고 누구에 의해 제출되었는지를 지적할 뿐만 아니라 일본어 원문도 제시하고 있다.

3) 현재의 독자들이 이상 시의 의미를 최소한 추측이라도 할 수 있게 하기 위해 필요한 많은 각주들은 그 증거다. 위에 언급된 전집에는 많은 시들에 대한 자세한 설명이 제공된다. 예를 들어 10행으로 된 하나의 시(시 제 7호, 87-88면)에는 24개의 각주가 달려 있다.

4) 이상의 가장 유명한 소설인 단편 「날개」(비전문가들에게도 읽혀 왔던 그의 유일한 작품)가 그러하다.

(Muae 1)는 내가 아는 한 미국에서 출판된 최초이자 유일한 이상 선집이다. 이 책은 전적으로 이상의 작품만을 싣고 있다. 하지만 이상의 에세이에 대한 이 책의 관심은 빈약하다. 여기서 나는 내가 한국의 문학 작품들을 종종 일상생활의 어떤 측면들을 고찰하기 위한 주요 자료로 평가하는 입장에 있음을 고백해야 하겠다. 물론 그런 작품들은 과거를 투시하게 하는 투명한 유리창이 아니다. 그러나 그럼에도 불구하고 작품들은 더욱 "객관적인" 장르나 매체들에 결여된 개인적이고 일상적인 세부들을 제공할 것이다.5) 더 나아가 모든 문학 장르들이 지닌 유리창이나 프리즘으로서의 가치는 동일하지 않다.6) 한국의 과거 모습을 조명할 수 있는 자료로서 시, 소설, 수필의 절대적인 장점들을 평가하는 일은 이 글의 범위를 크게 벗어나는 것이다. 하지만 이상의 수필에 대한 진지한 탐구가 거의 없었음에 반해7) 사실 그의 소설과 시에 대해서는 수많

---

5) 홉스봄 등은 일상생활 연구에서 신문 논설과 학술 논문 자료들이 지닌 가치에 대해 경고해 왔다. 왜냐하면 그것들은 다수의 욕망들이나 실제 사회의 그림 모두에 반해 존재하지 않는 사회에 대한 소수 엘리트들의 관점과 소망을 가장 빈번히 표현하기 때문이다. Hobsbawm, *Nations and Nationalism since 1780 : Programme, Myth, Reality* (Cambridge University Press, 1992), pp.48-51.
6) 특히 한국문학에서 이광수 등의 산문 소설 작품은 그 좋은 사례다. 꼭 비현실적이라고 할 수는 없지만 『무정』은 현재의 사회를 묘사하기보다는 의식적으로 미래의 사회 변화를 초래하기 위해 씌어졌다.
7) 물론 이상의 삶과 작품에 대한 김윤식의 포괄적인 논의는 이상의 수필들을 다루고 있다. 그러나 논의의 폭이 아주 넓기 때문에 그것은 때때로 깊이 있는 분석에는 도달하지 못했다. 김윤식의 『이상 연구』(문학사상사, 1987)를 볼 것. 영어권 연구 중 주목할 만한 하나의 예외는 지나 킴(Jina E. Kim)의 "A Traveler's Modernity : The Ordinariness of Everyday Space in Yi Sang's Essays from Tokyo,"(『이상 리뷰』 4호, 역락, 2005)이다. 하지만 이 글은 이상의 후기작에, 특히 그가 느낀 동경의 인상 및 그것이 어떻게 서울에 대한 그의 이해에 영향을 주었는가에 초점을 맞추고 있다. 「산촌여정」은 이상의 최초이자 단 한 번의 동경 여행보다 앞서 창작되었으며, 그렇기 때문에 오히려 한국 내의 시골과 도시 사이에 펼쳐지는 공간 및 습관의 대립을 제시한다. 그것은 제국과 식민지 사이의 대립과 대비된다. 이 글은 「산촌여정」의 무대인 성천에 이상이 머문 것에 대해 대단히 흥미롭게 분석하고 있다. 그러나 그 분석은 「권태」에 기초하고 있으며, 「권태」는 이상이 성천에 실제로 체류한 지 1년 반 후에, 그가 동경에 있었을 때에 하루 만에 창작된 것이다. 그러므로 "권태"에

은 논의가 있어 왔다. 더 나아가 이상의 시와 산문 소설은 대부분 개인적인 것으로 보인다. 이는 전기적 탐구와 수많은 각주가 필요한 이유다. 일기가 그러하듯이 그의 작품은 외부 세계와 의사소통할 것을 의도하지 않는다. 그와 반대로, 비록 학술적인 연구에서 상대적으로 무시되었지만, 형식과 내용에서 그의 수필들은 분절을 위한(to articulate) 용의주도한 시도다. 언제나 그러했던 것처럼, 수필에서도 이상은 그의 내적 상태와 그가 영위했던 사회적 일상생활 모두에 대해 명확한 정보를 제공한다. 이 사실을 염두에 두고 나는 「산촌여정」이 이상과 그의 세계에 대해 무엇을 보여주는가를 탐구하겠다.

적어도 1945년 이후의 관점으로 보았을 때, 이 수필의 가장 충격적인 국면은 확고부동하게 비민족적인(non-national) 개인적 정체성에 대한 이상 자신의 전적인 주장일 것이다. (남)한의 해방 후 역사(문학사 기타) 중 많은 부분은 전체화하는 국가의 법규 하에 이질적인 주민들을 동일하게 보이도록 만드는 데에 바쳐져 왔다. 개인주의라는 말은 꽤 최근까지도 경멸적인 용어였다. 사실 많은 한국인에게 이 말은 여전히 여러 부정적인 의미를 지닌다. 물론 부분적으로 이는 이 말이 이기주의(egoism)를 의미하는 것으로 오해된 데에서 기인한다. 그러나 이는 또 이 말이 동일성을 지향하는 파시스트적인 질서와 부합하지 않는 관심과 행위를 함축한다는 점과도 밀접하게 연관된다. 이상은 그러한 인위적 시도들을 조롱한다. 그것은 1930년대의 식민지 조선 사회를 특징짓는 다양성을 숨기려고 한다. 실제로 이상은 조선인이나 일본인으로서가 아니라 개인으로서 글을 쓴다. 그리고 그는 종종 1945년 이전과 이후의 민족주의적인 기대들에 반해 「산촌여정」의 많은 부분을 개인적인 기호를 배치하고 공고히 하는 데에 할애하고 있다.

포함된 성천의 "그림들"은 실제 방문한 지 겨우 한 달 남짓 후에 동경 여행보다 앞서 씌어진 「산촌여정」의 그림들과는 달리 이미 색 바래고 채색된 것이다.

이 수필의 첫 행은 그 완벽한 사례다. "산촌여정"이라는 전원적이고 시적인 제목으로 독자들의 기대를 조성하면서 이상은 다음과 같이 글을 시작한다. "향기로운 MJB의 미각을 잊어버린 지도 이십여 일이나 됩니다." 이상은 "국토 예찬"8)을 위해 거기 있지 않다. 그의 목적은, 유럽을 휩쓸었으며 그 후 일본을 거처 한국에 들어온 "순수하고 단순하며 타락하지 않은 촌스러움에 대한 낭만적인 정열"9)을 탐닉하는 것도 아니다. 오히려 일본에 지배되는 조선 시골이 그에게 남긴 첫 인상은 그가 예전에 서울에서 그렇게도 즐겼던 미국 커피가 조선 시골에 없다는 것이다. 따라서 약간 우회적일지는 몰라도 어쨌든 효과적으로 이상은 "우리" 국토의 손상되지 않은 부분에 탐닉하는 이화되지 않은(undifferentiated) 한국인이 아니라 불편한 역류(逆流)에 좌초한 한 외로운 도시인으로서 그의 정체성을 구획하기 시작한다.

곧 이어 이상은 서울에 편안하게 있을 듯한 그의 독자들에게 "이곳에는 신문도 잘 아니 오고 체전부는 이따금" 나타난다는 것, 그리고 우체부가 와 보았자 그가 전하는 것은 "누에고치와 옥수수의 사연"뿐이라고 알린다. 그렇게 함으로써 그는 성천이라는 조선의 장소를 찬미하는 대신 계속 낯설게 하는 것이다. 성천에서 벌어지는 인간사들은 그에게 아무 의미가 없을 뿐이다. 자연 환경의 경우, 이 역시 이상 자신의 자연적 거주지(habitat)에 종속되어 있다. 그가 묵고 있는 마을 주위의 야생 동물들에 대해 말하면서 이상은 다음과 같이 쓴다. "동물원에서밖에 볼 수 없는 짐승, 산에 있는 짐승들을 사로잡아다가 동물원에 갖다 가둔 것이 아니라, 동물원에 있는 짐승들을 이런 산에다 내어 놓아준 것만 같은 착각을 자꾸만 느낍니다." 근대 도시의 인간 이상은 자연에서 "자연적인"

---

8) "국토 예찬"은 많은 이상의 독자들에게 익숙했었을 식민지 시기 여행기들의 목적과 성격을 해석하기 위해 종종 사용된다.
9) E.J. Hobsbawm, *op.cit.*, p.103.

것을 전혀 발견하지 않는다. 사실 위의 인용에서 암시되는 것처럼 이상이 새로운 환경을 소화할 수 있는 유일한 길은 거의 모든 사물에 도시의 등가물을 부여하는 것이다. 방으로 돌아온 그는 석유 등잔에서 "도회지의 석간과 같은 그윽한 냄새"를 발견한다. 한편 베짱이의 노래는 "도회의 여 차장이 차표 찍는 소리"와 아주 비슷하다.

이런 명상을 하는 중에 이상은 곧 "석유 등잔 밑에서 졸음이 오는 기분"을 느낀다. 그는 "'파라마운트' 회사 상표처럼 생긴 도회 소녀가 나오는 꿈을 조금" 꾼다. 그의 수필에서 종종 그러하듯이, 그의 마음은 도시와 여성들에 있다. 이는 놀라운 일이 아니다. 그러나 우리는 '파라마운트 회사 상표'를 어떻게 생각할 수 있을까? 1913년에 회사가 창립된 이래 줄곧 그 상표는 둥글게 둘러싼 별들의 후광을 받고 있는 산봉우리였다. 그리고 이는 대부분의 젊은 여성들의 모습과 무관한 반면, 이 수필의 도입부 배경인 밤의 팔봉산 묘사와 상당히 비슷하다. 즉 마을의 건너편에 있는 팔봉산은 항상 보인다. 그리고 "별이 도회에서보다 갑절이나 더 많이" 나온다. 깨어 있건 꿈꾸건, 이상은 계속해서 성천이라는 낯선(foreign) 공간을 그에게 개인적으로 더 친숙한 어떤 것으로 변형시킨다. 성천의 시골은 조선의 지방에 대한 낭만적인 관념이 아니라 미국 영화회사의 상표를 떠올리게 한다. 이러한 양상은 이 수필의 첫 행에 비추어 보았을 때 그다지 아이러니하지 않다. 그리고 그의 정체성에 대한 결정적인 진술은 몇 단락 뒤에 다음과 같이 등장한다. "도회에 화려한 고향이 있습니다." 이상은 도시, 산촌, 그리고 이제 고향과 관련된 관습적인 기대를 놓고 아이러니하게 유희를 계속한다. 여기서 그는 근대 및 현재의 한국에서 어느 정도 신성불가침한 지위를 지닌 고향의 수사법을 택해 그것을 물구나무 세운다. 칠십 몇 년 후인 오늘날에조차 고향이라는 말은 바로 성천과 같은 곳을 낭만적으로 환기시킨다. 하지만 어떤 동시대인(즉각 이효석이 상기된다)들처럼, 이상은 작가이자 도시 거주자로서의 개인적인 정체성을 구획하고 있다. 그의 고향은 전통과 상관없다. 고향은 그의 조상들이 살던 곳이 아니다. 그것은 개인 이상에게 편한 곳이다. 이상은 공통적인 한국성(Korean-ness)의 신화보다 그의 개인적인 정체성에 더욱 관심을 기울였다.

"파라마운트"의 꿈에서 깨어나면서 이상은 우리들에게 다음과 같이 알린다. "비망록에……철필로 군청 빛 '모'를 심어 갑니다."[10] 원본에서 한국어 "모"는 역시 인용부호 안에 있다. 물론 어떤 레벨에서 이상은 단지 그가 사용한 단어의 비유적인 의미를 지시하고 있을 것이다. 즉 아마도 그는 첫 단락에 나오는 누에고치나 옥수수와는 달리 그가 경작하는 "작물"이 전혀 농업적인 것이 아니라 언어적인 것임을 강조하고 있다. 그러나 문맥으로 보았을 때, 그와 동시에 이상은 의식적으로 "낯선(foreign)" 단어들을 아주 개인적으로 정의하면서 창작 및 작업하고 있음이 명백해진다. 그의 개인적인 정체성이 비민족적인 것처럼 그의 개인적인 언어 역시 그러하다. 모 심기는 도시의 세련된 사람들보다는 시골의 농부들에게 훨씬 친숙하다. 나아가 이 모 심기는 이상의 경험이나 욕망에 완전히 반한다(alien). 그에게 어떤 단어를 낯설게 만드는 것은 그 어원이나 출처가 아니라 지성적인 친숙성과 정서적인 근접성이다. 그러므로 그의 작품에는 영어, 일본어, 프랑스어, 포르투갈어에서 온 단어들이 산포되어 있다. 그러나 그뿐만은 아니다. 또한 우리는 어떤 "외래의(foreign)" 단어들이 아무 부호 없이 등장하는 반면, "한국어" 단어들이 인용부호에 갇혀 있는 사례를 도처에서 발견하게 된다.

---

10) (역주) 이 부분의 영어 번역문은 "I···use my pen to plant ultramarine 'seedlings' in my notebook."이다. 이때 군청색을 의미하는 'ultramarine'은 '바다 저쪽', '해외로부터' 등의 의미도 지니고 있다는 점에서 흥미롭다. 이는 'MJB'의 미각이나 '파라마운트 회사 상표'를 거론하는 태도와 상통한다.

이 점이 명확해지기 위해서는 더 많은 문맥과 사례들이 필요할 것이다. 그러나 이상의 특유한 언어 사용과 단어 정의는 이 수필의 처음 부분에서부터 나타난다. 두 번째 단락에서 새로운 환경이 얼마나 낯선가를 이상이 계속 묘사할 때, 우리는 다음 문장을 발견한다. "'곰'을 본 사람도 있습니다." 신기하게도 이상은 한국어 "곰"을 인용부호 안에 넣기로 결정한다. 그의 다른 몇몇 작품에서 그러하듯이 일단 이 특수한 구두법은 "하도롱", "누가" 등의 외래어들을 위해 준비된 것처럼 보인다. 따라서 "곰"에 인용 부호를 사용한 것이 처음에는 혼란스럽다. 그러나 이 수필의 한 요점이 조선의 시골에 위치한 이상 자신의 개인적인 정체성 탐구였으며, 이는 "외래성(foreign-ness)"으로 귀결되었다는 사실을 깨달을 때 인용부호 사용의 의미는 명확해진다. 이 인용부호들은 이상이 낯설게 하기를 위해 수필에서 채택한 몇 가지 장치 중의 하나일 뿐이다. 그것으로써 그는 그가 마주친 동물들과 사람들로부터 자기 자신을 분리시킨다.

이상은 이 전술을 후에 그가 한국어 염소를 인용부호 안에 넣을 때에도 반복한다. 하지만 대단히 개인적인 이 언어 사용 및 그것이 함축하는 정체성은 두 가지 방향으로 나아간다. 또한 이상은 어떤 명백한 외래어에 인용부호를 생략하기도 한다. 잉크(ink)라는 단어는 그 두드러진 한 가지 사례다. 원문의 단어는 "잉크"다. 그러나 흥미롭게도 이 단어가 명백히 외래의 것임에도 불구하고 이상은 인용부호를 사용해 이 말을 떼어내지 않는다. 그 펜의 잉크에서 계획적으로(not coincidentally) 싹튼 "모"의 경우에서 보았듯이, 이상은 언어의 농부다. 건축가로 훈련받고 직업 작가로 일하면서 이상은 단어로서의 잉크와 사물로서의 잉크 모두가 "곰"과 "염소"보다 덜 외래적임을 명확히 발견했다.

이상의 이화(differentiation) 과정 전체는 사물과 단어를 통해서만 수행되지 않는다. 환경에 대한 관찰 및 특유한 언어 사용과 더불어 그는 또한 성천의 사람들을 묘사하고 그들과 상호 작용한다. 그러나 여전히 그들은 그의 민족(people)이 아니다. 이상이 보기에 그들이 공유한 민족성(nationality)은 아무런 의미도 없다. 아니면 부정적인 어떤 것이다. 욕심스럽거나 품위 없는 주위 사람들에 대한 그의 태도 역시 그들로부터 그를 떼어 놓으며, 따라서 그의 개인적이며 확고하게 비민족적인 정체성을 강화하는 데에 기여한다.

냇물 한가운데의 징검다리 위에 앉아 이상은 냇물을 건너기 위해 다가오는 두 명의 시골 여성을 발견한다. 그의 전략적인 위치를 활용하면서 이상은 일부러 그들과 마주치는 것 비슷한 상황을 만든다. “두 젊은 새악씨”들이 그를 쳐다보기를 거부했음에도 불구하고, 이상은 그들 몸의 향기와 과일 물 든 입술, 그리고 “동공에는 정제된 창공이 ‘간쓰메’”가 되어 있음을 마음에 새길 만큼 가깝게 그들을 스쳐 지나간다. 도시에서 그가 만났던 여러 여성들과 이들을 즉각 대조시킬 필요를 느낌에도 불구하고, 이상은 또한 다음과 같이 고백한다. “가난하나마 무명 같이 튼튼한 피부 위에 오점이 없고……이 시골 새악시들을 더 나는 끔찍이 알고 싶습니다.” 시와 소설에서보다 훨씬 덜 애매하게 이상은 “안다”는 단어를 성경적 의미로 사용하고 있음을 완전히 밝힌다. 바로 다음 행들에서 우리는 이상의 의도와 여인들의 반응 모두를 알 수 있다. 이상은 독자들에게 다음과 같이 알린다. “축복하여 주고 싶습니다. 교회는 보이지 않습니다.” 이어서 그는 여인들이 “도회인의 교활한 시선” 앞에서 “수풀 사이로 숨어” 버렸음을 고백한다. 여성들 입장에서도 민족 공동체에 대한 그 어떤 감각도 느끼지 않는 듯하다.

이상은 바로 이어지는 단락에서도 계속 다른 여성들을 욕망하고 대상화한다. 그는 물 긷는 여인들에서 양잠을 위해 뽕잎을 따는 여성들로 주의를 돌린다. 하지만 황순원의 「학」에서 보이는 바 흰 옷 입은 시골 한국인들의 순수하고 낭만적인 관계와는 대조적으로 이상은 다음과 같이 쓴다. "조 밭 한복판에 높은 뽕나무가 있습니다. 뽕 따는 새악시가 전공부(電工夫)처럼 높이 나무 위에 올랐습니다. 순백의 가장 탐스러운 과실이 열렸습니다." 그는 시골 여성들을 "알고" 싶은 욕구로부터 그들을 낚아채 삼키려는 욕망으로 나아갔다. 이러한 감각은 일을 계속하기 위해 밤에 나온 몇 여인들을 묘사하면서 강화된다. 그는 뽕나무로 돌아오기 위해 들을 건너는 여인들의 걸음을 묘사한다. "조 밭을 짓밟습니다. 자외선에 **맛있게 끄실른**(강조는 인용자) 새악시들의 발이 그대로 조 이삭을 무찌르고 '스크람'입니다." 원문의 "맛있게 끄실른 새악시들의 발"은 필자의 영문 번역인 "feet, tastily roasted by ultraviolet rays"보다 훨씬 직접적이다. 이상은 여전히 그들을 소비하고자 한다.

하지만 이상의 응시가 항상 그렇게 탐욕스러운 것은 아니다. 때때로 그는 훨씬 냉담하고 거만하게 시골 사람들을 대한다. 그는 조밭의 여인들을 떠나 다른 장소들을 탐색한다. 그리고 우연히 시골 학교를 발견한다. 학교 운동장에서 학생들은 단지 "글을 배우고" 있지 않다. "그들은 열심히 간단한 산술을 놓아 그들의 정직과 순박을 지혜와 교활로 환산하고" 있다. 이 장면을 보면서 이상은 다음과 같이 평가하지 않을 수 없음을 느낀다. "탄식할 이식산(利息算)이 아니겠습니까." 여기서 또다시 이상은 외국인(foreigner)의 응시 비슷한 것을 선택한다. 아마추어 인류학자들에게서 더욱 잘 나타나는 태도를 취하며 그는 이 "순박한" 시골 민중에게 부여된 근대 교육의 유해한 효과를 슬퍼한다. 그는 "순박"이라는 단어를 사용하는데, 이는 시골의 단순성, 교활하지 않음, 솔직함 등을 포함하는 다양한 의미를 지닐 터이다.[11] 다른 조선인들을 "외국인"으로

---

11) (북)한 지식인들에 의해 행해진 이 말의 철저한 논의 및 그 후의 전유에 대해서는 Brian Myers, *Han Sorya and North Korean Literature : The Failure of Socialist Realism in the DPRK* (Ithaca : Cornell University East Asia Program, 1994)를 볼 것.

보는 이런 식의 접근이 이상에게만 독특한 것이 아니라는 점 역시 지적할 가치가 있다. 18년 전 이광수는 『무정』(1917)에서 다음과 같은 유명한 문장을 썼다. "형식과 그 노인은 전혀 말도 통치 못하고 글도 통치 못하는 딴 나라 사람이로다." 하지만 흥미로운 것은 1917년에 조선의 노인은 그 무능력이나 근대화하려는 의지가 없음으로 인해 비난받는 "외국인"이었으며, 그렇기 때문에 이광수가 그리는 새로운 조선 민족의 한 부분이 되었다는 사실이다. 하지만 1935년에 창작된 이 수필에서 이상은 근대 교육을 획득하기 위한 시골 아이들의 노력 바로 그것을 비판하고 있다. 이상이 실제로 그들의 "순수함"에 가해졌다고 주장되는 훼손을 슬퍼한 것인지, 아니면 그가 단지 그들의 정체성과 자기의 정체성 사이에 놓인 격차를 좁히기 싫어한 것인지는 확실하지 않다.

이 수필이 위에 제기된 문제에 대해 대답할 충분한 정보를 제공하지는 않는다. 그러나 그럼에도 불구하고 이 수필은 이상이 의식적으로 시골 사람들로부터 자기 자신을 계속 분리하고 있음을 보여줌으로써 이 문제에 분명히 대답한다. 영화에 대한 짧지만 현학적인 논의 후에 그는 성천 묘사로 돌아간다. "그러나 **이곳 주민들은**(강조는 인용자) 활동사진에 대하여 한낱 동화적인 꿈을 가진 채 있습니다. 그림이 움직일 수 있는—" 원문("이곳 주민들은")과 번역문("the denizens of the place")은 공히 성천 사람들과 이상의 그 어떤 관련성이라도 암시할 가장 사소한 힌트마저 포함하고 있지 않다. 후에 이상은 성천 주민들을 "전설 같은 시민"으로 묘사함으로써 그들과 더 큰 거리감을 확립한다. 관찰된 사물과 사람들을 언급하는 모든 경우에 이상은 전체화하고 환원하는, 그리고 당시와 현재의 다른 저작들에서는 그렇게도 흔히 등장하는 "우리가(we)"와 "우리의(our)"를 용의주도하게 회피한다. 그런 단어들은 그를 성천 사람들과 (동료 조선인으로서) 연결시킬 것이다. 그리고 그로써 그 말들은 적어도 얼마쯤 이상이 그렇게도 진지하게 지키려 했던 개인적인 정체성을 그로부터 빼앗을 것이다.

수필이 끝나감에 따라 이상의 어조는 거만함에서 경멸로 나아간다. 주민들에 대한 묘사를 계속하면서 그는 다음과 같은 수사학적인 질문을 던진다. "축음기 앞에서 고개를 갸웃거리는 북극 '펭귄' 새들이나 무엇이 다르겠습니까?" 여기서 또다시, 그리고 이 수필의 그 어느 곳에서보다도 강력하게 이상은 진정으로 이 시골 사람들을 낯설게 함과 동시에 얕잡아본다. 그는 본질적으로 근대적이고 서구적이며 도시적인 테크놀로지(영화와 레코드)에 대한 그들의 반응을 말 못하는 동물들의 반응에 비유한다. 그는 이 타자들과 자신을 확실히 구분한다. 결국 영화는 10분간의 휴식을 위해 멈추고, 그 사이에 "조합 이사"는 연설을 한다. 서울의 독자들이 자신의 정체성에 대한 이상의 개인적인 정의를 아직도 눈치채지 못하면 안 되므로 그는 이 타자들, 즉 시골의 조선인들(여기서 이들은 "촌민"과 "우매한 백성"이라는 경멸적인 말로 지칭된다)과 함께 일본인 이사 앞에 모여 있는 것의 불쾌함에 대한 마지막 언급을 덧붙인다. 이사가 연설에 통역을 쓰고 있으므로, 그리고 영화에 나오는 건설 프로젝트들(부산 잔교와 압록강 철교)이 일본인에 의해 수행되었으므로, 우리는 이사가 일본인임을 알고 있다. 또 우리는 그가 융합될 수 없는 성천의 다른 조선인들과 달리, 이상이 일본어로 된 이사의 연설을 통역 없이 이해할 수 있음을 알고 있다. 그러나 이는 이상이 반민족적(anti-Korean)이거나 친일적(pro-Japanese)임을 의미하지는 않는다. 그 대신 이는 그가 조선에서 태어나 식민지적으로 교육 받았으며 다중 언어적인 도시 거주 작가라는 그의 개인적 정체성을 개척했음을 의미한다. 적어도 인위적으로 전체화하는 민족주의적인 정치학의 맥락 외부에서 보았을 때, 그가 우연히 같은 반도에서 태어났다는 점 이외에는 아무 공통점이 없는 사람들과 한 덩어리가 되기를 바라지 않은 것은 이해 가능한 일이다.

이상은 이 수필을 시작된 곳에서 끝낸다. 물리적으로 그곳은 성천이지만 다른 모든 점으로 보았을 때는 서울—"나를 기다리지 않는 고향"
—이다. 그가 "아지 못 하는 노방의 인(人)을 사모하는 도회인적인 향수"
를 고백하는 동안, 벌레들의 소음은 그에게 시끄러운 댄스홀을 상기시
킨다. 수필의 출발을 또 한 번 반복하는 것은 가족에 대한 언급이다. 글
전체에 걸쳐 이는 비개인적인 정체성을 향한 단 하나의 진정한 제스처
다. 이는 가족에 대한 두 번째 언급이다. 첫 번째 언급에서 가족은 "포
로들의 사진처럼 나란히" 늘어서 있다. 그러나 이상은 다음과 같이 씀으
로써 자기의 계획 속에 가족의 중요성을 포섭한다. "나도 갈갈이 찢어진
사도(使徒)가 되어서 세 번 아니라 열 번이라도 굶는 가족을 모른다고 그
럽니다." 그는 모든 인연을 끊었다.

　이상은 한반도의 다른 많은 거주자들로부터 분리된 하나의 정체성을
개척하기 위해 주도면밀하게 작업했다. 우연히 한반도에서 태어났다는
사실만이 그들과 이상을 관련짓는다. 그의 짧고 강렬한 삶의 많은 사실
들이 그러한 것처럼, 자기 파문(self-excommunication)을 향한 그의 분투는 다
소 과격하고 극단적이다. 다음의 문장이 그러하듯이 말이다. "축음기 앞
에서 고개를 갸웃거리는 북극 '펭귄' 새들이나 무엇이 다르겠습니까?"
만일 이 수사학적 질문이 한국의 시골을 여행하는 일본인이나 미국인
작가가 말한 것이라면, 예나 지금이나 이에 대한 반응을 상상하기 위해
민족주의적인 정치학에 그다지 친숙할 필요는 없다. 하지만 아이러니하
게도 이상이 위와 같은 언급을 무난히 할 수 있었다는 단순한 사실은
그가 불후의 비민족적 정체성을 획득하는 데에 실패했음을 증명한다.
또는 달리 말하면, 이상은 개인적으로 자기가 성공했다고 믿었을 것이
다. 그러나 그의 많은 시도가 그러했듯이 그는 좀 조숙했었다. 적어도
남한은 그의 소망을 존중하는 데에, 그를 보내는 데에 실패했다. 물론
그는 민족 모독에 대한 고발로부터 사후의 면책을 받았다. 그러나 이는
그가 가장 가치를 부여했던 개인적인 정체성의 많은 부분을 그 대가로

했다. 왜냐하면 학자들이 그의 특이성을 아무리 높게 평가한다고 하더
라도, 적어도 현재에 그들은 거의 항상 "한국" 문학이라는 틀 아래에서
그렇게 하기 때문이다.

—이경훈 역

‘돌아갈 수 없는 방랑’의 근거와 논리
—이상의 수필 「권태」

방 민 호*

1. 다시 한 번, 이상의 도쿄행

이상이 자신의 짧디 짧은 생애 가운데 어째서 세상을 떠나기 직전에 도쿄로 가야 했으며 자기 문학의 어떤 미래를 꿈꾸고 있었는가는 여전히 흥미로운 문제라 하지 않을 수 없다. 이 가운데 앞의 문제에 대해서는 대체적인 논의가 제시되어 왔다. 여기에 대해서는 여러 갈래 논의가 있을 수 있지만 중요하게는 역시 김윤식 교수의 견해를 참조하지 않을 수 없을 것 같다. 그는 이상의 도쿄행을 ‘수심을 몰랐던 나비’의 비극적 운명으로 묘사하고자 했다. 이러한 견해의 근저에는 그의 문학사 인식의 고유한 체계 가운데 하나인 이른바 ‘현해탄 콤플렉스’라는 문제 설정이 가로놓여 있다. 그렇다면 ‘현해탄 콤플렉스’란 무엇인가. 그는 이렇게 썼다. “동경이란 무엇인가를 물을 때, 우리는 먼저 동경에 이르는 길

---

* 서울대학교 국어국문학과 교수. 대표 논문으로 「「실화」—한복을 입은 이상」이 있음.

을 묻지 않을 수 없다. 서울과 동경 사이에는 현해탄이 가로놓여 있었는데, 그것은 현실적인 바다이자 금단의 바다이기도 하였다. 망각의 강처럼 그 강은 건너면 죽게 되어 있는 것이다. 이것을 운명이라 볼 줄 아는 슬기가 없이는 한국 모더니즘 운동의 저 기괴하고도 참담한 몸짓은 이해되지 않는다."1)

그에게 현해탄이란 일제 강점기 하 모더니즘 운동의 비극성을 표상하는 용어다. 그는 김기림의 「바다와 나비」에 등장하는 '나비' 표상을 '대영제국의 모더니즘의 기수' 스티븐 스펜더[stephen spender]와 '아시아의 모더니즘의 기수' 안자이 후유에[安西冬衛]의 그것에 대비시킨다. 그에 따르면 "김기림의 날개 인식은 한국 모더니즘 문학의 정상과 한계를 한꺼번에 보여준 것"2)이다. 그리고 그는 다시 여기에 김기림을 자신의 문학적 후견인으로 굳게 믿어 따라마지 않았던 이상의 운명을 겹쳐 놓는다. "현해탄이라는 해협 개념을 갖지 않는 나비였기 때문에 바다에 익사하지 못하고 되돌아온다. 되돌아옴이란 죽음과 같은 개념이 아니고 애처로움의 개념이다. 이상의 동경에서의 죽음은 애처로움이다. 현해탄을 건너지 말아야 했던 한 마리 나비, 그것이 이상이었다."3) 여기에 그가 임화와 정지용과 김기림의 일본(도쿄 및 교토)을 각기 '사상의 공간', '감각의 공간', '회피의 공간'으로 명명하면서 현해탄 너머 존재하는 제국주의 근대의 위용과 그 학습효과를 강조할 때 '현해탄 콤플렉스', 즉 조선이라는 식민지의 근대는 절대로 일본 제국의 근대를 초과할 수 없고, 그 연장선상에서 식민지 문학인의 정신세계는 제국—식민지 위계 서열의 실정적인 힘에 대한 무의식적 승인 위에 구축될 수밖에 없다는 운명적 논리가 완성된다.

------

1) 김윤식, 『이상 연구』, 문학사상사, 1987, 269면.
2) 위의 책, 278면.
3) 위의 책, 같은 면.

　　필자가 이렇게 김윤식 교수의 논리를 새롭게 조명하는 것은 그의 견해를 단순히 비판하기 위함이 아니다. 필자는 오래전에 비평가이자 연구자로서의 김윤식 교수에 관한 에세이를 ‘숙명과 그 극복이라는 문제’라는 제목 아래 작성해 나가면서 “일본과 서양문학에의 지향이 그의 세대 문학인들 대부분에게와 마찬가지로 그에게도 일종의 숙명적 힘을 행사하고 있는 것만 같은 인상”[4]을 선사한다고 했다. 뒤이어 필자는 이렇게 썼다. “그러나 그는 역설적으로 숙명에 철저함으로써, 근대와 근대문학에 관한 일본과 서양의 모델을 따르는 시각이 지니게 마련인 모방과 추종의 한계, 그 ‘현해탄 콤플렉스로 상징되는 한계로부터 벗어나고자 애썼다. 연구와 비평의 지난한 궤적, 방대한 저술이 그것을 말해준다. 그는 지난한 고투를 통해 전후의 단명했던, 여러 창작자들과 이론가들의 한계로부터 벗어나려 했고, 이것은 그를 끊임없이 다시 쓰는 행위로 밀어넣곤 했다.…… 이 같은 글속에서 전후 세대의 숙명으로부터 자유롭지 못한, 그러나 그 숙명을, 한 사람의 비평가가 행할 수 있는 최대의 실험으로 시험해가고 있는 그를 확인하기란 어렵지 않다.”[5] 그리고 그가 참조한 일본 비평가들과, 그들을 참조하면서 써나간 일련의 저작들에 대한 분석을 거쳐 다음과 같이 쓰기도 했다. “그는 단순히 그들의 방법을 답습하는데 그치고자 하지는 않았다. 그는 모방 혹은 수용을 지나 창조적 수준에 이르는 문제를 자기의 것으로 만들어 부단히 실험해 왔고, 이는 역사라는 것은 비약이라든가 지름길이라든가 하는 것이 쉽사리 허용되지 않는 영역이므로 후발의 문학은 선발의 문학과 다른 어떤 길을 구상하려 하기보다는 처음부터 그와 같은 길을 어떻게 하면 빨리 걸을 수 있는가를 생각해야 한다는, 근대화의 논리에 은밀히 연결되는

---

4) 졸고, 「숙명과 그 극복이라는 문제—김윤식론」, 『비평의 도그마를 넘어』, 창작과비평사, 2000, 132면.
5) 위의 책, 132-133면.

생각에 바탕하면서도, 이를 자신의 삶의 역정 자체로서 시험해 보인 것이라 할 수 있다."[6]

그러므로 김윤식 교수의 '현해탄 콤플렉스' 논의에 관한 필자의 생각이 단순하거나 명료할 수만은 없는 것 같다. 어떻게 보면 그는 그 자신이 모방과 수용의 한계치로 설정한 '현해탄'을 초과할 수 있는 수준에까지 자신의 작업을 밀어붙여 가서, 어쩌면 그 자신이 실제 또는 실천이 이론을 초과하는 현상의 하나를 시현해 보인 것이라 말할 수도 있을 것이다. 필자의 판단에 따르면 그의 이상론 역시 '현해탄 콤플렉스'라는 말로 상징되는 강력한 운명애와 그러한 운명에서 벗어나고자 하는 은밀한 지향이 치열한 갈등에 놓여 있는 실험장이라 하지 않을 수 없다.

그는 이상의 도쿄행을 "수심을 모르는 나비 한 마리가 현해탄을 건넜다"는 말로 요약하면서, "본능에 따라 부나비의 생리대로 현해탄을 건넌 한 마리의 나비"에 지나지 않는 그가 정작 몽상과 달리 '암흑'과 '폐허'의 도쿄에 직면했을 때, 그에게 남은 길은 "번데기"가 되는 것밖에 없었으리라고 하였다.[7] 그는 이렇게 썼다. "나비는 번데기가 되어 고정된다. 「잉크 짓는 약으로 지워버린 흔적」으로 고정된다. 이런 생리적 변화는 죽음인가 동면인가. 둘 다다. 번데기는 자기의 생리를 극복하고 다시 나비로 변신할 수 있다. 흔적은 경우에 따라 복원할 수 있다. 만일 우리가 번데기 쪽을 선택한다면, 그 번데기가 제철을 만나 나비로 변신하도록 도와주는 방법이 고려될 수 있을 것이다. 흔적이라면 우리는 흔적을 복원하는 특수한 기술을 개발할 필요가 있다. 이러한 방법론의 개발이 이상 문학 연구를 결정하는 방법론에 해당될 것이다."[8] 이러한 이상론에는 이상을 '현해탄 콤플렉스'라는 비극적 운명의 주인공으로 고

---

6) 위의 책, 146면.
7) 김윤식, 앞의 책, 288 및 289면 인용 및 참조.
8) 위의 책, 289면.

정화하면서도 이 '나비'가 '번데기'가 되는 역전적 부활을 꿈꾸는 기미가 담겨져 있다. 물론 그는 여기서도 다시 한 번 단서를 단다. "이러한 방법론은 그것이 아무리 정교하더라도 「한 마리 나비」의 비상, 그 나비의 「해협 건너기」와 연결된 것이 아니면 별로 쓸모가 없을 것이다. 이 나비는 호랑나비가 아니고, 어디까지나 흰 나비였고, 수심을 몰랐고, 수심을 가르쳐 줄 사람도, 줄 수도 없었던 나비였다."9) 이것은 그가 최후까지 이상을 근대의 깊이를 몰랐던 순진한 식민지 지식인이라는 표상에 묶어 두려는 운명애적 충동에서 자유롭지 못했음을 말해준다. 이러한 논리적 움직임, 그 갈등에는 김윤식 교수 자신의 비극적 표정과 자신을 향한 운명애가 가로놓여 있다.

그러나 이상을 '현해탄 콤플렉스'의 의식틀 안에 갇힌 존재로 묶어두는 한 그를 주인공으로 삼은 비극에는 무언가 결핍된 요소가 있을 수밖에 없다. 예컨대 소포클레스의 『오이디푸스』가 비극적 깊이와 무게를 감당하고 있는 것은 오이디푸스가 자신의 죄를 모르는 순진한 인물이었기 때문이 아니다. 그것은 오히려 그가 자신의 무지에도 불구하고, 또한 자신이 아버지를 죽인 범인이 자신일지도 모르는 갖가지 정황이 시시각각 드러나는 와중에도 끝까지 스스로가 결백할 것이라는 확신에 빠져 있었기 때문이다. 이 자기 확신의 깊이가 비극의 깊이를 보장한다. 그런데 오이디푸스에 관한 해석들은 그의 이러한 교만에 관해서만 논의하지는 않는다. 자신을 지나치게 믿었기 때문이기도 하겠지만 그는 자신이 범인으로 판명날 수도 있는 위험을 무릅쓰고 사건의 전말에 관한 조사를 그 진실이 백일하에 드러날 때까지 밀어붙인다. 본질상 불완전한 인간의 자기 확신을 비웃으면서 그를 일거에 파멸로 몰아넣을 수도 있는 결정적 사건의 전말을 향해 나아가는 오이디푸스의 모습에서 진실을 향

---

9) 위의 책, 290면.

한 인간의 본질적인 경외심이 새롭게 발견된다. 이러한 모순적 영웅의 눈앞에 진실이 박두했을 때 그는 끝내 스스로 자신의 두 눈을 멀게 하고 또 기꺼이 추방을 받아들이지 않았던가. 이 드라마틱한 전개 전체가 그의 비극에 깊이와 무게를 선사한다. 이러한 맥락에서 이상을 해석한다면 어떤 양상이 빚어질 수 있을까?

이상이 만약 도쿄에 대한 환상을 품은 채로 죽음을 맞이했다면 비극이란 애초에 성립할 수 없었을 것이다. 그러나 그가 도쿄에 당도한 즉시 도쿄에 대한 즉각적인 실망과 환멸을 표현함으로써 비극의 요건이 충족되었다고 해도, 그가 자신이 품어 왔던 환상에 대한 "자각증세가 투철한 단계에 이른 것이 아니다."[10]라고 단정할 만한 상황에 놓여 있었다면 그의 비극은 훌륭한 비극이라고 하기엔 어딘가 미흡한 측면이 있다고 생각할 수밖에 없다. 진실이 만천하에 드러나 자신이 믿어온 것이 여지없지 깨져 나가고 그 결과 덮쳐온 파멸을 겪으면서 스스로를 추방해 버린 오이디푸스를 참조하여 이상을 주인공으로 삼는 새로운 비극의 플롯을 구성해 볼 수는 없을까.

한편, 신범순 교수는 최근에 이상에 관한 그의 연구저서의 머리말에서 다음과 같이 썼다. "내가 이 책에서 가장 강조해서 보여주고 싶었던 것은 이상의 사상적 가치이다. 과연 이상은 오늘날 우리에게 싱싱하게 살아 있는 어떤 관점이나 사유, 새로운 비전 같은 것을 보여줄 수 있는가? 이러한 물음을 좀 더 과감하게 밀고 나가면 이런 것이 된다. 즉 오늘날의 사조와 사상에 대해서 그는 어떤 할 말이 있었던가? 포스트모더니즘이나 페미니즘, 생태주의, 카오스이론과 끈이론 같은 것에서 제시된 현대적 사유와 개념, 여기서 제기된 문제 같은 것을 그의 사상이 감당해 내고 나아가 그러한 것조차 넘어설 수 있겠는가? 아니면 그는 적당히

---

10) 위의 책, 295면.

그 시대 수준에서, 이러한 것들이 오늘날 우리에게 제시한 개념이나 비전을 그저 조금 앞서서 징후적 수준 정도로 미약하게 보여주는 것으로 그쳤는가?”[11] 그는 이러한 논의의 단초를 이상 문학에 나타난 ‘나비’ 이미지에서 찾았다. 이 자리에서 자세한 논증을 따라갈 수는 없지만 그에 따르면 이상의 “‘나비’는 한 마디로 말해서 현대과학의 새로운 차원을 열었던 카오스 과학을 넘어서 있다.”[12] 나아가 그는 “카오스 이론과 포스트모더니즘까지를 역사시대의 마지막 단계인 근대적 사상이론으로 규정”하면서 “이상은 진정한 근대 초극 사상을 제시한 혁명적 사상가의 면모를 띠게 된다.”고 하였다.[13] 그럼으로써 이제 이상은 근대를 마지막 단계로 하는 “역사시대”[14]를 비판하고 이 시대의 한계를 탈출하고 헤쳐 나가려는 몸부림을 보여준 작가가 된다.

  신범순 교수의 『이상의 무한 정원 삼차각 나비』가 내포한 새로움은 ‘현해탄’이라는 식민지 근대의 특수성을 문제 삼지 않고 “역사시대”의 마지막 단계인 근대 전체를 문제시하여 이상의 사유를 그 대안 또는 초과로 격상시킨 데 있다고 보아야 할 것이다. 그리고 이것은 또 하나의

---

11) 신범순, 「머리말」, 『이상의 무한 정원 삼차각 나비』, 현암사, 2007, 7-8면.
12) 위의 책, 8면.
13) 위의 책, 9면.
14) 신범순 교수의 논의에서 “역사시대”에 대한 개념과 그 비판은 중요한 기능을 한
  다. “역사시대”는 하늘과 땅을 잇는 끈이 끊어져버린 시대로서, 다양한 공동체가
  다양한 관점으로 광대한 하늘의 우주적 시각을 통해 자신의 세계를 규정하던, 그
  리하여 서로 분리된 것처럼 보이는 개체를 하나의 우주적 관계망 속에서 고찰할
  수 있었던 시대 이후를 의미한다. 그 끈이 끊어진 후 인간은 직접 관찰하고 경험
  하는 물질적 경험의 인식을 통해서만 그러한 것의 관계를 더듬어 나가게 된다.
  또 제왕적 통치자들은 자신의 우월한 법질서를 통하여 지상의 여러 현상과 의미
  에 대한 일방적 규정을 독점함으로써 그 통치 메커니즘에 인민을 복속시켜버린
  다. 그에 따르면 근대는 이러한 “역사시대의 데카당스로스 그것의 마지막 장면에
  불과하다.” 근대 역시 “역사시대”를 특징짓는 “물질적 평면”에 사로잡혀 있기 때
  문이다. 이러한 맥락에서 이상 문학의 위대성은 그것이 이러한 “역사시대”의 지
  상적 한계, “물질적 평면”에서 탈출하여 지상과 우주의 새로운 연락 관계를 형성
  하려 한다는 데에 있다.

독특한 세대론적 해석을 필요로 하는 일인지도 모르는데, 왜냐하면 이처럼 근대적 사유의 한계 너머에 이상을 위치시키려는 노력에는 김윤식 교수 세대의 숙명적 포즈를 넘어서려는 방법론상의 의욕이 내재해 있기 때문이다. 이러한 의욕적 실험의 측면에서 『이상의 무한정원 삼차각 나비』는 확실히 김윤식 교수가 설정한 "「한 마리 나비」의 비상, 그 나비의 「해협 건너기」"의 한계를 초극하고자 한다. 그의 연구가 넘어서고자 한 것은 '현해탄'이 아니라 현해탄 양안을 모두 포괄하고 그 우위에 설정된 서구까지 아우르는 근대 자체의 한계인 때문이다.

이 글이 주제로 삼고자 하는 이상의 「권태」에 관한 논의는 이러한 선행 연구들과 관련이 깊다. 이상은 '현해탄 콤플렉스'의 단단한 메커니즘에 갇힌 채 그 외부를 힐끗 "징후적 수준"에서 보여준 정도의 작가였던가? 아니면 '현해탄 콤플렉스'라는 식민지 근대의 위계서열은 물론 근대의 외부로까지 사상적 초극을 이룬 작가였던가. 이 글은 이러한 문제를 그의 말년의 문제작 가운데 하나인 수필 「권태」를 중심으로 사유해 보려는 것이다. 필자는 이미 「실화 : 한복을 입은 이상」(이상문학회 편, 『이상 소설작품론』, 역락, 2007)을 통해 도쿄에 대한 환상에서 자유롭지 못했던 모더니스트 이상이라는 일반화된 표상을 문제시하면서, 그가 도쿄행 이전에 이미 단순한 근대지향적 모더니스트에서 탈피해 나가고 있었다는 것, 그의 도쿄행은 물론 새로운 근대 문물을 접하고자 하는 의욕 때문이었기도 하지만 그만큼이나 지극히 폐쇄적이고 억압적인 조선의 통치적 메커니즘에 대한 불만 및 불안과, 그 자신의 문학에 대한 위기감과 그 미래를 준비하려는 암중모색에서 기인한 것이었음을 주장하였다. 필자는 이 글을 주로 그의 문학의 정점으로 알려진 「날개」(『조광』, 1936. 9)와 도쿄에서 마지막으로 집필한 소설 『실화』(『문장』, 1939. 3)를 대비하면서 그 낙차를 규명하는 방법으로 전개하였다. 지금 필자가 쓰고 있는 「권태」에 관한 분석은 그 글과 안팎으로 마주보는 성격의 글이 되어야 할 것 같다. 이 글에서 필자는「권태」를「날개」에서「종생기」(『조광』, 1937. 5)를 거쳐「실화」로 나아간 소설적 전개의 맥락에서 살펴보면서 그의 말년에 어떤 문학적인 사건들이 발생하였는지를 규명해 볼 것이다.「실화 : 한복을 입은 이상」이 이상을 모더니즘 일변도의 작가로 분석하는 것에 대한 문제제기의 성격에서 출발하여 이러한 분석의 저변에 가로놓인 '현해탄 콤플렉스'론에 대한 비판적 조명을 시도한 글이라면, 이「권태」론은 이상의 '모더니즘' 자체에 내재된 식민지 근대 메커니즘으로부터의 이탈 또는 그 초과의 방식을 논의한 글이 될 것이다. 이는 도쿄행 전후 이상의 내면적 심리 및 사유 변화를 보다 섬세하게 재현함으로써 그의 말년을 새로운 각도에서 재해석하는 일을 포함한다. 그리고 이 모든 과정은 비극의 현장인 이상의 도쿄행 주변을 오이디푸스적인 비극의 선례를 따라 좀더 비극적으로 재구성하는 쪽으로 모아지게 될 것이다.

2. 알레고리의 위기와 죽음,「종생기」의 세계

다른 곳에서 이미 언급했듯이 이상의 문학은 시에서 소설로 나아간 문학이며, 다시 그것을 소설 안에서만 보면 "윗트와 파라독스"와 알레고리로 특징지워지는 수사학적 소설로부터 그것을 조절, 지양한 '사소설'로 나아간 문학이다.15) 전자를 대표하는 작품으로는 단연「날개」(『조광』, 1936. 6)를 꼽을 수 있고, 후자의 경향에 속하는 작품으로는「실화」(『여성』, 1939. 12)와「봉별기」(『여성』, 1936. 12)가 대표적이다.

물론 이는 경향적으로 그러하다는 뜻이다. 예컨대「종생기」와 같은

---

15) 졸고,「실화 : 한복을 입은 이상」, 이상문학회 편,『이상 소설 작품론』, 역락, 2007, 205면 참조.

문제작은 현란한 수사학적 글쓰기를 시연해 보임과 동시에 사소설적 성격이 선명하게 드러나는 작품이어서 충실한 독해를 위해서는 양자의 측면을 공히 살피지 않으면 안 된다. 뿐만 아니라 대표적인 '사소설'이라 할 「실화」도 '의식의 흐름의 기법'이나 다양한 인유가 보여주듯이 여전히 수사학적 글쓰기의 맥락 안에서 독해될 수 있는 작품이다. 그럼에도 불구하고 전자를 대표하는 「날개」와 후자를 대표하는 「실화」 사이에는 현격한 소설 창작방법 상의 격절이 있다. 또 이를 이해하는 문제는 끝내 실현되지 못한 이상 문학의 미래와 관련하여 중요한 의미를 내포한다.

이 장에서는 이 문제를 「날개」와 「실화」 사이에 가로놓여 있는 「종생기」를 중심으로 살펴보려고 한다. 이상 소설이 「날개」에서 「종생기」를 거쳐 「실화」로 나아간 과정에는 창작의 방향과 방법을 둘러싼 이상의 심각한 고민이 투영되어 있다. 세 작품에 기입된 소설쓰기에 관한 이상의 사유 변화가 그것을 말해준다.

「날개」의 경우 소설쓰기에 관한 이상의 견해는 소설의 본 이야기 앞에 제시된, 에피그램과 같은 형태의 짧은 에세이를 통해 직접 드러난다. 권영민 교수에 따르면 이 짧은 에세이의 구성 역시 단순하지만은 않아서 '나'라는 화자가 누구이냐에 따라 모두 세 부분으로 나뉘게 된다. 첫 번째에 등장하는 '나'는 소설을 쓰는 작가를 대변하는 '나'이며 두 번째 등장하는 '나'는 그런 '나'의 말을 들은 가상의 독자 또는 상대자로서의 '나'다. 그리고 세 번째 부분에는 작가를 대변하는 '나'가 등장한다.16) 이 문제는 아직 충분히 해명되었다고 볼 수 없지만, 일단 소설쓰기에 관한 이상의 사유 가운데 핵심적인 요소는 다음의 첫 번째 부분에 표명되어 있다고 할 수 있다.

---

16) 권영민 편, 『이상전집』 2, 뿔, 2009, 260면, 주) 396 참조.

肉身이흐느적흐느적하도록 疲勞했을때만 精神이 銀貨처럼 맑소 니코
틴이 내 蛔ㅅ배알는 배ㅅ속으로숨이면 머리속에 의례히 白紙가準備되는
법이오. 그웋에다 나는 윗트와 파라독스를 바둑布石처럼 느러놓ㅅ오. 可
恐할常識의病이오.
　　나는또 女人과生活을 設計하오. 戀愛技法에마자 서먹서먹해진, 智性의
極致를 흘낏 좀 드려다본일이있는 말하자면 一種의 精神奔逸者말이오.
이런女人의半—그것은 온갖것의半이오—만을領受하는 生活을 設計한다
는말이오 그런生活속에 한발만 드려놓고 恰似두개의 太陽처럼 마조처다
보면서 낄낄거리는 것이오. 나는 아마 어지간히 人生의諸行이 싱거워서
견댈수가없게쯤되고 그만둔모양이오 꿋 빠이.[17]

「날개」의 창작방법과 방향을 밝히는 위의 인용 부분은 크게 세 개의
내용으로 이루어져 있다. 하나는 이제부터 자신이 쓰고자 하는 「날개」
가 “윗트와 파라독스” 같은 수사학적 포석을 늘어놓는 소설이 되리라는
것이고, 다른 하나는 그것이 일종의 인공적인 “설계” 과정을 거쳐 ‘나’
와 ‘여인’을 “두 개의 태양”처럼 서로 마주보도록 설정하는 소설이 되리
라는 것이다. 나머지 하나는 이와 같은 “윗트와 파라독스” 및 알레고리
의 소설쓰기가 “인생이 제행”이 싱거워져 견딜 수 없는, 즉 지독한 권태
에 빠진 ‘나’의 의식 또는 심리의 소산이라는 것이다.
　　이러한 「날개」의 창작론은 이상이 타계한 후 최재서가 이상을 가리켜
“우리들의 溫良한生活은 벌서 예前에 卒業”한 사람이었으며 “常識에실
증”이 난 사람이었다고 회고했던 것을 상기하게 한다.[18] 세속적이고 관
습적인 삶을 졸업해 버린 나머지 범인들의 상식에 싫증이 나버린 사람
이 바로 이상이었다는 최재서의 이러한 회고는 “人生의 諸行”이 싱거워
견딜 수 없게 된 나머지 “육신”의 삶과 결별하고 머릿속에 준비된 “백
지”에 “윗트와 파라독스”를 “포석”처럼 늘어놓은 채 소설을 “설계”하는

---

17) 이상, 「날개」, 『조광』, 1936. 9, 196면.
18) 최재서, 「고 이상의 예술」, 『문학과 지성』, 인문사, 1938, 114쪽.

에세이의 주인공에 직결된다. 그만큼 이상은 자신을 세속적인 생활의 외부에 위치시키고자 한 사람이었고, 또 그런 만큼 세속적 생활을 지배하는 원리의 바깥에서 살아간 사람이었다.

「날개」의 창작론에 선명하게 나타나듯이 이 소설을 쓸 무렵만 해도 이상은 "육신"이 아닌 "정신"의 소설, 수사학적이고 인공적인 글쓰기로서의 소설, 포즈화한 "감정"이 "부동자세에까지 고도화"하여 마침내 "감정"의 "공급"이 멈춰버린 "지성의 극치"에서 씌어지는 소설, 그리고 마지막으로 "인생의 제행"을 그 외부에서 관조하고 냉소하는 소설에 대한 신뢰를 버리지 않은 상태였다.[19] 이것은 「날개」의 본 이야기가 이러한 소설적 방법론에 의해 잘 규제되고 통어되어 있는 것으로도 입증되는 면이 있다.

「종생기」의 국면은 이것과 확연히 구별되는 양상을 보인다. 무엇보다 이 작품에서는 「날개」의 서두 에세이에 표현된 작가의 창작방법과 방향에 대한 사유가 작품 전체에 고루 산포되어 있다. 예컨대 김윤식 교수와 김주현 교수가 그 해석에 있어 일찍이 탁견을 보여준 「종생기」 서두의 "郤遺珊瑚"로 시작되는 문장은 물론 최국보의 「소년행」을 비롯한 여러 전작들과 상호텍스트성을 공유하는 것이기도 하지만,[20] 무엇보다 작중 주인공이기도 한 '나'의 창작론을 밝힌 것으로 이해되어야 한다.

> 郤遺珊瑚―요 다섯字동안에 나는 두字以上의 誤字를 犯했는가싶다. 이것은 나스스로 하늘을 우러러 부끄러워할일이겠으나 人智가 발달해가는面目이 실로 躍如하다.
> 　죽는한이 있드라도 이 珊瑚채찍일랑 꽉 쥐고죽으리라 네 弊袍破笠우에 褪色한亡骸우에 鳳凰이 와 앉으리라.[21]

---

19) 이상, 「날개」, 앞의 글, 196-197면 인용 및 참조.
20) 김주현, 「이상 소설의 글쓰기 양상 연구」, 서울대학교 박사논문, 1998, 125-127면 참조.
21) 이상, 「종생기」, 『조광』, 1937. 5, 348면.

이 서두 부분을 통해서 이상이 말하고자 한 것은 무엇인가? 이를 간단히 다시 풀면 첫째로 “人智가 발달해 가는 面目이 실로 躍如”함에 “誤字”를 “犯”하지 않고는 소설을 쓸 수 없다는 것, 둘째로 이처럼 인위적으로 오자를 쓰는 것과 같은 창작방법으로서의 “珊瑚채찍”을 자신은 절대로 버리지 않은 채 죽겠을 것이며, 후세가 바로 이 방법의 가치를 알아주리라는 것이다. 요컨대 “珊瑚채찍”이란 소설이라는 이름의 말을 부리는 채찍, 즉 창작방법으로서의 비틀기를 말한다. 그렇다면 이것이 왜 그렇게 소중한 방법이냐가 문제시되지 않을 수 없을 것이다.

위 문장에 나타난 주장은 물론 「종생기」 전체에 산재된 패러디를 비롯한 각종 상호텍스트적인 문장 및 어구 표현들의 존재로 통한다. 그 양상에 대해서는 이미 많은 연구가 축적되어 오고 있다. 중요한 것은 이러한 글쓰기에 내포된 의도일 것이다. 왜 그는 자신의 “弊袍破笠”, “亡骸” 위에 “鳳凰이 와 앉으리라”고 자신할 수 있었던 것일까? 그것은 자신이 부리는 “珊瑚채찍”이 발달할 대로 발달한 “人智”를 상대로 벌이는 백척간두의 전위적 싸움이기 때문이다. 전고와 선례를 활용하되 그것을 있는 그대로 수용하지 않고 비틀어 나감으로써 이미 지성이 임리할 대로 임리한 문학의 삼림에 자신의 독자적이면서도 고유한 영역을 개척하려는 것, 이것이 생명의 위태로움 속에서 「종생기」를 써나가는 자신의 결의다. 아래 인용 부분은 위의 인용 부분에 나타난 자기 자신의 창작론을 더 구체적으로 설명한 대목이다.

> 歷代의 에피그람과 傾國의鐵則이 다 내에있어서는 내僞善을暗葬하는 한 스무—드 한 口實에지나지않는다. 實로 나는 내 落命의자리에서도 臨終의合理化를위하야 코로—처럼 桃色의팔렡을 볼수도없거니와 톨스토이처럼 嘆息해주고 싶은 쥐꼬리만한 金言의追憶도 가지지않고 그냥 난데없이 다리를삐어 너머지듯이 스르르 죽어가리라.
> <u>거룩하다는 稱號를携帶하고 나를찾어오는 「戀愛」라는 것을 應酬하는</u>

데있어서도 어디서 어떤 老少間의 의뭉스러운先人들이 발라먹고 내어버
린 그런 遺訓을 나는 헐값에 걷어들여다가는 製鍊 再湯 다시 써먹는다.
는줄로만 알았다가도 또 내게 혼나는 경우가있으리라.
　나는 찬밥한술 冷水한목음을먹고도 넉넉히 一世를威壓할만한「苦言」
을 摘摘할수있는 그런智慧의 實力을갖었다.
　그러나 自意識의絶頂우에 발도듬을하고 올라슨 斷末魔의秘訣을 보통
夜市 국수버섯을팔러오신 시골아주먼네에게 서너푼에 그냥 넘겨주고그
만두는 그렇게까지 自信의에 티케읱을 美化식히는 謙虛의方式도 또한
나는 無漏히 터득하고있는 것이다 瞠目할지어다. 以上[22]

이러한 창작론은 앞에서 말한 것처럼 작품 전체에 고루 산포되어 나
타나기 때문에 일일이 지적하기는 어렵다. 그러나 중요한 것은 위의 인
용문이 보여주는 자신감에도 불구하고「종생기」의 이야기가 전개되어
갈수록 이를 언급하는 화자의 심리 상태가 점차로 매우 불안정해진다는
점이다. 그는 심지어는 자기정체성에 대한 극심한 위기의 의식마저 노
출하게 된다. 그리고 이것은 자신의 창작방법 및 방향에 대한 자학적인
성찰로 연결된다.

　나는 내가 그윽히陰謀한바 千古不易의蕩兒, 李箱이 자자레한 文學의貧
民窟을 攪亂식히고저하든 가지가지 珍奇한 엔장이 어느겨를에 삐뜰르기
시작한것울 여기서 께단해야 되나보다. 社會는 어떻궁, 道德이 어떻궁,
內面的省察 追求 摘發 懲罰은 어떻궁, 自意識過剩이어떻궁, 제깜냥에 번즈
레한漆을 해내어걸은 치사스러운 看板들이 未嘗不 우수꽝스럽기가 그지
없다.
　「毒花」
　足下는 이 꼭뚝 각시같은 語彙한마디를 暫時 맡가지고 게서보구려?
　藝術이라는 虛妄한 아궁지 近處에서 송장近處에서 보다도 한결 더 썰
썰 기고있는 그들 해반죽룩한 死都이血族들 때꾹내나는틈에 가낑기워
서, 나는—

─────────

22) 위의 글, 355면.

　　내 계집의 치마 단속곳을 갈갈이 찢어놓았고, 버선 켤레를 걸레를 만
들어놓았고, 검든 머리에 곱든양자, 獰惡한곰의 발자족이 질컥 디디고
지나 간것처럼 얼골을 망거트려놓았고, 知己親戚의돈을 뭉청 떼어먹었
고, 좌수터 由來깊은 商號를 쑥밭을 만들어놓았고, 겁쟁이取利者는 고랑
떼를 먹여놓았고 資金業者의收金人을 卒倒시켰고, 社長과取締役과 사둔
과 아범과 애비와 妻男과 妻弟와 또 애비와 애비의딸과딸 이 許多衆生으
로하야 금 서로 서로 이간을부치고 부치게하고 얼버무러저 싸움질을하
게해놓았고, 사글貰房 새다다미에 잉크와 요강과 팥죽을 업즐렀고, 누
구 누구 를 임포텐스 를 만들어놓았고―
　　「毒花」라는말의 콕 찔르는 맛을 그만하면 어렴풋이나마 어떻게 짐작
이 스는가싶소이까.23)

　　"毒花"라는 표현이 말해주듯이 최후의 소설 「失花」에까지 연결되는
꽃의 심상은 이 과정에서 얻어진 것이라 하지 않을 수 없다. "毒花"란
"失花"와 마찬가지로 다중적인 의미를 갖는다. 그것은 자기 삶을 방매하
여 문학작품으로 가공하는 자신의 창작방법 그것이자 그러한 문학을 빌
미 삼아 자기 자신과 주변인들의 삶을 황폐하게 만들어온 자기 자신을
가리키기도 한다.
　　여기서 「종생기」가 도쿄행 이전에 쓰이기 시작하여 도쿄에 간 후에야
비로소 완성된 작품이라는 것을 잠시 상기해보는 것도 좋을 것이다. 이
상은 서울에서 일본의 김기림에게 보낸 편지에 "方今은 文學千年이 恢燼
에 돌아갈 地上最終의 傑作 「終生記」를 쓰는 中이"24)이라고 하였으나,
『조광』 1937년 5월호에 게재된 작품 말미에 "十一月二十日 東京서"25)라
고 부기한다. 김윤식 교수가 밝히고 있듯이 이 작품에는 현해탄을 사이
에 둔 이상의 신변상, 의식상, 심리상의 변화가 크게 반영되어 있다. 도

---

23) 위의 글, 326-327면.
24) 이상, 「私信」 4, 권영민 편, 『이상전집』 4, 뿔, 2009, 326면.
25) 이상, 「종생기」, 앞의 글, 363면.

일 전에 김기림에게 보낸 편지나 「종생기」의 서두가 보여주듯이 이상은 "地上最終의 傑作"을 써서 "天下 눈있는선비들의 肝膽을 서늘하게해놓기를 애틋이 바라는 一念"26) 아래 「종생기」를 쓰기 시작한다. 그러나 소설을 써나가면서 그가 자인하지 않을 수 없었던 것은 그 자신의 문학이 "文學의 貧民窟"에 지나지 않는다는 것, 그가 그러한 문학을 위해 휘둘러온 "珍奇한 옌장"으로서의 자신의 삶 또는 생활의 그 "진기"한 맛이라는 것이 이미 고갈되어버렸다는 것이다. 이상은 이를 자신의 문학과 자기 자신을 가리키는 "毒花"라는 말로 압축한다. 그러면서 그는 자신이 「날개」의 서두 에세이에서, "도스토 에프스키精神이란 자칫하면 浪費인 것 같人오"27)라고 하면서 그토록 간단히 기각해 버린 고전적 작가들의 망령이 자신을 집요하게 괴롭히는 것을 느낀다. '정희'와의 이야기를 써나가면서 '나'는 줄곧 이 이야기를 어떻게 써야 하는가에 관해 좌고우면한다. "李箱! 당신은 世上을 經營할줄모르는 말하자면 병신이오. 그다지도 「迷惑」하단말슴이오? 건너다보니 절터지오? 그렇다하드라도 「카라마소푸의兄弟」나 「四十年」을 좀 구경삼아 들러보시지오."28)라는 문장은 소설을 써나가는 '나'에게 또 다른 '나'가 던지는 힐난의 소리다. 「종생기」는 실로 "와글와글 들끓른 여러 「나」와 나"가 "正面으로 衝突"하는 양상을 다각도로 보여주는 지극히 복합적이고 메타적인 소설이다.29) "건너다보니 절터"란 욕심을 내봤자 자기 것이 될 수 없다, 원하는 결과를 얻을 수 없다는 뜻을 가진 속담이다. 그러니 앞에 인용한 문장은, 이상! 너는 도스토예프스키나 고리키와 같은 고전적 작가들이 간 길, 그 창작방법을 지레 포기해 버리고 손쉬운 방법을 취하려는 것이 아니냐는

---

26) 위의 글, 348면.
27) 이상, 「날개」, 앞의 글, 196면.
28) 이상, 「종생기」, 앞의 글, 360면.
29) 위의 글, 348면.

말과 같다. 연이어 이어지는, "李箱! 그러지말고 試驗삼아 한발만 한발자곡만 저 개흙밭에다 드려놓아보시지오."30)라는 문장이 보여주듯이, 이야기를 전개해 나가면서 그의 내면 심리는 이런 자기 내부로부터의 비난과 재촉으로 참담한 형국에 놓이고 만다. 그리하여 마침내 다음과 같은 자인이 불가피해진다.

> 또스토예쯔스키―나 꼬리키―는 美文을쓰는 버릇이없는체했고 또 荒凉, 雅淡한景致를 「取扱」하지않았으되 이 의뭉스러운어룬들은 직 美文은 쓸듯쓸듯, 絶勝景槪는 나올듯 나올듯, 해만보이고 끝끝내 아주 활짝 꼬랑지를 내보이지는않고 그만둔 구렁이같은 분들이기때문에 그 欺瞞術은 한층 더 進步된것이며, 그런만큼 效果가 또 絶大하야 千年을두고 네리네리 부즐없은 慰撫를바라는 衆俗들을 잘 속일수있은 것이다. 그렇나―
>
> 왜 나는 미끈하게솟아있는 近代建築의 偉容을보면서 먼저 鐵筋鐵骨, 세멘트 와 細砂, 이것부터 선뜻하니 感應하느냐는 말이다. 씻어버릴수없는 宿命의號哭, 몽고레안뿌렉게(蒙古痣) 오뚝이처럼 씰어져도 일어나고 씰어져도 일어나고 하니 씰어지나섰으나 마찬가지 의지할 얇한한 壁한 조각 없는孤獨, 枯稿, 獨介, 楚楚.31)

'나'는 근대 건축의 위용을 보면서도 그 육체와 외양이 아니라 "철근철골, 시멘트와 세사" 같은 본질적 구조에만 의식을 집중할 수밖에 없는 자신의 "숙명"을 자백하고야 만다. 마치 천형처럼 달고 태어나는 몽고반점과 같이 '나'는 "철근철골, 시멘트와 세사"의 문학, 즉 지적, 관념적 조작을 통해 "근대건축"으로 상징되는 현대사회의 구조적 부조리를 알레고리적으로써 고발하는 문학의 한계에서 벗어날 수 없다. 또한 그런 '나'는 "吝嗇한 내맵씨의 節約法"32)은 발휘할 수 있을지언정 "완漫, 着實

---

30) 위의 글, 360면.
31) 위의 글, 360-361면.
32) 위의 글, 348면.

한 서술!"33)은 어렵다. "와글와글 들끌른 여러 「나」와 나"가 "正面으로 衝突"하면서 벌이는 "亂麻와같이 갈피를 잡을수없는 얼마간 悲劇的인 自己探求"34)는 "알은(날은-인용자) 저물었다. 아차! 아직 저물지 않은것으로 하는것이 좋을까보다. / 날은 아직 저물지 않았다."35)와 같은 서술적 혼란을 피할 수 없다. 「종생기」의 이야기는 '나'와 '정희'와의 만남이라는 사소설적 소재를 "근대건축"의 "철근철골, 시멘트와 세사"를 드러내는 재료로 삼으려는 알레고리적 의도를 담고 있다. 그러나 창작방법과 방향에 대한 작가적 자의식의 작동에 의해 그 진전이 끊임없이 가로막히면서 횡보와 퇴보를 거듭하는 '지리멸렬한' 행보 끝에 겨우 결말에 다다르게 된다. 이 결말에서 '나'가 말하고자 하는 것은 '정희'라는 존재의 의미다. 「날개」에 등장하는 여인은 서두의 에세이에 나오는 "이런 女人의 半-그것은 온갖것의 半이오-"36) 하는 어구가 말해주듯 현대세계 자체를 의미하는 것이었다. 「종생기」에 등장하는 '정희'는 "恐怖에 가까운 飜身術"을 펼치며 이상 자신을 현혹하려 드는 현대세계의 마력을 가리킨다. 이 번신술 앞에 이상 자신은 무력하다. 그 자신은 무한정 속을 수밖에 없다. 나아가 자신이 펼치는 저항의 번신술 또한 무력하다.

　　그낮으로 오늘 貞姬는 내게 李箱先生님께 드리는 速達을띠우고 그낮으로 또 나를 만났다. 恐怖에가까운 飜身術이다. 이 惝惚한 戰慄을즐기기 위하야 貞姬는 無辜의 李箱을 徵 發했다. 나는 속고 또속고 또 쏘 속고 쏘 쏘 또 속았다.
　　나는 勿論 그 자리에 昏倒하야 버렸다. 나는 죽었다. 나는 黃泉을헤매었다. 冥府에는달이밝다. 나는또다시눈을감았다. 太虛에 소리있어 가로대 너는 몇살이뇨?滿二十五歲와 十一個月 이올시다. 夭死로구나. 아니올시

<hr>

33) 위의 글, 356면.
34) 위의 글, 355면.
35) 위의 글, 357면.
36) 이상, 「날개」, 앞의 글, 196면.

다. 老死올시다.

　눈을 다시떴을때에 거기 貞姬는없다. 勿論 여덜시가 지난뒤었다. 貞姬
는 그리갔다. 이리하야 나의 終生 은 끝났으되 나의 終生記 는 끝나지않
는다. 왜?

　貞姬는 지금도 어느삘딩걸상우에서 뜌로워스의 끈을풀르는中이오 지
금도 어는 泰西館別莊방석을 비이고 뜌로워스의 끈을 풀르는中이오 지
금도 어느 松林속잔디버서놓은外套우에서 뜌로워스의 끈을 盛히 풀르는
中이니까 다.37)

　그 알레고리적 의미망을 살피면, 「종생기」의 ‘정희’는 “근대건축”의
“철근철골, 시멘트와 세사”를 드러내 비판, 고발하려는 ‘나’의 싸움을 천
변만화의 번신술로 무력화시키는 현대세계의 내성을 암시한다. 「종생기」
는 이 현대세계와의 싸움에서 ‘내’가 패배했음을 자인하는 작품인 것이
다. 또 실제로도 「종생기」는 「날개」에 비하면 상당한 실패작이라 평가
하지 않을 수 없다. 이는 「종생기」의 주인공이 「날개」의 주인공이 확보
하고 있었던 높은 조감적 시선을 상실해 버린 것, 동시에 「날개」의 ‘아
내’와 달리 「종생기」의 ‘정희’는 알레고리적 기호로서의 상징성이 투명
하거나 명료하지 못한 것에서 드러난다.38)

　그리하여 이제, 온갖 고전적인 소설들의 전범을 비틀어버리면서 “윗
트와 파라독스”, 알레고리로 현대세계의 비의를 드러내고 또 그것에 저
항하고자 한 ‘나’는 “요사”할 수밖에 없는 운명에 처해 있다. 그럼에도
그것이 “요사”에 그치지 않고 “노사”이기도 한 것은 ‘내’가 벌여온 지난
한 싸움의 깊이와 무게 때문이다. ‘나’는 “老翁”처럼, “무릎이귀를넘는
骸骨”처럼 비참한 죽음에 직면하지 않을 수 없다.39) 그런데 이것은 단순

---

37) 위의 책, 335-336면.
38) 그러나 완연히 성공하지 못한 작품이라 해서 문학사에서조차 그 의미를 그대로
　　상실해 버리는 것은 아니다. 「종생기」는 성공작이라 하기에는 충분치 않지만 이상
　　의 문학적 전개 과정에 비추어 보면 지극히 문제적인 위상을 차지하는 작품이다.

히 '나'의 육체적 죽음이 아니라 "윗트와 파라독스"의 죽음, 알레고리의 죽음, 안간힘을 다해 온갖 번신술을 동원하여 '정희'로 대변되는 현대세계의 마력에 대항하고자 했던 작가적 의식의 패배와 죽음을 의미한다. 그리고 이것은 이러한 위기와 죽음을 딛고 이상 자신의 내부에서 성장해 나가야 할 또 다른 이상의 탄생을 예시하는 것이기도 하다. 이것이 바로 「종생기」에 등장하는 묘지명의 의미다.

> 墓誌銘이라. 一世의鬼才 李箱은 그通生의大作 「終生記」一篇을남기고 西曆紀元後一千九百三十七年丁丑三月三日未時 여기 白日아래서 그 波瀾萬丈(?)의生涯를 끝막고 문득 卒하다. 享年 滿二十五世와 十一個月. 嗚呼라! 傷心커다. 虛脫이야 殘存하는 또하나의 李箱 九天을우러러號哭하고 이 寒山一片石을세우노라. 愛人貞姬는 그대의歿後 數三人의 秘妾된바있고 오히려 長壽하니 地下의 李箱 아! 바라건댄 瞑目하라.[40]

　위의 묘지명이 보여주듯이 「종생기」에 나타나는 이상은 하나의 존재가 아니다. 만 25세 11개월의 나이로 "通生의大作 「終生記」一篇"을 남기고 세상을 떠난 이상이 그 하나의 존재라면 다른 하나는 숨겨버린 이상의 죽음을 애통해 하면서 묘비를 세우는, 만 26세 3개월이 된 또 하나의 이상이다. 이처럼 「종생기」에서 작가 이상은 "윗트와 파라독스", 알레고리를 구사하는 문학적 의식 및 창작 노선의 주체로서의 이상과, 그 위독한 상태와 죽음을 목도하고 그것을 슬퍼하면서 새로운 의식의 삶을 살아가야 할 이상을 구분한다. 여기서 물론 서술적 우위를 차지하는 것은 후자로서의 이상이다. 그는 앞에서 이미 인용하고 분석했듯이 전자로서의 이상을 가리켜 "독화"와 같은 자라고 명명하면서, 예술이라는 미명 아래 죽어가는 도시("死都")에서 살아가는 가족, 친척, 지인들("血族들")에

---

39) 위의 글, 363면.
40) 위의 글, 353면.

게 온갖 부조리한 악행을 저지른 자라고 단죄한다. 여기서 죽어가는 도시란 곧 현실로서의 도시 경성을 의미한다.

이제 그러한 존재로서의 이상은 그의 죽음을 선언하는 또 다른 이상의 존재에 의해 이승에서 떠밀려난다. 그가 구천으로 떠난 후에도 살아 숨쉬는 이상은 이제 새로운 의식을 가진 이상이 되지 않으면 안 된다. 그러나 처절한 죽음을 겪고 난 후에도 새로운 창작방법과 방향은 아직 명료하게 나타나지 않는다. 그는 다만 “독화”라는 이름의 꽃을 잃어버린 자일 뿐 새로운 꽃을 수중에 넣지 못하였다. 이것이 바로 「실화」에 등장하는 지독하게 가난한 ‘나’ 이상이다. “사람이 / 秘密이 없다는것은 財産없는것처럼 가난하고 허전한 일이다.”라는 에피그램이 말해주듯이, 그의 소설은 이제 알레고리의 “비밀”의 성채를 축조하는 일을 포기해 버렸다. 「실화」 전체에 걸쳐 “윗트와 파라독스”는 여전히 살아 있지만 그 기능은 알레고리적 의미망이 없는 자연주의적 사소설의 진부함과 지루함을 보상하기 위해서 발휘될 뿐이다. 「실화」의 주인공에게 꽃은 이제 남아 있지 않다. 꽃을 잃어버린 자신을 가리켜 ‘나’는 “검정外套에 造花를 단, 땐서—한사람. 나는 異國種강아지올시다.”41)라고 되뇔 뿐이다. 이 한 문장을 통해서 ‘나’는 그 자신이 그토록 집요하게 견지해 온 알레고리를 버리고 새로운 방법론을 찾아 나서지 않으면 안 될 “死都”의 지식인임을 고통스럽게 자인한다.

도쿄에서 「종생기」에 이어 「실화」를 쓰면서 이상은 모든 것을 잃어버린 폐허의 자리에서 새롭게 출발해야 한다는 절박함 속으로 인해 심연과 같은 고독에 사로잡혀 있었다. 추상적 현대를 비판적 시선으로 조감하는 모더니스트 ‘책임의사’이상의 의식 속에 식민지 현대라는 구체적인 현실을 처리하는 문제가 바야흐로 절박한 현안이 되어 있었던 것이다.

---

41) 이상, 「실화」, 『문장』, 1939. 3, 66면.

3. 성천 기행 산문의 두 계열과 「권태」의 위상

「종생기」를 쓰던 이상의 나날은 그러했다. 따라서 그 도쿄의 현장에서 쓴 「권태」(『조선일보』, 1937. 5. 4~5. 11)의 독해는 바로 이러한 소설 텍스트들의 전후 맥락에 대한 검토와 함께 이루어져야 한다. 좀 더 구체적으로 말해 「권태」는 그 씌어진 시점에 비추어 볼 때 「종생기」를 쓴 이상의 심리 세계를 보여주는 거울과 같은 작품으로 간주될 수도 있다. 그러나 이 '거울'의 반사 상태는 매우 복잡해서 「권태」를 해석하는 일, 또는 이상이 왜 하필 그 겨울 도쿄에서 여름의 성천에 관한 산문을 써야 했는가를 해명하는 방식은 여러 가지로 존재할 수밖에 없다.

먼저, 「권태」를 이상이 도쿄에서 얻은 환멸에 연결 짓는 시각이 있을 수 있다. 「권태」에 관한 매우 전통적인 시각이기도 한 이것은 김윤식 교수의 분석으로까지 거슬러 올라간다. 그는 "'도쿄행 이후'의 작품 배열 순서를 추정해서 텍스트간의 연관성과 그를 통한 '나 = 이상'의 내면의 변화과정을 알아낼 수 있을 것"[42]이라면서 "'도쿄행 이후'의 '나 = 이상'의 정신사적 궤적이 글쓰기의 본래적 수준 곧 수사학의 범주에서 행해졌음에 주목"[43]하여 "'서울 / 성천'에서 '도쿄 / 서울(성천)'의 수사학"[44]으로의 대칭적 변화에 주목했다. 「권태」에 대한 분석은 이러한 대칭 관계의 변화에 초점을 두는 쪽으로 전개되어 왔다. 김주현 교수는 이상의 다양한 텍스트들에 나타난 '성천 기행'의 자취를 찾아 복원해 낸 후, 특히 「산촌여정」(『매일신보』, 1935. 9. 27~10. 11)과 「권태」의 수사학적인 차이를 은유와 환유에서 찾고자 했다. 그에 따르면 "이상에게 성천은 초기의 경이와 매혹, 신비의 공간에서 '무미건조'하고 권태로운 세계로 옮아가

---

42) 김윤식, 『이상문학 텍스트 연구』, 서울대학교출판부, 1998, 201면.
43) 위의 책, 같은 면.
44) 위의 책, 같은 면.

게” 되는데, 그것은 “1936년 12월경 이상에게 찾아든 권태와 허무의식 때문”이다.[45] 즉 서술자의 권태로운 시각이 작용한 결과 「권태」에 나타난 사물들은 권태라는 환유적 특징을 공유하는 물상들로 나타나게 된다. 조해옥 교수 역시 이상의 산문에 관한 몇몇 고찰 속에서 성천 재현의 상이성에 주목했다. 그에 따르면 「산촌여정」에서는 서술자의 눈이 카메라의 렌즈처럼 대상을 대함으로써 관찰하는 자로서의 여유로움을 느끼게 하지만 「권태」에서는 인식 주체와 대상의 거리가 소멸된다. 이것은 「산촌여정」에서의 성천이 서술자의 병든 육체와 심리적 결핍을 위로받는 공간인데 반해 「권태」에 나타난 성천은 서술자의 권태로운 내면과 전혀 다르지 않은 공간이기 때문이다. 그리하여 “서술자의 내부를 가득 채운 권태가 지루한 성천 풍경을 배경으로 폭발한다. 성천의 무더위와 획일적인 초록의 색채 속에서 자의식 과잉 상태에 빠진 서술자의 내면이 어떤 것으로도 은폐시킬 수 없는 채로 노출된다. 서술자의 내부에서부터 끓어오르는 권태감이 그의 생기와 희망을 모두 소진시키는 것이다.”[46] 또한 비교적 최근에 김명인 교수는 「권태」에는 “글 전체를 도배하는 시골 성천의 권태, 즉 표면적 권태”와 “권태로움에 대해 쓰지 않을 수 없게 하는 동경의 권태, 즉 이면적 권태”의 두 가지 권태가 존재하며, “동경의 권태가 성천의 권태를 불러온 형국”이라고 했다.[47] 그에 따르면 이상이 도쿄에서 성천을 불러들인 것은 “거울 저편에 성천의 권태를 양립시킴으로써 동경의 공포를 이기고자 했던 것”이며, 성천의 풍경들은 “그가 아는 근대 / 사이비 근대의 풍경과는 전혀 다른 어떤 것, 즉 비(전) 근대의 풍경이며 근대 / 사이비 근대에의 환멸 이후 그의 기억 속에 유일하게 남아 있는 탈주의 공간이 될 수 있었다”는 것이다.[48]

---

45) 김주현, 「이상 문학에 있어서 성천 체험의 의미」, 『한국근대문학연구』 2, 2001 참조
46) 조해옥, 「‘성천’ 재현의 상이성 연구」, 『이상 산문 연구』, 서정시학, 2009, 48면.
47) 김명인, 「근대도시의 바깥을 사유한다는 것」, 『한국학연구』 21, 2009, 221면.

이러한 분석의 맥락에서 가장 인상적인 논문 가운데 하나는 문흥술 교수의 것이다. 그는 「종생기」와 「권태」를 분석하면서 이상 문학에서 "탈근대적 지식으로서의 상대적 지식"이 "심층텍스트"로 작용하고 있으며, 이로부터 이상 문학 전반에 걸친 "주체분열과 반담론으로서의 언술체계 분열"이 나타난다고 하였다.[49] 그에 따르면 탈근대적 지식에 대한 욕망은 이상의 초기 문학에서부터 나타나는 근본적 양상이며, 그의 수필 「東京」에 나타나는 도쿄에 대한 환멸과 비판은 이미 오래 전부터 준비되어온 이것이 외면화된 것에 불과하다.

> 욕망을 충족시키기 위해 찾아온, 근대적 도시인 동경의 상징이라 할 수 있는 "부사산"이 한갓 "소꼽작난 과자같이 가련한" 것일 때, 그 공복은 지식의 영역에서 느꼈던 공복이나 추위 이상의 것에 해당된다. 즉 더 이상 욕망을 유지하거나 혹은 그 포우즈화를 통해 비판할 대상도 없는 상태, 곧 "절대 권태"의 영역으로 함몰되는 것이다.[50]

이러한 분석은 「권태」를 도쿄에 대한 환멸에 연결시키면서도 이상의 시각을 "탈근대적 지식으로서의 상대적 지식"이라는 보다 높은 곳에 위치시킴으로써 '현해탄'에 사로잡히지 않을 이상 문학의 첨단성을 논증하고자 하는 독특한 양상을 보인다.

김윤식 교수에서 문흥술 교수에 이르는 분석들은 이상의 말년과 「권태」에 관해 여전히 의미 있는 시사점을 제공해 주고 있는 것이 사실이다. 그럼에도 이러한 시각은 이상을 현해탄을 건너간 수심 모르는 한 마리 나비로 보는 시각의 연장선상에 놓여 있으며 따라서 언제나 '현해탄'이라는 장벽에 부딪힐 가능성을 남긴다. 그렇다면 그와 다른 방식의 해

---

48) 위의 글, 222 및 223면.
49) 문흥술, 「이상문학에 나타난 주체분열과 반담론에 관한 연구」, 서울대학교 석사논문, 1991, 112면.
50) 위의 논문, 111-112면.

석은 과연 가능한 것일까? 가능하다면 또 어떻게 가능한 것일까?

여기서 우리는 다시 한 번 김윤식 교수의 논의로 돌아오게 된다. 그러나 이번에는 앞에서와 달리 그가 최재서의 「종생기」 분석을 다루면서 「권태」의 위상을 살피는 부분에 주목할 것이다. 「권태」의 사상을 새롭게 검토해 보기 위해서는 이 자리를 통해 최재서의 논의로까지 소급해 가지 않으면 안 된다.

김윤식 교수에 따르면 최재서는 「날개」와 달리 「종생기」의 분석에 속수무책일 수밖에 없음을 자인해야 했는데, 그것은 이 작품이 표면에 나타난 난해함과 비논리성 때문이었다. 요컨대 하나의 이상이 종생한 후에 잔존한 또 하나의 이상이 구천을 우러러 호곡한다고 한 “이時間顚倒와 非論理”[51]를 설명할 수 없었다는 것이다. 이런 최재서에게 “번개같은 測光을던져주는 글”[52]이 바로 「권태」였다. 「권태」에 주목함으로써 그는 「권태」에 나타나는 의식의 백치 상태와 “허탈이란 바로 「종생기」의 참주제인 ‘종생’ 그것”[53]임을 알아차리게 된다. 문맥을 살펴볼 때 “倦怠를 認識하는 神經마저버리고 完全히 虛脫해버려야한다.”[54]는 그 “虛脫”이야말로 「종생기」의 참주제인 “終生”의 본의라는 판단은 최재서의 것만은 아닌 듯하다. 그러나 이러한 판단은 앞의 장에서 필자가 분석해 온 「종생기」의 주제와는 양립하지 않는 것 같다. 「종생기」와 「권태」를 도쿄에서의 이상의 내면 풍경을 보여주는 거울로 삼아 “종생” = “허탈”이라는 도식을 도출한 것은 탁월한 비평적 감각의 소산이지만, 이것은 오랜 시간의 경과를 거친 현재의 시점에서 이상 문학의 새로운 발견을 위해 재검토 될 필요가 있다. 김윤식 교수가 재조명한 최재서의 「종생기」 논의

51) 최재서, 「각서—현대적 지성에 관하야」, 『문학과지성』, 인문사, 1938, 140면.
52) 위의 글, 같은 면.
53) 김윤식, 『이상 문학 텍스트 연구』, 237면.
54) 이상, 「권태」, 『조선일보』, 1937. 5. 4.

는 과연 「종생기」 분석이라고 할 수 있을까?

> 따라서 『終生記』에서 終生이라함은 散文으로飜譯한다면 虛脫이다. 卽
> 그의에스프리가 現世的苦悶에서脫却함을 意味한다. 그러나 이것은 무슨
> 神秘主義나 宗敎的心境을 意味함은아닐께다. 웨그러냐하면 그는 自己의精
> 神을 肉體로부터 遊離시켜가지고 安心立命地帶에서 悠悠히지내자는迷信
> 을가진것은 아니니까. 다만 苦悶을感覺하는 自己-『終生記』以後에 남어
> 九天을우러러號哭하는 또하나의 人間的自己를 할퀴고 점이는 批評的 自
> 己를 죽여버리자는것이다.
> 　어린애들이 전갈(蝎)을잡어다놓고 불찜을하면 이毒蟲은 드디어 尾端
> 의毒針을 自己自身가슴에다 찌르고 죽는다 한다. 自己가 自己를批評하고
> 그괴로움에서 버서나랴고 自己의 一面을 죽이려하나 그亦不可能함을 깨
> 닷는 이矛盾 이 苦憫!『終生記』一篇은 이 自己分裂과 自意識의 피무든記錄
> 이다.55)

「권태」의 사상을 "허탈"에서 찾은 위의 인용문은 「종생기」 분석이라
기보다는 「권태」의 분석에 더 가깝다. 그러나 이는 「권태」의 사상을 해
명하는 데는 매우 중요한 단서를 제공할 것으로 보인다. 여기서 필자가
제기하고자 하는 것은 "허탈"이란 과연 무엇으로부터의 "허탈"이냐는
것이다. 최재서는 그것을 일단 "現世的苦悶에서 脫却"이라고 했고, 다시
"批評的 自己를 죽여버리자는 것"이라고 했다.

그런데 첫 번째 것은 이상 문학의 보편적 특징이라 하지 않을 수 없
다. 앞에서도 언급했듯이 최재서는 이상을 가리켜 "우리들의 溫良한 生
活은 벌서 예前에 卒業"한 사람이었으며 "常識에 실증"이 난 사람이었다
고 회고했었다. 여기서 "온량한 생활"이란 제도와 관습과 규율을 중시
하는 생활을 의미한다. 그것은 곧 통속적인, 비판적 지성에 의해 검증되
지 않은 "상식"이 지배하는 생활일 것이다. 이상은 최재서가 인상 깊게

---

55) 최재서, 앞의 글, 141면.

보았듯이 “씨니칼한 우슴”56)으로 세속적인 생활과 “상식”과 고민을 단
번에 날려버리는 재주를 가진 사람이었고, 이 점에서 그의 삶과 문학은
“現世的苦悶에서 脫却”을 실현하는 문학 바로 그것이었다. 따라서 최재
서가 말한 첫 번째 “허탈”은 이상 문학 전반의 ‘권태’ 사상을 헤아리는
문제에 연결된다. 이러한 맥락에서의 연구는 아직 출발선상에 서 있다
고 해도 과언이 아닌데, 불과 몇몇 연구에서만 이상의 문학을 ‘권태’와
관련짓는 양상을 발견할 수 있기 때문이다. 그러나 ‘권태’는 이상 문학
의 매우 근본적인 개념 가운데 하나가 되어야 한다. 하이데거에 따르면
‘권태’는 철학적 사유를 가능케 하는 근본적인 감정이다.57) 즉 이상의
문학은 ‘권태’의 감정 위에 축조된 철학적 사유의 세계다. 또한 보들레
르는 ‘권태’ 속에서 근대를 하나의 거대한 파국으로 보는 미학적 허무주
의를 구축하면서, ‘만보’를 통해 ‘권태’와 ‘우울’을 견디고 동시에 그것
들에 의해 조성되는 세계를 인식해 나갔다.58) 이상의 문학 역시 다음
장에서 살펴보겠지만 이러한 보들레르적 기획과 긴밀히 연결되어 있었
다. 그는 보들레르의 기획을 수용하되 이를 더욱 극단적으로 발전시켜
독창적인 세계를 창조해 나갔다. 알레고리적 상상력이 보들레르 문학의
중요한 원천 가운데 하나였듯이,59) 이상의 문학 역시 근본적으로 알레
고리적 구성물 외에 다름 아니었다. 「날개」를 비롯하여 이상의 시와 소
설에 나타난 ‘권태’와 그것을 표현하는 알레고리의 문제는 본격적인 탐
구 대상이 되어야 한다.

　한편, 두 번째 것은 이상이 도쿄에서 쓴 「권태」에만 고유하게 나타나
는 “허탈”의 사상이 무엇이냐를 묻는 문제로 연결된다. 최재서는 그것

---

56) 최재서, 「고 이상의 예술」, 앞의 글, 1938, 113면.
57) 김홍중, 「멜랑콜리와 모더니티」, 『한국사회학』 40권 3호, 2006, 5면 참조.
58) 위의 글, 22-24면 참조.
59) 발터 벤야민, 『보들레르의 파리』, 조형준 역, 새물결, 2008, 150면.

을 "批評的 自己를 죽여버리자는 것"으로 보았다. 이는 확실히 「권태」의 사상의 한 지점을 보여주는 것 같다. 그러나 「권태」를 「종생기」와의 관계 속에서만 살펴본다면 「권태」 고유의 '권태' 사상은 전체적으로 파악되기 어려운 것 같다. 「권태」는 이상 문학 전반의 권태 사상의 전개 위에서 「권태」에 더해진 '권태' 사상이 무엇인지 헤아리는 방향에서 분석되어야 한다. 이를 위해서는 「권태」가 단순히 여름 성천 하루의 권태로운 풍경을 그린 작품이 아니라 도쿄에 건너간 이상 자신의 총체적이면서도 처절한 내면적 사투를 기록한 것이라는 점에 충분히 주목할 필요가 있다.

> 暗黑은 暗黑인以上 이좁은房 것이나 宇宙에꽉찬것이나 分量上差異가업스리다. 나는 이 大小업는 暗黑가운데누어서 숨쉴것도 어루만즐것도 또 慾心나는것도 아무것도업다. 다만 어디까지가야끗이날지 모르는來日 그것이또 窓박게歡待하고잇는것을 느끼면서 오들오들 떨고잇슬뿐이다[60]

위의 인용문은, 『종생기』에서 죽어버린 사체를 끌어안고 절망적 탄식을 발하던 "잔존"한 또 다른 '이상'과, 어디까지 가야 끝날지 모르는 내일이 자기를 기다리고 있다는 사실 때문에 "오들오들 떨고 잇을뿐"인 「권태」의 '이상' 사이에 낙차나 거리가 거의 없음을 보여준다. 이 내면 심리의 측면에서 「종생기」와 「권태」는 서로 연속되어 있는 텍스트다. 물론 더 깊은 절망은 도쿄에서의 체류가 길어진 「권태」 쪽에서 찾아진다. 여기서 '나'는 생각한다. "암흑은 암흑인 이상 이 좁은 방것이나 우주에 꽉찬것이나 분량상 차이가 업스리"라고. 이 "대소업는 암흑"은 비상구를 보여주지 않는다. "숨쉴것도 어루만즐것도 또 慾心나는것도 아무것도업다." '나'는 모든 탈출의 희망이 소거되어버린 "암흑" 속에 누워 그

---

60) 이상, 「권태」, 『조선일보』, 1937. 5. 11.

럼에도 불구하고 “來日”이 “登待”해 있다는 사실 때문에 “오들오들 떨고 잇슬뿐이다.” 여기 이 암흑의 방에서 떨고 있는 ‘이상’은 확실히 여름에 ‘어리석은 석반’을 마치고 성천의 구석진 방에 돌아와 있는 ‘이상’이라 기보다는 한겨울의 도쿄 “九段아래 꼬부라진 뒤꼴목 二層골방”,[61] “完全히 햇볕이 들지안는 房”[62] 아래서 추위에 떨고 있는 한겨울 도쿄의 이상이라고 해야 옳을 정도로 지독하게 추워 보인다.

그러나 이 인간이 「권태」를 통해서 추위와 공포만을 드러내고 있는 것은 아니다. 그는 위의 인용문이 보여주듯이 세속적인 시공간 의식과 완전히 절연해 버린 인간으로 나타난다. 그의 “암흑”에는 “대소”가 없다. 그의 “암흑”에는 오늘과 내일과 어제의 차이도 없다. 그에게는 성천과 경성과 도쿄의 차이도 없다. 성천의 숨막히는 더위와 도쿄의 살갗을 파고드는 한기의 차이도 없다. 「권태」는 세속적인 삶을 구성하는 이 모든 차별적 인식과 경계의 바깥에 서서 삶 자체를 ‘권태’ 그것으로, “암흑”으로 파지하는 의식적인 인간의 형상을 보여준다. 즉, 표면상으로 보면 「권태」는 성천 여름의 하루를 권태롭게 그려나간 것처럼 보이지만, 실제로는 이 ‘최후의’ 의식에 도달하기 위한 내면적인 성찰의 과정을 기록하고 있는 작품이다. 때문에 「권태」의 텍스트는 아침부터 밤까지의 생활을 묘사적으로 기록하는 과정 곳곳에 ‘권태’의 사상을 집요하게 축조해 나가는 인간의 목소리를 파상적으로 보여주게 된다. 예컨대 다음과 같은 문장들이 그것이다.

(가)
일부러 저준다는것조차가 어려운일이다. 나는 왜 저 崔서방의족하처럼 아주 영영 放心狀態가 되어버릴수가업나?이 窒息할것가튼倦怠속에서도 些細한勝負에拘束을밧나?아주 바보가 되는수는업나?

---

61) 김기림, 「고 이상의 추억」, 『조광』, 1937. 6, 313면.
62) 위의 글, 313면.

내게 남아잇는 이 치사스러운 人間利慾이 다시업시 밉다. 나는 이 마
즈막것을 免해야한다. 倦怠를認識하는 神經마저버리고 完全히 虛脫해버
려야한다.63)

(나)

아무것도 생각할수업는狀態以上으로 괴로운狀態가 또 잇슬까. 人間은
病席에서도 생각한다. 아니 病席에서는 더욱 만히생각하는法이다. 끗업
는倦怠가 사람을掩襲하얏슬때 그의瞳孔은內部를向하야열리리라. 그리하
야 忙殺할때보다도 몃倍나 더 自身의內面을省察할수잇슬것이다.

現代人의 特質이오 疾患인 自意識過剩은 이런 倦怠치 안흘수업는 倦怠
階級의 徹底한 倦怠로말미암음이다. 肉體的閑散 精神的倦怠이것을 免할수
업는 階級이 自意識過剩의絶頂을表示한다.

그러나 지금 이 개울가에안즌나에게는 自意識過剩조차가 閉鎖되엇다.

이러케閑散한데 이러케極度의倦怠가잇는데 瞳孔은內部를向하야열리기
를 躊躇한다.

아무것도 생각하기실타. 어제까지도 죽는것을생각하는것하나만은 즐
거윗다. 그러나 오늘 그것조차가 귀찬타. 그러면 아무것도생각하지말고
눈뜬채졸기로하자.64)

(다)

房에도라와 나는 나를살펴본다. 모든것에서 絶緣된 지금의 내生活—
自殺의端緒조차를 차즐길이업는 지금의 내 生活은 果然 倦怠의極 倦怠그
것이다.

그러컷만 來日이라는것이잇다 다시는 날이새이지안흔것갓기도한밤
저쪽에 또來日이라는놈이한個 버티고서잇다마치凶猛한刑吏처럼—

나는 그 刑吏를避할수업다 오늘이되어버린來日 속에서또 나는 窒息할
만치심심해레야 되고기막힐만치 답답해해야 된다65)

이와 같은 문장들에서 '나'는 자신을 둘러싸고 있는 세속적 세계 자

---

63) 이상, 「권태」, 『조선일보』, 1937. 5. 4.
64) 위의 글, 『조선일보』, 1937. 5. 7.
65) 위의 글, 『조선일보』, 1937. 5. 11.

체로부터의 초월을 꿈꾼다. 이러한 상태를 그는 완전한 "放心狀態", "倦怠를認識하는 神經"마저 버린 "完全"한 "虛脫", "自意識過剩조차"의 "閉鎖", "모든것"으로부터의 "絶緣", "倦怠의極 倦怠" 등으로 다양하게 표현하면서 그 적절한 표현을 찾아 고심한다. 이들은 결국 마지막 표현, 즉 단순한 권태가 아닌 "極 倦怠"의 상태로 요약될 것이며, 이것은 바로 "大小업는 暗黑"에의 인식 속에서 "숨쉴것도 어루만즐것도 또 慾心나는 것도 아무것도업"는 상태 외에 아무것도 아닐 것이다.「권태」의 결말에 이르러 그는 마침내 이러한 "極 倦怠"의 상태에 도달할 수 있었다. 그러나 그는 그럼과 동시에 "어디까지가야끗이날지 모르는來日 그것이또 창박게 登待하고 잇는" 사실 때문에 전율한다. 공포에 사로잡힌다. "오들오들" 떨지 않을 수 없다.

이처럼「권태」는 "極 倦怠"의 사상을 구축함과 동시에 그 한계의식을 표현하고 있다는 점에서, 이상 문학의 보편적 특질 가운데 하나인 ‘권태’ 사상의 정점에 이르고 있으며, 소설에서의「종생기」와 마찬가지로 자신의 세계인식과 문학적 표현을 최후의 지점까지 밀어붙이고자 한 의도가 드러나는 작품이다. 다시 말해 ‘권태’의 사상은「권태」에 와서야 비로소 나타난 것이 아니라 여러 작품들에서 반복적으로 시도되었던 것이 이 지점에 와서 새롭게 극화된 것이다. 성천 기행을 다룬 여러 문헌적 자료와 그 밖의 문학작품들에 나타난 ‘권태’의 양상들은 이상이 오랜 시간에 걸쳐 ‘권태’의 사상을 구축해 왔음을 보여준다.

김주현 교수에 따르면 이상 문학에서 성천 체험을 변주한 작품들은 다양한 형태로 존재하고, 특히 수필에서 그러하다.66) 실제로「산촌여정」과「권태」말고도,「女像四題」(『여성』, 1936. 4),「첫 번째 방랑」(유정 역,『문학사상』, 1976. 7)「이 아해들에게 장난감을 주라」(김수영 역,『현대문학』,

---

66) 김주현,「이상 문학에 있어서 성천 체험의 의미」, 앞의 글 참조.

1960. 12), 「어리석은 석반」(김수영 역, 『현대문학』, 1961. 1), 「모색」(김수영 역, 『현대문학』, 1960. 12), 「무제」(김수영 역, 『현대문학』, 1960. 12), 「야색」(최상남 역, 『문학사상』, 1986. 10) 등 다양한 텍스트가 성천 체험에 관련되어 있음을 확인할 수 있다. 그런데 이러한 자료들은 한결같이 지금은 어디론가 유실되어 버린 일문 노트의 존재를 가리키고 있다. 이상은 이 창작노트에 완성, 미완성 습작의 형태로 성천체험을 여러 번에 걸쳐 다양한 각도에서 그려놓았는데, 이것은 "나는 베(稻)를 본일이없다"[67]는 수사학이 웅변하듯 도시의 아들인 그에게 성천 체험이 지극히 인상적이었음을 말해준다. 그러나 성천 체험을 옮긴 이 텍스트들이 단순한 재현에 그치는 것만은 아니다. 이 텍스트들은 「권태」가 체험의 단순한 기록이 아니라 새로운 구성물임을 보여준다. 이상은 성천 체험을 글로 작성 할 때마다 미완성의 형태로는 생각의 단상들을 두서없이 옮겨 놓았고 완성의 형태로는 자신의 경험 요소들이나 그 시간적 순서를 새롭게 배치하고 조명의 각도를 달리함으로써 구성과 의미의 변화를 추구했다. 이렇게 보면 「권태」는 그 최종 판본인 셈이다.

원본인 일문 원고들이 사라지고 없는 지금 이 텍스트들의 집필 순서를 정밀하게 추적하기는 어렵다. 또한 일문 원고를 번역해 버린 이상, 번역자들의 문체의식에 따라 원문의 구조와 뉘앙스가 제각기 달라져버린 번역문을 두고 「권태」와 이들 텍스트들 사이의 상호텍스트적 양상을 치밀하게 따져나간다는 것은 무위에 가깝기까지 하다. 그러나 이 텍스트들은 이상의 '권태' 사상이 어떻게 전개되어 왔는지 알 수 있게 해주는 까닭에, 이러한 '권태' 사상의 전개 과정에 비추어 텍스트들을 계열화시키는 것이 불가능하지만은 않다. 이러한 분석 방법을 취하면 성천 체험을 다룬 텍스트들은 크게 두 개의 계열로 나눌 수 있는데, 그 첫 번

---

67) 이상, 『종생기』, 앞의 글, 361면.

째 계열에 속하는 것은 「산촌여정」, 「여상사제」와 「첫 번째 방랑」, 「모색」, 「무제」 등이고, 두 번째 계열에 속하는 것은 「권태」와 「이 아해들에게 장난감을 주라」, 「어리석은 석반」, 「야색」 등이다. 첫 번째 계열에 속하는 작품들은 초가을의 계절감각을 표나게 드러내면서 원시적인 색채감을 발하는 성천의 아름다운 풍경과 사람들에 매혹된 ‘나’의 내면을 드러내는 특징을 갖는다. 반면에 두 번째 계열에 속하는 작품들은 여름의 혹서를 방불케 하는 계절감각을 드러내면서 성천 풍경과 생활의 단조로움, 지루함, 변화 없음, 즉 ‘권태’를 드러내는 특징을 갖는다. 성천이라는 대상에 대한 의식의 추이에 비추어 볼 때, 후자의 계열은 전자의 계열에 비해 일단 심화된 의식을 표현하고 있다고 평가해 볼 수 있다. 이상은 두 번째 계열에 속하는 글들을 통해 ‘권태’의 사상을 구축하기 위한 노력을 반복해 나갔다. 다음과 같은 대목들이 이를 확인시켜 준다.

(가) 「이 아해들에게 장난감을 주라」의 경우

나는 해양(海洋) 같은 권태 속을 헤엄치고 있다. 지느러미는 미적지근한 속에 있다.
아해들은 아우성을 지르면서 나의 유쾌한 잠을 송두리째 뒤흔들어 놨다. 나는 깜짝 놀랐다. 구릿빛 살결을 한 남아(男兒)처럼 뵈는 아해 두셋이 내가 누워 있는 곁에서 놀고 있는 것이다. 모색(暮色)이 망토 모양으로 그들의 시체 같은 불결(不潔)을 휩싸고 있다.68)

암만 기다려도 이해들은 이 어처구니없는 유희를 그만두지 않는다. 어랍쇼. 이러다가 이 아해들은 참으로 미쳐버리지나 않을까. 어디서도 권태로워서 안절부절못한다는 것은 치명적인 부상이라기보다도 인간에겐 더욱 치명적인 것만 같다. 현재 내 자신을 보라. 나는 혹 내부에서 이미 구원될 수 없을 정도로 미쳐버리지 않았다고 누가 나를 보증하겠는가?69)

---

68) 이상, 「이 아해들에게 장난감을 주라」, 권영민 편, 『이상전집』 4, 뿔, 2009, 357면.

(나) 「어리석은 석반」의 경우

그러나 이 촌락은 평화하다. 나는 마늘 냄새를 풍기는 게트림을 하였
다. 마늘—이 토지의 향기를 빨아올린 귀중한 것이다. 나는 이 권태 바
로 그것인 토지를 사랑하는 동시, 백면들을 제외한 그들 촌사람의 행복
을 축복하고 싶다. 이제 나는 움직일 수 없는 태산(泰山)처럼 만족 상태
이다. / 인간이 인간의 능력으로서 어느 정도 타태(惰怠)할 수 있느냐가
문제일까. 사실 이 목적도 없는 게으른 생활은 어쩐 일인가. 도대체 이
것이 과연 생활이라고 이름할 수 있는가.[70]

개도 가버렸다. 나는 이제 무엇을 관찰해야 좋을지 모르겠다. 나는
울타리 너머로 산과 들을 바라보기로 한다. 산은 어젯날과 같이, 자체
마저 알 수 없는 새벽녘 빛을 대변하고 있다. 들은 어젯밤 이래 아무
일도 일어나지 않았다. 저 밑바닥은, 태양도 없는 어두운 공포의 한가
운데 있으면서도, 얼마나 무신경한 둔감 바로 그것인가. 산(山)은 소나
무도 없는 활엽수만으로써 전혀 유치한 자격뿐이다. 이 광대무변(廣大無
邊)한 제애(際涯)도 없는 세련되지 못한 영원의 녹색은 도대체 어디로부
터 어디에까지 계속하고 있는 것인가.
나는 이 정도로써 이 홍수 같은 녹색의 조망(眺望)에 싫증이 나버렸
다. 나는 하늘을 쳐다보기로 한다. 원래부터 하늘엔 무어고 있을 리 만
무하다. 그러나 구름이 있다. 그것은 어제도 백색이었다. 그리고 오늘도
하얗다. 여름 구름에도 있을 성싶지 않은 단조롭고도 저능한 일이다.
구름의 존재란 것은 무엇을 의미하는가? 비가 된다고? 나는 아직 한 번
도 구름이 비가 된다는 것을 믿어본 적이 없다. 그렇다면 저건 자기 스
스로를 속이고 있다. 부끄러운 줄도 모른다. 완전히 부운(浮雲) 같은 존
재에 지나지 않는다. 나는 이 아침의 이 세상의 어느 나라의 지도와도
닮지 않은 백운(白雲)을 망연히 바라보며 인생의 무한한 무료함에 하품
을 하였다.[71]

---

69) 위의 글, 358면.
70) 이상, 「어리석은 석반」, 권영민 편, 『이상전집』 4, 뿔, 2009, 372면.
71) 위의 글, 376면.

(다) 「야색」의 경우

　　그런데 나는 뭔가. 자살하는 일 자살하지 않는 일 등을 번갈아 가며 생각하는 데 몰두하거나 그렇지 않으면 공연히 정신 상태를 어지럽게 해서 그 때문에 몹시 비관하거나 실망하는 등 생각해 보면 그야말로 불행한 사람이다.

　　이런 식으로 나의 일생은 끝나겠지. 생각이 여기에 미치자 산다는 것이 이 얼마나 불쾌와 고통의 연속인가 하는 것에 아연해질 수밖에 없다.

　　<u>야색은 권태로운 경치를 한층 더 권태롭고 흔연하게 만들었을 뿐 아니라 아무짝에도 쓸데없는 방대한 공포의 광경마저 내장한 채 버티고 있다. 이러한 우매한 자연에 대해서 나는 언제까지나 털끝만 한 친밀감도 발견할 수 없다.</u>[72]

　　위의 인용문들은 「권태」에 표현된 "極 倦怠"의 사상이 단순한 도쿄적 환멸의 산물이 아니라 오랜 사유의 결과물임을 보여준다. 이 텍스트들은 "권태"와 "공포"가 결합된 "極 倦怠"의 맹아를 모두 내장하고 있다. 결국 도쿄가 선사한 환멸은 「권태」에 나타난 '권태' 사상의 완성을 촉진했을지언정 그것을 새롭게 발명하도록 한 것이 아니다.

　　「권태」는 완전한 "허탈" 상태에 놓여 있음에도 불구하고 "내일"이 자신을 기다리고 있음에 전율해하는 인간의 형상을 보여준다. 이것은 자신의 창작방법의 "종생" 이후에도 현대세계가 의연히 버티고 있음에 경악할 수밖에 없었던 「종생기」의 이상과 연결되는 성질의 것이다. 이상은 자신의 "비밀"과 "재산"을 모두 쏟아버렸건만, 그리하여 돌아갈 곳도 나아갈 곳도 알 수 없건만 '독방'에 머물러 있을 수도 없는 기막힌 공포 속에 갇힌 자가 되어버린 자신을 목도한다. 자기 삶과 문학에 대한 총체적 절망감에 사로잡힌 채 햇볕 안 드는 차가운 '독방'에 이불

---

72) 이상, 「야색」, 권영민 편, 『이상전집』 4, 뿔, 2009, 452-453면.

을 둘러쓰고 벌벌 떨면서 이상은 자신을 사로잡았던 '첫번째 방랑'의
아름다운 초가을 성천이 아니라 백도 가까운 볕이 벌판에도 뽕나무에
도, 암탉 꼬랑지에도 내려 쪼이는, 아침이나 저녁이나 뜨거워서 견딜
수가 없는 염서 속의 성천을 새롭게 고안해 낸다.[73] 그곳은 죽겠을만치
지루하고 한없이 단조롭고 끝없이 넓고 초록이 지칠 뿐인 공간, 물상들
하나하나가 제 빛을 잃고 절대적인 "放心狀態"를 권고하는 공간이다.
이상은 이 인위적인 무위의 공간으로 돌아가 자신이 견지해 온 '권태'
라는 이름의 최후의 사상을 완성하고자 한다. '권태'를 인식하는 신경
마저 버리고 완전히 "허탈"해 버린 인간이 되고자 한다. 세상의 제행이
모두 싱거운 나머지 권태에 빠진 자신만을 응시하는 "자의식 과잉"의
상태마저 벗어던진 "極 倦怠"의 사상을 구축하고자 한다. 실제로 그는
그러한 상태를 획득하고야 말았다. 이 상태 속에서는 그가 더위에 시달
리고 있는 곳이 성천이든 도쿄이든 관계없다. 추위와 공포에 시달리고
있는 곳도 어디든 상관없다. 이 상태 속에서만큼은 그는 그 모든 분별
과 경계적 인식의 바깥에 서 있다. 죽음의 자리에서 보면 삶의 모든 것
이 등가적일 수밖에 없다.

　그러나 이번에도 그는 「종생기」의 비극적 운명을 반복한다. 「종생기」
에서 그는 '산호채찍'의 세계를 끝까지 밀고 나간 끝에 역설적으로 그
한계를 자인할 수밖에 없는 결말에 다다르고 말았었다. 그와 똑같이 「권
태」에서도 그는 자신의 '권태'의 사상을 "극 권태"의 경지로까지 밀고
나간 후 충격적인 공포에 사로잡히고 만다. "極 倦怠"의 "허탈"로는 또
다시 대두할 내일에 맞설 수 없을 것이라는 사유에서 비롯된 이 공포는
확실히 성천을 체험하고 있는 텍스트 안의 이상이 아니라 도쿄에서 성
천에 관해 쓰면서 최후의 심경에 사로잡혀 있는 이상의 것이라 하겠다.

---

73) 이상, 「권태」, 『조선일보』, 1937. 5. 4, 273면.

4. ‘권태’, 그 보들레르적 기획과 도쿄행의 의미

그렇다면 과연 “극 권태”란 무엇인가. 이를 위해서는 이상과 보들레르의 관련성에 주목해 보지 않으면 안 된다. 「권태」를 비롯한 성천 체험 텍스트들은 여러 면에서 이상 문학에 나타난 ‘권태’를 보들레르에 있어서의 ‘권태’의 문제와 관련지어 보게 하는 단서들을 제공하기 때문이다.

이상 문학과 보들레르의 관련성을 규명한 논문으로는 고현혜 씨의 「이상문학의 상호텍스트성 연구」(국민대학교 박사논문, 2007)이 거의 유일한 예라 하겠는데, 여기서 그는 도시 산책자로서의 보들레르와 이상 문학의 관계를 폭넓게 조명해 나간다. 이 가운데 특히 주목되는 곳은 두 사람의 문학을 ‘근대적 삶의 병리성, 도시의 변화와 붕락’의 맥락에서 살펴본 부분이다. 그는 보들레르의 『파리의 우울』에 실린 「이 세상 밖이라면 어느 곳이라도」를 현대문명의 병리적 측면을 잘 보여주는 작품으로 평가하면서 여기에 이상의 「지비」(『조선중앙일보』, 1935. 9. 15) 등에 나타난 현대문명의 병리성에 대한 인식을 대비하고 있다. 이러한 분석 속에서 그는 보들레르가 “이곳을 떠나서 여행을 추구하는 것은 이곳의 삶이 병원에서의 삶과 같기 때문”이었다고 하였고, 같은 맥락에서 「이 세상 밖이라면 어느 곳이라도」는 “다른 곳을 꿈꾸는 상상적 여행의 즐거움이 아니라 여행이 불가능한 〈다른 곳〉을 꿈꾸는 인간 영혼의 절망을 노래한” 것이라 하였다. 또한 “아무 곳이라도 좋소! 아무 곳이라도! 그것이 이 세상 밖이기만 하다면!”이라는 시인의 영혼의 외침 속에는 “현대문명의 병리성을 드러내면서 그로부터의 탈출을 꿈꾸는 영혼의 욕망”이 나타난다고 하였다.[74] 이로부터 이 논문은 현대문명의 병리성을 비판적으로 노래한 이상의 시들에 대한 분석으로 나아갔는데, 그와는

---

74) 고현혜, 「이상문학의 상호텍스트성 연구」, 국민대학교 박사논문, 2007, 233면.

또 다른 방향이 있었음을 암시했으면 더 좋았을 것이다. 그것은 바로 이 산문시를 보들레르의 '권태' 사상의 맥락에서 살펴보면서 이를 다시 이상의 '권태' 사상에 연결시키는 방향이다.

'권태' 사상의 맥락에서 보면 이상의 성천체험은 무엇보다 '권태'의 산물이었음이 드러난다. 「첫 번째 방랑」은 이러한 해석의 단서를 보여주는 텍스트다.

> 나는 물을 마셨다. 시원한 밤이 오장(五臟)으로 흘러들었다.
>
> 귀뚜리 소리는 한층 야단스레 한결 선연해진 것 같다. 달 없는 천근(千斤)의 마당 안에.
>
> 이 귀뚜리는 홀로 속세의 시끄러움에서 빠져나와, 이 인외경(人外境)에 울적하게 철학(哲學)하면서 야위도록 애태움은 어찌된 까닭일까? 이 귀뚜리는 지독한 염세가(厭世家)인지도 모른다. 램프의 위치는 어쩌면 그 화려한 자살 장소로서 선정된 것이나 아닐지.
>
> 그의 저 등피 밖에서 흥분과 주저는 어떠했던가.
>
> <u>귀뚜리의 자살―여기에 일가권속(一家眷屬)을 떠나 붕우(朋友)를 떠나, 세상의 한없는 따분함과 권태로 해서 먼 낯선 땅으로 흘러온 고독한 나 그네의 모습을 보지 않는가.</u> 나의 공상은 자살하려고 하는 귀뚜리를 향해 위안의 말을 늘어놓는다.
>
> 귀뚜리여, 영원히 침묵할 것인가. 귀뚜리여, 너는 어쩌면 방울벌레인지도 모른다. 네가 방울벌레라 해도 너는 침묵할 것이다.
>
> 죽어선 안 된다. 서울로 돌아가라. 서울은 시방 가을이 아니냐. 그리고 모든 애매미들이 한껏 아름다운 목청을 뽑아 노래하는 계절이 아니냐.
>
> 서울에선 아무도 너를 기다리고 있지 않다. 그 말인가. 그래도 좋다. 어쨌든 너는 서울로 돌아가라. 그리고 노래해 보게나. 그리하여 전과는 다른 의미에서의 삶의 새로운 의의와 광명을 발견하게나. 고안(考案)해 보게나.[75]

---

75) 이상, 「첫번째 방랑」, 권영민 편, 『이상전집』 4, 뿔, 2009, 412-414면.

위의 인용문은 이상의 ‘첫번째 방랑’이 무엇보다 “권태”에 기인한 것임을 보여준다. 그런데 이처럼 여행을 “권태”와 연결짓는 사상은 보들레르에서 그 기원을 찾을 수 있다. 보들레르는 평생 어디론가 떠나야 한다는 욕구와 강박관념 속에서 살았는데, 이는 그의 산문시 「이 세상 밖이라면 어느 곳이라도」에 잘 나타난다. 여기서 화자는 “이곳의 삶은 병원”[76]이라고 생각하며 어디론가 떠나기를 꿈꾼다. 여행은 바로 “병원”과 같은 “이곳의 삶”에서 벗어날 수 있게 해주는 수단이다. 화자는 먼저 리스본이나 로테르담이나 바타비아 같은 곳을 떠올리지만 이러한 제안은 자기 넋의 호응을 받지 못한다. 그러자 화자는 다시 자신의 넋에게 “‘죽음’을 닮은 나라”로의 여행을 제안한다.

> “그렇다면 너는 네 고통 속에서만 즐길 정도로 무력감에 빠진 것인가? 사정이 그렇다면 ‘죽음’을 닮은 나라 쪽으로 달아나자꾸나. 그 일은 내가 맡아 할 테다. 가엾은 넋이여! 토르네오로 떠나기 위해 가방을 챙기자. 그보다 더 멀리로 가자꾸나. 발트 해의 맨 끝으로 가자. 아니. 가능하다면, 삶으로부터 더 멀리 떠나가자. 북극에 가서 자리를 잡자. 거기서 우리는 오래도록 어둠 속에 잠길 수 있을 것이다. 그동안 극광은 우리를 즐겁게 해주기 위해 때때로 ‘지옥’의 불꽃의 반사광 같은 그 장밋빛 햇살 다발을 우리에게 보내줄 것이다!”
>
> 마침내 내 넋은 폭발한다. 그리고 현명하게 나에게 외치는 것이다. “어느 곳이라도 좋다! 어느 곳이라도! 그것이 세상 밖이기만 하다면!”[77]

이처럼 보들레르에게 있어 여행은 무엇보다 “이곳의 삶”에서 영혼을 구원해 주는 방법이었다. 그런데 이 “이곳의 삶”의 “병원”적인 특징은 무엇보다 “권태ennui”라는 이름의 “우울spleen”에서 찾을 수 있는 것이었다. 이상의 경우에도 「날개」를 비롯한 작품들은 ‘권태’라는 병리학적 시

---

76) 샤를 피에르 보들레르, 『파리의 우울』, 윤영애 역, 민음사, 2008, 265면.
77) 위의 책, 266면.

선으로 현대자본주의를 진찰한 것이었다. 『악의 꽃』에 관한 윤영애 교수의 논의는 보들레르의 문학이 "권태"의 인식에서 시작하여 "권태"로부터의 탈피로 끝나는 것임을 보여준다. 보들레르는 『악의 꽃』의 서문에 해당하는 「독자에게」에서부터 "악의 세계에서 살아가는 시인의 암울한 절망과 권태"를 그렸으며, 그리하여 『악의 꽃』은 "권태의 세계에 태어난 시인의 탄생"에서 시작하여 "권태의 세상에서 벗어나기 위해 닻을 올리는 죽음의 항해"로 끝난다고 하였다.[78] 또한 한 연구에 따르면 "보들레르에게 있어 여행은 세 가지 층위에서 이루어졌다. 자신의 자아 균열과 벗어나고 싶은 비참한 현실로부터의 탈출을 위해 그가 수단으로 명명한 것, 그것이 바로 여행"이다. "이러한 그의 노력은 실제 여행에서부터 시작해 상상력을 통한 이상향으로의 여행, 그리고 마지막으로 죽음으로의 여행에까지 이르게 된다."[79] 이것은 영원성Éternité과 무한성 Infinité을 향한 보들레르 문학의 본질적 지향성과 관련하여 이해될 수도 있다. 보들레르는 인간의 삶이 직면한 시간적, 공간적 한계로부터의 탈피를 꿈꿨던 바,[80] 여행은 인간을 그러한 제약으로부터 벗어날 수 있게 해주는 것이었다.

　이러한 맥락에서 보면 「첫번째 방랑」에 나타난 이상의 세계는 보들레르적인 여행의 세계에 다름 아니었음이 드러난다. 그로 하여금 성천 기행에 나서도록 한 수많은 개인적 실패들은 보들레르적인 여행을 위한 알리바이를 제공한 것이었을 뿐이다. 삶의 층위로 문학적 논리의 층위를 용해시키거나 환원시키는 일은 문학에 대한 몰이해를 낳는다. 「첫번

---

78) 윤영애, 「『악의 꽃』 중 4편의 연작시 『우울』에 관한 몇 가지 고찰」, 『프랑스어문교육』 18, 2004, 557-558면.
79) 김은정, 「여행을 통해 추구한 보들레르의 이상세계」, 연세대학교 석사논문, 2004, 18면.
80) 유정희, 「『악의 꽃』에 나타난 심연의 체험에 관한 연구」, 건국대학교 석사논문, 1986, 1면 참조.

째 방랑」은 '출발'과 '차창'과 '산촌'의 세 장으로 나뉘어 있다. 화자인
'나'는 "세상 불행을 제가끔 짊어지고 태어난 것 같은 오욕에 길든 일족
을 서울에 남겨두고 왔다."[81] 그러나 '나'는 그들을 진심으로 사랑할 수
가 없다. 오히려 저주스럽게 증오조차 품고 있다. 그럼에도 그들은 "멸
망"하지 않고 "심한 독소를 방사하면서" "나의 생리"에 파고든다. '나'
의 마음에는 평화가 없다. 이러한 '나'의 여행의 목적지는 '나'로 하여금
"고대스러운 꽃"을 피울 수 있게 해주는 "적토"가 있는 곳이다.

> 나는 나의 기억을 소중히 하지 않으면 안된다. 나의 정신에선 이상한
> 향기가 나기 시작했으니 말이다.
> 이 뼈만 남은 몸을 적토(赤土) 있는 곳으로 운반하지 않으면 안되겠
> 다. 나의 투명한 피에 이제 바야흐로 적토색(赤土色)을 물들여야 할 시
> 기가 왔기 때문이다.
> 적토 언덕 기슭에서 한 마리의 뱀처럼 말라 죽을지도 모르지만, 나는
> 아름다운-꺽으면 피가 묻는 고대(古代)스러운 꽃을 피울 것이다.[82]

여기서 "적토"가 있는 곳이란 결국 성천을 가리킬 것이다. 그런데 이
성천이 "적토"가 있는 곳으로 상징화되어 '나'로 하여금 "고대스러운
꽃"을 피울 수 있게 해주는 곳으로 상정되어 있는 것은 '나'의 '첫번째
방랑'의 목적이 작중에 나타나는 자살 충동에도 불구하고 결국은 재생
을 위한 것임을 암시한다. 앞에서 인용한 이 글의 결말 부근에서 '나'가
그 자신을 향해 "죽어선 안 된다"고, "서울로 돌아가라"고, 그리고 "전
과는 다른 의미에서의 삶의 새로운 의의와 광명을 발견"하라고 하는 것
은 성천이 재생을 위한 치유의 공간임을 입증한다. 그리고 이것이 같은
계열에 속하는 「산촌여정」의 어휘와 문장이 그토록 감각적이고 아름답

---

81) 이상, 「첫번째 방랑」, 앞의 책, 399면.
82) 위의 글, 407면.

고 명상적인 이유다. 이 계열에서 이상은 '첫번째 방랑'을 통해 '산촌'에 다다른 후 살아가야 할 이유와 힘을 얻고 경성으로 귀환한다. 그에게 '첫번째 방랑'은 '돌아갈 수 있는 방랑', 돌아가 새로운 삶을 "발견"하고 "고안"할 수 있게 해주는 방랑이다.

그러나 이상은 이처럼 보들레르적인 여행을 경성 또는 현실적인 삶으로의 귀환에 귀착시키려 하지 않았다. 「권태」 계열의 텍스트들은 그러한 '산촌'조차 권태에 짓눌려 있음을 드러냄으로써 그 자신을 이 세계의 바깥으로, 죽음 그 자체의 세계로까지 밀어붙이려는 이상의 기획을 보여준다. 이 텍스트들은 "해양(海洋) 같은 권태 속을 헤엄치"(「이 아해들에게 장난감을 주라」)면서, "홍수 같은 녹색의 조망(眺望)"에서 "인생의 무한한 무료함"(「어리석은 석반」)을 절감하고, "방대한 공포의 광경마저 내장한 채 버티고"(「야색」) 있는 산촌의 풍경에 절망하는 '나'의 형상을 보여준다. 이러한 산촌 풍경 속에서 새로운 삶을 위한 알리바이란 준비될 수 없다. 이러한 풍경의 사상이 선택할 수 있는 것은 이 풍경에서조차 벗어나는 것, "'죽음'을 닮은 나라 쪽으로" 달아나려는 보들레르적인 기획을 철저하게 밀어붙이는 것뿐이다. 이제 그는 경성의 외부처럼 보이는 성천보다 더 바깥의 세계로까지 나아가지 않으면 안 된다. 그리고 이것은 '첫 번째 방랑'과 달리 '돌아갈 수 없는 방랑'을 향해 나아가는 것이 될 것이며, 그 자신을 실제로 자신이 속한 세계의 절대적 타자인 죽음 쪽으로 밀어붙이는 것이 되어야 했다.

도쿄행이 바로 여기에 해당한다. 이상의 도쿄행은 그 자신의 보들레르적 도피를 완성하는 여행이었으며 죽어 돌아와서는 안 되는 여행이었다. 「권태」는 바로 도쿄행에 담긴 여행의 의미를 드러내는 작품이다. 그는 자신의 삶과 문학, 그 모든 것의 총체적 위기 속에서 '죽어가는 도시' 경성을 떠나 도쿄로 떠났다. 자기에게 도항증조차 내주지 않는 파시즘 통치의 구속에서 벗어나 이 권태로운 세계의 바깥에서 왕양한 자유를 누리고 싶은 이상이었다. 그러면서도 그는 자신이 견지해 온 모든 것들을 향해 심각한 질문을 던지고 있었다. 과연 자신의 삶의 기획, 문학의 기획은 옳았던가? 오이디푸스적인 의혹이 그 자신의 내면을 점점 더 가득 채우면서 진실을 향한 탐사를 재촉하고 있었다. 보들레르적 기획을 철저하게 밀어붙이는 노선을 고집하는 한 죽음은 회피될 수 없었다. 자살은 포기되어서는 안 되는 것이었다. 그러나 그는 죽음을 목전에 둔 순간까지 김기림을 향해 "그럼 댕거오오, 내죽지는 안소"[83]라고 말할 정도로 삶에 대한 애착 또한 컸다. 이러한 딜레마로부터 벗어날 수 있는 방법은 무엇인가? 도쿄행은 그에게 새로운 삶과 문학의 논리를 제공해 주지 않으면 안 되는 '방랑'이었다. 그러나 그는 과연 도쿄에서 무엇을 얻었던가?

1936년 11월 14일에 김기림에게 보낸 편지에서부터 그는 "기어코 동경 왔오. 와보니 失望이오. 實로 東京이라는 데는 치사스런 데로구려!"[84]라고 일성을 발했다. 이러한 실망감은 도쿄에서 김기림에게 보낸 두 번째 편지에서 더욱 신랄한 표현을 얻고 있다.

> 동경이란 참 치사스런 도십디다. 예다 대면 경성이란 얼마나 인심 좋고 살기 좋은 「한적한 농촌」인지 모르겠읍니다.
>
> 어디를 가도 구미가 땡기는 것이 없오그려! キザナ 表皮的인 西歐的 惡臭의 말하자면 그나마도 그저 分子式이 겨우 여기 輸入이 되어서 ホンモノ行세를 하는 꼴이란 참 구역질이 날 일이오.
>
> 나는 참 東京이 이따위 卑俗 그것과 같은 シナモノ인 줄은 그래도 몰랐오. 그래도 뭐이 있겠거니 했더니 果然 속빈 강정 그것이오.
>
> 閑話休題 —나도 보아서 來달中에 서울로 도루 갈까 하오. 여기 있댔자 몸이나 자꾸 축이 가고 兼하여 머리가 混亂하여 不時에 發狂할 것 같소. 첫째 이 깨솔링냄새 彌滿 セツト같은 거리가 참 싫소.[85]

---

83) 김기림, 「고 이상의 추억」, 앞의 글, 313면.
84) 이상, 「사신」 5, 권영민 편, 『이상전집』 4, 뿔, 2009, 327면.

이는 그가 도쿄에서 집필한 수필에도 그대로 드러난다.

> 내가 생각하던 「마루노우찌삘딩」—俗稱마루비루—는 적어도 이 「마
> 루비루」의 네갑절은 되는 宏壯한 것이었다. 紐育 「브로-드웨이」에 가서
> 도 나는 똑같은 幻滅을 당할른지—어쨋든 이都市는 몹시 「깨솔링」 내가
> 나는구나! 가 東京의 첫 印象이다.86)

> 銀座는 한 개 그냥 虛榮讀本이다. 여기를 것지않으면 投票權을 잃어버
> 리는것같다. 女子들이 새 구두를사면 자동차를 타기前에 먼저 銀座의 輔
> 道를 디디고 와야한다.
> 낮의 銀座는 밤의 銀座를위한 骸骨이기 때문에 적잖이 醜하다. 「살롱
> 하루」 구비치는 「네온사인」을構成하는 부지깽이같은 鐵骨들의 얼크러
> 진 모양은 밤새고난 女給의 「퍼머넌트웨이브」처럼 襤褸하다. 그렇나 경
> 시청에서 「길바닥에 唌을뱉지 말라」고 廣告板을 써 늘어 놓있음으로 나
> 는 춤을 배앝을수는 없다.87)

이러한 실망감들에도 불구하고 이상에게 심대한 타격을 준 것은 도쿄
의 그 실망스러운 자태가 아니었다. 그가 무엇보다 참담한 실망에 빠졌
던 것은 그토록 절실히 필요로 했던 새로운 "컨디슌"을 도쿄가 전혀 제
공해주지 못했기 때문이다.

지금까지 살펴보았듯이 이상에게 도쿄란 앞선 근대의 모델인 것만은
아니었으며, 모더니즘의 전진기지인 것만도 아니었다. 그에게 도쿄란 자
기 문학의 위기를 타개해 줄 수 있는 새로운 문학적 거점의 표상이었다.
이상이 도쿄로 떠나기 전에 김기림에게 보낸 편지는 이러한 도쿄의 위
상을 잘 보여준다.

---

85) 이상, 「사신」 6, 위의 책, 328면.
86) 이상, 「東京」, 위의 책, 309면.
87) 위의 글, 311면.

> 膏肓에 든, 이 文學病을―이 溺愛의 이 陶醉의…… 이 굴레를 제발 좀
> 벗고 飄然할수 있는 제법 斤量나가는 人間이 되고싶소.
> 　여기서 같은 環境에서는 自己腐敗作用을 이르켜서 그대로 煙火할것
> 같소. 東京이라는 곳에 오직 나를 매질할 貧苦가 있을 뿐인 것을 너무
> 잘 알 있지만 컨디슌이 必要하단 말이오. 컨디슌, 師表, 視野, 아니 眼界,
> 拘束, 어째 的當한 語彙가 발견되지 않소만그려![88]

그러나 그가 당도한 도쿄는 정작 그가 기대했던 것들을 제공해 주지
않았다. 그것이 일종의 "컨디슌"이든, 아니면 본받을 만한 "사표"든, 그
가 도쿄에 체류함으로써 얻을 수 있는 "視野"나 "眼界"든, 아니면 차라
리 조선에 압제를 가하는 제국의 수도에 와 있다는 심리의 "拘束"이든
도쿄에 그를 위해 마련된 선물은 없었다. 도쿄는 "輸入된 分子式"이 진
짜 행세를 하고 "卑俗"과 "虛榮"이 "幻滅"을 야기할 뿐인 공간이었다. 환
멸감에 빠진 그는 차라리 달이 바뀌면 속히 경성으로 돌아가야겠다고
생각하고,「날개」나「동해」같은 도쿄행 이전 소설에 대한 평론들을 읽
으며 자기 문학의 과거를 조급히 되돌아보고, 음력 섣달그믐의 향수에
사로잡힌다.[89] 과연 자신은 바른 문학을 해왔던가, 어디로 나아가야 하
는가, 하는 물음 앞에서 그는 신경쇠약이 극에 이르고, 불면증에 시달리
고, 두문분출하면서 삶과 문학에 대해 고심, 번민했다. 안회남에게 보낸
그의 마지막 사신은 죽음의 위기가 목전에 다가오고 있는데도 자기 문
학의 미래를 위해 고독한 사투를 전개하였던 이상의 모습을 절절하게
보여준다.

　그러나 저는 知識의 乞人은 아닙니다. 七個國語 云云도 元來가 허풍이

---

88) 이상,「사신」3, 위의 책, 325면.
89) 이 날은 양력으로 1937년 2월 10일이었다. 김윤식 교수에 따르면 이상이 도쿄의
　　니시간다[西神田] 경찰서에 체포된 것은 1937년 2월 12일이었고, 보석으로 풀려
　　난 것은 3월 16일이었다(김윤식,『이상연구』, 앞의 책, 340면 참조).

었읍니다. 살아야겠어서, 다시 살아야겠어서 저는 여기를 왔읍니다. 當分間은 모든 제 罪와 惡을 意識的으로 默殺하는 道理外에는 길이 없읍니다. 친구, 家庭, 燒酒, 그리고 치사스러운 義理 때문에 서울로 돌아가지 못하겠읍니다. 여러 가지를 생각하고 있읍니다. 어떻게 했으면 좋을지를 全然 모르겠읍니다. 저는 當分間 어떤 苦難과라도 싸우면서 생각하는 生活을 하는 수밖에 없읍니다. 한篇의 作品을 못쓰는 限이 있드라도, 아니, 말라비뜨러져서 餓死하는 한이 있드라도 저는 지금의 姿勢를 抛棄하지 않겠읍니다. 到底히 「커피」 한 잔으로 解決될 問題가 아닌 것입니다.
　……

　過去를 돌아보니 悔恨뿐입니다. 저는 제 自身을 속여 왔나봅니다. 正直하게 살아왔거니 하던 제 生活이 지금 와보니 卑怯한 回避의 生活이었나 봅니다.

　正直하게 살겠읍니다. 孤獨과 싸우면서 오직 그것만을 생각하며 있읍니다. 오늘은 陰曆으로 除夜입니다. 빈자떡, 수정과, 약주, 너비아니, 이 모든 飢渴의 鄕愁가 저를 못살게 굽니다. 生理的입니다. 이길 수가 없읍니다.90)

도쿄에 도착한 즉시 환멸을 느껴야 했던 11월, 경성에서 가져온 창작노트를 들추어 「종생기」에 이어 「권태」를 새롭게 쓰고 최후의 소설 「실화」를 쓰면서 자기 문학의 방법과 방향에 대해 처참한 번민과 절망에 사로잡혔던 12월에 이어 이상의 문헌적 기록들은 2월로 건너뛰고 있다. 1월 한 달 동안 이상은 무슨 일을 하고 생각을 했는지 알 수 없다. 그러나 안회남에게 보낸 편지는 2월의 그가 자신의 생애와 문학 전반에 걸친 총체적 위기감 속에서 절박하게 새로운 문학을 갈구하고 있었음을 보여준다.

그는 자기에게 "사표"를 제공해 주지 않는 도쿄에서, 빈고와 병마와 고독이라는 지독한 "컨디슌" 속에서 자기의 "시야"와 "안계"를 스스로 싸워 마련하고자 했다. 그것은 도쿄라는 이름의 "구속"에 의해서는 잉

---

90) 이상, 「사신」 8, 권영민 편, 앞의 책, 333-334면.

태되지 않는 새로운 문학이어야 했다. 그에게는 서울로 돌아가려는 생각이 없었다. 박두해 오는 신변의 위험을 알 수 없었던 그는 지독한 향수에 시달리면서도 한 편의 작품을 못 쓰고 말라비틀어져서 아사해 버리는 한이 있더라도 어떤 고난과라도 싸우면서 자신의 문학의 미래를 개척하겠다고 생각하고 있었다. 만약 새로운 문학의 논리를 구축하지 못한다면 그는 이 ‘돌아갈 수 없는 방랑’에서 살아 돌아갈 수 없을 것이었다.

그렇다면 그러한 이상 문학의 미래는 어떤 모습이었던 것일까? “독화”를 대신할 새로운 꽃의 모양은 어떤 것이었을까? 필자가 생각하건대 이상의 문학에서 보들레르적 기획을 대신할 만한 문학은 쉽게 “발견”되거나 “고안”되기 어려웠을 것 같다. 그것은 도스토예프스키나 고리끼의 문학 같은 것, 이 세계의 내부에 속하는 문학이 될 수는 없는 것이었고, 이 세계의 외부에 서고자 한 그 자신의 기획을 더 철저히 밀고 나가는 것이 되었어야 했다. 그러나 이미 권태의 극단에 귀착한 그에게 이 세계를 다르게 그리고 그것에서 희망을 발견할 수 있는 어떤 다른 방법이 있을 수 있었을까? 해답이 묘연하다는 점에서 이상의 이른 죽음은 어쩌면 결핵성 뇌매독이 아닌, 그 자신의 사상의 필연적 결과물인지도 모른다.

도쿄에서 펼쳐진 이상의 마지막 문학적 작업들은 파멸에의 예감을 무릅쓰고 진실을 향해 한 발 한 발 다가간 오이디푸스의 시도처럼 비극적이면서도 장려하다. 「권태」를 통해서 그는 마침내 그 자신이 구축해 온 ‘권태’의 사상을 그 극점에까지 밀어붙일 수 있었다. 그의 ‘권태’ 사상은 마침내 완성되었다. 그럼에도 그는 이 완성의 순간에조차 그 자신이 구축해온 모더니즘의 기획이 “등대”해 있는 “내일”을 대적할 수 없을 것 같은 공포를 느껴야 했다. 그의 죽음은 이 박두한 ‘진실’ 앞에서 그 자신이 내린 ‘추방’의 선고였는지도 모른다.

그렇다면 이제 다시 한 번 되물어 볼 필요가 있을 것 같다. 과연 그는

‘현해탄 콤플렉스’라는 가상적 운명의 시연자였던가? 그렇듯 수심 모르는 한 마리 나비였던가? 「권태」를 둘러싼, 도쿄행을 전후로 한 이상의 삶과 문학은 그가 필사적인 힘을 기울여 맞싸운 것이 그 자신의 삶과 문학이었음을 잘 보여준다. 이 무렵의 그에게 중차대한 문제는 현해탄 너머의 도쿄가 아니라 이미 정점에 이른 자신의 문학을 어디로 끌고갈 것이냐 하는 문제였던 것이다. 이 점에서 그의 문학은 본질적으로 ‘현해탄’을 초과해 있었다고 말할 수 있다. 그에게 있어 아쿠타가와든 요코미쓰든 일본의 문학은 도스토예프스키나 고리끼의 문학과 마찬가지로 그가 창조해 나가야 할 문학을 위한 선례와 전고의 역할을 할당받을 뿐이었고, 이 점에서 도쿄는 근대의 여러 지점들 가운데 하나였을 뿐이다.

그러나 이와 반대로 그가 이러한 싸움에서 일찍 승리를 구가했고, 그리하여 탈근대적 지식과 세계관으로 무장한 채 근대의 파국을 간단하게 선언해버릴 수 있었다면 여기에도 오이디푸스적 비극의 심각함이 개입될 여지는 충분치 않은 것 같다. 물론 이러한 판단을 위해서도 반증은 역시 필요할 것이다.

이상은 자신의 삶과 문학 속에 오이디푸스적인 비극의 플롯을 뚜렷하게 아로새긴 탁월한 문학인이었다. 그는 보들레르적인 ‘권태’의 사상을 자신의 삶이 허용하는 끝까지 밀어붙여 「날개」와 「권태」라는 차원 높은 작품을 창조해 냈고, 이러한 완성의 순간에조차 자기 문학의 진정성을 근본적으로 회의하면서 새로운 문학의 길을 찾아 고심한 작가였다. 그는 그 자신이 구축한 사상의 피안으로까지 나아가고자 했으나 그가 구축한 사상이 그것을 허용하지 않았다. 이 점에서 그는 자신의 “고안”한 사상의 역설적 희생자였다.

이상의 동경, 동경의 이상*
—수필 「東京」에 대하여

김 성 수**

1. 도항(渡航)과 수필 「동경」

지금까지 알려진 이상의 전기적 사실에 따르면, 이상은 몇 차례 실패 끝에 1936년 가을 무렵 어렵게 도항증명서를 얻어 박태원, 윤태영, 변동림 등의 배웅을 받으며 경성을 출발하여 부산을 거쳐 현해탄을 건넌다.[1] 시모노세키[下關]를 경유하여 기차 편으로 동경(東京)에 도착한 이상

---

* 이 글은 필자의 「이상과 동경」(『이상 리뷰』 제5호, 역락, 2006. 10)을 책의 편찬 방향에 맞추어 수정·보완한 것이다.

** 연세대학교 학부대학 교수. 『이상 소설의 해석』, 「이상의 일본어 시 <眞畫>」, 「이상 문학에 나타난 화폐 물신성과 감각의 모더니티」 등의 논저가 있음.

1) 윤태영·송민호, 『절망은 기교를 낳고』, 교학사, 1969, 86-87면. 여기서 당시 이상이 어렵게 얻었다고 한(「사신(5)」) '도항증명서'란 무엇인지 그의 '도일'과 관련하여 정리해 둘 필요가 있다. 식민지 시기 조선인들이 일본에 가기 위해서는 '도항증명서'가 있어야 했는데, 이 도항증명서를 얻는 일이 그리 쉽지 않았다. 이광수의 「東京求景記」(『조광』, 1936. 9)라는 글의 <도항증명서> 장을 보면, 도항증명서를 얻기 위해서는 사진 2장을 찍어 준비한 다음, 호적등본 1통을 제출해야 하고, 대서소에 가서 도항증명서 하부원(下付願)을 작성해야 한다. 다음으로는 소관경찰서에

은 간다구[神田區] 진보초[神保町]의 야스쿠니 신사가 있는 구단시타[九段下] 뒷골목 이시카와[石川] 집 2층 다락방에 머물게 된다.[2] 고대하던 동

가서 관련 서류들을 제출하고, 가려고 하는 목적지에 무슨 일로 가며, 어느 지방의 누구 집에 얼마 동안 머물며, 언제 떠날 것인지에 대해 세세하게 소명해야 한다. 그리고 나서도 고등계 주임으로부터 도항 인정을 받은 다음, 떠나는 날 다시 경찰서에 출두하여 증명서를 받아야만 비로소 도항 자격을 갖출 수 있었다. 그러나 여기서 도항에 관한 모든 절차가 끝나는 것은 아니다. 주거지 관할 경찰서나 주재소가 발행하는 증명서를 발급받아 그 증명서를 다시 최종 출발지의 경찰서(부산 수상경찰서)에 제시하여 승선허가서를 받아야만 시모노세키 행 부관연락선에 승선할 수 있었다. 이처럼 도항증명서를 얻기가 어려웠던 이유는 일본으로 도항하려는 조선인노동자에 대한 감시와 통제 수단으로 조선총독부가 1919년 4월에 경무총감부령 제3호 <조선인 여행 단속에 관한 건>을 발령함으로써 조선인의 일본 도항에 대한 통제정책을 실시했기 때문이다. 이는 내지에서의 치안 문제라는 이유로 일본 내무성의 도항 저지책이 실시된 것과도 관련되어 있다(이에 대해서는 최영호 외, 『부관연락선과 부산』(논형, 2007) 제3장 「부관연락선과 도항증명서 제도」를 볼 것). 1910년대부터 1940년대 중반까지 각각의 연대마다 차이를 보이고 있지만, 1930년대부터 세계 경제공황으로 조선 내에서의 실업자 수가 증가함에 따라 조선총독부는 식민지 본국의 실업 문제를 완화하기 위해 조선인의 구직 도일을 억제할 수밖에 없었으며, 이를 위해 일자리를 얻기 위해 도일하는 조선인 노동자들에 대한 도항 억제 정책을 강화하였다(이에 대해서는 김광열, 「1920~30년대 조선인 도일의 요인」, 『한일민족문제연구』, 창간호, 한일민족문제학회, 2001, 67면 참조). 이상이 센다이 도호쿠 제국대학에서 유학하고 있었던 김기림에게 보낸 글 「사신(5)」에 잘 나타나 있듯이, 이상은 처음에 경성에서의 거주지인 본정(本町) 경찰서로부터 도항증명서를 받지 못해 일본행이 좌절된다("지금쯤은 이 李箱이 東京 사람이 되었을 것인데 本町署高等係에서 '渡航 マカリナラヌ의 吩咐가 지난 달 下旬에 나렸구려! 우습지 않소? 그러나 지금 다시 다른 方法으로 渡航證明을 얻을 道理를 차리는 中이니 今月中旬—下旬頃에는 아마 李箱도 東京을 헤매는 白面의 漂客이 되리다." 김주현 주해, 『정본 이상 문학 전집(03)—수필 기타』, 소명출판, 2005, 246면. 이 글에서 「사신」에 붙인 번호는 김주현의 위의 책 분류에 따른다. 이 글의 인용에서 띄어쓰기와 표기는 인용자가 수정함). 이 점은 여타의 유학생 문인들과 다르게 이상의 도일에 대한 뚜렷한 목적이나 일본에서의 거주지가 분명하지 않았기 때문에 생긴 일로 추정할 수 있다. 이러한 도일 과정의 어려움과 동경 생활에서의 소속 없음으로 인해 이상은 '불령선인', 즉 '거동 수상자'라는 혐의로 붙잡혀 감금 생활을 한 결과 건강이 더 악화되었으며, 이 때문에 생명을 단축시켜 사망에 이르게 되었다.

2) 최근의 연구에 따르면, 이상이 동경에 머무르며 하숙을 했던 집의 정확한 주소에 대해서는 논란의 소지가 있다. 전 3권(1권 창작집, 2권 시집, 3권 수필집)으로 편찬된 임종국의 『이상 전집』(고대문학회 편, 태성사, 1956)의 제3권 수필집 '李箱 略歷'에 이상이 동경에서 기숙(寄宿)한 집의 주소가 "東京市神田區神保町三丁目一○一

경 생활을 시작한 이상은 식민지 본국의 최첨단 근대 문화를 흡수하기 위해 "백면(白面)의 표객(漂客)"(「사신(5)」)3)이 되어 낮과 밤으로 동경의 중심 거리를 거니는 생활을 하다 '거동수상자'로 니시간다[西神田] 경찰서에 붙잡혔다가 한 달 만에 석방된 1937년 봄, 동경 제국대학 병원에서 고질병인 폐질환으로 짧았던 삶의 종언을 고한다. 이상 자신이 고백했듯이, 그리고 그 자신이 어떤 특별한 감정과 목적을 가지고 경성을 탈출하여 도일을 한 이후 "백면의 표객"으로 동경의 거리 이곳저곳을 완보

의四 石川方"(3권 수필집, 318쪽)으로 알려진 이래 이상의 동경 하숙집 주소 번지수는 의심 없이 "101-4"로 알려져 왔다. 그러나 최근 권영민 교수가 실증적 조사를 통해 확인한 바에 따르면, 그 하숙집의 집 주소 번지수는 '101-4'가 아니라 '10-1-4', 즉 '10-1번지'의 '4호'인 '3조메 10-1번지 4호'라고 해야 정확하다는 주장이 제기되었다(이에 대한 자세한 내용은 권영민의 『이상 텍스트 연구』(문학에디션 뿔, 2009) <책머리-잘못 쓴 주소로 보낸 편지->를 볼 것). 이에 대해 김주현 교수는 「이상 문학에 관한 몇 가지 주석」(『문학선』 통권 23호, 2010 봄호)에서, 아우 김운경에게 보낸 이상의 친필 엽서 사본(임종국이 편찬한 앞의 전집 1권 창작집에 수록)에 씌어진 주소를 토대로, 이상의 동경 하숙집 주소는 "東京市 神田區 神保町 三丁目 一〇-四 石川方"인데 이것을 임종국이 전집을 편찬하면서 "10—4"에서 중간 줄표 "—"(대시)를 "1"로 오식하여 전집 3권의 부록 '이상 약력'란에 "一〇一의 四 石川方"으로 잘못 표기함으로써 오해를 불러일으켜 왔다고 주장한다. 그에 따르면, 이상이 기숙했던 동경의 정확한 집 주소는 이상이 김운경에게 보낸 엽서의 사본이 겹쳐져 인식이 어려운 부분을 누이동생 김옥희가 보관하고 있었던 엽서를 통해 확인할 있다는 것을 전제로 "東京市 神田區 神保町 三丁目 一〇-四 石川方"이 맞다는 것이다. 필자가 보기에, 임종국 편찬의 『이상 전집』 제1권 창작집에 수록된 엽서 사본 사진('필적, 자당 박세창 씨 소장')에도 명확하지는 않지만 " 一〇-四 石川方"으로 표기되어 있다. 이상의 동경 하숙집 주소의 번지수 문제는 향후 정확한 고증에 의해 확정되어야 할 필요가 있다.

3) 이 "백면의 표객"은 경성과 동경에서의 이상의 존재적 성격을 구별 짓는 핵심 개념으로 이해할 필요가 있다. 가령, 이상과 가까이 지냈던 문우 윤태영은 이상의 생애를 정리하면서, 이상이 동경에서 경성의 가족과 문우들에게 보낸 엽서의 내용들은 모두 한숨을 짓지 않을 수 없는 안타까운 사연들로 채워져 있다며, 이상이 동경에서 보여준 모습을 비유하면서 "우리 안에서 가장하여 쓰고 있던 가마귀빛 같은 흑색(黑色)의 복면(覆面)을 벗고 백색(白色)의 비둘기의 본바탕을 보여 주었다."(윤태영・송민호, 앞의 책, 87면)고 쓰고 있다. 여기서 "흑색의 복면"이 경성에서의 작가 이상의 얼굴이었다면, "백색의 비둘기의 본바탕"이란 작가적 복면을 쓴 존재가 아니라 이상 자신이 스스로 규정한 "백면의 표객"으로서 현실을 사는 일상의 생활인 김해경이라는 의미로 생각할 수 있다. 이에 대해서는 4장에서 다시 논의한다.

(緩步)하며 작성해낸 주요 작품과 글들을 생각할 때 그의 작가적 삶과 문학적 행보에서 '동경'이라는 공간은 특별한 의미를 갖는다.

　이상의 문학, 글쓰기 행보는 크게 동경행 '이전'과 '이후'로 나눌 수 있다. 그의 길지 않은 작품 활동 기간에서 동경행 이전인 경성에서의 글쓰기 활동과 비교할 때 동경행 이후의 시간은 몇 개월에 불과하지만 편지글인 일련의 「사신(私信)」과 수필 「권태」를 비롯하여 단편소설 「실화」와 「종생기」 등의 중요한 작품들이 이 시기에 씌어지고 완성되었다는 점을 생각할 때 동경행 이후의 작품들은 그 내용이나 성격 면에서 이상의 내면 풍경이나 심리의 양상, 그리고 글쓰기 방법론, 텍스트 생성의 특징을 잘 보여주고 있다. 이상이 동경행 이전의 작품들에서 식민지 본국의 주변부인 경성의 자본주의화에 따른 근대화의 모습과 사회·문화 현상의 급격한 변화를 모더니즘의 시선과 감각으로 포착해내고 있다면, 동경행 이후에 쓴 몇 편의 사신(私信)에서는 자연인 김해경으로서 자신의 실존적 자아의 모습을 문우(김기림)와 동생(운경)에게 드러내는 한편, 수필과 소설에서는 근대를 호흡하는 모더니스트로서 식민지 본국의 수도 동경에 대한 인상을 특유의 수사학으로 구성하고 있다.

　이상의 글 가운데 유고로 발표된 수필 「동경」(『문장』, 1939. 5)은 식민지 조선의 모더니스트로서 근대의 표상을 낮과 밤으로 연출하는 일본 동경에 대한 실망의 인상을 비판적 감각으로 구성해내고 있는 동경 비판론으로 그의 문학 안에서도 각별한 의미를 지니고 있다. 짧으면서도 강렬한 이상의 작가적·문학적 삶에서 수필 「동경」은 식민지 본국의 메트로폴리스 '동경'이라는 공간을 텍스트 삼아 식민지 모더니스트의 내면 풍경과 의식의 양상을 교차시켜 보여주는 동시에, 근대인의 시선에 포착된 식민지 본국의 거대 도시에 압도된 자아의 내면과 함께 대도시의 근대성 이면에 드리워진 그림자의 면모를 식민지 시대 어느 작가보다도 선명하게 포착하여 비판하고 있다는 점에서 주목할 만한 글이다. 이런

점들을 전제하면서 이상의 수필 「동경」은 어떤 성격의 글이고, 또 이 글
은 이상 문학 전체에서 어떤 맥락을 형성하고 있는지 생각해 본다.[4]

2. 이상의 도일(渡日) 유형과 동경 체험

한국 근대문학사의 여러 문인과 지식인들이 그랬듯이 이상 역시 도일
을 감행하여 식민지 본국 체험에 동참한다. 그러나 그의 도일(渡日) 유형
과 동경 생활은 동시대의 문인이나 지식인들이 보여준 양상과 다르다.
한국 근대문학사의 논의 공간에서 이상의 도일 유형과 동경 체험의 양
상에 관심을 갖는 이유는 1930년대 식민지 자본주의의 모더니즘적 특수
성 안에서 그의 문학에 반영된 동경 체험의 남다른 의미망 때문이다. 이
상이 동경에 체류하며 보낸 1936년 후반에서 1937년 전반에 이르는 짧
은 시간과 그 안에 담겨 있는 여러 문학적 함의 내지 행보는 이상 자신
과 그의 문학을 피식민지 내부의 공간이 아니라 식민지 본국이라는 바
깥의 시선을 통해 들여다보고 이해할 때 훨씬 입체적으로 조명할 수 있
는 근거를 제공해준다. 바꿔 말하면, 동시대의 지식인과 문인들이 보여
준 방식과 다르게 이상의 도일 동기와 동경 체험에 내포된 문학적 자의

---

4) 이상(문학)의 '동경' 체험과 관련된 대표적인 연구 성과로는 다음과 같은 글들을
   참조할 수 있다.
   김윤식, 「서울과 동경 사이―절망의 새로운 표정」, 『문학사상』, 1987. 8.
   노영희, 「이상 문학과 동경」, 『비교문학』 16, 한국비교문학회, 1991. 12.
   최원식, 「서울·동경·Newyork」, 『문학동네』, 1998. 12.
   사노 마사토, 「이상의 동경 체험 고찰」, 『한국현대문학 연구』 7호, 한국현대문학회,
   1999. 12.
   안미영, 「이상 소설과 사적 공간으로서의 일본」, 『문학과 언어』 제23집, 문학과언
   어학회, 2001. 5.

식과 내면 의식의 양상을 동경이라는 외부의 시선으로 들여다볼 때 그의 문학적 특수성과 글쓰기의 특징을 규명하는 중요한 단서들이 더 선명하게 포착될 수 있기 때문이다.

이상의 '도일'은 우리 근대문학사의 문인들이 보여준 도일 체험의 성격이나 유형과 다르다. 가령, 대학에 적을 두고 유학 생활을 했던 이광수와 주요한, 염상섭, 김기림 등의 도일 유형이 그 하나라면, 송영처럼 실제 노동자 생활을 하거나, 임화 같은 문인들이 사회주의 이데올로기에 대한 관심으로 이념 단체나 극단을 조직하여 운영했던 유형을 생각할 수 있다. 다른 한편, 안회남과 같은 탄광 징용 노동자의 체험 유형을 추가할 수 있을 것이다. 이 외에도 삼사문학파의 초현실주의, 모더니즘 문학 운동으로서 일본 동경을 통해 새로운 문화 조류를 체험하기 위해 동인지를 내면서 활동을 한 젊은 문학 그룹의 도일 유형을 떠올릴 수 있다. 그러나 그 어느 경우에도 한국 근대문학사에 나타난 도일 유형이나 유학 체험에서 이상처럼 식민지의 룸펜 예술가로서 학업이나 생계를 위한 일을 하지 않은 채 후배 문인들과 교유하거나, 낮과 밤으로 동경의 일상을 체험하고 글쓰기를 한 유형은 매우 특이한 사례에 속한다.[5] 다시 말해, 식민지 수도 경성의 감각과 사고를 보유한 한 예술가가 식민지 본국의 심장부인 동경에서 학업 목적의 유학이나 특정의 노동생산 활동과 관련 없이 "백면의 표객"의 존재로서 일상에서의 소일과 글쓰기만으로 생활을 이어갔던 유형은 찾아보기 어렵다.

---

[5] 한국 근대문학의 흐름에서 글쓰기 정신의 형성 과정과 특성에 대해 유형화하여 이광수를 지사적 주체, 염상섭을 장인적 주체, 이상을 미적 주체로 구분하여 이해하는 방식(서영채, 『사랑의 문법』, 민음사, 2004, 377-378면)은 문인들의 도일 목적과 유형에 대응시켜 생각할 때 흥미로운 관점을 제공해준다. 이광수와 염상섭 류의 도일 유형과 유학 목적을 비교할 때 이상의 경우는 "탕아로서의 예술가"(서영채)로서 학업이나 어떤 노동을 투여한 생업에 종사하는 것과는 무관하게 '무목적의 목적'에 가까운 태도를 지닌 채 동경 거리를 거닐거나, 유학 중인 삼사문학파의 후배 문사들을 만나는 체험을 하면서 생활을 했던 특이한 사례에 속한다.

경성에서의 도시 체험을 산책자 시선으로 응축해낸 「날개」에 잘 나타나 있듯이, 이상은 다방과 카페와 도심의 거리를 소요하던 의식과 태도로 동경의 주요 공간들, 이를테면 간다와 아카사카 거리를 거니는 한편, 기노쿠니야 서점과 나우카사(社)와 마루노우치 빌딩을 완상하고, 미국 헐리우드 영화를 보기도 했으며,6) 히비야 공회당에서 개최된 미샤 엘만의 음악회에 참석한다.7) 뿐만 아니라 이상은 신주쿠의 카페를 순례하며 동경의 일상을 소비하는데,8) 그 과정에서 「사신(7)」에 피력되어 있듯이 "인심 좋고 살기 좋은 '한적한' 농촌"인 경성과 비교하여, 동경에 구축된 근대의 양상을 "표피적인 악취의 말하자면 그나마도 그저 분자식이 겨우 여기 수입이 되어서 ホンモノ 행세를 하는" "치사스런 도시"라며 혹독하게 비평을 가하는 호기를 부리기도 한다. 이상이 동경에 체류하며 창작한 몇 편의 작품들은 거의 이와 같은 일상 체험으로부터 우러나온 의식의 등가물이라고 할 수 있다. 그런 점에서 이상의 수필 「동경」은 식민지 본국, 아시아적 근대의 상징인 동경에 대한 선망과 실망의 양가적 감정을 기록하고 비판한 문학적 일지라고 할 수 있다.

---

6) 이상이 동경에서 본 영화는 「실화」에 서술되어 있듯이 진 아서와 조엘 맥크리 주연의 「Adventure in Manhattan」이다. 이에 대해서는 권영민의 『이상 텍스트 연구』(문학에디션 뿔, 2009) 403면을 볼 것.

7) 이상이 언급하고 있는 유태계의 폴란드 태생 바이올리니스트 미샤 엘만(Mischa Elman)은 두 번의 방일(訪日) 연주회를 가졌다. 그 두 번째의 방일 연주회가 1937년 1월과 2월에 히비야 공원 공회당(Hibiya Hall)에서 열렸는데, 이때 이상이 그 공연을 직접 관람한 것으로 보인다. 이에 대한 자세한 사항은 김윤식의 『이상 문학 텍스트 연구』(서울대출판부, 1998) 355-358면을 볼 것.

8) 수필 「동경」이 이상의 동경에 대한 인상과 느낌을 문학적 서술 기법 없이 평이한 서술 방식으로 드러낸 글이라면, 단편소설 「실화」는 경성과 동경이라는 두 개의 공간과 두 명의 여인을 상호 교차시켜 동경에서의 하루 일과를 메타적 글쓰기의 방식으로 서술하면서, 모조된 근대공간으로서의 동경 비판과 자신의 동경행에 대한 실패 및 경성으로의 회귀 욕망을 주요 내용으로 한 작품이다. 그런 점에서 수필 「동경」과 단편소설 「실화」는 이상 자신의 동경 체험에 대한 내면 의식과 심리 및 동경 비판의 담론을 각각의 장르 변형을 통해 서술한 텍스트라고 할 수 있다.

3. 이상 문학에서 '동경'의 의미

20세기 한국문학에서 '동경(東京)'이란 공간은 무엇인가? 이에 관해서
는 이미 여러 방향에서 의미 있는 논의가 이루어진 바 있다. 유력한 논
의 가운데 하나만 든다면, 이른바 동경은 상해와 함께 "근대라는 이름의
제국주의가 정신적인 이념과 함께 제도적인 장치로서 선명히도 아시아
지역에 확립된 공간"9)이었다. 그래서 "지적인 목마름을 채울 수 있는,
형언할 수 없는 그리운 곳이자, 원수의 나라의 수도로서의 저주받은 곳
인 만큼 그 속에 놓인 한국 지식인은 많건 적건 알게 모르게 인격분열
증에 감염되지 않을 수 없는 장소로 표상된 공간", 이른바 근대 지식의
집합소이자 동시에 "지식의 보고로서의 근대라는 측면의 배워야 할"10)
곳 그 자체였다. 다른 맥락에서 동경은 그에 맞서 민족의식의 훈련소라
는 성격을 지닌 이중적 의미의 공간으로 규정되기도 한다. 식민지 시기
한국의 지식인들에게 동경이라는 공간의 정치 시학적 함의를 후자에 맞
춰 부각시킬 때 니시간다 경찰서에 구금된 이상의 동경은 "불온사상을
지닌 불령선인(不逞鮮人)으로 잡혀온 정치범"11)이 활동하던 장소로 규정
되기도 한다. 이런 의미에서 동경은 우리 근대문학사의 여러 문인과 지
식인들에게 근대문명과 문화를 향한 정신적 양가 체험을 제공해 준 이
중적 성격의 공간으로 이해할 수 있다. 그렇다면 이상의 동경 체험에 대
한 열망은 어떤 맥락에서 비롯된 것일까? 이상 자신이 친지들에게 호언
하고 기록으로 고백했던 사항을 참고해 보는 것이 좋을 듯하다.

나는 몇編의小說과몇줄의 詩를써서 내 衰亡해가는 心身우에 恥辱을 倍

---

9) 김윤식, 『이상 연구』, 문학사상사, 1987, 150면.
10) 김윤식, 위의 책, 150면.
11) 이보영, 「이상평전 6」, 『문예연구』 47호, 2005년 겨울, 259면.

加하였다. 이以上 내가 이 땅에서의生存을 계속하기가자못어려울지경에
까지이르렀다. 나는 何如間 허울좋게 말하자면 亡命해야겠다.
　어디로갈까. 맞나는 사람마다 東京으로가겠다고 호언했다. 그뿐아니
라 어느친구에게는 電氣技術에關한 專門공부를하려간다는둥 學校先生님
을맞나서는 高級單式印刷術을硏究하겠다는둥 친한친구에게는 내 五個國
語에能通할作定일세 어쩌구 甚하면 法律을 배우겠오까지虛言을 탕 탕 하
는것이다. 완만한친구는 보통 들 속나보다 그렇나 이헷宣傳을 안믿는사
람도 더러는있다. 何如間 이것은 영영 뷘뷘털털이가 되어버린 李箱의 마
즈막 空砲에 지나지 않는것만은 事實이겠다.12)

　이상의 다른 어떤 작품보다 자전적 글쓰기의 성격이 강하게 노출되어
있는 「봉별기」에는 정확하게 드러나고 있지는 않지만 연애의 문제든 창
작 활동의 문제든 무언가 그 자신이 경성에서는 더 이상 생활을 지속하
기 어렵다는 소회가 강하게 피력되어 있다. '도일'을 두고 이상 자신은
'망명'이라는 격한 어휘로 표현하고 있긴 하지만, 그의 도일 동기나 이
유에 대한 작품 속에서의 발언을 표면적인 맥락 그대로만 받아들이기는
어렵다. 이상이 건축학을 전공했고, 총독부 기사 출신의 기술공학적 마
인드를 가지고 있었다고 해도 글을 쓰는 문인으로서 전기기술에 관한
전문 기술을 공부하고 싶다거나, 고급 단식인쇄술을 연마하겠다는 것,
또 5개 국어에 능통할 정도로 외국어를 공부하고 법률을 공부하겠다고
토로하는 그의 진술은 당시 그가 처해 있던 육체적·경제적 상황을 고
려할 때 한낱 "호언"이자 "허언"이었으며, "헷선전"이자 "공포"에 불과
한 발언으로밖에 받아들이지 않을 수 없다. 이런 맥락에서 「봉별기」에
서의 고백적 서술에 내재된 함의를 풀어보면 그것은 동시대의 문인과
지식인들이 그랬듯이 그 자신도 동경을 직접 체험하면서 자신이 생각하
는 저명한 일본 문단의 영웅들을 만나 문학적 관심을 공유하는 한편, 피

---

12) 김주현, 『정본 이상 문학 전집(02) – 소설』, 소명출판, 2005, 333면.

식민지 수도인 경성의 지식인이자 전위적 의식을 소유한 문인으로서 서
구 근대의 첨단 문물과 제도가 유입되어 진열된 동경의 모습을 직접 생
활하며 체험해 보고 싶었던 욕망의 발현이라고 할 수 있다.[13] 이 점에
서 이상의 동경행에 대해 문학적·사상적 '탈출'을 위한 "일종의 문학적
프로그램에 의해서 행해졌다"[14]고 이해하거나, 일본 문단의 영웅들과
문학적 재능을 겨루면서 화려하게 데뷔하려는 의도의 실행[15]이었다고
보는 것은 충분히 가능한 해석이다. 혹은 더 직접적으로, 경성에서의 생
활에 스스로 어떤 환멸을 느끼고 새로운 거주 공간에서 새로운 생활을
도모하겠다는 의지를 가지고 도일을 선택하였을 가능성이 크다.[16]

　이상의 이런 태도에는 문인들이라면 누구나 지녔을 법한 일반적 의미
의 문학적 성취 욕망과 별반 다르지 않은 심리가 내재되어 있음을 보여
준다. 이를테면, 20세기의 식민지 시대 초기의 동경 유학생들이 가졌던
이른바 '공상의 천국'으로서 동경은 '천국'이자 '공상'이라는 지향성을
갖는 반면, 서울(경성)은 현실이라는 '사실(事實)'의 모습들이 그대로 노출
된 '지옥'으로 인식되기도 하였다.[17] 대정(大正)기를 거쳐 소화(昭和)기로
이어지는 일본의 근대화 과정에서 "자유주의와 문화주의의 물결, 경제

---

13) 이렇게 볼 때 이상의 동경행의 진짜 목적은 김윤식 교수의 언급처럼 "동경이라는
　　근대의 출장소, 진짜 모더니즘의 원산지처럼 보인 곳에의 지향성"(김윤식,『이상
　　연구』, 168면)에 있었다.
14) 사노 마사토,「이상의 동경 체험 고찰」,『한국현대문학연구』제7집, 한국현대문
　　학학회, 1999. 12, 186면.
15) 고은,『이상 평전』, 청하, 1992, 320면.
16) 이 점은 이를테면, 수필「동생 玉姬 보아라—세상 오빠들도 보시오」에서 "한 삼
　　년 나도 공부하마. 그래서 이 '노-말'하지 못한 생활의 굴욕에서 탈출해야겠다."
　　고 한 부분, 그리고 김기림에게 보낸「사신(4)」에서 동경이라는 곳이 자신을 매질
　　할 빈고(貧苦)가 있긴 하지만, 그래도 동경에서 필요한 것이 "컨디슌, 師表, 視野,
　　아니 視界, 拘束"이라고 고백한 장면을 생각할 수 있다.
17) '공상의 천국'에 대한 논의는 20세기 초반 일본 유학생 문인들의 의식 구조를 분
　　석한 심원섭의『일본 유학생 문인들의 대정·소화 체험』(소명출판, 2009), 20-23
　　면을 참고하였음.

적 호황 아래 풍요의 이미지를 더해가던 도시적 시민 생활의 세계"[18]와 비교할 때 1910년대는 물론이거니와 1930년대의 경성을 비롯하여 식민지 조선의 현실이란 의식과 감각의 구조 안에서 '천국'에 비해 '지옥'으로 인식되는 것이 더 가깝기 때문이다. 이상이 "이 땅에서의 생존을 계속하기가 자못 어려울 지경에까지 이르렀다."고 고백하며 만나는 사람들마다 '망명'을 하겠다고 선언한 것은 바로 '지옥' 같은 도시 경성을 떠나 서구의 근대적 문물이 유입되어 새로운 도시를 창조하는 '공상의 도시' 동경의 모습에서 근대의 진짜 가치를 발견하고 흡수하고 싶은 욕망 때문이었다.

이런 점에서 이상에게 동경이란 이광수로부터 염상섭, 박태원, 김기림 등이 경험하고 그들의 문학에 반영된 근대적 풍경의 원천으로서 자신도 당연히 거쳐야 할 통과제의적 공간으로의 의미를 갖는 곳이었다. 이상이 "여기는 神田區 神保町, 내가 어려서 帝展 2과에 하가끼 주문하던 바로 게가 예다."(「실화」)라고 서술하고 있듯이, 동경은 이상 자신에게 오래 전부터 마음에 담아 두고 있었던 일종의 '공상의 도시'였던 셈이다. 그러나 이상이 발견하고 인식한 근대 도시 동경은 기대했던 것과는 다른 인상을 준다. 이상은 일상을 거닐며 관찰한 동경의 모습에 대해 김기림에게 「사신」을 통해 그 실망감을 토로하는 한편,[19] 낮과 밤으로 거리를 만보(漫步)하고 소요(逍遙)하면서 느낀 동경의 인상을 수필 「동경」에 세밀하게 기록해내고 있다.

---

18) 심원섭, 위의 책, 23면.
19) 「사신」에 있는 다음과 같은 내용들이 이상의 동경에 대한 소회를 잘 보여준다. "기림 형, 기어코 동경 왔오. 와보니 실망이오. 실로 동경이라는 데는 치사스런 데로구려!"(「사신(6)」, "東京이란 참 치사스런 都십디다. 예다 대면 京城이란 얼마나 人心 좋고 살기 좋은 「閑寂한 農村」인지 모르겠습니다. (…) 나는 참 東京이 이따위 卑俗 그것과 같은 シナモメ인 줄은 그래도 몰랐오. 그래도 뭐이 있겠거니 했더니 果然 속빈 강정 그것이오."(「사신(7)」, "내가 서울을 떠날 때 생각한 것은 참 어림도 없는 桃園夢이었오. 이러다가는 정말 自殺할것 같소."(「사신(8)」).

4. '백면의 표객'의 동경 산책

이상이 느끼고 있었던 동경 생활의 심정을 가장 잘 대변해주고 있는 글은 앞서도 말했듯이 몇 편의 「사신」들이다. 자신의 외로움과 심리적 정황을 경성의 아우와 문우에게 절절하게 전하고 있는 「사신」은 내면의 심정을 굴곡 없이 고백하고 있는 문건으로서 각별한 의미를 담고 있다. 이상이 도항 이후의 자신의 모습에 대해 "동경을 헤매는 백면의 표객"(「사신(5)」)으로 규정했던 것은, 문우 윤태영이 언급했듯이 경성에서의 "가마귀빛 같은 흑색(黑色)의 복면(覆面)"을 쓴 얼굴이 아니라 "백색(白色)의 비둘기의 본바탕"인 맨얼굴 그대로 동경에서 거의 무위도식하며 식민지 근대의 문화를 체험적으로 학습했던 의식의 상관물로서 스스로를 대상화하려는 태도를 지니고 있음을 보여주는 징표로 이해할 수 있다.[20]

「사신」 속에 담긴 이상 내면의 정신적 풍경이랄까 자의식의 여과 장치를 통해 조형된 동경에 대한 파편적 이미지들은 동경을 통해 경성을 반추해내고 의식하는 거울로 기능한다. 이것은 「사신(6)」에서 "기어코 동경 왔소. 와 보니 실망이오. 실로 동경이라는 데는 치사스런 데로구

---

[20] 이런 맥락에서 이상이 경성에서는 산책자의 모습을 보여주고 있는 반면, 동경에서는 경성에서처럼 외부와의 관계 맺기가 수월하지 않았고, 또 도시 공간에서의 자기 좌표를 인식할 수 없게 됨으로써 산책이 가능하지 않았으며, 따라서 산책자의 형상을 갖추지 못했다고 보는 견해(이성욱, 『한국 근대문화와 도시문화』, 186-187면)는 타당해 보인다. 즉, 경성에서의 이상이 현실적 주체로서 산책자의 모습을 보여주고 있고, 그러한 모습이 「날개」를 비롯한 여러 작품에 투영되어 있는 반면, 동경에서의 이상의 모습이나 위상은 경성에서의 존재적 형상과 다르게 좌표를 상실한 자의 형상으로 나타나고 있다. 수필 「동경」에 나타나고, 소설 「실화」에도 그려져 있듯이, 동경에서의 이상은 현실적 존재(김해경)로서 만이 아니라 작품 속의 예술가적 존재로서도 좌표를 잃은 모습을 보여주고 있는데, 이러한 모습은 이상 자신이 표현하고 있듯이 '백면(白面)의 표객(漂客)'의 존재적 형상을 보여주고 있을 뿐이다.

려!"라고 서술하고 있는 것이라든지, "동경이란 참 치사스런 도십디다. 예다 대면 경성이란 얼마나 인심 좋고 살기 좋은 '한적한 농촌'인지 모르겠습니다."(「사신(7)」)라며 가장 전위적인 정신을 소유하고 있는 모더니스트가 근대의 위용을 갖추고 있는 동경을 '치사스런 도시'라고 비판하는 반면, 경성을 살기 좋고 인심 좋은 "한적한 농촌"으로 규정하는 데에서 근대성의 현실을 의도적으로 외면하는 이상의 전도(顚倒)된 의식을 발견할 수 있다. 이상은 낡은 19세기적 현실로부터 탈출하여 근대의 전시장을 직접 눈으로 보고 느끼고 싶었지만 '공상의 천국'으로 믿고 있었던 동경의 참모습이란 "19세기 쉬척지근한 내음새가 썩 많이 나는 내도덕성"(「동경」)의 감각에 의해 "서구적 표피의 악취"(「사신(7)」)가 진동하는 곳으로 비판된다. 이 지점에서 식민지 공간의 전위적 모더니스트로서 경성을 "도시적 승리와 자존심의 원리적 좌표"[21]로 설정한 이상의 근대 의식에 관한 모순된 양가적 성격이 드러난다. 「사신(7)」의 다음과 같은 발언은 이런 사정을 잘 보여준다.

> 어디를 가도 口味가 땡기는 것이 없오그려! キザナ 表皮的인 西歐的 惡臭의, 말하자면 그나마도 그저 分子式이 겨우 여기 輸入이 되어서 ホンモメ 行世를 하는 꼴이란 참 구역질이 날 일이오.
> 나는 참 東京이 이따위 卑俗, 그것과 같은 シナモメ인 줄은 그래도 몰랐오. 그래도 뭐이 있겠거니 했더니 果然 속빈 강정 그것이오.
> 閑話 休題―나도 보아서 來달中에 서울로 도루 갈까 하오. 여기 있댓자 몸이나 자꾸 축이 가고 兼하여 머리가 混亂하여 不時에 發狂할 것 같소. 첫째 이 깨솔링 냄새 彌蔓セット같은 거리가 참 싫소.[22]

이상은 도일 전에 김기림에게 보낸 「사신(4)」에 "膏肓에 든 이 文學病"을 벗어던지고 "飄然할 수 있는 제법 斤量 나가는 인간"이 되고 싶다

---

21) 이경훈, 『이상, 철천의 수사학』, 소명출판, 2000, 323면.
22) 김주현, 『정본 이상 문학 전집(03)―수필 기타』, 소명출판, 2005, 250-251면.

면서, 경성과 같은 환경에서는 자기부패작용을 일으켜서 그대로 타버릴 것 같기 때문에 동경이라는 곳에 오직 자신을 매질할 빈고(貧苦)가 있다는 것을 잘 알고 있다며 동경 가는 길에 꼭 만나자고 쓰고 있다. 그러나 이상은 동경을 체험하고 나서, 동경이라는 도시에 대해 서구적 문물이 들어와 "ホンモノ 행세를 하는" 모조된 근대의 비속함이 흘러넘치는 곳, 가솔린 냄새가 흘러넘치는 "세트 같은 거리"라고 폄하한다. 물론 여기서 화자의 동경에 대한 이와 같은 평가를 표면적 발화 그대로 받아들이기는 어렵다. 근대 도시의 문명적 발전과 그에 드리워진 그림자의 면모는 항상 이중적으로 존재하기 마련이고, 또 그것은 근대 도시의 얼굴이 가지고 있는 양면성이기도 하다. 이상이 이러한 태도를 갖게 된 이유는 근대 도시의 규모와 형태에 대한 그 자신의 관념적 지향이 그의 의식 속에서 추상화된 형태로 먼저 규정되어 있었기 때문이거나, 아니면 동경의 건축물이 지닌 위용과 높이, 교통수단의 속도, 거리의 낮과 밤과 사람들의 스타일이 제공하는 수준이 경성의 후진성을 압도한 데에서 형성된 패배의식과 그에 대한 합리화 심리의 표출로 이해할 수 있다. 일본 신극운동의 본거지인 츠키지[築地] 소극장을 두고 건축 기사의 전문적 안목으로 "서투른 設計의 喫茶店" 운운하며 평가하고 있는 태도 또한 동일한 심리적 메커니즘에서 나온 발상이라고 할 수 있다. 동경의 주요 장소와 건축물에 대한 이상의 이러한 비판은 동경을 '근대'라는 추상 자체, 관념의 미학23)으로 설정해 놓았기 때문에 나타날 수 있는 심리적 반응이기도 하다. 식민지 본국의 수도인 동경의 문명적 위상과 특징에 대한 이상의 이러한 생각은 「동경」에서 중심 번화가를 낮과 밤으로 거

---

23) 김윤식, 『이상 연구』, 문학사상사, 1987, 240면. 이 점은 김윤식 교수의 지적대로 이상의 동경에 대한 비판이 자신이 세워 놓은 근대라는 '환각', 그것의 현실적 환산 과정에서 필연적으로 발생한 현상으로, 동경에 대한 문화 충격이거나, 아니면 경박함의 다른 표현이라고 할 수 있다.

닐면서 느낀 심리적 정황을 세밀하게 서술하고 있는 다음과 같은 대목
에서 잘 드러난다.

> 銀座는 한 개 그냥 虛榮讀本이다. 여기를 걷지 않으면 投票權을 잃어
> 버리는 것 같다. 女子들이 새 구두를 사면 自動車를 타기 전에 먼저 銀座
> 의 鋪道를 디디고 와야 한다.
>
> 낮의 銀座는 밤의 銀座를 위한 骸骨이기 때문에 적잖이 醜하다. 「사롱
> 하루」 굽이치는 네온사인을 構成하는 부지깽이 같은 鐵骨들의 엉크러진
> 모양은 밤새고 난 女給의 퍼머넌트 웨이브처럼 襤褸하다. 그러나 警視廳
> 에서 「길바닥에 啖을 뱉지 말라」고 廣告板을 써 늘어 놓았음으로 나는
> 춤을 배알을수는 없다.
>
> 銀座八丁目이 내 測量에 依하면 두자가웃 쯤 될는지! 왜? 赤染亂髮의
> 「모던」 令孃 한분을 三十分동안에 두번半이나 만날 수 있었으니 말이다.
> 令孃은 지금 하루中의 가장 아름다운 時間을 消化시켜 나오신 모양인데
> 나의 이 乾燥無味한 「푸로므나-드」는 一種 反芻에 지나지 않는다.
>
> 나는 京橋 곁 地下共同便所에서 簡單한 排泄을 하면서 東京 갔다 왔다
> 고 그렇게나 자랑들 하던 여러 친구들의 이름을 한 번 暗誦해 보았다.24)

우선, 화자는 일본 근대 건축물의 상징으로 동경 중심부에 우뚝 솟아
있는 마루노우치 고층 빌딩이 제공하는 이미지를 가솔린 냄새가 진동하
는 '환멸(幻滅)'의 거리라고 혹평한다. 그래서 화자는 폐(肺)가 변변하지
못한 인간(이상 자신)은 이런 도시에서 견딜 수가 없다고 진술한다. 공기
좋은 자연 풍광 속에서 요양해야만 육체를 회복할 수 있는 폐결핵 환자
의 시선에 의해 동경은 '자동차가 구두노릇을 하는' 이미지로 포착되거
나, 아니면 "동경 시민의 체취"를 자동차 냄새와 동일시한다. 이처럼 근
대 도시의 풍경을 감각적 이미지로 형상화해내고 있는 수필 「동경」의
수사학은 "택시" 안에서도 화자로 하여금 "이십세기라는 제목"으로 근

---

24) 김주현, 앞의 책, 137-138면.

대 도시 동경을 연구하도록 만든다. 나아가 화자는 "무수한 자동차가 영영히 이십세기를 유지하노라고 야단들"인 동경의 분주함은 "십구세기 쉬적지근한 내음새가 썩 많이 나는" 도덕성으로는 이해할 수 없다고 고백한다. '백면의 표객'으로서 동경의 주요 장소를 산책하는 화자의 시선에는 '공상의 천국'으로 여겼던 동경이 단지 "서구 제국 문화의 찌꺼기를 열심히 베껴온 모조품"25)으로밖에 인식되지 않는다.26) 화자는 이러한 동경의 모습을 주요 장소를 이동하며 포착해내는데, 그 장소와 대상들을 시간 이동의 흐름에 따라 정리해보면 다음과 같다.

> 마루노우찌 빌딩 →(택시) → 궁성 → 新宿 →(C君과) 築地小劇場 → H君의 아파트 → 銀座(銀座八丁目)과 京橋, 그리고 백화점(三越, 松板屋, 伊東屋, 白木屋, 松屋) 거리

화자는 마루노우치 빌딩에)서 택시를 타고 궁성을 거쳐 프랑스식 저택을 개조하여 지은 신주쿠의 카페에서 우유를 섞은 커피를 마시고, 이어 신주쿠 3정목을 거쳐 삼사문학의 멤버 가운데 하나였을 C군과 일본 신극 운동의 본거지인 츠키지 소극장으로 이동한다. 영화는 놓치는 한이 있어도 소극장 연극만은 때때로 참관했다는 화자는 지진이 일어난 다음날에도 긴자 거리를 걷는다. 화자는 구두를 신은 여자라면 자동차

---

25) 권영민, 『이상 텍스트 연구』, 문학에디션 뿔, 2009, 416면.
26) 이상이 경성에서 상상하며 동경(憧憬)했던 동경(東京) 건축물의 상징인 '마루노우치'와, 도일하여 동경에서 직접 본 '마루노우치'의 현실 사이에 존재하는 어떤 낙차가 이런 평가를 가능하게 했을 것이다. 이에 대해서는 노영희, 「이상 문학과 동경」, 『비교문학』 16호, 한국비교문학회, 1991. 12, 133-135면 참조. 이 점은 동경을 공적(公的) 공간과 사적(私的) 공간으로 구분하여 이해하는 방식과도 관련된다. 도일 이전과 이후에 이상이 동경이라는 도시에 대해 보이는 심리적 반응의 맥락은 가령, 유학생 지식인·문인들이 동경을 근대 지식의 습득이 가능한 신세계로서 빼앗긴 조국의 회복을 위해 준비해야 하는 공적(公的) 임무의 공간으로 인식하고 있었던 데 비해, 이상은 동경이라는 도시를 개인의 개성을 실현하기 위한 사적(私的) 체험의 공간으로 인식하고 있었다. 이에 대해서는 안미영의 앞의 논문을 볼 것.

를 타기 전에 먼저 "한 개 그냥 허영독본"인 긴자의 포도(鋪道)를 걸어야한다며 밤의 긴자와 그곳을 스쳐지나가는 "적염난발"의 모던걸에 비추어 프로므나드가 하나의 반추에 지나지 않음을 피력한다. 화자는 잠시교바시[京橋] 지하 유료 공동화장실에서 생리 현상을 해결하고, 긴자 거리 모퉁이의 구세군 냄비를 관찰한다. 이어 신주쿠 거리에서 미스코시[三越], 마쓰자카야[松坂屋], 이토야[伊東屋], 시라키야[白木屋], 마쓰야[松屋]등의 백화점을 둘러보며 "산적한 상품과 무성한 숲 껼" 때문에 길을 잃어버리기 쉽다고 느낀다.27)

그러나 식민지 변방의 표객으로서 「동경」에 피력된 화자의 이러한 의식은 동경 거리 어느 곳에도 틈입할 수 없다는 격절의 소외감을 보여준다. 경성의 거리에서 33번지 나가야의 방과 회탁(灰濁)의 거리를 넘나들며 가지고 있었던 산책자의 피로와 경이로움의 감각을 동경에서는 더이상 느끼지 못한다. 「사신(9)」에서 김기림에게 음력 제야의 빈자떡, 수정과, 약주, 너비아니가 "기갈의 향수"를 자극한다며, "고독합니다. 이곳에는 친구 삼을 만한 사람이 없습니다."라고 쓰고 있는 이상의 심리적정황을 상기할 때 동경의 거리 산책에는 사실상 그가 안주하고 돌아갈공간이 없었다. 그리고 이러한 거리 산책에는 불러도 찾아올 길 없는 극한 고립의 심리적 상황, 20세기 근대의 최신 유행 공간에서 19세기적 도덕성의 냄새 나는 전근대적 행색으로 주체의 시선을 확보하지 못한 채거주하는 존재의 고독감 혹은 자학의 포즈28)가 고스란히 노정되어 있

---

27) '동경'이라는 도시를 서구의 근대가 직역(直譯)되어 수입된 모조(模造) 공간으로 인식하는 화자의 근대문명 비판은 동경의 주요 장소에 대해 평가한 다음과 같은 문장 안에 일목요연하게 드러나 있다. <"이 도시는 몹시 '가솔린' 내가 나는구나!", "新宿―鬼火 같은 이 繁榮 三丁目", "銀座는 그냥 한 개 虛榮讀本이다.", "낮의 銀座는 밤의 銀座를 위한 骸骨이기 때문에 적잖이 醜하다.">

28) 이 점은 「사신(7)」에 기술되어 있는 다음과 같은 대목과 연결시켜 이해하는 것이 좋을 듯하다. "암만해도 나는 십구세기와 이십세기 틈사구니에 끼여 졸도하려 드는 무뢰한인 모양이오. 완전히 이십세기 사람이 되기에는 내 혈관에는 너무도 많

다. '백면의 표객'으로서 낯선 이국땅에서 일상의 권태로움을 느끼면서 갖게 된 고독감이나 모국을 향한 강력한 원초적 그리움의 정서로 인해 이상은 동경의 20세기 근대를 환멸의 공간으로 규정한다. 이상의 이러한 동경 체험은 근대 비판을 넘어서 "고독의 위대한 허식으로서의 배경"[29]을 이루는 한 가지 희귀한 사례를 보여주고 있다.

5. 「동경」의 문학사적 의미

이상의 수필 「동경」은 식민지 근대인의 양가적 시선과 감각에 의해 '동경'의 공간적 성격에 대한 비판 의식을 구성하고 있는 작품이다. 이상 문학에서 동경이라는 공간은 이상 문학의 스타일이나 형식을 만들어낸 식민지 모더니티의 집합적 공간으로서 경성의 관념적 선행 좌표라고 할 수 있다. 그런 만큼 동경과 경성의 공간적 거리는 식민지 본국과 지점, 근대의 우등생과 열등생이라는 차이만큼이나 그 위계가 분명한 것일 수밖에 없다. 그래서 이상이 체험한 두 공간의 의식적·물리적 경험은 곧바로 이상 문학의 출발점과 종착점이라는 양 끝을 조절하며 복합적인 의미를 생성해낸다. 그런 의미에서 이상의 짧은 후반부 삶을 채웠던 이상 문학의 종착점, 즉 동경 체험과 그에 관한 기록은 그의 문학을 논의하는 과정에서 중요한 참조점 역할을 한다.

식민지 근대의 한 지점(支店)으로서 1930년대 경성의 문화적 자장은 식민 지배의 본점이자 여러 근대적 현상의 주요 공급원으로서 동경이 발산하고 있는 당대의 역사적 총체성과 긴밀한 관련을 맺고 있다. 따라

은 십구세기의 엄숙한 도덕성의 피가 위협하듯이 흐르고 있소그려."
29) 고은, 『이상평전』, 청하, 1992, 322면.

서 식민지 본국의 문물과 문화의 수입처로서 이상 문학이 가지고 있는 동경 체험은 곧바로 1930년대 경성과 동경의 문화사적 차이를 질문하는 일과 관련되어 있다. 비록 이상 자신이 의식적으로 20세기 근대의 중심 도시 가운데 한 곳인 동경을 역설적으로 평가절하 하는 과장된 포즈를 취하고 있긴 하지만, 고독한 '백면의 표객'으로서 동시대의 문인들 가운데 어느 누구도 감행하지 않은 '동경 비판'을 시도하고 있었다는 점에서 이상의 수필 「동경」은 문학사적으로 독특한 사례를 제공한다. 이런 맥락에서 이광수와 염상섭, 박태원과 김기림, 그리고 임화로 대표되는 우리 근대문학 대표 주자들의 동경 체험과는 다른 각도에서 "우리 근대문학사에서 동경을 식민지화한 거의 유일한 순간"[30]으로서 이상의 수필 「동경」은 1930년대 한국 모더니즘 문학 논의에서 한 이정표로 위치해 있다.

---

30) 이경훈, 앞의 책, 324면.

잉크와 피―「血書三態」론

김 주 현*

1. 원전 확정을 위한 검토

이상의 수필 「血書三態」는 『신여성』(1934. 6)에 발표되었다. 『신여성』 1934년 6월호는 국내에 대단히 희귀하며, 현재 서강대도서관에 한 부 있다. 개벽사에서 발행된 이 잡지는 백과사전에마저 "1923년 9월에 창간되어 1934년 4월 통권 38호로 종간하였다"고 소개되었다. 그 정도로 1934년 6월호는 알려져 있질 않다는 이야기이다. 필자가 『정본이상문학전집』(2005)을 발간할 당시만도 수소문을 했지만 찾을 수 없었고, 그래서 "원전을 구하지 못해 『문학사상』에 실린 것을 저본으로"[1] 삼았다. 다행히 방정환에 대해 학위논문을 준비하는 학생한테 서강대도서관에서 소장하고 있는 『신여성』 자료를 확인해달라고 하였고, 그의 도움으로 「혈서삼태」를 구할 수 있었다.[2] 『신여성』은 이전에 현대사에서 영인본(1982)

---

* 경북대학교 국어국문학과 교수. 대표 논저로 『이상 소설 연구』, 『증보 정본이상문학전집』 등이 있음.

1) 김주현 주해, 『정본이상문학전집』 3권, 소명출판, 2005, 31면.

이 나왔으나 그것 역시 1934년 4월호로 끝났다. 『신여성』 8권 5호(1934. 6)는 1934년 4월호에 이어 한 호가 더 나온 것을 말해주며, 아마도 5월 6월 합본으로 5호가 1934년 6월 1일에 나온 것으로 보인다. 서강대는 이 잡지를 1998년 11월 26일 구한 것으로 소개하고 있다.

『신여성』 8권 5호에 실린 「혈서삼태」는 『문학사상』(1979. 11)에 발굴·소개됨으로써 알려졌다. 소개 당시의 문체로 실렸으며, 이후 문학사상사 판 『이상문학전집』 제3권에도 소개된다. 그런데 『신여성』 발표본을 『문학사상』 소개본과 비교해본 결과 몇 가지 차이를 확인할 수 있었다. 우선 원전 확정을 위해 그러한 사항들을 살펴보기로 한다.

> 그러나 旭 너도亦是 그부터올나오는불가튼熱情을 能히斷片斷片으로토막처노흘수잇는冷膽한一面을가진 怜悧한書生이엿다.[3]
> 그러나 욱 너도 역시 그부터 올라오는 불 같은 열정을 능히 단편단편(斷片斷片)으로 토막쳐 놓을 수 있는 냉담한 일면을 가진 영리한 서생(書生)이었다.[4]

> 그래서 내가일즉이 「세사니슴」을알앗슬적에벌서性慾을倂發的으로알앗습니다.
>
> —『신여성』, 80면
>
> 그래서 내가 일찌기 사디슴을 알았을 적에 벌써 성욕을 병발적으로 알았습니다.
>
> —『문학사상』, 288면

> 펜으로자듸잘게만지장서 썻들썻들是非曲直이썩壯觀이엿다.
>
> —『신여성』, 82면

---

2) 류동일, 「방정환 문학의 아동·여성 담론 연구」, 경북대 석사논문, 2009.
3) 이상, 「혈서삼태」, 『신여성』, 1934. 6, 79면. 이하 이 작품의 인용은 인용 구절 뒤 괄호 속에 『신여성』, 면수만 기입.
4) 이상, 「혈서삼태」, 『문학사상』, 1979. 11, 286면. 이하 이 작품의 인용은 인용 구절 뒤 괄호 속에 『문학사상』, 면수만 기입.

펜으로 자디잘게 만리장서 삐뚤삐뚤 시비곡직(是非曲直)이 썩 장관이
었다.

―『문학사상』, 290면

두사람은情死를約束하고自動車로漢江人道橋건너까지나갓다自動車는돌
오돌아갓다.

―『신여성』, 82면

두 사람은 정사(情死)를 약속하고 자동차로 한강 인도교 건너까지 나
갔다. 자동차는 도로 돌아갔다.

―『문학사상』, 290면

첫째 내용은 "그부터올라오는불가튼熱情"이란 구절이다. 당연히 '그
붙어 올라오는 불같은 열정'이다. '붙어 올라오는'은 불을 꾸민다. '불붙
어 오르다'는 의미이다. 그런데 소개본은 '그부터 올라오는 불같은 열
정'이라 하였다. 의미가 제대로 전달되지 않는다. 그리고 두 번째 구문
에서 「세사니즘」이라는 단어이다. '세사니슴'을 사디슴으로 읽은 것은
첫째 '세사니즘'을 오식으로 본 까닭이다. 다음으로 '사디즘'은 매저키
스트, 성욕과 관련이 있기 때문이다. 새디즘은 "다른 사람에게 고통을
줌으로써 성적 충동을 만족시키는 이상(異常) 성심리"를 뜻한다. 그런데
'併發的으로'는 '두 가지 이상(以上)이 한꺼번에'라는 말이다. 새디즘과
성욕을 동시에 알았다는 것은 적절하지 않다. 무엇보다 바로 앞 문장
"소하! 나에게는 내가 예술의 길을 걷는 데 소위 後見人이 너무 없었습
니다"를 상기할 필요가 있다.

세사니슴은 바로 예술과 관련이 있었던 것. 세사니슴이 세잔이즘이
라는 것은 「현대미술의 요람」을 통해서도 확인된다. 그 작품에는 세잔
주의를 의미하는 '세사니즘'이 나온다. 세잔의 화법, 곧 그것은 이상이
예술(회화)을 알게 되면서 동시에 성욕을 알았다는 말이 된다. 세잔이즘
과 새디즘은 너무나 거리가 멀다. 소개본은 '세사니슴'을 제대로 이해

하지 못해 전혀 다른 단어를 제시해놓은 것이다. 그 세 번째는 '만지장서'이다. 이것은 滿紙長書, 곧 종이를 가득 메운 장문의 글을 뜻한다. 곧 사연을 많이 담은 긴 편지이다. 萬里長書는 아주 긴 글을 뜻한다. 그 뜻이 매우 유사하다고는 할 수 있으나 같다고는 할 수 없다. 만지장서가 옳다.

마지막으로 "두사람…은나갓다自動車는돌오돌아갓다"라는 구문인데, 소개본은 "나갔다" 다음에 마침표를 찍어 문장을 종결하고, "자동차는"을 새로운 문장으로 분리하였다. 의미상, 문맥상 그렇게 하는 것이 타당해 보인다. 이상이 원래 그렇게 썼다면 그렇게 하는 것이 당연하다. 아마도 식자공의 오류를 고려하고, 또한 해독의 편의성을 위해 한 조치로 풀이된다. 그러나 "다"를 종결어미로 사용한 것이 아니라 접속어미로 사용했다면 그대로 살려주는 것이 좋다. "두 사람은 … 나갓다 自動車는 돌오 돌아갓다"에서 나갔다는 "나갔다가", "나갔지만"을 뜻하는데, 이는 "자동차는"을 "자동차만"으로 바꾸어보면 그 의미가 확연해진다.

원전확정이 중요함은 두말할 나위가 없다. 우리는 오늘날 이상의 자필원고를 볼 수 없다. 그런 경우 최초 발표본이 원전에 가장 가깝다고 할 수 있다. 물론 개작한 경우는 예외도 있다. 그런데 이상 작품의 경우 발굴 소개되는 과정에서 수많은 오류들이 개입되었다. 연구에서는 가능하면 그러한 오류를 걷어내는 작업이 필요하다. 그리고 작품을 발굴 소개할 때 와전이나 왜곡을 최대한 없애야 한다. 짧은 작품의 경우에도 4개 정도의 오류가 발견되었고, 심지어 하나는 완전히 뜻이 다른 단어로 바뀌고 말았다. 그것은 해석에 있어서 커다란 오류를 불러올 수 있다는 점에서 여기에서는 최초 발표본을 원전으로 삼아 연구를 진행할 것이다.

2. 세 가지 혈서의 모습―피의 순수성과 예술의 진정성

2.1. 작품의 근원으로서의 문종혁―피의 순수성과 결백성

문종혁, 그는 이상과 5년을 같이 했다고 한다. 문종혁과 이상의 우정은 바로 「혈서삼태」에 나타나 있다. 이상은 문종혁과의 삶을 「혈서삼태」, 「지주회시」, 「병상 이후」, 「1931(작품 제1번)」에서 그리고 있는데, 특히 「혈서삼태」에서 그와의 삶이 잘 드러나 있다.

> 내가불너주고십흔일홈은 「旭」은아니다. 그러나그일홈을旭이라고불너두자.
>
> ―『신여성』, 78면

이상은 "그 일홈을 욱이라고 불너두자" 하였다. 욱이라? 먼저 욱에 대해 알아야 한다. 내용 전체를 보면 분명 문종혁을 일컫는데, 하필 '욱'이라고 하였을까? 그냥 가공의 인물을 내세우기 위함인가?

> 상의 집에서는 뒷채에 5, 6명의 학생을 늘 하숙시키고 있었다. 나도 그 하숙생의 하나다.[5]

> 사랑채에서 학생들 6명쯤 하숙을 하고 있었는데, 경상도 상주 사람인가 하는 김소동이란 사람이 있었는데, 오빠를 몹시 좋아했고, 문종옥이라는 친구도 있었고, 이 학생들이 모두 오빠를 좋아했고, 학생들이 모두 오빠를 좋아하니까 큰어머니가 이것을 싫어했던 것 같아요.[6]

위의 것은 김옥희의 증언이요, 아래 것은 문종혁의 말이다. 김승희는

---

5) 문종혁, 「심심산천에 묻어주오」, 『여원』, 1969. 4, 234면.
6) 김승희, 「오빠 김해경은 천재 이상과 너무 다르다」, 『문학사상』, 1987. 4, 89면.

문종옥에 대해 "이 분이 문종혁씨가 아닌가 한다. 그러나 옥희 여사는
분명 문종옥씨라고 회상한다"라고 주석을 붙였다. 욱과 혁(문종혁)과 옥
(문종옥)의 비밀은 최근에서야 풀렸다. 바로 오영식의 조사에 의해서이다.

   (A) 『而習』(1928. 3. 10. 보성고보 문예부 발행)
      3학년 2조에 文鍾旭(全北 沃溝郡 開井面 玉石里)
   (B) 『교무회원 명부』(1942. 11. 보성중학 발행)
      文鍾爀, 旧名 鍾旭, 全北 沃溝郡
   (C) 『보성교우 명부』(1992. 보성교우회)
      文鍾爀(旧名 鍾旭), 全北[7]

이를 통해 '문종욱 = 문종혁'의 도식은 풀린 셈이다. 또한 김옥희가
'문종옥'으로 알았던 까닭도 해명된 셈이다. 음가가 비슷하여 문종욱을
'문종옥'으로 알고 있었던 것이다. 「혈서삼태」는 바로 욱, 곧 문종혁의
이야기인 셈이다. 과연 그러한가? 문종혁은 「지주회시」의 <吳>가 자신
임을 밝혔다. 그리고 문종혁의 실체는 이미 임종국에 의해 잘 조사되지
않았던가.

   군산 출생, 성장은 옥구(沃溝)에서, 군산 영명학교(永明學校)를 거쳐서
보성고보(普成高普)로 진학한 문종혁씨는 이상의 집에 하숙하면서 이상
과 함께 그 그림을 그렸다. 이리하여 태평양화학교(太平洋畵學校)로 진학
한 문씨는 선전(鮮展) 협전(協展) 녹향전(綠鄕展) 같은 곳에 출품하면서 한
때 화단생활까지 한 사람이었다 (…중략…) 문씨는 부친의 명령으로 인
천의 강익하취인점(康益夏取引店)에 입사했으며(이상 24세) 26세에 동아
증권(東亞證券) 및 인천의 조준호취인점(趙俊鎬取引店) 주사주임으로 근무
하면서 주로 경제계의 시세 변동을 조사하여 고객에게 보도해주는 그러
니까 경제통신의 자료를 조사 편집하고 있었다 (…중략…) 그는 금년에

---

7) 김윤식, 「쟁점―소월을 죽게 한 병, <오감도>를 엿본 사람」, 『작가세계』, 2004. 3,
   376-377면에서 인용.

60세, 이상이 죽은 후 군산·목포·마산 등지에서 세관(稅關)의 감시과
장 또는 부세과장 등으로 근무하다 지금 대천 읍내에서 살고 있다.[8]

　임종국은 "여원사 전교로 문씨의 서신을 받"았으며, 그리하여 멀리
대천읍까지 가서 "문씨와의 하룻밤 대담"을 가졌다고 했다.[9] 그러므로
위 정보들은 문종혁으로부터 직접 얻은 정보들이다. 임종국은 1969년
당시 문종혁을 만나 그에 대해 자세히 알게 되었던 것이다. 이상의 글에
서도 문종혁의 이야기와 일치하는 부분은 적지 않다.

　　그러나旭은　나의病室에낫하나기前에　그故鄕群山에서　足部에쬔危險한
切開手術을밧고　그쏘한孤寂한病室에서　그沒落하여가는　家庭을생각하며
그의病勢를근심하며 쯘히지안코 그花辨가튼葉書를나에게주엇다.
　　　　　　　　　　　　　　　　　　　　　　―『신여성』, 78면

　문종혁은 동경에서 돌아와 고향 군산에서 족부에 수술을 받았다고 했
다. 욱의 고향이 군산이라는 것. 그의 주소는 "전북 옥구군 개정면 옥석
리"로 되어 있다. 그런데 임종국에 따르면, 문종혁은 군산에서 출생했으
며, 옥구에서 성장하였다고 한다. 군산과 옥구는 분리되기도 하고 합쳐지
기도 한 것은 그 역사에서 비롯된다.[10] 그래서 옥구는 달리 군산으로 대

---

8) 임종국, 「인간 이상의 유일한 증언자」, 『여원』, 1969. 4, 245-246면.
9) 같은 글, 245면.
10) 근대 군사의 역사를 살펴보면 다음과 같다. 1895년 옥구현이 옥구군, 임피현이 임
　　피군으로 개칭되며, 1899년 군창(이후 군항)이라는 개항장이 설치되어 옥구에 소
　　속되며, 1906년 옥구군은 옥구부로 개칭되고, 1910년에는 군산부가 창설되고, 옥
　　구부는 옥구군으로 개칭된다. 1914년 들어 임피군과 함열군의 일부 지역 등이 병
　　합하여 옥구군이 형성되었으며, 1932년에는 옥구군 일부(개정면 구암리 포함)가
　　군산부에 편입되며, 1942년에도 옥구군 일부(개정면 조촌 구암리 일부 포함)가 군
　　산부에 편입된다. 그런데 문종혁의 주소지인 옥석리는 본래 임피군 서삼면의 지역
　　이었다. 1914년 행정 구역 폐합에 따라 석흥리, 흑석리, 옥흥리, 능동리 일부와 서
　　사면의 동정리 일부와 군산부 박면의 접산리 일부를 병합하여 옥석리라 하고, 옥
　　구군 개정면에 편입시킨 것이다(http://www.gunsansi.co.kr/hitory/h_sub406.htm 참조).

변되기도 했던 것이다. 다음으로 '족부에 절개수술'을 받은 사실은 시 「1931년(작품 제1번)」에도 나온다. "나는 第三番째의 발과 第四番째의 발의 設計中, 爛으로부터의 「발을 짜르다」라는 悲報에 接하고 愕然해지다"라는 구절이 그것이다. 변동욱이 "상의 초기의 시를 읽으면 '혁'이라는 실존 인물이 많이 산견된다"고 했는데, 혁이란 곧 문종혁을 일컫지 않던가.

> 다섯해歲月이지나간오늘 엊그젓게 하마하드면나를背叛하려 들든너를 나는오히려다시 그러든날의純情에갓가운友情으로사랑하고잇다. 그만큼 너의現在의環境은 너로하야금너의潔白함과 너의無辜함을 如實히나에게 이야기하야주고 잇는싸닭이다.
>
> —『신여성』, 79면

> 이상과 나는 18세(1927년)부터 5년여 동안 같은 집에서 생활했다.[11]

또 이상은 '다섯 해 세월'이라고 하였는데, 그것은 문종혁의 아래 글에 그대로 드러난다. 문종혁은 자신이 등장하는 작품 「지주회시」에 대해서는 언급하였지만, 그것보다 자신의 이야기를 직접 다룬 「혈서삼태」에 대해서는 언급하지 않았다. 그 이유는 위의 글이 나온 1969년에는 「혈서삼태」가 세상에 제대로 알려지지 않았던 것. 「혈서삼태」는 1979년 11월에 『문학사상』을 통해 알려졌던 것이다. 그러면 1984년 글에는 왜 그러한 언급이 없나? 문종혁은 김기림이 만든 『이상선집』을 가지고 있었다.[12] 그런데 「혈서삼태」가 전집에 묶인 것은 1992년에 이르러서이다. 그러므로 「혈서삼태」를 전혀 못 보았을 가능성이 크다. 그럼에도 불구하고 두 내용은 서로 밀접히 부응된다. 그것은 다름이 아니라 공유 체험을 형상화했기 때문이다.

---

11) 문종혁, 「몇 가지 의의」, 『문학사상』, 1974. 4, 347면.
12) 문용(문종혁의 조카)은 1949년경 목포에 있는 문종혁의 집을 방문했을 때 서가에 꽂혀있는 이상의 문집을 보았다고 했다. 김윤식, 앞의 글, 370면.

一千九百三十年만하야도 旭이제女形斷髮과가티 限업시純眞하얏고 坐旭
이藝術의길에精進하는態度　熱情도亦是純眞하얏다.　그해에　나는하마하드
면죽을번한重病에누엇슬째 旭은나에게 주는形言하기 어려운愛情으로하
야 쓸쓸한東京生活에서 몃個月이못되여 하로에도 두장 석장의葉書를 마
치結婚式場에서花童이 꼿닙팔을걸어가면서헷쓰리는 可憐함으로 나에게
날녀주며 連絡船甲板上에서 興奮하엿섯느니라.

—『신여성』, 78면

위의 대목에서 두 가지 사실이 확인된다. 그 하나는 1930년 이상이
'죽을 만한 중병'으로 누웠다는 사실, 그리고 욱은 동경에 간 지 몇 개
월이 되지 않았으며, "하로에도 두 장 석 장의 葉書"를 보내왔다는 사실
이다. 먼저 전자에 대해 살피기로 한다.

목은 그대로 타들어온다. 밤이깊어갈수록 身熱이 점점 더높아가고 意
識이喪失되여 夢現間에往來하고 바른편가슴은 펄펄띌만치 압하들어오는
것이었다. 무엇보다도 우선 가슴압흔것만이라도 나앗으면 그래도 살것
같다. 그의 意識이喪失되는것도 다만 가슴앞흔데原因될따름이였다. (적
어도 그에게는 그렇게生覺되였다)[13]

그것만이 아니다. 그는 이 해 여름 그의 지병(持病)의 처음 화살에 맞
았다. 나는 이것을 그의 첫 번째 각혈로 안다.
그는 고열(高熱)에 휘말려 있었다.
"혁! 이것 좀 봐. 체온계가 꽉 찼어. 42도가 꽉 찼어. 그런데 나는 왜
안 죽지?"
그의 애처로운 글들은 하루가 멀다고 현해탄을 건너 동경의 나의 하
숙방에 날아들었다.[14]

---

13) 김주현 주해, 『정본이상문학전집』, 소명출판, 2005, 130-131면. 이하 이 작품의 인
　　용은 인용 구절 뒤 괄호 속에 『정본전집』, 면수만 기입.
14) 문종혁, 「심심산천에 묻어주오」, 『여원』, 1969. 4, 234면.

위의 글은 「병상 이후」이고, 아래 글은 문종혁의 글이다. 문종혁은 1974년 「몇 가지 의의」에서 「병상 이후」를 언급했다. 1969년 글에서 그 작품에 대한 언급이 없었는데, 1974년 글에서 언급된 것이다. 문종혁은 백양당 『이상선집』뿐만 아니라 임종국이 편한 개정판 『이상전집』(문성사, 1966)도 본 것으로 보인다. 왜냐하면 문종혁은 1974년 「몇 가지 의의」에서 개정판의 「병상 이후」를 언급하고 있기 때문이다.15) 거기에서 문종혁은 「병상 이후」가 1930년 여름 이상의 병을 기록한 것이라 말했다. 문종혁의 말은 사실로 보인다. 왜냐하면 글의 마지막에 「의주통공사장에서」라는 말이 있기 때문이다. 이상은 「12월 12일」에서도 "의주통 공사장"을 3번이나 언급하였다. " 一九三〇, 四, 二十六, 於義州通工事場"(1930. 5)이라 하였고, 또한 "(一九三〇, 五 於義州通工事場)"(1930. 6), "於義州通工事場"(1930. 8) 등이 그것이다. 이상은 1930년 4월부터 7월까지 의주통 공사장에서 근무한 것으로 알려져 있다. 그때 그가 대단히 아팠음은 「12월 12일」에서도 확인된다.

> 얼마동안이나 그의意識은 分明하였다. 貧弱한燈光밑헤 한쪽으로 기우러저가며 담벼락에 기대여있는 그의友人의「夢國風景」의 不運한作品을 물끄럼이 바라다보았다. 平素같으면 그 畵面이몹시눈이부시여서(밤에만) 이렇게오랜동안을 繼續하야 바라볼수 없었을것을 그만하야도 그의視覺은 刺戟에對하야 沒感覺이되였었다.
>
> ―『정본전집』, 131면

문종혁은 「몽국풍경」이 자신의 작품이라 말했다. 이상은 문종혁을

---

15) 문종혁이 「몇 가지 의의」에서 언급한 「병상 이후」 구절은 개정판 『이상전집』(문성사, 1966)의 내용과 동일하다. 그것을 최초 발표본(『청색지』, 1939. 5) 및 태성사 판 『이상전집』과 비교해보면 몇 가지 차이가 있다. 즉, 平素 → 平素 → 平素, 몹시 → 몹씨 → 몹시, 오랜동안 → 오랜동안 → 오랫동안, 沒感覺 → 無感覺 → 無感覺 등으로 바뀐 것이다. 임종국이 1969년 대천에 가서 문종혁을 만났을 때 자신이 만든 개정판 전집을 그에게 직접 전했을 것으로 추측된다.

‘우인’으로 표현했다. 이상은 1930년 심하게 앓은 적이 있으며, 그때의 상황을 적은 것이 바로 「병상 이후」라는 것이다. 그리고 「병상 이후」에는 동경에서 편지를 보내오는 ‘우인’에 대한 이야기가 나온다.

> 그가 씰어지는 그날밤 (그前부터 그는두누었었다. 그러나 意識을 일키始作하기는 그날밤이 첫밤이었다) 그는 그의 友人에게서 길고긴편지를받었다. 그것은 글로서拙劣한것이였다하겠으나, 한純한人間의悲痛을 招한人間記錄이였다. 그는 그것을다읽는동안에 무서운 原始性의힘을 늣기였다. 그의가슴속에는 보는동안에 캄캄한구름이 前後를가릴수도없이 가득히 엉키워들었다. 「참을갖이고 나를對하야주는 이純한人間에게對하야 어째나는거즛을갖이고 만박에는 對할수없는것은 이무슨슬퍼할만한 일이냐」 그는 그대로 배를방바닥에대인채 엎드리었다.
>
> —『정본전집』, 132-133면

이상은 「혈서삼태」에서 자신이 중병으로 누웠을 때 욱이 “쓸쓸한 東京生活에서 몃 個月이 못되여 하로에도 두 장 석 장의 葉書”를 보내왔다고 했다. 한편 문종혁은 “그의 애처로운 글들은 하루가 멀다고 현해탄을 건너 동경의 나의 하숙방에 날아들었다”고 했다. 문종혁은 “스물한 살 봄 나는 보성고보를 졸업하고 동경을 갔다”고 했다.16) 그것은 “그림을 전공하기 위해서”였다는 것이다. 둘은 그 후 서신을 자주 주고받은 것으로 보인다. 이상은 의주통공사장 근무 당시 중병을 앓았으며, 그러한 사실을 서신으로 동경에 있는 문종혁에게 보냈던 것이다. 서신에 관한 이야기는 「병상 이후」에도 나온다. 이상은 쓰러지던 날 문종혁으로부터 길고 긴 편지를 받았다고 했다. 그는 그것을 ‘인간의 비통을 초한 인간 기록’이라고 하였다.

이상은 “그 友人의 길다란 편지를 다시 끄내여 들었을 때 前날의 어

---

16) 문종혁, 「심심산천에 묻어주오」, 234면.

둔 구름을 代力身야 無限히 굿세인 「동지」라는 힘을 느꼈다"고 했다. 아울러 이상은 그의 편지로 마음의 안정을 구했고, 동지감을 느끼게 된다. 문종혁에 대한 우정과 사랑은 「혈서삼태」의 <오스카 와일드>, <관능위조>에 그려져 있다.

> 네가 足部의完治를 엇기도前에 너는너의풀죽은아버지를爲하야 마음에업는심바람을하얏스며 最後의秋收를守衛하면서苦로운격난도만히하얏고 그것들記憶이 오늘네가그때 나에게준葉書를쯔집어내여볼것까지도업시 나에게는새롭다.
>
> —『신여성』, 78면

> 도처에서 파산은 속출한다. 일본인들은 그런 대로 정책적 뒷받침을 받아 뒷날 다시 살아나지만 이 땅의 백성들이야 누가 뒷받침을 해준다는 말인가.
> 우리집도 그 중(파산)의 하나였다. 넓은 들판에는 입도차압의 딱지가 휘날렸고 집 기둥에도 가산도구에도 차압딱지가 붙었다.
> 나는 스물한살 처음으로 들판에 나가 보았다. 그리고 그들 빈농의 삶을 보았다.[17)

혁의 집안은 당시 미두의 폭락으로 풍비박산이 나기에 이른다. 그것은 "너는 너의 풀 죽은 아버지를 爲하야 마음에 업는 심바람을 하얏스며 最後의 秋收를 守衛하면서 苦로운 격난도 만히 하얏고"에 드러난다. 그리고 그러한 상황은 「지주회시」에도 나타난다. 소화 5년(1930)에 문종혁은 파산으로 인해 귀국하여 들판에 처음 나간 상황을 아래 글에 적었다. 「1931년(작품 제1번)」이라는 시는 아마도 1930년 문종혁의 상황을 적지 않았나 싶다. 비록 문종혁의 글에 족부 수술에 관한 내용은 나오지 않지만, 내용으로 보건대 족부 수술은 1930년 가을에 있었던 것으로 보인다.

---

17) 문종혁, 앞의 글, 235면.

旭은 그後머지아니하야 손바닥을 툭툭털듯이 거벼운몸으로 畫具의殘
骸를질머지고 다시나의 가난한살님속으로 쏘나의愛情속으로 기여들어
오는것가티하면서 석겨들어왔다. 우리는 그狹窄한單間房안에百號나훨신
넘는 캄바스를버틔여놋코 마음가는데까지 自由로히奔放스러히 創作生活
을하엿스며 渾然한靈의抱擁가운데에 오히려서로를닛는 沒我의境地에놀
수잇섯느니라.

—『신여성』, 78-79면

입경(入京)한 나는 잠시 상의 집에 투숙했다. 상은 이때 건강이 부실
했다 (…중략…) 텅빈 뒷채에서 상과 나는 같이 기거했다. 그 때 상은
시작(詩作)에 골몰했다. 전에도 그랬지만 값싼 무괘지 노트에 바늘 끝
같은 만년필 촉으로 깨알같은 글자로 한 장 한 장 시를 써 나갔다.[18]

문종혁은 다시 서울에 올라와 이상의 집에 투숙했다고 한다. 이상은
그러한 상황을 "畫具의 殘骸를 질머지고 다시 나의 가난한 살님 속으로
쏘 나의 愛情 속으로 기여 들어오는 것가티 하면서 석겨 들어왔다"고
하였다. 문종혁은 잠시 상의 집에 투숙하였으며, 뒷채에서 상과 같이 기
거했다고 하였다. 그때 이상은 시 창작을 시작했으며, 무괘지 노트에 한
장 한 장 시를 써갔다고 했다.

原稿紙틈에 낑기워있는 3030用紙를끄내여 한두 자 쓰기를 始作하였다.
「그렇다 (…중략…) 나는또 한나로서도또나의周回의모 － 든것에게對면
야서도, 차라리 여지껏以上의거즛에서 살지아니하하 아니되였다…云云」
이러한文句를 늘어놓는동안에 그는또한 몇절의짧은詩를 쓴것도記憶할
수도있었다.

—『정본전집』, 133면

즉, 이상이 경성고등공업학교 2학년 되던 해부터 최초의 시작 「이상
(異常)한 가역반응(可逆反應)」을 발표하던 해까지이다. 그리고 이상이 사

망하던 1937년까지 우정을 나누었다. 이른바 10년 지기(知己)였다.[19]

문종혁은 이상을 '10년 지기'라고 했다. 그만큼 둘의 관계가 각별했다. 그는 이상이 1930년 시창작에 골몰했다고 했다. 1930년 발열과 각혈은 이상에게 많은 변화를 주었던 것이다. 이상은 문종혁과의 더욱 돈독한 우정을 느끼며, 또한 화필을 거두고 시 창작으로 나아갔다. 그것은 아픈 가운데 시를 쓰다가 혼절하였다는 「병상 이후」에서 잘 드러난다.

> 醫師도단여가고 몇일後, 醫師에게對한 그의 憤恕도식고 그의意識에 明朗한時間이 次次로 많아졌을때 어느時間 그는벌서 아지못할(根據) 希望에 애태우는人間으로 낱아났다. 「내가 이러나기만하면…」그에것은 「단테」의 神曲도 「다빈치」의 「모나리자」도 아모것도 그의마음대로 나올것만 같었다.
>
> —『정본전집』, 133-134면

병상에서 회복되었을 때 그는 단테의 『신곡』, 다빈치의 「모나리자」도 나올 것만 같은 자신감을 얻는다. 훌륭한 예술작품을 만들 수 있다는 자신감을 얻은 것이다. 그가 문학창작에로 나오게 된 과정을 「혈서삼태」에 그리고 있다. 특히 문종혁과의 우정과 자신의 중병 체험, 화가로서의 꿈과 시인으로의 변화를 자세히 말해주고 있다.

<관능위조>는 문종혁의 혈서 사건을 그려냈다. 문종혁과 매춘부의 순수한 사랑을 그대로 보여주고 있다. 이상은 "그는 밤이 이슥하도록 나를 함부로 길거리로 끌고 다니면서 그 길고도 事情 만흔 이야기를 나에게 들녀 주엇다"라고 하여 <관능위조>가 문종혁의 이야기임을 분명히 했다.

---

19) 문종혁, 「몇 가지 의의」, 347면.

그것은 너무도끔찍하야서 나에게 發狂의조희한장距離에接近할수잇게
한 그런 이야기인데 要컨댄 旭의童貞이天生賣春婦에게獻上되고말앗다는
해피―엔드. 집에돌아와서 郵票딱지만한寫眞한장과 삼팔수건에적힌血書
하나와 싹독잘나내인머리카락한다발을 愼重한態度로 나에게보혀주엇다.
    寫眞은 너무작고희미하고하야서 그人相을再現식히기도어려운것이엿
고 머리는 恰似 演劇할째쓰는 촤푸린의鬚髥보다는 조곰클가말가한것이
엿고 그러나血書만은썩美術的으로된것인데 旭의藝術的天分이充分히낫하
낫다고볼만한 可謂傑作의 部類에들어갈수잇섯다. 勿論그것은 그賣春婦氏
의作品은아니고 旭自身의自作自藏인것이엿다. 삼팔핸커취프한복만에다
가 鮮明한隷書로 '罪' 이럿케한字를썻슬따름 勿論 落款도업섯다.
    이것이 내가이世上에誕生하야서 참처음으로 目睹한血書엿고그런後로
나의旭에게對한 純情的友愛도 어느듯 가장文學的인態度로조곰식變하여
갓다.

―『신여성』, 79면

이상은 문종혁의 혈서를 보았다고 했다. 그것은 "罪"라는 글자였다.

    스물두 살 ― 나는 창녀의 방에서 나의 손가락을 잘랐다.
    그리고 죄(罪)라는 혈서를 썼다.
    창녀는 나의 가위 던지는 소리에 잠에서 깨어났다. 그녀가 그게 무슨
글자인지 무엇을 뜻하는 것인지 알 리가 없다. 그녀에 대한 사랑의 맹
세로 알았던지 그 가위를 들어 자기의 머리채를 쥐고 덥석 잘랐다.
    이때 이 혈서는 당신(창녀)과는 아무런 관련도 없다고 말할 수가 있
겠는가.
    나는 말없이 그녀의 잘라진 머리채를 혈서의 손수건에 쌌다. 웃을 일
이나 그 때의 나는 슬프기만 했다.[20]

문종혁은 22살에 창녀, 즉 매춘부의 방에서 '죄'라는 혈서를 썼다고
했다. 그가 「심심산천에 묻어주오」에서 서술한 내용은 이상에게 고백한

---

20) 문종혁, 「심심산천에 묻어주오」, 235면.

내용과 다르지 않다. 그가 '죄'라는 혈서를 쓰자 매춘부는 자신의 머리
채를 잘랐다고 했다. 그래서 문종혁은 그 혈서를 머리채에 썼다. 그리고
집을 나와 서울에 올라가 이상을 만났다는 것이다. 문종혁은 이상에게
혈서를 보여주었다는 이야기는 하지 않았지만, 그 부분은 이상이 전해
주고 있다.

> 다섯해歲月이지나간오늘 엊그것게 하마하드면나를背叛하려 들든너를
> 나는오히려다시 그러든날의純情에갓가운友情으로사랑하고잇다. 그만큼
> 너의現在의環境은 너로하야금너의潔白함과 너의無辜함을 如實히나에게
> 이야기하야주고 잇는싸닭이다.
>
> ―『신여성』, 79면

　　이상은 이 혈서를 보고 문종혁의 순정에 가까운 우정을 사랑하게 되
었다고 했다. 집안이 파산에 이른 문종혁으로부터 그의 결백과 무고함
을 이해하게 되었다는 것이다. 그것 역시 헤피엔드가 아닌가. 이상은 첫
혈서를 통해 인간의 결백함과 순정을 발견했던 것이다.

2.2. 잉크와 피―농담과 예술의 진정성

　　이상은 1930년 중병을 앓으면서 문학에 대한 진정성을 추구한다. 당
시 이상의 내면을 보여주는 글이 「12월 12일」에 실려 있다.

> 나는지금희망한다 그것은살겟다는희망도 죽겟다는희망도아모것도안
> 이다 다만 이무서운긔록을다써서맛초기전에는 나의그최후에 내가차지
> 할행운은 차자와주지말앗스면하는것이다 무서운긔록이다.
> 　펜은나의최후의칼이다.[21]

―――――――――

21) 이상, 「십이월십이일」, 『조선』, 1930. 5, 115면.

이상은 죽음을 맛본 상황에서 "펜은 나의 최후의 칼"이라고 느낀다. 아니 그렇게 인식하기로 작정한다. 그것은 달리 피의 기록인 셈이다. 피에는 무엇보다 진정성이 들어 있고, 그래서 그것은 감동을 주는 기제가 된다. 그러한 것을 먼저 일깨운 사람은 니체이다.

> 씌어진 모든 것 가운데서, 나는 다만 피로 씌어진 것만을 사랑한다. 피를 가지고 써라. 그러면 그대는 알게 되리라. 피가 정신이라는 것을 사람의 피를 이해하는 것은 쉽게 이해할 수 있는 것이 아니다.[22]

니체는 "피로 씌어진 것"을 강조하였다. 그러나 루쉰은 니체를 비판하였다.

> 니체는 피로 쓴 책을 읽고 싶어 하였다. 그러나 피로 쓰여진 문장은 아마 없을 것이다. 글을 어차피 먹으로 쓰기 마련이다. 피로 쓰여진 것은 단지 핏자국일 뿐이다. 핏자국은 물론 글보다 격정적이고 보다 직접적이며 간명하지만 빛이 바래기 쉽고 지워지기 쉽다. 문학의 힘이 필요한 것은 이러한 이유 때문이다.[23]

피로 쓴 것은 핏자국일 뿐이라는 것. 모든 글은 어차피 먹, 달리 잉크로 씌어진다는 것이다. 그러나 루쉰은 니체의 설명을 비유로 인식한 것이 아니라 직설적으로 이해한 것이다. 그렇다면 김기림의 경우는 어떠한가?

> 상은 한번도 「잉크」로 시를 쓴 일은 없다. 상의 시에는 언제든지 상의 피가 임리(淋漓)하다. 그는 스스로 제 혈관을 짜서 「시대의 혈서」를 쓴 것이다.[24]

---

22) 니이체, 곽복록 역, 『비극의 탄생, 짜라투스트라는 이렇게 말했다』, 동서문화사, 1976, 214면.
23) 노신, 김찬연 역, 『나를 사랑한 작은 절망』, 이가출판사, 1998, 45면.
24) 김기림, 「고 이상의 추억」, 312면.

객관적 매체로서의 허구의 미학에만 안주하고 있는 종래의 한국의 대부분의 작가들은 얼마나 작품을 잉크가 아니라 피로서 쓸 수 있었던 가를 생각해볼 논점을 마련해준다. 자기를 매체로 해서 血痕이 先烈한 소설을 쓴다는 사실은 그 주제나 형식이야 어쨌던 간에 매우 흥미있는 일이고, 또 어려운 일이기도 하다.[25]

이상은 잉크로 창작을 한 것이 아니라 피로써 창작했다고 했고, 이영 일도 이상의 소설을 "혈흔이 선열한 소설"이라 했다. 1930년 이상은 '펜 은 최후의 칼'이라고 했는데, 잉크와 피에 대해 잘 설명해주는 이상의 글이 있다.

그래서그三人의賣春婦의손에무든 붉은잉크에對하야서 너무無關心하 얏습니다. 나중에 붉은잉크가血液의色相과恰似한가아닌가를 試驗한것인 줄알앗슬째에 暴笑를禁치못하는가운데에도 그들의그런常識과우리의이 런常識과는 永遠히交涉이 잇슬수업다는것을째달으면서 요사이더욱이 이 럿케나와훨신다른世界에사는사람의心理에 藝術的關心을퍽가지게된나로 서 絶望的인 寒心을늣겻습니다. 勿論 붉은잉크와피와는近似하지도 안은 것이니짜 그네들도大槪는그血書가 붉은잉크는안인 무슨가장피에갓가운 — 僞造라고치고보아도 — 材料로써진것이라는것은째달앗슬것인데도 피빗나는잉크가잇느냐는둥 다른김생 例를들면 쥐나닭이나그런것들의피 도사람피와빗갈이가트냐는둥 그째에내마음은何如튼 小霞의마음은 엇더 하섯습니까.

—『신여성』, 80-81면

대개 붉은 잉크와 피는 유사하다. 그러나 그것은 엄청 다르다. 동일한 내용의 글을 쓸지라도 그것의 재료에 따라 달라진다는 것이다. 왜냐하 면 붉은 잉크는 피의 위조일 뿐이지만, 피는 순수하고 진정한 것으로 받 아들여지기 때문이다.

---

25) 이영일, 「부도덕의 사도행전」, 『문학춘추』, 1965. 4, 101면.

그血書는果然 퍽文學的인것으로 闡潔明確 實로點하나씩을餘裕가업는完
全한傑作이라고나는보앗습니다. 曰 ― 사랑하는장귀남씨/ 나의타는열정
을 / 당신에게바치노라/ 게유세정월모일

―『신여성』, 81면

그런데그天才는 ― 그中의한분이그것이確實히 사람의피라는鑑定을바
든다음별안간막 술을퍼붓듯이마시는것을나는말닐가말가하고잇다가 흐
지부지그만두엇습니다만은 ― 나희四十가량이나되는 어룬이시라고그리
지안읍데꺄.
　우리들의 藝術的實力은 ― 表現程度는 ― 수박겻할기程度밧게아니되
나보더이다. 나는거리로쫏겨나와서 엉엉울고십흔것을 참억지로참앗습
니다.

―『신여성』, 81면

내용적으로 완전한 걸작이었다는 사실과 그것이 피로 쓴 것이냐 아니
냐는 사실 다른 차원이다. 사랑을 피로써 고백한 사람이 나이 40 가량이
나 되는 어른이라는 사실은 혈서의 진정성을 의미한다. 그러나 이상은
그것을 보면서 "우리들의 藝術的 實力은 ― 表現 程度는 ― 수박겻 할기
程度밧게 아니되"는 상황을 자각한다. 그러한 상황은 <단지한 처녀>에
서도 발견된다.

　ㅅ티누이 동무되는새악시가 그어머니臨終에 왼손 無名指를끈엇다.

―『정본전집』, 59면

　斷指―이 너무나毒한道德行爲는 오늘 우리가질머지고잇는 엇던種類의
生活시스템이나 思想的푸로그람으로재어보아도 송구스러우나 一種의 無
智한 蠻的事實인것을否定키어려운外에아모取할것이업다.

―『정본전집』, 59면

　그리자 數三日前에 이 새악시를보앗다. 어머니를일흔 크나한 슯흠이

滿面에 形言할수 업는 愁色을비저내이는 새악시의 印象은 毒하기는커녕 어듸 한군데험잡을데조차업는 可憐한 溫順한 『하—디』의 『테스』갓흔 少女엿다. 누이는 그냥 제 일갓치붓들고울고 하는것헤서 斷指에對한 그런 아포리즘과는 싼 感激과슯흠을 늣기지 안을수업섯다 (…중략…) 속으로는 역시 그갸륵한至誠과犯키어려운—片丹心에 아파하지안을수업섯고 尊敬하는마음으로 하야 머리숙으리지안은수는 업섯다.

—『정본전집』, 60-61면

단지한 새악씨의 이야기를 들었을 때 이상은 소름이 끼쳤고, 또한 그러한 행위는 무지한 야만 행위라고 느낀다. 그는 "東洋道德으로는 身體髮膚에 瘡痍를 내는 것을 嚴重히 取締한다고 寡聞이 들어왔거늘 그럼 이 무시무시한 毁傷을 曰, 中에도 으쓤이라는 孝道의 極致로 대접하는 逆說的 理論의 根據를 찾기 어렵다"(『정본전집』, 59면)라고 생각하였다. 그런데 그 소녀를 직접 만나서는 감격과 슬픔을 동시에 느낀다. 동정심과 더불어 존경심을 갖게 된다. 이상 스스로 역설적 상황에 빠진 것이다. 공포, 무지, 야만, 잔인으로 간주했던 것들이 동정과 존경으로 변하는, 감격과 슬픔이 어울어진 모순된 모습이다. 피의 진정성은 바로 인간의 진실성에 닿아 있지 않던가? 혈서의 진정성, 피는 진정의 표현이 아니던가. 사실 피는 두려움이며, 목숨과 등가이다. <단지한 처녀>에서도 이상은 원시성에서 출발한 인간의 본원성을 발견한다. 그 원시성 앞에 예술은 하나의 농담일 뿐이며, 그러한 농담은 인간의 순수성 앞에 여지없이 폭로되는 것이다. 인간의 순수성, 니체식으로 말해 인간의 정신이 스미지 않은 문학은 '수박겉핥기'밖에 되지 못하는 것을 인식하는 순간, 이상의 문학은 본질을 향한 치열한 도정으로 나아간다. 그것은 '최후의 칼'로 빚은 예술이며, 절망이 낳은 기교의 예술인 것이다. 이상은 두 번째 혈서를 통해 바로 피로 쓴 정신의 예술을 인식하게 된다.

2.3. 사실과 진실―예술적 진정성의 자리

세 번째 혈서는 "익살 마즌 요절할 혈서"이다.

> 이게卽血書라는卽피를내엿다는證據란말이지오하며 저긋흐머리로찍혀
> 잇는 서너방울떨어져잇는 指紋무든 피자죽을가르친다. 코피가난는지 코
> 피치고도너무分量이적고 빈대지나가는것을아마터쓰려죽인모양인지 正
> 體자못不明이다. 그런데 그章末에 曰 이血書가당신에게配達되는째는나는
> 벌서이世上사람이아니고樂園에가잇슬것이라고 ― 要컨댄 樂園會館에愛
> 人이 대신하나생겻단말인지도 몰을일이다.
>
> ―『신여성』, 82면

이상이 목도한 세 번째 혈서는 바로 위와 같은 것이었다. 그것을 가
져온 이는 W카페 주인, 그런데 이 혈서는 '익살 마즌 腰折할 血書'라는
것이다. 즉, 혈서가 자기 아내(첩)를 죽게 만들었다는 것이다.

> 이것이 내가平生에 세번째求景한血書인데나는이런 또 일즉이이야기
> 도못들어보앗다. W카페주인이 글세이것좀 보세요하고보혀주면서하는
> 말이 그漢江에가빠저自殺한女給은自己안해― 妾―인데 마음이 洋처럼順
> 하고 부첫님처럼착하고 또불상하고 또自己를다시업시사랑하얏고한데
> 자동차運轉手하나이쮜여들어와 살살 꾀이다가 말을잘안들으니까 이까
> 위僞造血書를보내서 좀 놀내게한다는것이 그만마음이弱한 Y子가보고
> 너무 지나치게놀나서 그가정말죽는다는줄알고 그만 겁결에 저럿케제가
> 먼저죽어버렷스니 생사람만하나잡고 그는 여전히쩍쩍히살아서 자동차
> 를쌩쌩거리고 다니니 이런원통하고분할데가어데쏘잇습니까
>
> ―『신여성』, 81-82면

지문이 묻은 핏자국이 있는 편지, 카페 주인이 보기에 그것은 위조혈
서에 불과하다. 그런데 그것에 속아 착한 안해(첩)가 죽었다는 것이다.
그것을 혈서로 규정지은 사람은 바로 그 글을 쓴 사람이다. 그것은 "이

血書가 당신에게 配達되는 째는 나는 벌서 이 世上 사람이 아니고 樂園
에 가 잇슬 것”이라는 구절을 통해서이다. 이 사건에는 두 사람의 해설
자가 나온다. 그 하나는 자살한 Y子의 남편. 그는 “마음이 弱한 Y子가
보고 너무 지나치게 놀나서 그가 정말 죽는다는 줄 알고 그만 겁결에
저럿케 제가 먼저 죽어버렷”다고 믿는다. Y子가 하나의 희생양이 되었
다는 것이다. 그러나 그것은 Y子의 순수성을 믿는, 아니 믿으려고 하는
남편의 순수한 시선이다. 그에게 세상은 선량하며, 그래서 그는 “Y子의
동생 ○○學校 在學하는 勤勉한 少年學徒에게 참 아름다운 마음으로 學
資를 支出하야 주고 잇다”는 것이다. 다른 하나는 “쏘 다른 ○○쏘들”의
시선이다. 그들이 좀 더 객관적이고 사실적이라는 것은 두말할 나위도
없다.

> 두사람은情死를約束하고　自動車로　漢江人道橋건너짜지나갓다自動車는
> 돌오돌아갓다.　人道橋를걸어오며　두사람은死의法悅을마음껏늣겻겟지.
> 마즈막으로擧行되는 달콤한눈물의키쓰. Y子는먼저신발을벗고 스푸링오
> ―버를벗고 정말물로쒸여들엇다. 그 무시무시한落下 그끔쯱끔쯱한 물결
> 째여지는소리 죽엄이라는것은무섭다. 무섭다. 그번개가튼恐怖가瞬間 그
> 男子의머리에스치며그로하야금 Y子의뒤를짜라썰어지는勇氣를막앗다.
>
> ―『신여성』, 82면

　Y子와 자동차운전수(그남자)는 정사를 약속하고 자동차를 타고 한강으
로 갔다. 먼저 Y子는 물에 뛰어들었지만 그 남자는 겁이 나서 뛰어내리
지 못하는 바람에 Y子만 죽고 말았다. 여기에서 Y子의 모습은 여지없이
폭로되고, 또한 그 남자의 비겁성도 드러난다. 사실 속에 가려진 것들이
폭로된다. 어느쪽이냐에 따라 Y子의 죽음이 미화될 수도, 비난받을 수
도 있다. 남편은 미화의 방향으로, 또 다른 ○○쏘들은 사실 이면에 숨
겨진 또 다른 진실, 인간의 추악한 면을 폭로하는 쪽으로 나아간다. 동

일한 사건에 대해 전혀 상반된 시각이 존재한다. 이상의 문학은 후자를 택하고 있다. 사실의 이면에 숨겨진 인간의 추악한 이면을 여지없이 폭로하는 것, 그에 의해 여성의 양면성은 사정없이 해부된다. 특히 이상 소설에 등장하는 여인들은 이상의 날카로운 시선에 의해 '야웅의 천재'로 묘사된다. 그것은 바로 이상 소설이 보여주는 세계가 아닌가.

3. 마무리

「혈서삼태」는 이상 문학의 근원과 방향성을 보여준다. 그의 문학적 지향인 신변의 고백과 피로 쓴 문학, 그리고 사실의 이면에 숨겨진 인간의 본성, 즉 추악한 본성을 여지없이 파헤치기가 그것. 「혈서삼태」는 이상 문학의 세 가지 모습이라 해도 과히 그릇된 말이 아니다. 그래서 「혈서삼태」는 이상 문학의 축소판이라 할 수 있다. 이상 문학은 이러나저러나 피를 떠나서는 이해하기 어렵다.

이상 문학에 있어 피의 순수성은 예술의 진정성과 결합된다. 그의 문학이 피로 쓴 예술이 된 것은 그가 피의 순수성을 깨달았던 것, 그것은 인간에게 가장 본원적인 것이 아니던가. 이상은 병마로 몸부림쳤지만, 자신의 피(생명)와 예술을 맞바꾸려 문학을 선택했다. 피로 쓴 글씨, 그것은 혈서이다. 이상은 혈서에서 정신으로서의 예술을 만나게 된다. 그는 피를 쏟아가며 시를 썼고, 죽음의 한가운데서 문학을 택했다. 김기림의 말처럼, 그는 "스스로 제 혈관을 짜서 「시대의 혈서」를 쓴 것"이다.

자연의 이른 봄, 도시의 이른 봄―「조춘점묘」에 대해

이 경 훈*

1. 화재와 공지

「조춘점묘(早春點描)」는 <보험 없는 화재>, <단지한 처녀>, <차생윤회>, <공지에서>, <도회의 인심>, <골동벽>, <동심행렬>로 이루어진 이상의 산문이다. 그 동안 이 글은 별로 많이 논의되지 않았는데, 그 이유는 이 글이 주로 도시에서 일어나는 일상적이고 사소한 일에 대한 단상들을 단편적이고 병렬적으로 제시하고 있다는 점과 무관하지 않을 것이다. 즉 「조춘점묘」는 애초부터 『매일신보』에 연재하기 위해 집필된 텍스트인 듯하거니와, 이는 「추등잡필」의 경우도 마찬가지다.

그러나 그럼에도 불구하고 「조춘점묘」에 '점묘'된 모습들은 1936년 3월 무렵 식민지 경성(京城)에서 구현되고 있는 근대성을 인상적으로 모자이크해 낸다. 특히 이 글이 제목에 이른 봄(早春)을 내세운 것, 그리고

* 연세대학교 국어국문학과 교수. 대표 논저로『이상, 철천의 수사학』,『오빠의 탄생』, 「단발, '아해'의 수사학」 등이 있음.

화재에 대한 서술로 시작되는 것은 상징적이다. 결론부터 말해 「조춘점묘」가 서술하는 화재는 근대 도시에서 펼쳐지는 문명(사회)과 자연의 대립(경합)을 함축하기 때문이다. 비유컨대 그것은 순환하는 자연의 '조춘'(계절)과 진보하고자 하는 문명의 '청춘(靑春)'[1](도시)이 맞부딪침으로써 발화한다. 그런 의미에서 근대 도시의 화재는 상존한다. 그 한 장면을 이상은 다음과 같이 묘사했다.

> 불을 붙여놓고 보니까 뜻밖에 너무도 엉성한 그 工場 바락크는 삽시간에 불길에 휘감겨 버리고 그리고 그 휘말린 혓바닥이 隣接한 궤딱지 같은 貧民窟을 向하여 널름거리기 始作해서야 겨우 消防隊가 달려왔다. 인제 정말 재미있다. 三方으로 '호-스'를 들이대고는 貧民窟 지붕 우에 올라서서 야단들이다. 하릴없이 까치다. (…중략…)
>
> 타는 것에서는 손을 떼고 성한 집을 헐어내는 理由는 이 좀 甚한 西北風에 火焰의 進路를 遮斷하자는 속일 것이다. 그러나 아직 불은 붙지도 않았는데 덮어놓고 헐리고 물을 끼얹히고 해서 세간기명을 그냥 엉망으로 만들어 버린 貧民窟 住民들로 치면 또 예서 더 억울할 데가 없을 것이다.[2]

일찍이 이상은 "불은 피하는 이"라는 부제가 달린 「12월 12일」에서도 화재를 작품의 중요한 에피소드로 활용한 바 있다. "인간 세계에 현출된 활화지옥(活火地獄)"[3]으로 규정된 그 화재는 업의 친부인 T의 방화로 인해 일어난 것이다. 이때 불은 백부 앞에서 해수욕 도구를 태우는 업의 복수 행위와 더불어 이상의 가족사와 깊이 관련된다. 즉 불이 암시하는 "죄업(불)과 심판(불)"의 "원점적 의미"[4]는 "화재보험 하느님"(37면)이라는

---

1) '청춘'에 대해서는 이경훈, 「청춘의 기계, 문학의 테크놀로지」, 『대합실의 추억』, 문학동네, 2007, 188-215면을 참고할 것.

2) 김윤식 편, 『이상문학전집 3』, 문학사상사, 1993, 35-36면. 이하 『전집 3』으로 표시함. 「조춘점묘」를 인용할 때는 본문 안에 쪽수만 표시함.

3) 김윤식 편, 『이상문학전집 2』, 문학사상사, 1991, 133면.

말에도 관여하는 이상 문학의 한 가지 맥락을 이룬다. 그리고 그 밑바탕에 "분총(墳塚)에 계신 백골(白骨)까지가 내게 혈청(血淸)의 원가상환(原價償還)을 강청(强請)"5)(「문벌」)함으로써, 어린 김해경을 백부 집 양자가 되게 한 전근대성과 맞서는 일이 작용한다. 이상은 그 갈등을 다음과 같이 표현했다.

  그분들이 월사금을 주시면 나는 그분들이 못 알아보시는 글자만을 골라서 배웠습니다.6)

그런데 「12월 12일」에 묘사된 화재 사건의 배후에는 도시화의 진행과 함께 빈발한 현실의 화재 사건이 존재한다. 이 소설은 1930년에 연재되었거니와, 그 한 해 전인 1929년 전국의 화재 발생 건수는 4,879건이었다. 그리고 1930년에는 화재로 인해 189명이 사망, 266명이 부상당했다.7) 「조춘점묘」가 발표되기 일 년 전의 신문 기사는 경성에서만 9년 간 2,500여 건이 화재가 발생해 손해가 400만원에 이른다고 밝히고 있으며(『조선일보』, 1935. 1. 7), 1936년도의 사설은 "경성부 일 도시만 구획해 말해도 연년 오륙십만 원의 부를 회신(灰燼)에 바치고"8) 있다고 지적한다.

한편 「조춘점묘」에 서술된 '빈민굴'의 화재는 1935년 3월과 1936년 1월에 일어난 신당리의 화재들9)을 상기시킨다. 비슷한 시기에 이상의 가족 역시 신당리에 살았기 때문이다. 더 나아가 그 화재가 "많은 약품을 취급하는 큰 공장"에서 시작되어 "인접한 게딱지같은 빈민굴"에까

---

4) 이경훈, 『이상, 철천의 수사학』, 소명출판사, 2000, 56면.
5) 이승훈 편, 『이상문학전집 1』, 문학사상사, 1992(3판), 83면.
6) 『전집 3』, 63면.
7) 손정목, 『일제 강점기 도시 사회상 연구』, 일지사, 1996, 102면.
8) 「화재 빈번!」, 『조선일보』, 1936. 1. 20.
9) 「신당리의 빈민굴 팔 호가 일시에 전소, 26일 오후 6시 30분경에 부엌 아궁에서 出火」, 『조선중앙일보』, 1935. 3. 27. 「작야 신당리에 大火 인가 卅戶를 전소, 소화 기관 없어 일시는 위험 손해 총액 오만여 원」, 『조선중앙일보』, 1936. 2. 1.

지 피해를 주었다는 점에서, 이는 「주택지대에 있는 공장 연통 불비로 화재 위협」(『조선일보』, 1935. 1. 31)이나 「방화 설비 없는 시중(市中) 소공장 단속」(『조선일보』, 1935. 12. 23) 등의 기사도 떠오르게 한다. 이는 공장지대와 주택지의 구획조차 불분명한 채 급속히 주택이 밀집하고 도시가 팽창함으로써 화재가 필연적으로 발생, 증가할 수밖에 없었던 사정을 웅변한다.

그렇다면 이러한 상황에 비춰 보았을 때, 「조춘점묘」의 또 다른 글인 <공지(空地)에서>는 의미심장하다. 화재는 근대 사회에서 '공지' 또는 "지구의 여백"이 사라지는 일과 밀접히 연관된다. 화재는 개발과 건설의 한 표현이다. 그런 의미에서 이상에게 "잠시 황홀한 엑스타―제"를 제공하기도 한 화재는 "서(西)를 보아도 벌판, 남(南)을 보아도 벌판, 북(北)을 보아도 벌판"(「권태」)뿐인 "공포의 초록색"10)과 대립한다. 그 대신 그것은 도심 한 복판에서 발견된 "××보험회사 신축용지"와 교섭한다. 이 신축용지는 '벌판'이나 '공지'가 아니라 어디까지나 "이윤을 기다리고 있는 건조물"이기 때문이다. 단지 그 '건조물'은 "콘크리트로 여러 층을 쌓아올린 것과 달리 잡초가 우거진 형태를 하고 있을 뿐"이다. 달리 표현해 그것은 '들'이 아닌 '뜰'이다.11) 그것은 "빼앗긴(소유된) 들"이다. 이에 대해 이상은 다음과 같이 쓴다.

> 정말 空地―참말이지 이 世上에는 인제는 空地라고는 없다. 아스팔트를 깐 뻔질한 길도 空地가 아니다. 질펀한 논밭, 林野, 石山, 다 아무개의 所有짬이요, 아무개 所有의 山깎이요, 아무개 所有의 鑛山인 것이다. 생각하면 들에 나는 풀 한 포기가 空地에 뿌리를 나리지 못한다. 이치대로 하자면 우리는 所有者의 許諾이 없이 一步의 半步를 어찌 옮겨 놓으리오. (43-44면)

---

10) 『전집 3』, 143면.
11) 이경훈, 『대합실의 추억』, 문학동네, 2007, 196면.

따라서 이상이 "봄이 왔다. 가난한 방 안에 왜꼬아리盆 하나가 철을 찾아서 요리조리 싹이 튼다"고 관찰하면서, "천하에 공지라곤 요 盆 안에 놓인 땅 한 군데밖에는 없다"고 규정한 것은 흥미롭다. 이렇게 서술함으로써 그는 자연과 계절의 장소를 좁은 화분 속에 설계해 넣기 때문이다. 근대 사회에서 신춘(新春)은 신축(新築)된다. 도시의 봄은 "빼앗긴 들", 즉 뜰에만 찾아온다. 당연히 화재는 공지에 일어나지 않는다. 하지만 이는 더 이상 건축가도 다방 경영자도 아닌 대신 그저 룸펜이자 환자일 뿐인 화자가 '빈민굴'의 "가난한 방"에 놓임을 의미하기도 한다. "장판이 카스테라 빛으로 타들어"12) 오는 바로 그 사회적 위치에서 이상은 화재를 만났다. 그곳은 "나날이 찾아오는 빚쟁이 수효가 늘어가기 시작"하는 곳이며 다음과 같은 '인심'과 '계산'이 발휘되는 곳이다.

> 正月에 反對편 이웃집에서 흰떡을 했다. 한 가락 주겠지 했더니 果然 한 가락도 안 준다. 우리는 지짐이만 부쳤다. 좀 줄까 하다가 흰떡 한 가락 안 주는 걸, 뭘 하고 혼자 먹었다. 四男妹 집은 元來 계산에 넣지 않은 理由가 그믐날 밤까지도 아무 것도 부치지도 지지지도 않았기 때문이다. 그것은 죽혀 흰떡과 지짐이를 그 이웃집에 期待하고 있는 수작이 아닌가 해서 미워서 그런 것이다. (46면)

요컨대 화재는 아직 추위가 물러가지 않은 자연의 이른 봄에 발생한 것이 아니다. 그것은 근대 문명의 활동을 갓 시도하기 시작했다는 의미에서의 이른 봄, 아직 완미하게 구성되지 않은 도시의 '조춘'에 일어났다. '조춘'은 삼월이 아니라 '빈민굴'로 집약되는 변두리 근대의 역사적 불균등성과 사회적 변화를 지칭한다. "서울의 봄은 자취도 없이 되고야 말았다"13)고 한 김기진의 말 역시 이를 표현한 것이다. 그런 의미에서

---

12) 이상, 「공포의 기록」, 『이상문학전집 2』, 문학사상사, 1991, 203면.
13) 김기진, 「프로므나드 상티망탈」, 『김팔봉 문학 전집 1』, 문학과지성사, 1988, 409면.

화재는 '청춘'(근대)의 '각혈'이다. 저 유명한 "스물세 살이오—삼월이오
—각혈이다"14)는 인간의 신체뿐만 아니라 도시에서도 발생했던 것이다.

2. 화재보험 하느님과 거지적 존재

한편 이상은 화재를 모면한 것에 대해 **"불행히**(강조는 인용자) 불은 예
까지는 오기 전에 꺼졌다"고 쓴다. 그는 불이 자기 집까지 번지지 않고
꺼진 것에 대해 안심하거나 다행으로 생각하기는커녕 오히려 "무엇이라
고 형언할 수 없는 적막"을 느낀다. 그리고 그 이유는 다음과 같이 "화
재보험 하느님"을 서술하는 데에서 명시된다.

> 들자니 工場은 火災保險 덕에 한 폰드짜리 알콜 병 하나 꺼내 놓지 않
> 고 數萬圓의 補償을 받으리라 한다. 火災保險—참 이것은 어떤 種類의 하
> 느님보다도 훨씬 더 고마운 하느님에 틀림없다.
> 어머니는 어찌 되든지 간에 그때 마음 같아서는 '빌어먹을! 몽땅 다
> 타나 버리지' 하고 실없이 심술이 났다. 財産도 그 대신 걸레조각도 없
> 는 알몸뚱이가 한 번 되어보고 싶었던 게다. 勿論 火災保險 하느님이 내
> 게 아무런 補償도 끼칠 바는 아니런만…… (37면)

화자는 어머니가 "때 묻은 이불 보퉁이를 뭉쳤다 끌렀다 하면서 갈팡
질팡"하는 것을 보며 '코웃음'치고 싶은 마음을 애써 참는다. 그에게 '코
웃음'이 나는 이유는 "남의 셋방 신세이니 탄들 다 탄대야 집 한 채 탄
것의 몇 분의 일도 못되리라"는 점 때문이다. 그의 집은 "수만 원의 보
상"을 받을 공장과는 입장이 다르다. 보험료를 내지 않은 그는 "화재보

---

14) 이상, 「봉별기」, 『여성』, 1936. 12, 44면.

험 하느님"으로부터 아무런 보상도 '심판'도 받지 못할 것이다. 그런 의미에서 그는 신앙과 보험을 맞교환한15) 「외교원과 전도부인」(이기영)의 주인공들과 비교되는 철저한 무산자(無産者)자 무신자(無信者)다. 설사 불이 자기 집에 번졌다 할지라도 그는 화재를 당하지 않을 것이다. 그의 집에는 "다 떨어진 포대기와 빈대 투성이 반닫이"밖에 없기 때문이다. 화재는 소유물을 매개로 성립된다. 건물 없는 화재가 있을 수 없듯이, 재산 없는 화재도 있을 수 없다. 더 나아가 "수만 원의 보상"을 받을 공장의 예에서 보이듯이, 화재는 화재보험과 짝을 이루어야 한다. 극단적으로 말해 근대 사회에서 "보험 없는 화재"는 있을 수 없다. 「제기리 화재, 원인을 추궁―화재보험에 혐의 두고」(『조선일보』, 1936. 1. 15) 등의 기사가 암시하는 것처럼, 화재와 화재보험은 무엇이 원인이고 무엇이 결과인지, 무엇이 목적이고 무엇이 수단인지가 불분명한 채 서로를 지지하고 지탱한다. 그리고 이로써 근대 체계는 강력히 매개되고 활성화된다. 이 파트너십의 외부야말로 아직 개발되고 건설되지 않은 자연이거나 야만이다.

이렇게 화재보험은 화재로부터 자연을 제거함으로써 새로운 '하느님'이 된다. 그것은 화재의 사회성과 내부성을 최종적으로 선언한다. 화재는 체계 내에서만 존재(기능)한다. 이때 화재와 화재보험, 그리고 재산을 가진 시민은 근대적 삼위일체를 이룬다. "화재보험 하느님"에게 '빈민굴'의 주민은 이교도다. 자기 자신 도시의 변두리에서 자연과 싸우고 있는 '빈민굴'은 스스로를 통해서도 자연 지배와 전유를 재귀적으로 현시한다. 공장에서 난 불이 '빈민굴'로 번졌듯이, 화재보험 역시 곳곳에 편재하게 될 것이다. 이상의 화자가 "무엇이라고 형언할 수 없는 적막"을 느낀 것, 차라리 "걸레조각도 없는 알몸뚱이"가 되어 보고 싶었던 것은

---

15) 이에 대해서는 이경훈, 「예배당·오누이·죄」, 『대합실의 추억』, 문학동네, 2007, 237-259면을 참고할 것.

그 때문이다. 당대의 엘리트인 그는 "인류 우생학적 위치"(39면)에 있는 일종의 '책임의사'였지만, 그와 동시에 "그다지 명예롭지 못한 그러나 생각해 보면 또 그렇게까지 불명예라고까지 할 것도 없는 질환"16)(「추등잡필」)으로 인해 "학부 부속병원"의 '실험동물'이 되기도 했다. 더 나아가 그는 '학동'들의 '란도셀'에 든 "찬란한 그림책"과 "십이 색 크레용"이 "우리는 한 번도 가지고 놀아보지 못한" 것임을 깨달았다. 따라서 그는 아이들이 그린 '자유분방한' '자유화'를 보고 "이제 시작해서 저런 자유화 한 장을 그릴 수 있을까"(50면)라고 자문했다. 이상이 종로 거리의 거지에 대해 다음과 같이 쓴 것은 이 복잡한 사회적, 역사적 위치와 관련된다.

> 하루 鐘路를 오르내리는 동안 세 번 積善을 베푼 일이 있다. 破記錄的 事實임에 틀림없다. 한 푼 받아들고 연해 고개를 끄덕이고 꽁무니를 빼는 꼴을 보면서 '네놈 덕에 내가 사람 노릇을 하는 것이다. 알기나 아니?' 하고 甚히 窮한 虛榮心에서 苦笑하였다. 自身 亦 地上에 살 資格이 그리 없다는 것을 가끔 느끼는 까닭이다. 그러나 다음 瞬間 '나를 먹여 살리는 내 바로 上部構造가 또 이렇게 滿足해 하겠지' 하고 소름이 聯쫙 끼쳤다. 그때의 나는 틀림없이 어떤 점잖은 분들의 虛榮心과 生活原動力을 提供하기 위하여 꾸멀꾸멀 하는 '거지的 存在'구나, 눈의 불이 번쩍 나지 않을 수 없었다. (42면)

인용에서 중요한 것은 화자가 자기 자신의 '허영심'을 지적할 뿐 아니라 스스로를 "거지적 존재"로 규정함으로써, "'돈 한푼, 돈 한푼' 하고 구걸하는 사람"17)들에 대한 인식을 심화하고 있다는 점이다. 거지는 더 이상 단순하고 소박하게 동정되지 않는다. 따라서 이는 「적멸」(박태원)의 '레인코트 입은 사나이'의 태도와도 비교된다. 그는 "거지들의 탐욕"뿐

---

16) 『전집 3』, 83면.
17) 김기진, 앞의 책, 409면.

아니라 구경꾼들에게 "마음 놓고 모멸할 수 있는 사람을 발견하였다는 데서 깨닫는 만족감"[18]을 채워주고자 거지들에게 돈을 뿌린다. 그리고 돈을 줍기 위해 '절뚝발이' 거지가 가장 먼저 달려왔다는 사실을 통해 거지의 거짓을 폭로한다.

이때 박태원의 인물이 말하는 '모멸'하는 '만족감'은 이상이 말하는 '궁한 허영심'과도 상통할 터이다. 더 나아가 거지를 철저히 타자화(他者化)한다는 점으로 보았을 때, 이는 "내 십 전 줄게 다시는 거지 노릇을 하지 마라"고 한 어떤 부인의 "포복(抱腹)할"(41면) 말과도 크게 다르지 않다. 이는 "이놈아 죽어라. 이 더러운 놈아!"[19]라고 하며 거지를 때리는 일로 극단화될 수도 있다. 따라서 이는 거지에 대한 박태원의 또 다른 관찰을 상기시킨다.

> 대판옥(大坂屋)을 나선 나는 몇 걸음 걸어오기도 전에 삼월오복점(三越吳服店) 쇼윈도 앞에 몰켜 있는 무리들 발밑에서 울고 있는 '애 거지' 두 명을 발견하였다. 그들은 치운 듯이 서로 얼싸안고서는 처창(悽愴)스럽게 울고 있었다. 물론 길 가는 사람이나 쇼윈도 앞에 서 있는 사람이나 이런 것은 조곰도 개의치 않는 모양이었다. 그러다가 '거지'는 울고 있던 얼굴을 들어 조심조심 주위를 살펴어보다가 고만 나의 눈과 마주쳤다. 나는 독자에게 그때—실로 그 순간—그가 얼마만이나 황당하게 다시 머리를 '동무 거지' 가슴에다 파묻고 소리를 내어 울었는가를 알리려 한다.[20]

위와 같이 박태원은 거지들이 구사하는 "허위의 책략"에 놀라지만, 사실 거지들이야말로 박태원보다 더 놀랐을 것이다. 박태원은 거지들이 '황당'해 하는 것조차 빤히 들여다보고 있을 만큼 그들을 시각적으로 지

---

18) 박태원, 「적멸」, 『윤초시의 상경』, 깊은샘, 1991, 216면.
19) 최서해, 「설날밤」, 『최서해전집 상』, 문학과지성사, 1987, 159면.
20) 박태원, 「병상잡설」, 『구보가 아즉 박태원일 때』, 깊은샘, 2005, 108면.

배하고 있기 때문이다. 이때 구보로 하여금 "허위의 책략"에 대한 분노
에서 벗어나게 하는 것은 그들이 아이들이라는 점이다. 따라서 그는 "천
진난만하여야 할 어린이를 이렇게 만들어 놓은 사회"를 비판한다. 즉
'소년잡지'에 작은 활자나 "추악한 극채색"을 사용해 "학동들"을 근시안
의 '불구자'로 만들고도 "오히려 태연한 출판업자"(51면)를 이상이 비판
한 것과도 유사한 태도를 취하는 것이다. 그리고 그로써 거지들에 대한
분노에서 탈출함과 동시에 사회 경제적인 문제에 대한 언급을 얼버무린
다. 그 점에서 이는 최서해의 「누가 망하나?」와 비교된다. 이 소설의 화
자는 "세상이 망하나 내가 망하나? 누가 망하나? 나는 보고야 말겠습니
다"라고 외치는 거지를 묘사한다. 박태원이 '사회'를 말하는 것처럼 최
서해는 '세상'을 말하지만, 전자보다는 후자 쪽이 훨씬 직접적이고 적극
적으로 근대 시스템의 문제를 지적하고 있다. 최서해의 어른 거지는 아
동의 문제로 치환되지 않기 때문이다. 화자가 거지로부터 "알 수 없는
공포"를 느끼는 것은 그 때문이다.

그러나 중요한 것은 박태원과 최서해가 공히 거지를 '사회'나 '세상'
에 관련시킨다는 점이다. 거지가 '사회' 또는 '세상'에 기인함을 포착할
때 거지의 타자성은 세계의 타자성으로 전화될 터이다. 그리고 이는 다
시 세계에 대한 자기 자신의 타자성을 인식하는 일로 심화된다. 거지와
자기 자신은 세계에 대한 타자로 동일화된다. 그리고 그로써 이 둘은 세
계에 대한 주체의 위치를 탈환하려 할 것이다. 최서해가 "우리도 취하였
거니와 거지도 취하였다. 취한 자리에는 거지도 없고 우리도 없었다. 서
로 가릴 것 없이 지껄이고 웃었다"[21]고 서술한 것은 이러한 변증법을
암시한다.

하지만 이상이 '상부구조' 운운하며 스스로를 "거지적 존재"라고 한

---

21) 최서해, 「누가 망하나?」, 앞의 책, 265면.

것은 이러한 변증법과는 거리가 있다. 그것은 단지 경제적인 함축만을 가지는 것이 아니며, 거지로 상징되는 무산자와의 동일화를 통해 계급적 주체성을 얻고자 하는 것도 아니다. 사실 이상은 거지를 "지상의 암"으로 규정한다. 이상에게 거지는 끝내 타자다. 그럼에도 불구하고 "거지적 존재"가 중요한 것은 그것이 주체의 끊임없는 모순과 분열, 즉 왕자처럼 군림해야 할 근대 주체의 뿌리 깊은 '거지성'을 깨닫고 표현하게 하기 때문이다. "거지적 존재"는 주체로서 동일화되고 고정되는 대신 타자로서 이화(異化)되고 매개된다. 이상의 표현을 빌리면 그는 '차생'(此生)에서도 '윤회'한다. 주체는 차이로써(서) 자기 자신과 관계 맺는다. 그것은 박태원이 말하는 "천진난만하여야 할 어린이"로도 동일화되지 않는다. 물론 이상은 아이들의 등교 행렬을 보고 "먼─ 꿈의 세계를 너무나 똑똑히 눈앞에 보는 것 같아서 가슴이 뿌듯"(49면)하다고 느끼기도 한다. 그러나 다른 한편으로 그는 "안경 쓴 학동"(50면)들을 낯설어 하며, 그들이 가진 그림책이 "우리는 한 번도 가지고 놀아 보지 못한" 것임을 깨닫는다. 더 나아가 그는 자기 자신에게서 "무서운 아해"와 "무서워하는 아해"를 발견한다. 그는 "번번이 애총이 되고"(「가외가전」) 마는 '동해'(童骸)다.22)

따라서 스스로(아이)를 남(해골)으로 선포하는 그는 "가능성의 중심"이 아니다. 이를테면 그는 가능성의 주변이다. 그의 세계 역시 그러해야 할 것이다. 이는 다음과 같이 걸인, 병자, 범죄인 등이 없는 "말쑥한 세상"을 "심심하기 짝이 없는 권태"의 세계로 판단하는 것과 무관하지 않다.

> 그러나 또 생각해 보면 乞人도 없고 病者도 없고 犯罪人도 없고 하여
> 간 오늘 우리 눈에 거슬리는 온갖 것이 다 깨끗이 없어져 버린 打作마

---

22) 이와 관련해서는 이경훈, 「단발, '아해'의 수사학」, 『이상 리뷰』 창간호, 2001을 참고할 것.

> 당 같은 말쑥한 世上은 萬一 그런 것이 地上에 實現할 수 있다면 地上은
> 그야말로 심심하기 짝이 없는 倦怠 그것과 같은 世上일 것이다. (40면)

걸인, 병자, 범죄인 등은 일종의 자연이나 야만으로서 사회적 관리의
대상이다. 그러나 그와 동시에 그들은 그 균질화의 근본적인 폭력성과
실패 가능성을 계속 환기하는 일탈과 부정의 계기다. "거지적 존재"는
이 계기의 작용을 자신의 존재 원리로 삼은 자다. 따라서 그는 결코 거
지가 아니다. 그는 오직 "거지적 존재"일 뿐이다. 그가 세계로 외출할
때, 그는 세계에서 벗어날 것이다. 그가 구걸하는 장소는 언제나 '가외
가'(街外街)다. 이렇게 그는 "이 세상 모든 건강한 사람의 그 누구와도 (조
금도) 닮지 않"(「어리석은 석반」)[23]은 건강성을 획득한다. 그는 '조감도'(鳥
瞰圖)의 세계를 '오감도'(烏瞰圖)로 그림으로써 "건전한 신으로부터 버림
받"[24]는다. 하루에 세 번이나 '적선'을 베풀었음에도 불구하고, '차생'(此
生)의 "화재보험 하느님"은 이 "거지적 존재"에게 한 푼의 보험료도 지
급하지 않을 것이다. 그는 재산(property)도 고유성(property)도 지니지 않았
기 때문이다.

3. 단지와 단발

「조춘점묘」가 다루는 또 한 가지 소재는 죽어가는 어머니를 살리기
위해 시도된 어떤 '처녀'의 '단지'(斷指) 사건이다. 이상은 이 일의 전말
을 다음과 같이 서술한다.

---

23) 『전집 3』, 126면.
24) 『전집 3』, 125면.

끝엣누이 동무되는 새악시가 그 어머니 臨終에 왼손 無名指를 끊었다.
果然 東洋道德의 最高水準을 건드렸대서 무슨 償인지 돈 三圓을 탔단다.
歲月이 歲月 같으면 번듯한 紅門이 서야 할 階梯에 돈 三圓이란 어떤 度
量衡法으로 算出한 '額數'인지는 알 바가 없거니와 그보다도 잠깐 이 斷
指한 새악시 自身이 되어 생각을 해보니 소름이 끼친다. 사뭇 食刀로다
한 번 찍어 안 찍히는 것을 두 번 찍고 세 번 찍고 열 번 찍어 안 넘어
가는 나무가 없다는 格으로 기어 찍어 떨어뜨렸다니 그 하늘이 動할 孝
誠도 孝誠이지만 우선 이 끔찍끔찍한 殘忍性은 想像만 해도 몸서리가 치
고 남음이 있는가 싶다. 이렇게 해서 더러 죽은 어머니를 살리는 수가
있다니 그것을 醫學이 어떻게 巧妙하게 說明해 줄지는 모르나 도무지 神
話 以上의 神話다. (37-38면)

"끔찍끔찍한 잔인성"이나 "신화 이상의 신화"라는 말에서도 알 수 있
듯이, 이 일에 대해 이상은 대단히 부정적으로 평가한다. '단지'는 "일종
의 무지한 만적(蠻的) 사실"이며 거기에는 "아주 근본적으로 미워해야 할
무엇이 가로놓여"(39면) 있다는 것이다. "번쩍임도 여유도 없는 빈상스런
전통"25)(「공포의 성채」)을 한탄하거나 '가족'과 '민족'을 미워한 바 있는
이상은 근대 이성과 문명의 입장을 고수한다. "단지한 처녀"가 "학교도
변변히 못 가본 규중처녀"임을 밝히는 것은 그 때문이다. 그녀는 '단지'
하는 대신 다음과 같이 '단발'했어야 했다.

　　斷髮이 부쩍 늘었다. 여남은 살 먹은 女學童 斷髮한 것은 깨끗하고 新
　鮮하고 七八歲 女學童 斷髮한 것은 人形처럼 귀엽다. (50면)

그런데 '단지'는 희귀하고 특수한 사건이 아니었다. 그것은 식민지 조
선에서 유행처럼 일어난 일종의 풍속이었다. 그리고 이에 대한 비판 역
시 계속되었다. 예컨대 『동아일보』는 단지를 "껍질 도덕"으로 규정하며

---

25) 『전집 3』, 334면.

"아! 부모의 죽음과 남편의 죽음에 손가락을 끊는 가련한 사람들아!"[26] 라고 탄식했다. 『중외일보』(1927. 11. 8)는 운명하는 모친을 구하고자 "왼손 무명지를 잘라서 그 피를 모친의 입 속에" 넣은 한 여성의 행위를 놓고 "효성이냐? 미신이냐?"라고 질문하는 기사를 실었다. 하지만 이러한 비판에도 불구하고 '단지'는 계속되었다. 부산에서는 어머니를 구하고자 '삼남매'가 단지하는 일(『동아일보』, 1935. 5. 14)조차 일어났으며, 밀양의 어떤 '소부'(少婦)는 위독한 남편에게 '단지 주혈'(斷指 注血)하기도 했다 (『동아일보』, 1939. 9. 21).

한편 이러한 일들은 "허욕에 떠도는 무리가 우후의 죽순처럼 고물(古物) 고물 하고 충혈이 되어" 돌아다니는 당대의 또 다른 세태와 잘 대비된다. 예컨대 고유섭은 골동품을 "역사와 식견과 인격을 요하는 취미판단의 완상 대상"이라고 정의하며, 골동품 매매를 둘러싼 이욕과 사기를 비판한다. 더 나아가 그는 이에 대한 "통제의 필요"[27]조차 논한다. 이상이 <단지한 처녀>와 더불어 <골동벽(骨董癖)>을 쓴 것은 이 복잡한 사회상을 반영한다. 즉 가짜 골동품을 "오 전에 사서 백 원에 파는 것으로 큰 미덕을 삼는" "당세(當世) 골동인(骨董人) 기질(氣質)"(48면)이 자본주의적으로 전개되는 한편에서는 한설야가 『탑』에서 서술한바 "날마다 뭇꾸리를 하고 살푸리"를 하는 '단발' 이전의 풍속이 지속되었던 것이다. 동네에 학교가 생기기를 바라며 "단발 동맹"에 가입했던 우길 형제를 다음과 같이 꾸짖었던 우길 할머니 류의 미신적 인과관계는 엄존하고 있었다.

이놈의 새끼들아 이게 모두 너희 때문이다. 싱싱한 머리를 깎더니 내 필연코 무슨 지질한 변이 있을 줄 알았다.[28]

---

26) 「제절로 살자—껍질 도덕인 단지의 유행」, 『동아일보』, 1924. 1. 6.
27) 고유섭, 「만근(輓近)의 골동 수집(3)」, 『동아일보』, 1936. 4. 16.
28) 한설야, 『탑』, 매일신보사출판국, 1942, 273면.

한편 정인택은 '단지'에 대한 탈미신적이고 비판적인 입장과는 크게 다른 태도를 보여준다. 그는 「청량리계외」의 한 에피소드로 "갑돌이의 단지 사건"을 서술하면서, 그의 효성이 "반 내 사람들의 심금을 울려, 갑돌이 모친의 병상에 대해 모두 동정과 관심을 기울였"다고 평가한다. 더 나아가 정인택은 그 상처의 피를 "떨어지는 장미꽃"[29]에 비유함으로써, 갑돌이의 비이성적인 행위를 비판하는 대신 그것을 전쟁과 총동원 체제를 실천하는 '애국반의 정신'으로 미화하고자 한다.[30] 이렇게 갑돌이의 살신성인적인 효성은 '대동아공영'을 외치는 제국에 대한 충성과 동궤에 놓인다. "근대의 초극"은 갑돌이의 손가락에서도 실천되었던 셈이다. 그러므로 이는 낫에 "왼손 무명지 셋째 마디"[31]를 베인 경험이 있으며, 무를 썰던 선희가 일본 칼에 손을 베는 장면(『흙』)을 묘사하기도 한 이광수의 다음 논의를 상기시킨다.

> 문학자는 우선 영미적인 마취에서 깨어나지 않으면 안 됩니다. (…중략…) 개인주의로부터 천황으로 귀일하지 않으면 안 됩니다. (…중략…) 연애를 찬미하던 붓으로써 대의에 순(殉)하는 아름다움을 찬미해야 합니다. 소위 개성적인 것을 강조하던 것으로써 민족성을 강조해야 합니다. 지금은 요리사나 술집 주인이 총을 들고 전선에 섰으며, 사미센(三味線)이나 가얏고를 울리던 기생의 손가락은 군수공장에서 일하고 있습니다. 문사된 자, 병사가 되든지 산업전사가 되든지, 그렇지 않으면 붓을 검으로 하지 않으면 안 됩니다.[32]

춘원은 개인주의적인 근대 문학을 비판하면서 "기생의 손가락"에도 총동원령을 내리고 있거니와, 이보다도 먼저 정인택은 갑돌의 '단지'를

---

29) 정인택, 「청량리계외」, 『국민문학』, 1941. 11, 193면.
30) 이경훈, 『오빠의 탄생』, 문학과지성사, 2003, 312면을 참고할 것.
31) 이광수, 「손가락」, 『이광수전집 13』, 삼중당, 1962, 307면.
32) 이광수, 「전쟁과 문학」, 『춘원 이광수 친일문학 전집 2』, 평민사, 1995, 443면.

총동원했던 것이다. 그것은 춘원이 말하는 "대의에 순하는 아름다움"을 실천한 것이며, "생사를 초탈"하는 "충효의 길"33)을 암시한다. 이는 교토학파들이 주장하는 "민족의 모랄리세 에네르기"34)와 전혀 무관하지만은 않을 터이다.

물론 '단지'에 대한 정인택과 이상의 상이한 평가에는 1941년과 1936년이라는 시간적인 차이가 작용한다. 그것은 전쟁 등 여러 사건으로 점철된 오 년 간의 역사적 변천을 반영한다. 그리고 "민족성을 강조"하라는 이광수의 주장에서도 보이듯이, 그 변화의 한 가지 핵심은 "단지한 처녀"의 외모에서 서양 문학의 주인공을 발견하는 다음과 같은 감각 및 감각의 패러다임이 폐기되었다는 사실이다.

> 그러자 數三日 전에 이 새악시를 보았다. 어머니를 잃은 크낙한 슬픔이 滿面에 形言할 수 없는 愁色을 빚어 내이는 새악시의 印象은 毒하기는커녕 어디 한 군데 험 잡을 데조차 없는 可憐한 溫順한 '하—디'의 '테스' 같은 少女였다. (38면)

따라서 정인택이나 이광수의 논의를 참조할 때, 이상이 제기한 위와 같은 관점은 식민지 근대문학이 견지해 낸 최종적인 한계점을 지시하는 듯하다. 그것은 '소녀'의 세계관과 외모의 불일치를 발견(발생)하게 할 뿐만 아니라, 그 빗나간 예상으로 인한 놀라움과 혼란을 통해 식민지 사회의 불균등하고 혼종적인 복잡성을 근대적으로 육체화한다. '동양도덕'의 무지몽매한 실천자는 서양인 '테스'의 "한 군데 험 잡을 데조차 없는" 얼굴을 지녔다. 이는 서양 문학을 내면화한 시선으로써만 포착된다. 예컨대 김동인의 주인공은 "나는 내 일과 비슷한 소설을 구하여 거기서 위로를 얻으려고 먼저 다눈치오의 프란체스카를 보았다"35)고 말한다.

---

33) 이광수, 「생사관」, 위의 책, 175면.
34) 이경훈・송태욱・김영심・김경원 역, 『태평양전쟁의 사상』, 이매진, 2007, 270면.

식민지의 현실과 서구의 문학을 넘나드는 이러한 참조관계야말로 식민지 조선의 근대성을 폭 넓게 상징한다.

그러나 이 참조관계가 조선에서만 작용한 것은 아니었다. 한 예로 좌담회 '근대의 초극' 참석자인 가와카미 데츠타로(河上徹太郎)는 일본의 "고전이 재미있게 된 것"은 "도스토예프스키나 보들레르를 읽었기 때문"이라고 논한다. 그는 "서양 문학을 통해 인간에 대한 흥미"가 생겼으며 이로 인해 "고전에 아주 잘 묘사되어 있는 인간의 모습이 눈에 띄게 된 것"[36]이라고 언명한다. 이는 이상의 다음 논의와도 넓은 의미에서 상통한다.

> 結局 骨董品의 價値는 그런 考古學的인 要求에서 생기는 것일 것이다. (…중략…) 어느 時代의 生活樣式 民俗 民俗藝術 等을 알고자 할 때에 비로소 骨董品의 地位가 重大해지는 것이지 그러니까 骨董品은 骨董品만을 모아 놓는 博物館과 倂存하지 않고는 그 存在理由가 消滅할 뿐 아니라 하등의 '구실'을 못 한다. (48면)

'고고학'과 '박물관'이 "골동품의 가치"를 매긴다면 서양 문학은 '고전'의 재미를 알게 한다. '골동품'과 '고전'은 근대 문명에 전유됨으로써 의미를 지니게 된다. 그렇다면 '박물관'과 '서양 문학'의 눈은 '단지'를 "무지한 만적 사실"이라고 규정하면서도, 다른 한편으로는 "그 갸륵한 지성(至誠)과 일편단심에 아파하지 않을 수 없었고 존경하는 마음으로 하여 머리 수그리지 않을 수는 없었다"(39면)고 고백하게도 할 터이다. 문명인에게 '단지'는 야만인의 고상함을 담은 일종의 '골동품'일 수 있기 때문이다.

하지만 이는 국가를 향해 갑돌의 '단지'를 동원하고 미화하는 일과는

---

35) 김동인, 「마음이 옅은 자여」, 『김동인전집 1』, 조선일보사, 1987, 70면.
36) 이경훈·송태욱·김영심·김경원 역, 앞의 책, 131면.

다르다. "원체가 동양 도덕으로는 신체발부(身體髮膚)에 창이(瘡痍)를 내는 것을 엄중히 취체"(38면)한다고 하는 이상에게 "처녀의 단지"는 "고전에 아주 잘 묘사되어 있는 인간의 모습"이 아닐뿐더러, "대의에 순하는 아름다움"과 더불어 '근대의 초극'을 낭만적으로 '조감'하게 하는 일과도 무관하다. 오히려 이상은 '처녀'의 행위를 "극구 칭찬하는 어머니와 누이에게 억제하지 못한 슬픔"을 느끼면서 다음과 같이 평가한다.

> 不幸히 時代에서 비켜선 至高한 孝女 그 새악시! 그래 돈 三圓에다 어느 新聞 社會面 저 아래에 칼표 딱지만한 우메구사를 장만해준 밖에 무엇이 小姐의 적막해진 無名指 억울한 事情을 가로맡아 줍디까. (39면)

요컨대 '단지'가 '골동품'이라면, 그것은 "신라나 고려 적"의 "사금파리 조각"이거나 "이조(李朝) 항아리 나부랭이"(47면)에 불과하다. 그리고 이상이 이것들에 대해 "무엇이 그리 가치 높이 평가되어야 할 것이냐"라고 질문할 때, 이는 그가 "처녀의 단지"를 박물관의 유리창 속에 배치하지 않았음을 의미한다.

따라서 그는 당연히 나라(奈良)와 경주의 고도(古都)에서 내선일체의 근거를 발견[37]하거나 전쟁 동원을 위해 "신명을 홍모(鴻毛)로 알던 화랑도의 피"[38]를 부활시키는 일로 나아가지 않을 터이다. 그는 "구메 마사오 씨가 우에노 박물관에서부터 특히 나로 하여금 '백제관음'에 주목하게 한 것"[39]에 화답하지 않을 것이다. 적어도 인용문의 입장을 취하는 한, 이상은 '단지'의 "억울한 사정"을 제국의 기획 속에 고양시킬 수 없으리라. 그리고 그것은 그의 "성격이 비겁하게 생겨먹은 탓"(37면)만은 아니

---

37) 최재서, 「부싯돌」, 『한국 근대 일본어 소설선』, 역락출판사, 2007, 288면을 참고할 것.
38) 이광수, 「학병에게 감사」, 『춘원 이광수 친일문학 전집 2』, 평민사, 1995, 416-417면.
39) 이광수, 「삼경인상기」(김윤식 역, 『이광수의 일어 창작 및 산문선』, 역락출판사, 2007, 133면).

다. '단지'는 근대를 초극하는 행위가 아니라 근대에 미달하는 행위기 때문이다. 그것은 "십구 세기와 이십 세기의 틈사구니"[40]에서 벌어진 일이다. 그리고 '틈사구니'는 이상 스스로의 자리이기도 했다. 이렇게 "단지한 처녀"와 이상은 서로를 비추는 거울이 되었다. 이 '무뢰한'들은 식민지의 '조춘'을 '비겁하게' '오감'하며 '오감'되었다.

하지만 이 모든 것은 1936년 이른 봄에 일어난 일이었다. 「청량리계외」뿐만 아니라 「불쌍한 이상」(『조광』, 1939. 12)을 쓰기도 한 정인택과는 달리, 그는 1937년 4월, 중일전쟁이 일어나기 몇 달 전에 죽었던 것이다.

---

40) 『전집 3』, 235면.

공포의 체험과 문학적 대응
―「공포의 기록」에 대하여

임 명 섭*

1. 머리말

이 글은 이상의 수필인 「공포의 기록(서장)」을 살펴보고 그 의미를 분석하고 내용을 해명하기 위해 준비되었다. 그런데 「공포의 기록(서장)」은 독립적인 하나의 작품으로 보기 어려운 여러 요소들을 가지고 있다. 수필로 분류된[1] 「공포의 기록(서장)」은 이상의 사후에 발견된 창작노트에 실린 일문 텍스트인데, 『문학사상』(1986. 10)에 번역 소개되었으며 창작시기는 1935년 8월로 기재되어 있다. 분량이 3페이지 정도밖에 되지 않는 아주 짧은 글이다. 분량도 짧지만 내용 역시 극히 제한된 정보만을 담고 있어서 기본적인 의미를 파악하는 것조차 쉽지 않다. 또 제목을 통해 이 글이 처음부터 완결된 하나의 작품이라기보다는 더 큰 작품의 한 부분

---

* 고려대학교 강사. 대표 논저로 「이상의 문자경험 연구」, 「이상 문학에 나타난 책과 독서의 은유」 등이 있음.
1) 김윤식 엮음, 『李箱문학전집 3 ― 수필』(문학사상사, 1993)의 분류를 따른다.

으로 마련되었다는 것을 짐작할 수 있다. 그러므로 이 작품을 단독으로 살피는 것은 의미가 없어 보인다. 이같은 문제의식 아래 이 글은 이 작품이 애초에는 어떤 의도로 기획되었으며, 어떤 과정을 통해 어떤 작품으로 확장되었는지, 그리고 결국 어떤 내용으로 정착하게 되었는지 등을 재구성하고 분석하고자 한다.

2. 수필 「공포의 기록」과 소설 「공포의 기록」

'그리하여 힘겹게 막 도착한 참이었다. 그는 안을 막 들여다 봤다.'라는 문장으로 시작하는 수필 「공포의 기록」에서 작중인물 '그'는 어떤 낡고 허름한 집에 알 수 없는 목적으로 방문한다. 그 집은 '못이 굳게 박'힌 채 잠겨 있고 현재는 아무도 살지 않는 빈 집이다. 계속해서 그 집의 대문에 끼워져 있는, 이전에 그 집에 살았던 사람의 연락처 등에 대한 묘사가 나오고, 집 구석구석의 허름한 모습에 대한 묘사가 이어진다. '그'가 무슨 이유로 이 집에 찾아 왔으며 전에 살던 사람과는 어떤 관계인지 전혀 알 수가 없는 상황에서 갑자기 '그'와 아내 사이에 벌어졌던 가정사가 아주 간단하게 언급된다.

> 그의 아내가 한 번도 그를 사랑한 적이 없다는 것을 눈치채지 못하고 있는 그였다. 그는 고상한 국화꽃처럼 나날이 누더기가 되어갔다. 아내는 그를 버렸다. 아내의 행방은 불명이다.
> 그는 아내의 신발을 들여다봤다. 空腹—절망적인 공허가 그를 조소하는 듯했다. 초조하다.
> 그 다음에는 무엇이 왔는가.
> 적빈.

쓸만한 넝마는 남의 손에 의해 모두 팔려나갔다. 그리하여 보다 더
남루한 넝마들이 병균처럼 남아 있다.[2]

'그'가 낡고 허름한 빈 집에 찾아 온 이유와 아내와의 사건 사
이에 무슨 관계가 있다는 것인지 미처 짐작할 겨를도 없이 다음
과 같은 진술이 이어지고 작품은 끝을 맺는다.

밤이 되자 그는 유령처럼 흥분한 채 거리를 누볐다. 이제 그에게는 의
지할 곳이 없다. 오로지 한 가닥 공복을 메꾸기 위해 행동할 뿐이었다.
성격의 파편, 그는 그런 것은 돌아볼 생각도 않는다. 공허에서 공허
로 그는 역마처럼 달리고 또 달렸다.
술이 시작되었다. 술은 그의 앞에서 향수처럼 빛났다.
왼팔이 오른팔을 오른팔이 왼팔을 자꾸만 가혹하게 구타한다. 날개
가 부러져서 흔적이 시퍼렇다.
소량의 구조 깃발은 이미 효력이 없다.[3]

앞에서 말한 대로 이 정도의 정보만으로는 최소한의 의미파악조차 쉽
지 않다. '그'가 왜 그 집을 찾아 갔는지, 그 집에 살았던 사람과는 어떤
관계이며, 그 집에 찾아간 것과 아내와의 파경 사이에 무슨 관계가 있는
것인지, 또 작품의 말미에 보이는 절망적인 모습의 이유가 구체적으로
무엇인지 확인할 수 있는 정보가 너무나 부족하기 때문이다. 결국 이 작
품을 독자적인 작품으로 간주하고 접근하는 것은 온당하지 않은 시도로
보이고, 이 작품에서 벌어지고 있는 사건이나 진술의 내용과 의미를 해
명하기 위해서는 또 다른 작품의 도움을 받을 수밖에 없어 보인다.

수필 「공포의 기록」이 그 자체로 완결된 작품이 아니지 않는가하는
의심은 제목을 통해 사실로 확인된다. 간단하게 「공포의 기록」이라고

---

2) 김윤식 엮음, 『李箱문학전집 3 — 수필』(문학사상사, 1993)(이후에는 『전집 3』으로
　 표기한다), 331-332면.
3) 『전집 3』, 332-333면.

불렀지만 사실 이 작품의 원래 이름은 「공포의 기록(서장)」이다. 원래의 제목을 통해 두 가지 사실을 확인할 수 있다. 첫 번째로 이 작품은 애초부터 그 자체로 완결된 글이 아니라 더 큰 작품의 머릿장으로 기획되고 준비되었는데, 작가의 창작노트가 사후에 발견되고 수습되는 과정에서 독립적인 작품처럼 간주되었다는 점이다. 다시 말하지만 수필 「공포의 기록(서장)」은 독립된 작품으로 볼 수가 없다. 그랬을 경우에는 의미해명도 불가능할 뿐더러 작가의 창작의도와도 부합하지 않는다.

한편 제목의 의미를 따져 보았을 때 「공포의 기록(서장)」을 수필로 분류하기도 어려워 보인다. 일반적으로 수필의 제목에 '서장'이라는 단어를 사용하는 경우는 없다. 또한 제목에 '서장'이라는 단어를 썼다는 것은 작자가 그 글을 장으로 구분되는 특별한 구성을 갖춘 글의 한 부분으로 기획하고 썼다는 것을 뜻하는데 역시 일반적인 경우의 수필에는 해당하지 않는다. 그러한 구성적인 고려는 보통 소설의 창작에 많이 작용한다고 보아야 할 것이다. 또한 「공포의 기록(서장)」의 작중인물이 1인칭의 '나'가 아니라 3인칭 시점의 '그'인 이유도 생각해 보아야 한다.

어쨌든 수필로 분류되었던 「공포의 기록(서장)」은 실상 수필로 보기도 어렵고, 독립적인 작품으로 의도된 글도 아니라는 점을 확인할 수 있었다. 그렇다면 이 글이 애초에 한 부분으로 포함되기로 계획되었던 더 큰 작품이 있을 것이다. 소설로 분류되어 전집에 실려 있는 「공포의 기록」이 바로 그 작품이다.[4]

일단 두 글은 제목이 동일하다. 단순히 제목만 같은 것이 아니다. 소설 「공포의 기록」은 수필 「공포의 기록」보다 더 긴 작품이고 훨씬 많은 내용을 담고 있지만, 수필 「공포의 기록」이 소설 「공포의 기록」의 한 부분으로 고스란히 포함되어 있다. 물론 소설 「공포의 기록」의 한 장으로

---

4) 김윤식 엮음, 『李箱문학전집 2 — 소설』(문학사상사, 1991)(이후에는 『전집 2』로 표기한다)의 분류를 따른다.

담기면서 제목은 바뀌었고(소설 「공포의 기록」에는 수필 「공포의 기록」의 내용이 '추악한 화물'이라는 제목으로 바뀌어 한 장을 차지하고 있다), 위치도 원래의 제목이 암시하였던 작품의 맨 앞부분이 아니라 중간 부분으로 변경되었지만, 내용은 달라진 것이 없다. 그렇다면 수필 「공포의 기록(서장)」을 살펴보기 위해서는 소설 「공포의 기록」을 참조할 수밖에 없다. 두 작품이 한 편은 수필로 분류되어 있고 다른 한 편은 소설로 분류되어 있다는 이유 때문에 두 글을 따로 나누는 것은 이치에 맞지 않아 보인다. 수필 「공포의 기록」이 소설 「공포의 기록」의 한 부분으로 끼어든 것이 분명하고 내용면에서 달라진 것이 거의 없기 때문이다. 오히려 살펴 보아야 할 것은 처음에는 '서장'으로 기획되었던 수필 「공포의 기록」의 내용이 나중에 왜 본문으로 처리되었으며 그 앞과 뒷부분에 배치된 내용들은 또 어떤 구성 의도를 담고 있는가 등이다.

소설 「공포의 기록」은 1937년 4월 25일에서 5월 15일에 걸쳐 <每日申報>에 발표되었던 작품이다. 「서장」, 「불행한 계승」, 「추악한 화물」, 「불행의 실천」, 이렇게 네 장으로 구성되어 있다. 「서장」의 내용은 「공포의 기록(서장)」과는 완전히 다른 내용이고, 「공포의 기록(서장)」에 담겨 있던 내용은 「추악한 화물」이라는 다른 이름을 달고 소설의 중간 부분에 실려 있다. 내용의 차이는 다음의 예에서 보듯이 아주 미미하다.

> 그리하여 힘겹게 막 도착한 참이었다. 그는 안을 들여다 봤다. 풀칠을 해서 속이 들여다 보이지 않게 되어 있는 현관문에는 그의 검게 탄 얼굴 상판이 비칠 뿐이었다. 물론 아무것도 보이지 않는다.
> N자를 옆으로 약간 비스듬이한 모양새로 그는 그 자리에 앉았다. 그 바로 옆에는 한 마리의 개가 흙을 파내고 있었다. 마침내 드러누웠다. 혀를 내밀었다. 혀가 깃발처럼 일렁이고 있는 품이 몹시 숨이 가쁜 모양이다.
> 「온돌이 한 칸, 다다미가 두 장.」[5]

그예 찾아내고야 말았다.

나는 안을 들여다 보았다. 풀칠한 玄關 유리窓에 거무테테한 내 얼굴
의 「하이라이트」가 비칠 뿐이다. 勿論 아무것도 보이지는 않았다.

나는 그 자리에 주저앉고 만다. 내 바로 옆에서 한 마리의 개가 흙을
파고 있다. 드러누웠다. 혀를 내민다. 혀가 旗ㅅ발같이 굽이치는 게 퍽
고단해 보였다. - 溫突房 한間과 「二疊間」6)

앞의 인용문은 수필 「공포의 기록」의 첫머리이고, 다음 인용문은 소
설 「공포의 기록」 중 「추악한 화물」 장을 시작하는 부분이다. 앞 인용문
은 한자를 드러내지 않았다는 점만이 다를 뿐 두 글의 내용은 아무런
차이가 없다. 그마저도 번역과정에서 일어난 선택의 문제일 뿐이라고
판단된다. 두 지문에서 눈에 띠게 보이는 의미있는 차이점은 시점이 다
르다는 것이다. 수필 「공포의 기록」은 3인칭의 시점으로 쓰였는데 소설
「공포의 기록」에서는 시점이 1인칭으로 바뀌었다. 그렇지만 그 변화가
별다른 의미가 있어 보이지는 않고, 앞과 뒤에 붙게 된 다른 이야기들과
자연스럽게 연결하기 위한 장치였던 것으로 보인다.

알 수 있듯이 수필 「공포의 기록」과 소설 「공포의 기록」 중 「추악한
화물」 장은 완전히 동일한 내용의 글이다. 그렇다면 두 글의 선후관계
는 어떻게 될까? 수필 「공포의 기록」은 작가의 사후에 발견된 유작인데
원고에 기재된 창작시기가 1935년 8월로 되어 있고, 소설 「공포의 기록」
은 1937년 4월부터 5월 사이에 신문에 연재되었던 소설이다. 물론 연재
시점과 창작의 시기가 다를 수 있지만, 여러 정황과 글의 내용을 고려할
때 수필 「공포의 기록」이 먼저 쓰였고, 소설 「공포의 기록」이 나중에 창
작된 것으로 보인다. 그렇다면 다음과 같이 정리할 수 있다.

이상은 수필 「공포의 기록」을 먼저 썼다. 애초에 그것은 '서장'으로

---

5) 『전집 3』, 330면.
6) 『전집 2』, 199면.

계획되었고 본문이 이어질 예정이었다. 그런데 어떤 사정 때문에 계획대로 되지 않아 원래 '서장'으로 계획하였던 내용이 본문이 되고, 그 앞뒤에 새로운 내용이 덧붙여져 한 편의 소설－「공포의 기록」이 완성되었던 것이다. 애초에 '서장'으로 계획하였던 내용을 왜 본문으로 전환하였는지를 구체적으로 알 수는 없지만, 수필 「공포의 기록」, 다시 말해 소설 「공포의 기록」 중 「추악한 화물」 장에 작가가 가장 중요하게 생각하는 장면이 담겨 있다는 것은 분명하다.[7]

3. 「불행한 계승」과 공포의 체험

수필 「공포의 기록」이 먼저 만들어지고 그 내용의 앞뒤에 다른 내용이 글이 덧붙여지지는 형태로 소설 「공포의 기록」이 완성되었는데, 우선 앞에는 두 개의 장이 덧붙여졌다. 「서장」과 「불행한 계승」이 그것인데, 「서장」에서는 다음의 진술이 눈길을 끈다.

나는 近來의 내 心境을 正直하게 말하려 하지 않는다. 말할 수 없다.

---

7) 소설 「공포의 기록」의 한 장의 제목인 「불행한 계승」과 똑같은 이름을 사용한 소설 「불행한 계승」이 있다. 그런데 이 경우는 수필 「공포의 기록」과 소설 「공포의 기록」의 경우와는 좀 다른 관계를 보인다. 수필 「공포의 기록」은 독립적이고 완결된 작품으로 볼 수 없지만, 소설 「불행한 계승」은 독자적인 하나의 작품으로 간주할 수 있을 정도로 충분한 내용과 구성을 갖추고 있기 때문이다. 소설 「불행한 계승」의 내용은 「공포의 기록」의 한 장인 「불행한 계승」의 내용보다 훨씬 많은 것을 담고 있고 사건이나 심리묘사도 더 깊어지고 확대되었다. 또 극적인 효과를 노리기 위해서인지 원래의 사건을 부분적으로 변형하고 윤색하기도 하였다. 이를 통해 볼 때 소설 「공포의 기록」이 먼저 쓰였고 나중에 소설의 한 부분을 확장하여 소설 「불행한 계승」이 창작된 것으로 보인다. 그 이유와 두 작품간의 관계를 세밀하게 밝히는 것은 또 다른 글의 주제가 될 것이다.

滿身瘡痍의 나이언만 若干의 貴族趣味가 남아 있기 때문이다. 그러나 萬若 남 듣기 좋게 말하자면 나는 絕對로 내 自身을 輕蔑하지 않고 그 代身 부끄럽게 생각하리라는 그러한 心理로 移動하였다고 할 수는 있다. 적어도 그것에 가까운 것만은 사실이다.[8]

일반적으로 한 작품의 '서장'에서는 상징적인 형태로나마 작품 전체의 주제를 암시하거나 은밀하게 드러내는 경우가 많다. 위의 진술 속에서도 소설 「공포의 기록」 속에 작가 이상이 담아내고자 했던 체험의 단면을 엿볼 수 있으리라 기대할 수 있다. 작중 화자는 '나는 絕對로 내 自身을 輕蔑하지 않고 그 代身 부끄럽게 생각하리라는 그러한 心理로 移動하였다'고 말한다. 물론 화자가 말하는 '자신에 대한 경멸'과 '부끄러움'이 구체적으로 무엇을 의미하는지는 알 수 없다. 그러나 위의 진술은 이후에 펼쳐지는 이야기가 삶의 여정에서 매우 중요한 전환점이 되었던 어떤 특별한 체험과 관련된 내용이 될 것이라는 점을 은밀하게 나타낸 것으로 읽을 수 있다. 삶의 전환점이 되었던 그 체험이 무엇이었는지는 이후에 전개되는 이야기들 속에서 자연스럽게 드러날 것이다.

「서장」 다음에 이어지는 「불행한 계승」 장에서 얼핏 무심하게 묘사한 듯 보이지만 의미심장하게 읽히는 대목은 작중 화자가 자기 집의 담 너머로 보이는 옆집의 닭들을 관찰하는 대목이다. 특별히 화자의 눈길을 잡아 끄는 수탉이 있었는데 그 수탉은

공연히 성이 대밑둥까지 나서 모가지 털을 벌컥 일으켜 세워 가지고는 숨이 헐레벌떡 헐레벌떡 야단 법석이다. 제딴은 그 가운데 막힌 철망을 뚫고 이쪽 암탉들 있는 데로 가고 싶어서 그리는 모양인데 사람 같으면 그만하면 못 넘어갈 줄 알고 그만둠직 하건만 이놈은 참 성벽이 대단하다.

---

8) 『전집 2』, 190면.

가끔 철망 무너진 구멍에 무작정하고 목을 틀어 박았다가 잘 나오지
않아서 눈을 감고 끽끽 소리를 지르다가 가까스로 빠져 나가는 걸 보고
저놈이 그만 단념하였다 하고 있으면 그래도 여전히 야단이다.
(…중략…) 그런데 암탉들은 어떠냐 하면 영 본숭만숭이다. 모—른 체
하고 그저 모이 주워 먹기에만 熱中이다. 아하 저러니까 수탉이란 놈이
화가 더 날밖에 하고 나는 그 새침데기 암탉들을 안타깝게 생각한 것이
다. 좀 가끔 수탉 쪽을 한두 번쯤 건너다가도 보아 주지 원— 하고 나
도 실없이 화가 난다. 수탉은 여전히 모이 주워 먹을 생각도 하지 않고
뒤법석을 치는데 좀처럼 허기도 지지 않는다.9)

중요한 것은 이 광경을 지켜보는 작중 화자의 내밀한 심리이다. 닭들
사이에서 벌어지는 별스럽지도 않은 사건을 꼼꼼하게 관찰하고 공들여
묘사하는 데서 이미 드러나듯이 작중 화자는 사건의 주인공인 수탉에게
서 강한 동질감을 느낀다. 그래서 화자는

그만 그놈의 끈기에 진력이 나서 못생긴 놈, 미련한 놈, 못생긴 놈,
미련한 놈, 하고 혼자서 화를 벌컥 내어 보다가도 또 그놈의 그런 미칠
것 같은 情熱이 다시 없이 부럽기도 하고 尊敬해야 할 것 같이 생각키
기도 해서 자세히 본다.10)

그리고 결국 화자는 '가엾은 수탉에 내 自身을 비겨 보고 비겨 보고'
하는 것이다. 작중 화자는 보답없이 배신만 당하는 열정에 자신을 내맡
기고 있는 가엾은 수탉의 처지와 자신의 상황을 동일시하고 있다. 이 에
피소드가 중요한 이유는 그것이 작품 전체의 내용을 상징적으로 담아내
고 있기 때문이다. 다시 말해 소설 「공포의 기록」은 위의 에피소드의 주
인공인 수탉처럼 열정의 대상에게 배신당한 한 사람—작중 화자의 이야
기를 그리고 있다.

---

9)『전집 2』, 193-194면.
10)『전집 2』, 194면.

「불행한 계승」은 어느날 갑자기 아내가 집을 나가 버림으로써 배신감, 상실감과 함께 경제적인 몰락을 경험하는 화자가 친구와 함께 벌이는 하룻밤의 행각과 심리 상태를 기술하고 있다. 그리고 곧바로 수필 「공포의 기록」에서 이미 보았던 내용이 「추악한 화물」이라는 이름으로 바뀌어서 이어진다.

> 한 번도 나를 사랑 않는 줄 생각해 본 일조차 없다. 나는 어느 틈에 高尙한 菊花 모양으로 금시에 쑤세미가 되고 말았다. 아내를 찾을 길이 없다.
> 나는 아내의 구두 속을 들여다 본다. 空腹－絶望的인 空虛가 나를 嘲弄하는 것 같다. 숨이 가빴다.
> 그 다음에 무엇이 왔나.
> 赤貧.－重要한 汚物들은 집안 사람들이 하나, 둘 집어 내었다. 特히 더러운 商品價値 없는 汚物만이 病菌같이 남아 있었다.[11]

비교를 위해 수필 「공포의 기록」에 나타난 동일한 장면을 살펴보면 다음과 같다.

> 그의 아내가 한 번도 그를 사랑한 적이 없다는 것을 눈치채지 못하고 있는 그였다. 그는 고상한 국화꽃처럼 나날이 누더기가 되어갔다. 아내는 그를 버렸다. 아내의 행방은 불명이다.
> 그는 아내의 신발을 들여다봤다. 空腹－절망적인 공허가 그를 조소하는 듯했다. 초조하다.
> 그 다음에는 무엇이 왔는가.
> 적빈.
> 쓸만한 넝마는 남의 손에 의해 모두 팔려나갔다. 그리하여 보다 더 남루한 넝마들이 병균처럼 남아 있다.[12]

---

11) 『전집 2』, 200면.
12) 『전집 3』, 331-332면.

그러니까 수필 「공포의 기록」에서 아무런 맥락없이 느닷없이 제시되어 그 의미를 파악하기가 불가능했던 위의 지문은 사실은 아내의 가출과 배신이라는 불행한 상황에 처한 화자의 내면 독백이었다. 그리고 '그'가 방문했던 알 수 없는 집의 정체는 바로 아내의 가출과 함께 찾아온 경제적인 궁핍 때문에 화자가 가족과 함께 세들어 살게 된 전셋집이었다. '그'가 어떤 집을 방문하는 모습을 그린, 글의 첫머리에 등장하는 장면은 경제적인 몰락 때문에 다 쓰러져 가는 낡고 허름한 집을 구할 수밖에 없게 된 화자의 불행한 상황에 대한 묘사였던 것이다.

이렇듯 「서장」과 「불행한 계승」의 다음에 위치하게 되면서 수필 「공포의 기록(서장)」, 즉 「추악한 화물」의 이야기가 전체적인 맥락 속에서 해독 가능하게 되었다. 결국 「공포의 기록」은 아내의 가출과 배신 때문에 절망에 빠지고 경제적으로도 한계상황까지 몰린 한 남자의 이야기일 뿐이다. 그리고 그 이야기는 물론 작가 이상 자신의 자전적인 체험과 깊게 관련되어 있다. 이렇게 보면 「공포의 기록」은 별로 새로울 것도 없고 특별할 것도 없는 작품임에 틀림없다. 「공포의 기록」이 다룬 이 주제는 작가 이상이 시나 소설 혹은 다른 형태의 글들을 통해 헤아릴 수도 없이 많이 변주해냈던 익숙한 것이기 때문이다.[13]

주목해야 할 부분은 정작 다른 곳에 자리잡고 있다. 아내의 가출과 배신의 이야기를 그린 작품의 제목을 '공포의 기록'으로 삼았다는 점이

---

13) 소설의 경우에는 대표적인 예로 「봉별기」를 들 수 있다. 이 작품에서 이상은 자신이 금홍에게서 실제로 당한 사랑과 배신의 체험을 비교적 별다른 소설적 윤색 없이 담담하게 기술하였다. 시의 경우에는 「紙碑」를 예로 들 수 있다. (안해는 정말 鳥類였던가보다 안해가 그렇게 瘦瘠하고 거벼워졌는데도 날으지못한 것은 그 손까락에 끼기웠던 반지 때문이다 午後에는 늘 紛을 바를 때 壁한겹걸러서 나는 鳥籠을 느낀다 얼마안가서 없어질때까지 그 파르스레한 주둥이로 한번도 쌀알을 쪼으려들지않았다 또 가끔 미닫이를 열고 蒼空을 처다보면서도 고운목소리로 지저귀려들지않았다 안해는 날을줄과 죽을줄이나 알았지 地上에 발자국을 남기지 않았다 秘密한발을 늘버선신고 남에게 안보이다가 어느날 정말 안해는 없어졌다 —「紙碑」(이승훈 편저, 『이상시전집』, 문학사상사, 1989, 198면))

흥미로운 것이다. 아내의 배신이 왜 공포스러운 사건이 되는가. 일상적인 감각으로는 그러한 사건은 미움과 증오, 회한과 좌절 혹은 복수나 질투의 감정을 유발할지언정 공포감을 낳지는 않는다. 그런데 「공포의 기록」의 화자는 그 사건을 무서운 사건으로 받아들인다. 그 공포의 감정은 나아가 역시 일상적인 감각으로는 이해하기 어려운 수준의 절망적인 반응으로 이어진다.

> 이미 萬事가 끝났기 때문이다.14)

> 밤이면 나는 幽靈과 같이 興奮하여 거리를 뚫었다. 나는 目標를 갖지 않았다. 空腹만이 나를 指揮할 수 있었다. 性格의 破片—그런 것을 나는 꿈에도 돌아보려 않는다. 空虛에서 空虛로 말과 같이 나는 狂奔하였다. 술이 始作되었다. 술은 내 몸 속에서 香水같이 빛났다.
> 바른팔이 왼팔을, 왼팔이 바른팔을 苛酷하게 매질했다. 날개가 부러지고 파랗게 멍들은 痕迹이 남았다.15)

물론 아내의 배신과 잇따른 경제적 실패는 불행한 사건이다. 어느 정도의 절망감 역시 당연하게 받아들일 수 있다. 그러나 인용문에서 그 상황에 맞닥뜨려서 화자가 보이는 행동, 태도나 심리적인 반응은 일상적인 감각에서 이해하고 받아들일 수 있는 수준을 넘어서 있다. 화자는 그야말로 '이미 만사가 끝났'다는 식으로 모든 것을 완전히 체념하는 태도를 보이며, '공허에서 공허로' '광분'한다. 급기야 '생물이 이렇다는 의의를 훌떡 잃어버린 나는 환신이나 무엇이 다르랴. 산다는 것은 내게 따르는 필요 이상의 「야유」에 지나지 않는다'16)라고까지 말한다.

화자의 태도는 마치 극도로 무서워서 피하고 도망치고자 했던 어떤

---

14) 『전집 2』, 200면.
15) 『전집 2』, 201면.
16) 『전집 2』, 198면.

사태 앞에 맞닥뜨린 어린아이가 공포감에 짓눌려 모든 희망이나 탈출의 노력을 포기한 채 그 자리에 완전히 얼어붙어 서있는 모습으로 보인다. 그렇다면 화자가 그토록 피해서 도망치고자 했던 것은 무엇이었으며, 아내의 배신이 그러한 노력을 물거품으로 만드는 이유는 무엇일까. 이 질문에 대한 답을 얻기 위해서는 아내의 가출과 배신 때문에 화자가 다시 돌아가게 된 불가피한 상황이 무엇인가를 따져보아야 한다.

> 하룻날, 蕩兒는 이 悽慘한 現狀을 내 집이라 생각하고 돌아와 보았다. 뜰 앞에 花草만이 香氣롭게 피어 있다. 붉은 열매가 열린 것도 있었다. 그러나 家族들은 餘地없이 變形되고 말았고, 奇聲을 發하여 辱지거리다.[17)]

> 「싣고 오기로 하자―저 허접쓰레기 뭉치를」[18)]

> 어째서 사람들은 이러한 허접쓰레기 짐덩이를 운반하고 다녀야만 하는 구차하고도 기구한 책임이 있는 것일까?[19)]

> ―자아, 나르자! 저 악취에 싸여 있는 육친의 한 뭉치를 그는 낡은 짐수레에 싣고 날라와야 한다.[20)]

인용문들은 모두 아내의 배신 이후 화자가 처하게 된 직접적인 상황과 관련되어 있다. 한마디로 그는 그토록 도망치고자 했던 가족에게로 다시 돌아가야 했다(蕩兒는 이 悽慘한 現狀을 내 집이라 생각하고 돌아와 보았다). 그리고 어려워진 형편 때문에 집을 줄여 이사를 해야 했고 가족들과 함께 낡고 좁은 그 집에서 살아야 한다. 바로 이것이 화자가 한사코

---

17) 『전집 2』, 200면.
18) 『전집 3』, 330면.
19) 『전집 3』, 330면.
20) 『전집 3』, 331면.

도망치고자 하였던 상황이고, 또 아내와의 생활을 통해 벗어날 수 있었던 처지이기도 하다. 가족에 대한 미움, 육친에 대한 화자의 증오가 얼마만큼 강한지는 '저 허접쓰레기 뭉치', '저 악취에 싸여 있는 육친의 한 뭉치'와 같은 표현들을 통해 잘 전달된다. 심지어 제목을 통해 가족과 육친을 '추악한 화물'이라고 부르기까지 하였다.

물론 여기에서 가족은 단순히 현실 속에 존재하는 한 명 한 명의 사람들을 뜻하지는 않는다. 가족이란 화자에게 그의 내부에서 그를 지배하고 조종하며 자유를 구속하는 모든 증오스러운 것들의 상징이다. 그래서 그 가족들에게 다시 돌아가야 하고 그들을 떠맡아야 하는 상황이 그토록 무서울 수 있다. 그렇다면 거꾸로 생각하면 화자는 아내와의 결혼생활을 통해서는 저 모든 육친의 억압으로부터 안전하게 벗어날 수 있었다는 것을 충분히 유추할 수 있다. 화자에게 아내의 존재는 그토록 절대적인 것이었다. 그렇기 때문에 작중 화자에게 아내의 배신은 단순히 '한 여인에게 배신당하였다는' 정도의 사건에 그치는 것이 아니라, '생물이 이렇다는 의의를 훌떡 잃어버'릴 만한 상황이며, 이후의 삶은 '내게 따는 필요 이상의 「야유」에 지나지 않'을 수 있으며, '事物의 어떤 「포인트」로 이 믿음이라는 力學의 支點을 삼아야겠냐는 것이 全혀 캄캄하여'질 수 있다.

어떤 點을 붙잡아 한 女人을 믿어야 옳을 것인가. 나는 대체 종잡을 수가 없어졌다.

하나같이 내 눈에 비치는 女人이라는 것이 그저 끝없이 輕佻浮薄한 음란한 妖物에 지나지 않는 것이 없다.

生物의 이렇다는 意義를 훌떡 잃어버린 나는 宦臣이나 무엇이 다르랴. 산다는 것은 내게 따는 必要 以上의 「揶揄」에 지나지 않는다.

그것은 무슨 한 女人에게 背叛당하였다는 고만 理由로 해서 그렇다는 것 아니라 事物의 어떤 「포인트」로 이 믿음이라는 力學의 支點을 삼아

야겠냐는 것이 졸혀 캄캄하여졌다는 것이다.[21]

「공포의 기록」의 화자에게 아내의 배신은 자신을 억압하는 것들로부
터 벗어날 수 있는 최후의 피난처와 희망이 사라지고 그가 그토록 도망
치고자 하였던 상황으로 다시 돌아가야 한다는 것을 뜻하였다. 그렇다
면 이후의 삶은 '내게 따는 필요 이상의 「야유」에 지나지 않'는다고까지
말했던 화자에게 선택 가능한 삶의 태도는 어떤 것인가? 이에 대한 답
변을 마련하고자 배치된 것이 마지막 장 「불행의 실천」이다.

4. 「불행의 실천」과 문학적 대응

「불행의 실천」은 아내의 배신으로 인한 절망과 공포의 체험을 형상화
하였던 「추악한 화물」의 뒤편에 자리하면서, 삶의 이유와 근거 자체를
다시 찾아야 하는 상황에 몰린 화자가 새로운 삶의 태도와 자세를 모색
하는 모습을 담고 있다. 그것은 먼저 철저한 칩거와 유폐의 모습으로 나
타났다.

> 나는 나의 親舊들의 머리에서 나의 番地數를 지워버렸다. 아니 나의
> 服裝까지도 말갛게 지워버렸다. 은근히 먹는 나의 朝夕이 게으르게 나
> 은 肉身에 蔓延하였다. 나의 營養의 찌꺼기가 나의 皮膚에 지저분한 수
> 염을 낳았다. 나는 나의 讀書를 뾰죽하게 접어서 종이飛行機를 만든 다
> 음 어린아이와 같이 나의 自棄를 태워서 죄다 날려버렸다.
> 아무도 오지 말아 안 드릴 터이다. 내 이름을 부르지 말라. 七面鳥처
> 럼 심술을 내이기 쉽웁다. 나는 이 속에서 全部를 살라 버릴 작정이다.

---

21) 『전집 2』, 198면.

이 속에서는 아픈 것도 거북한 것도 동에 닿지 않는 것도 아무것도 없
다. 그냥 쏟아지는 것 같은 기쁨이 즐거워할 뿐이다.[22]

「불행의 실천」은 이전의 다른 장들과는 다르게 구체적인 상황 묘사가
전혀 등장하지 않은 채 잠언과도 같은 화자의 독백이 계속 이어진다. 더
구나 그 독백이 매우 추상적인 진술로 이루어져 있어서 의미를 해독해
내기가 더욱 어렵다. 위의 인용문 역시 화자의 독백이 뜻하는 것이 무엇
인지 파악하기기 쉽지 않다. 다만 친구들의 머릿속에서 '나의 번지수'를
지운다든가 자신의 '복장까지도 지'운다는 등의 표현과 결의에 찬 어조
를 통해 볼 때, 이전의 삶의 태도와 흔적들을 버리고 대신에 그 빈자리
에 들어설 새로운 무엇인가를 모색하려는 의지를 드러내고 있지 않은가
하는 막연한 짐작을 할 수 있을 뿐이다. 그런데 이 막연한 짐작이 전혀
근거가 없지는 않다는 것을 다음의 지문을 통해 확인할 수 있다.

> 한 달―猛烈한 절뚝발이의 歲月―그동안에 나는 나의 性格의 序幕을
> 닫아 버렸다.
> 두 달―발이 맞아 들어 왔다.
> 呼吸은 깨끼저고리처럼 찰싹 안팎이 달라붙었다. 彈道를 잃지 않은 疾
> 風이 가리키는대로 곧잘 가는 黃金과 같은 絶頂의 歲月이었다. 그동안에
> 나는 나의 性格을 서랍 같은 그릇에다 담아 버렸다. 性格은 간데 온데가
> 없어졌다.
> 석 달―그러나 겨울이 왔다. 그러나 장판이 카스테라 빛으로 타들어
> 왔다. 얄팍한 요 한 겹을 通해서 올라오는 溫氣는 可히 秘密을 끄실를
> 만하다. 나는 마지막으로 나의 特徵까지 내어놓았다. 그리고 단 한 가지
> 才操를 샀다. 송곳과 같은―송곳 노릇밖에 못하는―송곳만도 못한 才操
> 를―果然 나는 녹슬은 송곳 모양으로 멋도 없고 말라 버리기도 하였다.

> 혼자서 나쁜 짓을 해보고 싶다. 이렇게 어두컴컴한 房 안에 標本과

같이 혼자 端坐하여 蒼白한 얼굴로 나는 後悔를 기다리고 있다.[23]

아내의 배신으로 삶의 근거를 잃은 자신을 '절뚝발이'로 규정한 화자가 그 무서운 상황에서 벗어나기 위해 가장 먼저 한 일은 자신의 '성격'을 닫아버리는 일이다. '성격의 파산'이나 '성격을 닫아버린다'는 표현이 정확히 무엇을 뜻하는지는 모호하다. 그럼에도 불구하고 이 진술 역시 친구들의 머릿속에서 '나의 번지수'를 지운다든가 자신의 '복장까지도 지'운다는 등의 표현과 동일한 의미망을 형성하는 것으로 판단된다. 즉 변화된 상황에 맞추어 기존의 삶의 태도와 자세를 버리고 폐기하려는 의지의 표명으로 보인다. 그러한 시도는 계속되어서 '나는 나의 性格을 서랍 같은 그릇에다 담아 버렸다. 性格은 간데 온데가 없어'지게 되고 더 나아가 화자는 '나는 마지막으로 나의 特徵까지 내어놓았다'까지 말할 수 있게 된다. '특징'이라는 단어가 구체적으로 무엇을 의미하는지 역시 불분명하지만 전후 문맥을 살펴보면 '성격'보다 더 깊이 잠재해 있는, 지우고 버리기가 더 힘든 무엇이라고 유추할 수 있다.

「불행의 실천」에서 작중 화자는 바깥 세계로부터 자신을 철저하게 고립시킨 채 자신의 내부에 있는 무엇인가를 마지막 한 점까지 지우거나 비우는 혹은 닫아버리는 작업을 수행하는 모습으로 나타난다. 게다가 그 작업은 굉장한 열기를 내뿜으며 '맹렬'하게 진행되는 싸움처럼 진행된다. 그러면서도 행복하거나 희망에 찬 밝은 분위기는 전혀 찾아볼 수 없고 무척 비장하면서 음울하기까지 한 어조를 동반한다. 이런 저런 정황을 고려했을 때 결국 이 모든 진술들을 통해 화자가 표명하였던 것은 가족의 세계로부터 철저하게 물러나고 퇴거하려는 의지인 듯하다. 화자에게 아내와의 결혼생활은 '불행한 계승'을 강요하는 가족과 육친의 세계로부터 자신을 지키는 방어막의 역할을 하는 곳이었다. 그런데 아내

---

23) 『전집 2』, 203면.

의 배신으로 그 방어막이 무너지면서 화자는 아무런 보호 장치 없이 가족의 세계로 다시 편입되어야 하는 상황에 몰리게 되었고, 그 상황에서 자신을 지키기 위해 아무도 건드리거나 해치지 못하도록 자신을 철저하게 고립시키고 유폐시키는 방법을 택했다는 것이다. 그러기 위해서는 자신의 행방이 알려지지 않아야 하므로 '성격'을 닫고, '특징까지 내어놓고', '번지수'를 지웠으며 '복장'까지도 지운 것인데, 이 모든 행위는 끊임없이 화자를 위협하는 가족의 세계로부터 자신을 지켜내는 유일한 수단이기 때문에 절박하고 격렬한 양상을 띨 수밖에 없었다고 할 수 있다.

그런데 지우고 비우고 닫는 것이 그야말로 아무 것도 낳지 못하는 불모의 행위만은 아니었다. 화자가 '마지막으로 나의 特徵까지 내어놓았'을 때 그는 '단 한 가지 才操를 샀다. 송곳과 같은―송곳 노릇밖에 못하는―송곳만도 못한 才操'를 살 수 있었다. 그리고 화자는 그 '송곳과 같은―송곳 노릇밖에 못하는―송곳만도 못한 才操'로 '혼자서 나쁜 짓을 해보고 싶다'고 말한다. '송곳과 같은―송곳 노릇밖에 못하는―송곳만도 못한 才操'가 무엇인지, 그 재주로 할 수 있는 '나쁜 짓'이 무엇을 말하는지를 밝힐 수 있는 단서나 설명은 어디에서도 찾을 수 없다. 그럼에도 불구하고 화자가 말하는 '송곳과 같은―송곳 노릇밖에 못하는―송곳만도 못한 才操'는 화자와 분리되지 않은 채 등장하는 작가 이상 자신의 문학행위를 지칭하는 것으로 읽힌다. 다음의 지문 역시 마찬가지이다.

> 나는 닭도 보았다. 또 개도 보았다. 또 소 이야기도 들었다. 또 外國서 섬그림도 보았다. 그러나 나는 너이들에게 이 幸運의 열쇠를 빌려주려고는 않는다. 내가 아니면은―보아라 좀 오래 걸렸느냐―이런 것을 만들어 놓을 수는 없다.[24]

---

24) 『전집 2』, 201면.

「불행의 실천」 전체에 해당하는 것이기는 하지만 특히 위의 인용문에서는 화자와 작가 이상이 구분되지 않는다. 인용문에서 둘은 동일인물이며 위의 발언은 이상 자신의 것임에 틀림없다. 그리고 여기에서 그가 말하는 '이런 것' 역시 바로 자신의 문학행위 혹은 자신의 작품을 가리키는 것으로 보인다.

그렇다면 「공포의 기록」은 문학행위에 대한 작가 이상의 자기규정을 비교적 명료한 형태로 담고 있다고 할 수 있다. 이상은 자신의 문학행위를 가족과 육친의 세계로부터 자신을 지키기 위해 '마지막으로 나의 特徵까지 내어놓'고 얻은 '송곳과 같은—송곳 노릇밖에 못하는—송곳만도 못한 才操'로 정의했다는 것이다. 그에게 문학은 아내라는 마지막 방어막조차 없이 대면하게 된 가족의 세계로부터 자신을 지켜 줄 수 있는 최후의 '송곳과 같은 재주'였고, 가족의 세계에 들키지 않기 위해 '어둠 컴컴한 房 안에 標本과 같이 혼자 端坐하여 蒼白한 얼굴로' 혼자서 몰래 꾸미는 '나쁜 짓'이었다.

5. 맺음말

「공포의 기록」이라는 같은 제목을 갖고도 각각 수필과 소설로 분류되어 왔던 두 편의 글의 글을 살펴보았다. 다른 장르로 분류되어 왔지만 사실 두 글은 동일한 경험을 동일한 방식으로 담고 있다는 점을 확인할 수 있었다. 좀 더 구체적으로 말하면 수필로 분류되었던 「공포의 기록」이 문제 삼았던 체험을 좀 더 확장하여 그려냈던 작품이 소설로 분류되었던 「공포의 기록」임을 알 수 있었다.

「공포의 기록」에서 작가 이상이 기록하였던 것은 어떻게든 도망하고

자 했지만 끝끝내 벗어날 수 없었던 가족과 육친의 세계에 대한 공포였다. 그에게 가족은 내부에서 자신을 지배하고 조종하면서 자유로운 삶을 불가능하게 만들었던 모든 힘들의 상징이었다. 현실세계에서는 그 억압적인 힘으로부터 도저히 벗어날 수 없다는 사실을 확인하게 된 결정적인 사건을 담아낸 것이 바로 「공포의 기록」이었다. 또한 바로 그 지점에서 작가 이상이 최후의 대안으로 선택한 것이 바로 문학이었다는 사실을 「공포의 기록」은 보여준다. 이상에게 문학행위가 어떤 의미를 갖는지, 그가 문학을 어떻게 이해하였는지를 「공포의 기록」을 통해 확인할 수 있는 것이다.

「첫번째 放浪」—"삶의 새로운 의의와 광명" 찾기

고 현 혜*

1. 이상과 '방랑'

　「첫번째 방랑(放浪)」은 이상의 성천 기행과 관련된 체험을 기록한 글이다. 「산촌여정」, 「이 아해들에게 장난감을 주라」, 「어리석은 석반」, 「모색」, 「무제(初秋)」, 「권태」, 「첫번째 방랑」 등은 모두 성천 관계 수필들인데, 이 중 「첫번째 방랑」은 성천으로 향하는 기차여행과 산촌 체험의 내면 기록이라는 점에서 성천 관계 글들의 토대를 이루는 작품으로 추정된다.[1] 성천 기행은 이상의 몇 안 되는 여행 체험 중에서도 중요한 위치를 차지한다. 이상의 여행체험이란 크게 도시체험과 농촌체험으로 구

---

* 국민대학교 강사. 대표 논문으로 「이상문학의 상호텍스트성 연구」, 「이상의 「동해」와 '공통감각(共通感覺)'으로서의 '촉각'」 등이 있음.

[1] 이상의 미발표 일문원고인 「첫번째 방랑」은 조연현에 의해 발굴되어 『문학사상』(1976년 7월호)에 번역(유정 역), 소개되었다. 자료조사 연구실 팀은 「권태」, 「산촌여정」 계열의 작품인 「첫번째 방랑」이 「산촌여정」(≪매일신보≫, 1935)의 전편에 해당하는 것으로 1933년쯤 씌어진 것으로 추정하고 있다(『문학사상』 통권46호, 문학사상사, 1976. 7, 220면).

분할 수 있는데, 이상의 농촌체험을 대변하는 것이 성천 체험이다. 서울 토박이인 이상의 외부여행이란 순서대로 꼽아본다면 황해도 배천(白川) 온천(1933년), 인천과 성천(1933-1935년 사이), 동경(1936년) 여행이 전부인데, 전원으로서의 시골체험이란 성천 여행이 유일하기 때문이다. 그래서 이상은 「첫번째 방랑」의 제목에서 알 수 있듯, 성천 여행의 시발점에서 자신의 여행이 '첫 번째 방랑'이 될 것임을 명시하고 있다.

목적 없이 무작정 떠도는 '방황'과 달리 '방랑'의 의미망은 폭 넓다. 정한 곳 없이 이리저리 떠돈다는 면에서는 동일하지만 '방랑'에는 '방황'과 달리 여행의 목적이 있다. '방랑'을 의미하는 'boheme'는 국명인 보헤미아에서 파생된 단어로, 보헤미아 사람들을 뜻했다. 자신들의 나라를 떠나 유럽 전역을 떠도는 보헤미아 민족들의 이미지는 18세기 초까지 방황과 약탈, 폭력과 잔인함이라는 부정적인 의미를 지칭했지만, 이후 속세의 관습이나 규율에서 벗어나 자유분방한 삶을 사는 시인이나 예술가의 이미지로 탈바꿈한다. 곧 항상 새로운 것을 찾아 미지의 세계를 탐험하고 개척하려는 성향을 지닌 예술가들의 의지와 자유를 상징하게 된 것이다. 그래서 '방랑'이라는 단어에는 기존의 모든 관습과 체계, 속세의 생활과 규율, 낡은 사고들을 벗어나려는 자유분방한 예술가들의 방랑생활과 방식, 그들의 자유로운 정신세계가 함축되어 있다.[2]

서양 문학에서 '방랑 시인'을 대표하는 인물은 괴테와 랭보 등을 비롯해 무수히 많다. 동양 문학에도 적지 않은 방랑 시인들이 존재하는데, 중국의 '이태백'과 한국의 '김삿갓' 등이 그들이다. 물론 이들 작가들을 한계 지웠던 현실의 문맥과 그들의 방랑의 열망과 체험은 저마다 달랐지만, 근본적으로 이들은 모두 숨 막히고 폐쇄적인 현실 너머의 새로운 세계로의 지향을 삶과 문학에서 끊임없이 추구했다는 점에서 '방랑 시

---

2) 곽민석, 「방랑의 시인 랭보-「나의 방랑 Ma Boheme」을 중심으로」, 『인문과학』 제83집, 연세대학교 인문과학연구소, 2001. 12, 31면.

인’이라는 이름에 값한다고 할 수 있다. 그렇다면 이상은 어떠할까. 이 상은 괴테처럼 스스로를 ‘방랑자’라 칭하지도 않았으며, 세계를 주유(周 遊)한 랭보처럼 ‘바람 구두를 신은 사나이’라는 별명도 없었다. 또한 이 태백이나 김삿갓처럼 전국 각지를 방랑해보지도 못했다. 하지만 이상의 삶은 광의의 관점에서 본다면 여행으로 시작해 여행으로 끝났으며, 그 의 문학의 대부분은 여행체험과 직·간접적으로 결부되어 있다. 또한 그의 삶과 문학은 어느 한 곳에 머물러 있지 않고 항상 무언가를 향해 나아가려 했다는 점에서 방랑자의 것이라 할 수 있다.

이상은 세 살 때 보수적인 큰집의 양자가 되어 집을 떠나 20년 동안 진정한 의미의 고향을 상실한 채 생활한다. 20년 후에야 집으로 돌아오 지만 그를 기다리고 있는 것은 가난한 현실과 어깨를 짓누르는 장자로 서의 책임뿐이었다. 어디에도 안주하지 못했던 이상은 생활에의 무능, 폐결핵, 사랑의 고통, 문학적인 한계 상황 등에 시달리다 동경행을 결심, 동경에서 최후를 마친다. 이상의 짧은 생은 그 자체가 ‘길’에서 시작해 ‘길’ 위에서 끝난 셈이다. 이것은 이상의 문학적 상황과도 긴밀한 관련 을 맺는다. 폐결핵 요양 차 간 배천 온천은 이상 연애소설의 체험적 바 탕을 이루는 금홍과의 인연의 장소였으며, 카페 <학> 경영의 실패, 금 홍의 가출과 귀가의 반복, 권순옥과의 실연 이후 여행한 경성고등학교 동창생 원용석의 고향 성천은 이상 수필의 대부분을 차지하는 체험을 제공한다. 또한 변동림과의 결혼으로도 안주하지 못한 채 향하게 된 동 경은 그의 말기 소설들과 동경, 성천 관계 수필들의 탄생지가 된다.

따라서 이상의 삶과 문학은 그 자체로 ‘길’ 위에 선 방랑자의 삶과 문 학이었다고 말할 수 있다. 그럼에도 이상에게는 ‘천재’ 혹은 ‘이인(異人)’ 으로서의 이미지가 강렬하게 덧씌워져 있는 탓에 ‘방랑 시인’으로서의 이상은 상대적으로 주목받지 못한 부분이다. 게다가 「첫번째 방랑」은 시와 소설에 비해 상대적으로 연구가 부족한 이상 수필 중에서도 미발표 창작 노트에 수록된 글로 문학적 완성도가 떨어진다는 이유로 문학적 논의의 대상에서 제외되곤 했다.[3] 이 글은 이상이 처음으로 자신의 여행에 '방랑'이라는 이름을 붙인 수필, 「첫번째 방랑」에 나타난 여행을 살펴보고 그 의미를 천착해보고자 하는 시도이다.

2. "모파상式" 여행

「첫번째 방랑」은 <출발(出發)>과 <차창(車窓)>, <산촌(山村)>이라는 세 장으로 구성된 기행문이다. <출발>에서는 야행열차 안에서의 만남과 상념을, <차창>에서는 모두 잠든 밤기차 안에서 홀로 깨어 있는 서술자의 사색과 자다 깨다하는 몽중상태에서의 혼란스러운 경험을, 마지막 장인 <산촌>에서는 북쪽의 어느 산촌을 객관적으로 묘사하면서 그곳에서의 체험과 사념을 그려낸다. 「첫번째 방랑」의 표피만 살펴본다면, 이 글은 북쪽으로 향하는 야행 기차 여행과 어느 산촌—성천으로 추정됨—에서의 체험을 기록한, 초현실적 의식의 흐름 수법이 동원된 내적 독백 형식의 기행문에 해당한다. 그러나 이 글과 상호 관련을 맺고 있는 성천 기행문인 「산촌여정」이[4] 화려한 수사 이면에 비극적인 사회문화적, 식

---

3) 최근 들어 「첫번째 방랑」에 관한 논의가 시도되고 있다. 조해옥은 조연현이 발굴한 이상의 성천 관계 글들인 「산촌여정」과 「어리석은 석반」, 「첫번째 방랑」의 관계를 밝혔으며(조해옥, 「이상 수필과 조연현 발굴원고 비교 연구」, 『이상 산문 연구』, 서정시학, 2009, 63-95면), 이보영은 「첫번째 방랑」을 반체제적 저항성이 짙은 수필로 논했다(이보영, 「문학을 통한 반체제적 저항—이상 수필의 경우」, 『수필과 비평』 2007년 3/4월호, 수필과비평사, 83-105면). 이보영의 논문은 「첫번째 방랑」에 관해 처음으로 심도 깊게 논의한 글이다.

4) 「첫번째 방랑」과 「산촌여정」의 상호관련성에 대해서는 조해옥의 글(「이상 수필과 조연현 발굴원고 비교 연구」, 『이상 산문 연구』, 서정시학, 2009, 63-95면)이 도움이 된다.

민지적 상징성을 깔고 있듯이, 「첫번째 방랑」 또한 여행자의 시선과 태도, 상념과 환영들 이면에 식민지적 상황의 암담함, 불안과 공포를 일깨우면서 그에 저항하고자 하는 이상의 문학적 의지를 담아내고 있다. 이를 명확히 밝히기 위해서는 「첫번째 방랑」에 나타난 이상의 의식의 흐름을 면밀히 살펴보아야 한다.

<출발>에서는 야행열차의 승객인 이상과 한 일본인 사내의 대립적인 관계가 중점적으로 그려지면서 이상의 여행의 목적과 체제에 대한 비판, 방랑에의 열망이 상징적으로 드러난다. 이상이 기차 안에서 만난 ‘그’는 만주행 여행객이다. ‘그’는 아무하고도 말하고 싶지 않은 이상에게 “나그넷길엔 길동무”라는 일본 속담을 언급하며, 자신의 멀고도 먼 만주행에 관해 늘어놓는다. ‘그’는 “스피이드업한 國際列車”에 대한 동경도 빠뜨리지 않고 드러낸다.

> 나그넷길엔 길동무─어쩌고 하면서, 그는 자진해서 그의 滿洲行 이 얼마만큼 長途의 旅行인가를 설명한다.
> 京城 新義州 六時間 하고도 二十分, 스피이드업한 國際列車 아니고선 그를 滿足시킬 수는 없다고 그런다.[5]

이상의 아이러닉한 시선에 비친 ‘그’의 모습은 다음과 같다.

> 通化는 시굴이라고들 한다. 그리고 아직껏 위험하다고들 한다. 그는 陣刀 모양의 끈 달린 지팡이를 가지고 있었다. 나는 그것이 금새 칼집에서 불쑥 알맹이를 드러내는 것이나 아닌지 겁이났다. 나는 또 그에게 阿片을 본 적이 있느냐고 물어보았다. 그가 어떤 대꾸를 했는지, 그건 잊어버렸다.
> 그─그는 작달막하고 이쁘장하게 생긴 사나이다. 眼鏡 쓰는 걸 머리에 포마아드 바르는 것처럼이나 하이칼라로 아는 그는 바로 요전까지

---

5) 이상, 「첫번째 放浪」, 『정본 이상문학전집 03─수필 기타』, 소명출판, 2005, 176면.

鐘路의 金融組合에 勤務하고 있었단다. 그가 나를 어떻게 생각하고 있는
지는 모르지만, 나는 그를 아주 사람 좋고 순진하고 인정이 넘치는 사
람인 줄 알고 있다. 그를 멸시할 생각도 자격도 나에겐 추호도 있을 수
없다.
    그리고 그는 현재 滿洲의 通化라는 곳에 轉勤해 있다고 하지 않는가.[6]

‘그’는 종로의 금융조합에서 근무하던 이로 만주의 통화(通化)－한반도
와 가까운 위치에 있는 중국 길림성의 도시－로 전근 가는 길이다. 만주
통화는 1932년 일제에 의해 위성국가인 만주국이 세워진 도시로 일제의
금융 식민지화 정책이 진행된 곳이다. 따라서 ‘그’는 일제의 만주 금융
식민지화 정책의 진행과 업무를 위해 파견된 인물일 가능성이 높다. 이
상은 ‘그’가 군인이 차는 칼(軍刀)인 “陣刀 모양의 끈 달린 지팡이”를 지
니고 있어 큰 공포를 느꼈다고 고백한다. 종합해 볼 때, ‘그’는 단순히
“작달만하고 이쁘장하게 생긴” 만주행 여행객이 아니라 “陣刀 모양의
끈 달린 지팡이”의 폭력과 “스피이드업한 國際列車”의 기계적인 문명의
속도로 세계를 식민지화하려는 일본 제국주의 세력의 일원임을 알 수
있다. 그럼에도 이상은 “나는 그를 아주 사람 좋고 순진하고 인정이 넘
치는 사람인 줄 알고 있다. 그를 멸시할 생각도 자격도 나에겐 추호도
있을 수 없다”고 전제하는데, 이 언술 속에서 식민지 지식인이 놓여 있
는 제약과 공포와 불안이 읽혀진다. 물론 이 반어적인 언술의 진의는 일
본 제국주의 체제에 대한 조롱과 풍자이다. 이를 설명하기 위해서는 이
상의 위의 언술과 ‘그’가 말한 “나그넷길에 길동무”라는 일본 전통 속담
을 겹쳐 놓을 필요가 있다. 이상은 근대 일본의 제국주의 세력을 대변하
는 ‘그’를 멸시하기 위해 ‘그’가 발화한 일본의 전통 속담 “나그넷길엔
길동무, 세상엔 인정(旅は道ぺれ, 世はなさけ)”을 끌어온다. 일본 전통의 세

---

6) 이상, 「첫번째 放浪」, 위의 책, 174면.

계에는 인정이라는 것이 있었는데, 식민지 개척에 열을 올리는 근대 일본인들은 결코 "사람 좋고 인정이 넘치는 사람"들이 될 수 없다는 것이다. 그들은 본연의 세계를 잃어버리고도 그 사실조차 모르는 천치와 같다는 이상의 숨겨진 언설이 이를 통해 발화된다.

'그'는 또한 이상이 알고 있는 "순진한" 사람이 결코 아니다.

> 오랜만에 돌아온 京城은 정답기 그지없다고 한다. 京城을 떠나고 싶지 않다. 카페, 그리고 脂粉냄새도 그득한 바아하며 참으로 뼈에 사무치게 좋다는 게다. 通化는 시굴이라 娛樂機關—그의 말을 따르면—같은 것이 통 없어서 쓸쓸하단다.
>
> 나는 그의 말에 일일이 고개를 끄덕여 보였다. 실상 나는 그 방면의 일은 제법 잘 알고 있을 것 같으면서 조금도 그렇지 못한 것인데, 그는 자꾸만 그런 것에 대해 固有名詞를 손꼽아 대곤 나를 깜짝깜짝 놀라게 하는가 하면, 또 나아가서는 斯計의 從業者인 나보다도 이처럼 많은 것을 알고 있다는 걸 뽐내보임으로써, 그 天生의 道樂癖에다 如何히 달콤한 優越感을 더해볼까 하는 속셈인 것 같으나, 나는 또 나로서 사실 말이지 그의 여러 가지 이야기에 고분고분 敬意를 표하지 않을 수 없는 노릇이었다.
>
> 그의 그 하찮은, 한번에 三圓 정도의, 좀더 소규모로는 五六十錢의 道樂은 정말 싫증나는 법이 없는가 보다. 그는 또 무엇보다도 錦繡江山으로 이름난 平壤에 한나절 놀고 싶노라고도 했다. 平壤妓生은 예쁘다. 하지만 노는 상대는 어쩐지 妓生은 아닌상 싶었다.[7]

'그'는 오락사업인 카페나 다방을 경영했던 이상조차 제대로 알지 못하는 경성의 "娛樂機關", 곧 일제가 '근대적인' 산업의 형태로 조선에 이식한 매춘업에[8] 관해 능통한 인물이다. 또한 '그'는 매춘을 "天生의 道

---

7) 이상, 「첫번째 放浪」, 위의 책, 174-175면.
8) 일찍부터 공창제를 운영하고 있던 일본은 조선을 식민지로 만들면서 그들의 필요와 관행에 따라 '안전하고' '근대적인' 산업의 형태로 매춘업을 대대적으로 이식한다. 청·일전쟁과 러·일전쟁 등을 거치면서 조선의 일본인 거류지나 개항장, 일

樂癖"으로 일삼는 속물적인 사내다. '그'는 자신의 "道樂癖"을 자랑하며 만주행의 여정을 이상에게 장구하게 늘어놓는다. 그런데 이러한 '그'에 비해 이상은 자신의 여행에 대해 감히 말하지 못한 채 독백으로 얼버무릴 수밖에 없다. 왜냐하면 이상의 성천 기행이란 "모파상式"이기 때문이다. 이상은 이를 '그'에게 어떻게 설명해야 할지 몰라 입을 다물고 초초해한다.

> 나의 旅行은 진실로 모파상식이라는 것을 그에게 설명해 주고 싶다. 허나 나의 혼탁한 頭腦는 그것을 어떻게 설명해야 좋을지 엄두가 나지 않는다. 나는 입을 다물고 그저 무턱대고 초조해 하는 수밖엔 없다.9)

모파상의 문학적 특징을 감안해 볼 때, "모파상式"이라는 것은 사실 그대로를 객관적으로 그려내는 것을 의미할 것이다. 이상은 일제의 농공업 정책에 의해 피폐화 된 조선 농촌의 현실을 사실 그대로 그려내기 위해 여행을 하고 있다고 금융조합의 간부에게 감히 말할 수 없었을 것이다. 하고 싶은 말을 어떻게 말해야 할지 몰라 입을 다물고 초초해 하는 이상의 모습에서 일제의 시선을 비껴 살아남고자 했던 식민지 작가의 모습을 읽어볼 수 있다. 이상은 일제의 검열과 통제의 칼날을 비껴가는 방법으로 모파상의 문학적 방법을 상호텍스트로 활용, 자신의 진의를 효과적으로 전달한다.10)

본군 주둔지를 중심으로 매춘업은 급속도로 성장하였고, 일본은 더 나아가 창기와 매춘업을 공식적으로 허가하는 규칙을 마련해 유곽이라는 합법적인 매매춘의 공간을 활성화시키기에 이른다. 조선의 여성들은 생계로 인해 쉽게 매매춘에 빠지고 말았고 조선에서의 매매춘은 급속도로 증가했다. (이정희, 「'성매매산업' 시초가 된 일제의 '근대적' 공창」, 『(남북이 함께하는 통일전문지) 민족21』 85호, 민족이십일, 2008. 4, 154-159면 참조)

9) 이상, 「첫번째 放浪」, 앞의 책, 175-176면.

10) 이보영은 「첫번째 放浪」의 열쇠말로 "나의 여행은 모파상式"이라는 구절에 주목, 이 구절이 모파상의 여행기, 알제리 원주민의 생활을 통해 프랑스 식민통치의 목

그런데, 이러한 이상의 “모파상式 여행”은 이전의 “모든 것을 잊어버리”고 “자신을 暗殺하고 온 나처럼, 내가 나답게 행동하는 것조차도 禁止되지 않으면” 안되는 여행이다.[11] 그것은 기차 안에서 일본의 대중잡지 『킹구(キング)』(1925~1945)―일본에서 최대 발행부수를 자랑함―를 열심히 읽는 ‘그’와 달리 자기 자신이나 자기다움을 온전히 말살해야만 가능한 여행이다. 그래서 이상은 자기말살의 의지로 일본의 문화잡지 『세르팡(セルパン)』(1931~1941)―서양 최신의 모더니즘 예술을 소개함―에 수록된 아폴리네르(Guillaume Apollinaire, 1880~1918)의 소설을 읽는다. 파격과 대담한 시도로 전위적인 예술세계를 펼친 ‘방랑 시인’ 아폴리네르가 제1차 세계대전에 참전했다 부상으로 파리에 돌아와 쓴 상징적인 소설 『피살된 시인 Le Poete assassine』(1916)―주로 ‘학살당한 시인’으로 번역됨―이 바로 그것이다.

> 『세르빵』을 꺼낸다. 아뽈리네에르가 즐겨 쓰는 테에마 小說이다. 「暗殺 당한 詩人」 나는 神秘로운 古代의 냄새를 풍기는 主人公에게서 「벵께이」를 聯想한다. 그러나 그것은 詩人이기 때문에, 浪漫主義者이기 때문에, 저 벵께이와 같이―결코―華麗하지는 못할 것이다.[12]

이 소설의 주인공인 시인 ‘크로니아몽탈(Croniamontal)’은 무정한 애인과 허망한 시대의 피해자로, 천한 속인들의 돌에 맞아 타살되는 불우한 천재이다. ‘크로니아몽탈’의 운명은 아폴리네르의 운명과도 겹쳐지는데, 그를 전선으로 내몰고, 두부에 총상을 입혀 끝내 실제적인 죽음에 이르

적을 고발한 『태양 아래서』와 프랑스 근처 바다에 면한 휴양지들의 여행경험을 그리면서 군국주의의 죄악을 강조한 『물의 위』에서 드러난 모파상의 반식민주의적 인도주의를 함의한다고 지적한다(이보영, 「문학을 통한 반체제적 저항―이상 수필의 경우」, 앞의 책, 93면 참조).
11) 이상, 「첫번째 放浪」, 앞의 책, 177면.
12) 이상, 「첫번째 放浪」, 앞의 책, 177면.

게 한 것은 님므 주둔 포병대에 배속 중 만난 루(Lo)라는 여인의 교태와 변덕, 제국주의 열강들이 벌인 제1차 세계대전이다. 이상은『피살된 시인』의 주인공 '크로니아몽탈'에게서 자기 자신을 보지만, 자신의 죽음이 결코 수동적이 되기를 원치 않는다. 이상은 피살된 '크로니아몽탈'을 통해 스스로를 상징적으로 살해한 '방랑 시인' 아폴리네르처럼, 자신의 모든 것을 적극적으로 말살하고자 하는 의지를 미묘한 번역상의 문제로 드러낸다. 불어에서 'assassin'은 교살자·살인자·암살자를, 'assassinat'는 살인·살해·암살을 뜻하는 단어이다. 동사형인 'assassiner'는 살인하다·암살하다·살해하다를 의미한다. 그래서 'Le Poete assassine'에 대한 번역은 '살해된 시인', '암살당한 시인' 모두 가능하다. 한국어에서 '살해'와 '암살'은 모두 '타살'을 의미한다는 점에서 공통되지만, 미묘한 차이를 갖고 있다. '살해'는 단순히 '사람을 해치어 죽임'을 의미하지만 '몰래 죽임'을 뜻하는 '암살'은 정치적·사상적 이유, 개인적인 이유 등이 동기가 되어 일정한 목적 하에 몰래 살해하는 행위를 가리킨다. 소설의 내용을 감안할 때 'Le Poete assassine'에 대한 적절한 번역은 '피살된 시인'이다. 자신의 시 작품에 불어를 구사하기까지 할 정도로 불어에 지식이 있던 이상은 '피살'을 일부러 '암살'로 바꿔 번역한다.

이상의 "모파상式" 여행이 적극적인 자기 말살의 의지로 출발한 방랑의 여정임은 일본 최고의 호걸 무사시보 벤케이(武藏坊弁慶, 1155~1189)에 대한 동경의 시선을 통해서도 드러난다. 벤케이는 일본 헤이안 시대 말기, 가마쿠라(鎌倉) 시대 초기의 무장으로 미나모토 요시쓰네(原義經, 1159~1189)와 함께 일본의 대표적인 영웅으로 손꼽히는 인물이다. 태어날 때부터 무시무시한 괴력을 자랑하던 벤케이는 태어나자마자 일본 불교의 본산이라 할 수 있는 히에이잔(比叡山)에 맡겨져 불문(佛門)에 들어가 수행, 하산하여 무사 수행의 길을 떠난다. 수년 후 교토에 올라온 벤케이는 장난삼아 1천 자루의 칼을 수집하기로 결심한 후 밤마다 행인들과 결투를 벌여 999자루의 칼을 빼앗는다. 하지만 고죠오하시(五條大橋)에서 만났던 몸집이 작은 미나모토 요시쓰네의 커다란 황금 칼은 끝내 빼앗지 못한다. 요시쓰네의 움직임은 전광석화와 같아, 절정의 무예와 괴력을 가진 벤케이도 상대할 수가 없었다. 벤케이는 요시쓰네의 뒤꽁무니만 따라다니다 결국 그의 무예에 승복하고 종복이 된다. 이후 벤케이는 심기일전하여 충실한 부하로서 초인적인 헌신을 보여준다. 그 헌신의 모습이 극적으로 드러난 장면이 바로 요시쓰네와 벤케이의 최후의 장면이다. 벤케이는 요시쓰네가 그의 남다른 재능을 시기한 이복형 요리모토의 압력에 못 이긴 후지와라(藤原) 가문의 강요로 죽을 수밖에 없는 상황에서 주군에게 명예로운 죽음을 택할 시간을 벌어주기 위해 숨이 끊어질 때까지 선 채로 적의 화살을 맞으며 저항하다 최후를 맞는다. 벤케이는 뛰어난 재능을 지닌 요시쓰네에게 패배를 인정하고 그를 따른 충성된 신하였으며, 주군의 명예로운 죽음을 위해 스스로를 기꺼이 살해한 영웅이다.13)

이상은 '크로니아몽탈'이나 '요시쓰네' 같은 불우한 천재로 그치는 것이 아니라, 벤케이처럼 뛰어난 재능을 지닌 자에게 자신의 패배를 깨끗이 인정하고 심기일전해 자신의 생명을 바쳐서까지 그를 충실히 따르는 자로서 거듭나는, 적극적인 자기 말살의 여행으로써 "모파상式" 여행을 꿈꾸는 것이다. 이를 꿈꾸는 순간, 「날개」에서 그려진, 이상의 예술적 탈출의 의지이자 비약의 상징인 '날개'가14) 다시 솟아나려한다.

글자가 午睡처럼 겨드랑이 밑에 간지럽다. 이미지는 멀리 바다를 건

---

13) 사토 도시유키 외, 최수진 역, 『신검전설 2』, 들녘, 2006, 160-166면 참조.
14) "나는 불연듯이 겨드랑이 가렵다. 아하그것은 내 인공의 날개가돋았든 자족이다. 오늘은없는 이 날개, 머릿속에서는 희망과야심의 말소된페지가 띡슈내리 넘어가듯번뜩였다."(이상, 「날개」, 『정본 이상문학전집 02-소설』, 소명출판, 2005, 279면)

너 간다. 벌써 바닷소리마저 들려온다.

이렇게 말하는 幻影 속에 나오는 나, 影像은 아주 반지르르한 루바시카를 입은 몹시 頹廢的인 모습이다. 少年 같은 창백한 털복숭이 風貌를 하고 있다. 그리곤 언제나 어느 나라인지도 모를 거리의 十字路에 멈춰 서있곤 한다.

나는 차가운 에나멜의 끝이 뾰죽한 구두를 신고 있다. 나는 성큼성큼 걷기 시작한다. 얼마 후 꿈 같은 江邊으로 나선다. 江 저편은 목멘 듯이 날씨가 질척거리고 있다. 鐘이 울리는가보다. 허나 저녁 안개 속에 녹아버려 이쪽에선 영 들리지 않는다.

나처럼 창백한 얼굴을 한 청년이 헌 책을 팔고 있다. 나는 그것들을 뒤적거린다. 찾아낸다. 나까무라 쯔네의 自畫像 뎃상말이다.

멀리 少年의 날, 린사이드油의 냄새에 魅惑되면서 한 사람의 畵人은, 곧잘 흰 시이트 위에 黃疸色 피를 토하곤 했다.[15]

환영 속 날개는 이상을 바다 건너 '루바시카'의 땅, 이상이 「종생기」에서 동경해 마지않던 "欺瞞術"의 대가, 아닌척하면서 결국 "美文"과 "絶勝景槪"를 모두 다 절묘히 드러낸 작가 도스토예프스키와 고리키의[16] 나라 러시아로 데려간다. 이상이 「종생기」에서 언급한 "美文"이란 미학적인 자기반영성을 지닌 '모더니즘'을, "絶勝景槪"란 현실 반영 및 투쟁의 '리얼리즘'을 상징한다고 볼 때, 이상의 평가 속 도스토예프스키와 고리키는 모더니즘과 리얼리즘을 종합해 낸 대가들이다. 이상은 자

---

15) 이상, 「첫번째 放浪」, 앞의 책, 177-178면.
16) "美文에 견줄만큼 위태한것이 絶勝에酷似한 風景이다. 絶勝에 酷似한風景을 美文으로 飜案模寫해놓았다면 자칫 失手 溺死하기 쉬운 웅뎅이나 다름없는것이니 斂位는 아예 가까이 닥아서서는안된다. 또스토예쯔스키―나 고리키―는 美文을쓰는버릇이없는체했고 또 荒凉, 雅淡한景致를 「取扱」하지않았으되 이 의뭉스러운 어룬들은 직 美文은 쓸듯말듯, 絶勝景槪는 나올듯나올듯, 해만보이고 끝끝내 아주 활짝 꼬랑지를 내보이지는않고 그만둔 구렁이같은 분들이기 때문에 그欺瞞術은 한층 더 進步된것이며, 그런만큼 효과가 또 絶大하야 千年을두고 萬年을두고 네리네리 부즐없는 慰撫를바라는 衆俗들을 잘 속일수있은 것이다. 그렇나―"(이상, 「종생기」, 『정본 이상문학전집 02―소설』, 소명출판, 2005, 372-373면)

신이 결코 따라잡을 수 없는 이 두 작가에 대한 추종을 환영 속 자신의 모습으로 나타낸다. 그래서 환영 속의 이상은 사치스럽고 화려한("아주 반지르르한") 동시에 아주 소박한("루바시카" : 러시아 민중의 옷) 옷을 입은, 백면서생인("창백한") 동시에 떠돌이 집시("털복숭이") 같은 풍모를 한 채 "언제나 어느 나라인지도 모를 거리의 十字路에 멈춰서있곤 하는" 방랑자 소년으로 길 위에 서 있다. 환영 속 방랑자 소년인 이상은 거리를 걷다 헌책들 속에서 일본 서양화단의 귀재 나까무라 쯔네(中村彝, 1887~1924)의 자화상 데생을 발견한다. 이상은 이 자화상 그림에서 자신과 마찬가지로 폐결핵으로 고통 받으면서도 "린사이드油의 냄새에 魅惑"되어 그림 그리기에 몰두한 나머지 "곧잘 흰 시이트 위에 黃疸色 피"를 토하던 나까무라 쯔네의 모습을 연상하며 퇴색된 문학에의 정열을 다시금 일깨운다.

이상의 내면에서는 "말소된 줄 알았던 희망과 야심"[17]이 다시금 꿈틀거린다. 도스토예프스키와 고리키라는 대가들 앞에서 자신의 패배를 깨끗이 인정하고 심기일전해보겠다는 희망이, 도스토예프스키나 고리키처럼 리얼리즘과 모더니즘을 절묘히 종합해 내는 대작을 써보겠다는 야심이, 나까무라 쯔네처럼 피를 토하면서까지 제작에 몰두해보겠다는 정열이 이상을 "모파상式" 여행으로 이끈 것이다. 그래서 이상의 "모파상式" 여행이란 '모파상 닮기'에 그치지 않는다. 그것은 아폴리네르의 적극적인 자기말살의 의지가 있어야 가능한 '모파상 닮기'인 동시에 심기일전한 벤케이의 충성이 있어야만 가능한 '도스토예프스키와 고리키 닮기'이다. 또한 그것은 폐결핵이라는 죽음의 병 앞에서도 아랑곳 하지 않고 예술에 정열을 쏟은 '나까무라 쯔네 닮기'까지 함축하고 있다.

---

17) 이상, 「날개」, 『정본 이상문학전집 02―소설』, 소명출판, 2005, 279면.

3. "진짜 汽車"와 "은빛 短杖"

「첫번째 방랑」의 <출발(出發)>이 일본 제국주의에 대한 비판과 함께 "모파상式" 방랑의 목적을 제시했다면, <차창(車窓)>은 본격적으로 기차 안과 차창 밖의 암담한 풍경이 제시되면서 세상을 절망과 공포로 물들여가는 일본의 침략전쟁과 군국주의에 대항하고자 하는 작가적 의지가 내면의식을 통해 그려진다. <출발>과 <차창>, <산촌> 중 강력한 의식의 흐름 수법을 보여주는 <차창> 부분이 제일 난해한 부분인데, 이를 해독하기 위해서는 앞장 <출발>의 마지막 부분의 도움이 절실하다. 이상은 자신의 "모파상式" 여행에 대한 상징적인 설명을 마친 뒤, <출발>의 마지막에 이르러 현실적인 공간인 기차 안에서의 사념을 피력한다. <출발>에서 금융조합 간부인 '그'를 제외한다면 서술자에 의해 중점적으로 그려진 북행열차 승객은 "누이동생인 듯한 열 살쯤 난 여자아이를 데리고 있는 한 女學生차림의 얌전한 女人"[18]뿐이다. 그녀는 "가볍고 또 애처로"운 "야윈 정강이"에 "가무스레한 입술"을 지닌, "멀리 江西 근처에서 肺를 療養하는 愛人"을 떠나 온 듯한 여인이다.[19] 사과를 깎는 그녀와 그녀 곁에서 사과 껍질만 쳐다보고 있는 열 살쯤 난 소녀의 이미지는 "獨逸浪漫派의 그림처럼 光線도 어둡고 深刻한 畵面"으로 영상화된다.[20] <차창> 부분에 오면 그녀는 다른 승객들과 함께 잠들어 있다. 잠들어 있는 그녀는 치마가 속옷이 드러나는 데까지 올라가 있어 "한결 수척해 보이"는 허벅지를 드러내고 있다. 또한 "몹시 창백"하고 "슬픈 나머지 울고 있는" 듯한 얼굴을 하고 있다.[21] 나이 어린 소녀를 데리고

---

18) 이상, 「첫번째 放浪」, 앞의 책, 177면.
19) 이상, 「첫번째 放浪」, 앞의 책, 177면.
20) 이상, 「첫번째 放浪」, 앞의 책, 178면.
21) 이상, 「첫번째 放浪」, 앞의 책, 179면.

북행열차를 탄 그녀의 슬픈 얼굴과 검은 입술, 야윈 정강이와 훤히 드러
난 수척한 허벅지는 그녀가 삶의 곡절을 지니고 여행길에 올랐음을 간
접적으로 시사한다. 일제 강점기 만주로 향하는 북행열차와 곡절 있는
여인은 이용악의 시 한 구절-"북쪽은 여인이 팔려간 나라"(「북쪽」)-을
떠올리지 않더라도 '팔려가는 여인'의 서사와 어렵지 않게 이어진다.
1930년대 후기에 이르면 많은 한국인들이 남부여대하고 북행열차에 올
라탄다. 파탄상태에 빠진 농민, 먹고 살기위해 북행길에 오른 가족, 작
부로 팔려가는 여인 등이 그들이었는데, 이들 중에서도 팔려가는 여인
들에 대한 서사는 민족의 치욕과 고통을 적나라하게 드러내는 장치였
다.[22] 그래서 이상은 슬픈 여인과 소녀의 묘사에 이어 "汚辱에 길든 一
族"에 관해 언급한다.

> 나는 세상 不幸을 제가끔 짊어지고 태어난 것 같은 汚辱에 길든 一族
> 을 서울에 남겨두고 왔다. 그들은 차라리 不幸을 먹고 살고 있는 것인
> 지도 모른다. 그들은 오늘 저녁도 또 맛없는 食事를 했을 테지. 不遜한
> 空氣에 땀이 배어 있을 테지.
> 나의 슬픔이 어째서 그들을 진심으로 사랑할 수 없는가? 잠시나마 나
> 의 마음에 平和라는 것이 있었던가. 나는 그들을 咀呪스럽게 여기고 憎
> 惡조차 하고 있다. 그렇지만 그들은 滅亡하지 않는다. 심한 毒素를 放射
> 하면서, 언제나 내게 거치적거리며 나의 생리에 파고들지 않는가.[23]

"汚辱에 길든 一族"은 표면적으로 이상이 서울에 남겨두고 온 가난에
찌든 무능하고 무력한 친부모와 형제들을 가리킨다. 그러나 그들은 "不
遜한 공기"에 땀이 밴 채 "오늘 저녁도 또 맛없는 食事"를 해야만 하는,
"세상 不幸을 제가끔 짊어지고 태어난 것"처럼 오욕에 길들여진, 일제강

---

22) 오양호, 「일제강점기 북방파 시에 나타난 시의식 고찰 1」, 『한국문학논총』 제35
집, 한국문학회, 2003. 12, 163-185면.
23) 이상, 「첫번째 放浪」, 앞의 책, 178-179면.

점기 조선의 민중들을 대변한다. 이상은 오욕에 길든 삶을 살 수밖에 없
는 민족의 운명을 "咀呪스럽게 여기고 憎惡조차" 하지만, "汚辱에 길든
一族"의 운명은 이상 자신의 것이기도 하다. 이상은 결코 벗어날 수 없
는 자신의 생리(生理)를 확인한 후 "汚辱에 길든 一族"의 저주스런 운명
을 낳은 존재를 '공포'를 통해 실체화한다.

「첫번째 방랑」에서 드러난 공포는 크게 두 가지로 나눠진다. 하나는
"北緯를 달리는 夜行列車"·특급열차 "히까리 號"와 관련된 공포이고 다
른 하나는 금융조합 간부의 "陣刀 모양의 短杖"이 낳는 공포이다. 일본
식민지 경영의 첨병인 기차와 일본 군 헌병과 순사 및 교원들이 허리에
찼던 칼은 일제 강점기 일본의 군국주의와 제국주의를 대표하는 상징물
이다. 이상은 이 두 상징물이 이 땅에 낳은 공포를 예각적으로 드러내면
서 근대 일본의 제국주의와 군국주의에 대한 비판을 가한다.

일본은 '제국의 생명선'인 만주에서 영향력을 확대하기 위해 일본 본
토와 만주를 접속시키는 교통 인프라를 가장 빠른 시간 내에 구축하는
것을 지상과제로 삼았고, 경부선과 경의선은 이를 어느 정도 충족시켰
다.24) 그러나 열차, 특히 북행 열차들은 조선의 민중들에겐 단순한 교통
기관이 아니라 식민지 침략과 수탈의 "무서운 咀呪의 실마리"를 퍼트리
는 공포의 대상이었다. 경의선은 조선에 내려진 "무서운 咀呪의 실마리"
를 이끌고 신의주로, 만주로 향한다.25)

---

24) 노형석,『모던의 유혹, 모던의 눈물—근대 한국을 거닐다』, 생각의나무, 2004, 21면.
25) "선박이나 기차는 단순한 교통기관에 불과하지만, 이를 통해 근대적 시간감각과
　　세계라는 공간감각, 그리고 자기가 속한 세계상이 직조된다는 차원에서 매우 중
　　요한 근대의 미디어라고 생각할 수 있다. 또한, 이런 기계문명의 매체와 네트워크
　　가 확장되고 수용되는 경로는 곧바로 제국주의가 확장되고 식민지가 형성되는
　　경로와 일치한다. (…중략…) 식민지 조선에서 철도는 남행과 북행으로 나뉜다.
　　서울의 남대문에서 출발해 부산을 거쳐 관부연락선을 통과하고 다시 일본 내에
　　서 주로 대판, 횡빈으로부터 동경까지 이르는 철도의 여로가 남행열차이다. 반면
　　남대문에서 출발해 한반도의 북쪽지역을 통과하면서 압록강철교를 건너 봉천역
　　까지의 여로가 북행열차의 여로이다. (…중략…) 대부분의 일본으로의 여로가 재

> 지금 夜行列車는 北緯를 달리고 있다. 무서운 咀呪의 실마리가 엿가락
> 처럼 이 列車를 쫓아 꼬리가 되어 뻗쳐온다. 무섭다, 무섭기만 하다.26)

더 나아가 부산에서 만주, 중국 봉천 간을 운행한 특급열차 '히까리 (光)호'는 가공할만한 속력으로 "무서운 咀呪"를 실어 나른다. 그래서 이상은 이 특급열차의 속력을 "絶倫的"이라 표현한다. 물론, 만주행 여행객인 '그'가 말한 것은 시간 단축을 위해 순서대로 거쳐야 하는 역들마저 최소한으로 제한한 특급열차의 속도를 지칭한 것이다. 그러나 '그'의 이러한 언술을 전달하는 이상의 표현에는 '히까리 호'의 특급 속도가 비인류적인 것임이 함의되어 있다. 근대 일본의 야망 실현을 앞당겨줄 특급열차의 속도란 일본의 제국주의와 군국주의가 낳은 휴먼 코스트 (Human cost)와 비례하기 때문이다.

> 나는 毛骨이 송연했다. 보아선 아니된다. 나는 또 무슨 慘酷한 광경을
> 目睹한 것일까. 그런 생각을 하고 있자니까 내 귀에 山 같은 것이 무너
> 져 떨어졌다.
> 　내 귀는 멀어 있었던가. 그것은 南行의 國際特急인 것 같았다. 그렇다
> 치더라도 내 귀는 멀어 있었던가. (…중략…) 내 곁의 그는 (…중략…)
> 나를 향해 지금 엇갈려 간 열차는 「히까리」가 분명하다가 말하는 것이
> 었다. 나는 그렇구말구 하듯 끄덕여 보였다. 그는 만족한 듯 그 「히까
> 리」號의 速力이 어떻게 絶倫的인 것인가에 대해 그의 체험을 이야기했
> 다. 그것은 얼마나 드물게 밖엔 停車하지 않는가에 의해 證明되는 것이
> 라고 한다.27)

학 중인 유학생들의 방학 중의 귀가나 복귀를 대상으로 함에 비해 이 북행 열차는 같은 유학생 지식인의 글이라 해도 취직이민에 가까운 성격을 나타낸다. 이런 성격은 한반도의 북쪽 지역을 통과하면서 기차에 오르는 같은 동포들의 이주를 남다른 눈으로 보게 만든다."(차혜영, 「1920년대 해외 기행문을 통해 본 식민지 근대의 내면 형성경로」, 『국어국문학』 137, 국어국문학회, 2004. 9. 30, 407-415면)

26) 이상, 「첫번째 放浪」, 앞의 책, 179면.
27) 이상, 「첫번째 放浪」, 앞의 책, 182-183면.

"北緯를 달리는 夜行列車"든 특급열차 "히까리 號"든 그것은 완행과 특급으로만 구분될 뿐, 동일한 근대 일본의 제국주의와 군국주의의 강력한 선봉이었다. 이상이 보기에 "무서운 咀呪"를 실어 나르는 완행열차와 특급열차는 모두 근대 일본의 전쟁놀이에 동원된 "장난감 汽車"에 지나지 않는다.

> 나는 內心 혀를 낼름 내밀었다. 이건 혹시 장난감 汽車인지도 모른다. 진짜 汽車는 어딘가 내 손이 결코 닿을 수 없는 偉大한 地圖 위를 달리고 있는 것이나 아닌지 그렇게 나는 생각해 보았다.[28]

세계가 제국주의 열강들의 패권다툼으로 들끓던 당시, 사람과 사람을 잇는, 문화와 문화를 잇는 "진짜 汽車"란 존재하지 않았다. 그래서 이상은 "진짜 汽車"는 그의 "손이 결코 닿을 수 없는 偉大한 地圖"에나 존재한다고 여긴다. "偉大한 地圖"의 정체를 밝히기 위해서는 「첫번째 방랑」과 상호연관을 맺고 있는 「산촌여정」의 상호텍스트의 도움을 받아야 한다. 이상은 「산촌여정」에서 금융조합 선전 활동사진회가 상영한 영화—부산 철교, 평양 목단봉, 압록강 철교가 등장함—와 금융조합 이사의 연설이 끝난 뒤 식민지 백성으로서 성천 주민과 자신의 동일성을 확인한다. 이 지점에서 일본 최초의 반근대 작가 코오다 로한(幸田露伴)의 수필 「道路」가 상호텍스트로 등장한다. 이 글은 길의 종류와 육상 교통수단의 다양한 기능들에 대해 역사적으로 개관하고, 사람들의 전쟁 중 움직임에 대해 깊은 성찰을 제시하면서 전 지구적 조화와 우애, 평화로 연결된, 버드나무와 벚꽃이 늘어서 있는 세계 횡단 철도 계획을 담고 있다.[29] 코오다 로한의 「道路」는 이상이 생각한 "진짜 汽車"가 달려야 할

---

28) 이상, 「첫번째 放浪」, 앞의 책, 183면.
29) 월터 K. 류, 「이상의 <산촌여정—성천 기행 중의 몇 절>에 나타나는 활동사진과 공동체적인 동일시」, 『李箱문학전집 5』, 문학사상사, 2001, 198-199면.

인본주의의 길을 제시한다. 그래서 이상은 「산촌여정」에서 「道路」의 제목을 “道路”가 아니라 “人의 道”-“幸田露伴博士의 지은바『人의道』라는 珍書”-로 번역한다.30) 하지만 잔인한 식민지 조선의 현실을 생각한다면 코오다 로한의 낭만적인 이상(理想)은 너무나 낙관적이다. 그래서 이상은 「첫번째 방랑」에서 코오다 로한의 세계 횡단 철도 계획을 그의 “손이 결코 닿을 수 없는 偉大한 地圖”로 표현한다.

한편, 「첫번째 방랑」의 다른 쪽에 “陣刀 모양의 短杖”이 낳는 공포가 존재한다.

> 그는 陣刀 모양의 끈 달린 지팡이를 가지고 있었다. 나는 그것이 금새 칼집에서 불쑥 알맹이를 드러내는 것이나 아닌지 겁이났다.31)

만주여행객 금융조합 간부인 ‘그’의 ‘단장’은 호신용 쇠막대기이지만 일제 강점기 일본 군 헌병과 순사, 교원들의 “陣刀 모양의 短杖”이 일깨우는 공포를 환기시킨다. 물론 일제 식민지 시기 일정 기간을 제외한다면 일본의 군 헌병대를 예외로 한 일본 순사와 교원들이 차고 다닌 칼은 날을 세우지 않은 쇠막대기였다. 그러나 이 칼로 사람의 신체를 가격하면 상해를 입힐 수 있었기 때문에 조선의 민중들과 학생들에게는 그 자체가 거스를 수 없는 권력을 지닌 공포의 대상이었다.

> 내가 앉아 있는 쪽으로 이건 또 누구일까, 다가오는 기척이 난다. 나는 反射的으로 고개를 그쪽으로 돌린다. 지극히 키가 큰 사람이다. 중대가리다. 입을 한 一字로 다물고 있다. 눈엔 毒氣를 띠고 있는 것 같기만 했다.
> 옆에까지 온 그 사람은, 별안간 무엇을 떨어뜨리거나 한 것처럼 커다란 소리를 내었다. 나는 오싹했다. 하지만 몸이 움직여지지 않는다.

---

30) 이상, 「山村餘情」, 『정본 이상문학전집 03-수필』, 소명출판, 2005, 53면.
31) 이상, 「첫번째 放浪」, 앞의 책, 174면.

지나가는 무슨 惡鬼처럼 그 사람은 맞은 편 도어를 열고 다음 車깐으로 자취를 감추었다. 이게 어찌된 일일까. 저 金融組合 사나이가 가지고 있던 陣刀 모양의 短杖을 넘어뜨렸던 것이다. 그는 잠이 깨지는 않았다. 이건 또 어찌된 일일까.32)

그래서 일제 식민지 권력의 상징물인 "陣刀 모양의 短杖"을 건드리거나 넘어뜨린다는 것은 상상조차 할 수 없는 일이다. 그런데 "눈엔 毒素를 띠고" "입을 한 一字로 다문" 키 큰 사내가 잠들어 있는 금융조합 간부의 "陣刀 모양의 短杖"을 넘어뜨리곤 자취를 감춘 뒤, 얼마 후 다시 나타나 누군가 세워 놓은 "陣刀 모양의 短杖"을 재차 넘어뜨린다.

나의 網膜에 巨大한 怪物이 비쳤다. 그것은 점점 멀어져가는 것 같았다. 나는 이제 놀라지 않는다. 이렇게 내 손은 희다.
이 사나이는 또다시 저陣刀처럼 생긴 短杖을 넘어뜨렸던 것이다. 이 무슨 경망스런 작자일까. 그건 그렇다 치더라도 아까 넘어졌던 그걸 일으켜 단정히 세워놓은 사람은 누구일까. 나는 그것을 보지 않는다. 그런데도 그것은 얌전하게 서 있지 않으면 안된다는 이치인 것이다. 그렇다치더라도 또 나는 이 무슨 幻像의 風景을 눈앞에 본 것일까. 나는 그만 꾸벅꾸벅 졸았던 모양이다. 그러는 동안에 어쩌면 누군가 내 옆을 지나갔을 것이다. 그리고 저 短杖을 일으켜 놓은 모양이다. 저 사나이는 아직도 잠에서 깨어나지 않고 있다.33)

이상에게 이 키 큰 사내는 "惡鬼", "巨大한 怪物"로 비취는데, 왜냐하면 성스러운 일제 식민지 권력의 상징물 "陣刀 모양의 短杖"을 재차 넘어뜨린 악마적·괴물적 존재이기 때문이다. 이상은 오싹한 전율과 공포를 느끼는 동시에 통쾌함을 맛본다. 키 큰 사내에게 모욕을 당한 "陣刀 모양의 短杖"은 이제 더 이상 이상에게 공포의 대상이 아니다. 그것은

---

32) 이상, 「첫번째 放浪」, 앞의 책, 180면.
33) 이상, 「첫번째 放浪」, 앞의 책, 181면.

한낱 조소의 대상인, "알맹이가 없는 그저 그런 장님 陣刀"에 불과하다. 일본의 전통적인 세계에서는 칼보다는 칼을 다루는 정신을 높이 평가해 왔다. 일본 무사에게 있어 스스로의 지혜와 실력이 아니라 칼로 싸움에서 승리한다는 것은 더할 나위 없는 수치이다. 그런데 근대 일본은 전통의 정신을 망각한 채, 칼로써 식민지들을 제압해나갔다. 일본 식민지 권력의 무력이란 "장님 陣刀" 그 자체였던 것이다. 이제 이상은 처음엔 제대로 쳐다보지도 못했던 "陣刀 모양의 短杖"을 들고 가상 속의 풀을 쓰러뜨리는 흉내를 내본다. 작가 이상의 손에 들려진 단장은 더 이상 일제 식민지 권력의 "장님 陣刀"가 아니다. 그 단장은 민중들을 상징하는 "풀"은 건드리지 않고 누르면 "시뻘건 피 같은 液體"가 배어 나오는 이 땅을 가득 채운 "不純한 공기"를 날카롭게 베기 때문이다. 그래서 "초라한 行色"34)의 이상은 "高貴한 洋服"을 입은 이상으로, 이상이 든 "陣刀 모양의 短杖"은 "銀빛으로 빛나는 短杖"으로 탈바꿈한다.

> 몹시 두드려대는-도어를-소리로 해서 나의 意識은 한층 또렷해졌다. 내 앞에 저 陣刀처럼 생긴 短杖이 딩굴러있다. 나는 반쯤 嘲笑로써 그것을 응시하고 있다. 그것은 어째 알맹이가 없는 그저 그런 장님 陣刀인 것 같다. 사람들은 저런 걸 사는 것이다. 이걸 만든 사람은 그것을 알고 있었기에 바로, 저 얼토당토 않은 물건을 만들었을 것이다. 나는 그것을 짚어보았다. 나는 短杖 휘두르기를 좋아한다. 머리가 민짜인 그 短杖은 휘두를 수는 없다. 나는 발밑 풀을 후려쳐 쓰려뜨리는 그런 시늉을 해보았다.
> 풀을 건드리지 않고 短杖은 날카롭게 空氣를 베었다. 나는 또 그 끝으로 흙을 눌러 보았다. 시뻘건 피 같은 液體가 아주 조금 배어나왔다. 나는 몸에 가벼운 그러나 추위에 충분히 對備할 수 있는 高貴한 洋服을 입

---

34) "나는 얘기해서 그를 感歎케 할만한 아무것도 갖지 않았다. 나의 이야기는 그가 그저 괴상하다는 느낌만 들게 할 따름이리라. 첫째, 나의 초라한 行色을 어떻게 변명해야 좋을는지를 알지 못한다. 그는 나의 이 貧弱한 꼴을 비웃을 것에 틀림 없다. 나로선 그것은 참기 어려운 노릇이다."(이상, 「첫번째 放浪」, 앞의 책, 175면)

고 있었다. (…중략…)

아름다운 詩를 想起한다. 또는 범할 수 없는 슬픈 詩를 想起한다. 그
리곤 고개를 수그리면서 외워본다. 恐怖의 海嘯는 얼마쯤 멀어진다. 그
러나 아무것도 보이지 않는다. 내 손에는 어느새 銀빛으로 빛나는 短杖
이 쥐어져 있다. 그것을 가볍게 휘둘러본다.[35]

이상에게 있어 '은빛'은 지고한 정신적 가치를 대변하는 색채다. "銀
빛으로 빛나는 短杖"이란 이상문학에 있어 '달', '은화'와 함께 지고한
정신적 가치를 구현할 수 있는 글쓰기를 의미한다.[36] 이상에게 있어 "銀
빛으로 빛나는 短杖", 곧 '펜'은 일제의 "陣刀 모양의 短杖"에 대항할 수
있는 유일한 무기다. "아름다운 詩" 또는 "범할 수 없는 슬픈 詩"만이
일제 강점기 "恐怖의 海嘯"를 "얼마쯤 멀어지"게 할 수 있는 것이다.

거기엔 景致랄 것이 없다. 모든 것을 삼켜버린 방대한 殺氣가 어디까
지나 펼쳐져 있다.
저 안개같이 보이는 것은 실은 高熱의 蒸氣일 것이 분명하다. 이 무슨
바닥 없는 莫大한 어둠일까.
들판도 삼켜졌다. 山도 풀과 나무를 짊어진 채 삼켜져 버렸다. 그리
고 空氣도. 보아하니 그것은 平面처럼 얄팍한 것 같기도 하다.
그것은 立體가 없기 때문이다. 그것은 이미 헤아릴 수 없는 深遠한 距
離를 그득히 담고 있다. 그 深遠한 距離 속에는 오직 恐怖가 있을 따름
이다.[37]

"恐怖의 海嘯"는 이 땅의 모든 것을 삼켜버렸고, 남은 것은 "莫大한
어둠"과 "恐怖"뿐이다. 이상은 이 절망적인 현실에 대항하기 위해 이 땅

---

35) 이상, 「첫번째 放浪」, 앞의 책, 181-182면, 186면.
36) 이상문학의 '달'과 '은화'에 대해서는 고현혜, 「이상문학의 동양지향성」, 『탈경계
인문학』 제2집, 이화여자대학교 이화인문과학원, 2009, 212-225면 참조.
37) 이상, 「첫번째 放浪」, 앞의 책, 185면.

의 “莫大한 恐怖와 橫暴”의 기억을 소중히 간직하려 한다. 그것은 “아름다운－껵으면 피가 묻는 古代스러운 꽃”, 작품을 탄생시키려는 의지로 관철된다.

　　나는 나의 記憶을 소중히 하지 않으면 안된다. 나의 精神에선 이상한 香氣가 나기 시작했으니 말이다.
　　이 뼈만 남은 몸을 赤土 있는 곳으로 運搬하지 않으면 안되겠다. 나의 透明한 피에 이제 바야흐로 赤土色을 물들여야 할 時機가 왔기 때문이다.
　　赤土 언덕 기슭에서 한 마리의 뱀처럼 말라 죽을지도 모르지만, 나는 아름다운－껵으면 피가 묻는 古代스러운 꽃을 피울 것이다.[38]

　　이상은 “古代스러운 꽃”을 피우기 위해서 몸은 “赤土”로 이동해야 하고 정신 또한 “赤土色”으로 물들여야 한다고 말한다. 이보영은 이상의 수필 「추등잡필」 <구경>과 「첫번째 방랑」, 「서망율도」에 동일하게 등장하는 ‘적토’와 ‘적토색’의 상호텍스트적 의미를 밝힌 바 있다. ‘적토’란 조선의 흙, 조국의 땅을, ‘적토색’이란 반체제적 저항 정신이다.[39] 그

---

38) 이상, 「첫번째 放浪」, 앞의 책, 186-187면.
39) “이상의 산문시적 수필 <서망율도>와 <첫 번째 방랑>에 그 ‘적토색’의 흙이 언급되어 있는데 그 연원淵源은 <구경>에 나오는 ‘적토색 복장’이다. 다름 아닌 그 ‘적토색’의 죄수옷이 이상의 항일적 민족감정을 자극했던 것이다. 서울의 ‘형무소’는 정치성이 농후한 비일상적인 장소여서 유달리 그의 기억에 남아 있었겠지만, <추등잡필>을 쓴 1936년에 와서야 그 ‘견학’을 언급한 것은 <실수>와 깊은 관련이 있다. (…중략…) 곧 <실수>에서 주인공이 염원하고 있는 마포형무소 정치범의 ‘적토색’ 또는 ‘황토색’의 옷이 암시하는 한국인의 땅, 그리고 그 땅과 관련된 일제에게 빼앗긴 국가의 회복을 염원한 표현의 정당성 말이다. (…중략…) 그 여행기(<첫번째 방랑>－인용자)의 결말 근처에서 이상은 ‘이 뼈만 남은 몸을 적토赤土 있는 곳으로 운반하지 않으면 안 되겠다. 나의 투명한 피에 이제 바야흐로 적토색을 물들여야 할 시기時機가 왔기 때문이다.’고 말한다. 물론 ‘적토’는 조선의 흙, 고향의 흙이다. 거기에 묻히고 싶다는 것이지만, 그것은 그의 반체제적 문학에서 필수적인 특별한 의미가 있다. 수필 <구경>에서 나오는 마포형무소 죄수의 수의囚衣의 색이기 때문이다. (…중략…) <서망율도> (…중략…) 형무소 죄수들이 강제노동에 종사하는 광경을 제시한 뒤에 이어서 조선의 ‘풍토’는 모발처럼 손만 대어도 ‘적토색’을 띠게 된다는 것인데, 그 풍토와 관련하여 먼저 ‘향

러나 이상이 추구하는 "古代스러운 꽃"은 일제에 대한 반체제적 저항만
을 목표로 하지 않는다. 이상이 꿈꾸는 조화로운 총체성의 세계로서의
'고대', "밤낮 없이 따스하니 서로 껴안"는 인류애로 연결된 "地球" 공동
체는 한반도라는 땅에서만 실현되어야 할 과제가 아니기 때문이다.

> 一瞬 나는 太古를 생각해본다. 그 무슨 바닥 없는 恐怖와 殺伐에 싸인
> 咀呪의 위대한 魂魄이었을 것인가. 우리는 더더구나 幸福하지 않으면 안
> 된다. 식어가는 地球 위에 밤낮 없이 따스하니 서로 껴안지 않으면 안
> 될 것이다.[40]

4. "새로운 意義와 光明" 찾기

이상의 "古代스러운 꽃"을 피우기 위한 여정, "모파상式" 여행의 출발
점에 평안남도 성천이 자리한다. 「첫번째 방랑」의 <산촌> 장은 성천마
을에 대한 이상의 첫 스케치이다.

> 저 莫大한 恐怖와 橫暴의 아주 初入은 역시 조그마한 草原, 그것은 季
> 節의 자잘한 꽃마저 피우고 있는, 牧草가 있는 약간의 땅인 것 같다.[41]

이상은 성천의 모습을 있는 그대로 묘사하기 위해 더럽지만 새끼가

방'이라는 말이 예사롭지 않다. 그것은 '고향으로서의 국가'라는 뜻이기 때문이
다. 이상은 국가 상실자 곧 망국인이어서 '국가'라는 말을 쓸 자격이 없다. 그럼
에도 불구하고 '향방'이라 했다. 이는 <산촌여정>의 '청둥호박'과 관련하여 '국
가 백년의 기반'을 말했을 때와 마찬가지로 당국에서 허용할 수 없는 일이지만,
감시 사전에도 없는 그 말을 한 것은 국가 회복을 염원한 때문이다."(이보영, 「문
학을 통한 반체제적 저항－이상 수필의 경우」, 앞의 책, 88-99면)
40) 이상, 「첫번째 放浪」, 앞의 책, 188면.
41) 이상, 「첫번째 放浪」, 앞의 책, 185면.

있어 활기가 도는 돼지우리와 탐스런 호박이 매달린 초가지붕, 잘 익은 옥수수, 메마르고 빈약한 콩밭 및 조밭과 벼밭, 짖어대는 야윈 개와 고요한 농가의 모습을 그린다. 또한 한 농가의 툇마루에서 상반신을 벗은 채 손녀 머리의 이를 잡는 노파와 어두운 부엌에서 일하고 있는 상반신 알몸인 며느리, 가뭄 걱정을 하며 초가을 허공을 쳐다보는 농부, 뽕을 따는 처녀들, 붕어를 잡는 아이들, 시집 갈 걱정에 시름에 잠긴 처녀들, 시냇가로 물 길러 온 두 젊은 아낙네를 그린다. 성천은 전적인 긍정도 부정도 아닌 객관적인 시선에 의해 묘사되지만, 복합적으로 그려진 성천의 모습에서도 산촌의 논밭 작물들은 메마르고 빈약한 바닥을 가감 없이 드러낸다. 이상이 "莫大한 恐怖와 橫暴"의 "무서운 咀呪의 실마리"를 매달은 열차에서 내려 도착한 "조그마한 草原" 성천은 일제 강점기 이 땅의 모든 농촌이 그러했듯 파탄지경에 이르러 있다. 성천은 도시인 이상에게 인류가 잃어버린 고대세계의 "위대한 魂魄"을 느끼게 하지만, 성천 역시 "恐怖와 殺伐에 싸인 咀呪" 받은 식민지 조선의 농촌임은 다르지 않았다.

> 每日같이 가뭄이 계속되어, 땅바닥은 입덧 난 것처럼 龜裂이 생기고, 巖石은 猛獸처럼 거칠게 숨쉬었다.
> 農夫는 짙푸르게 개어오른 초가을 虛空을 쳐다보았다. 한점 구름조차 없다.
> 삶을 지닌 모든 것은 모두 피를 말려 쓰러질 것이다. 이제 바야흐로[42]

일제 식민지 수탈의 궁극적인 피해자인 농민들의 현실은 양잠업에 매달리는 성천 처녀들의 모습에서 극명하게 드러난다.

> 그러는 사이에도 蠶室 누에는 걸신들린 것처럼 뽕을 먹어 치웠다.

---

42) 이상, 「첫번째 放浪」, 앞의 책, 191면.

아가씨들은 조밭을 짓밟았다. 어차피 人間은 굶어죽지 않으면 안되는 것이라면, 지푸라기보다도 貧弱한 조밭을 짓밟고 그리고 뽕을 훔치라고.

夜陰을 타서 마을 아가씨들은 무서움도 잊고, 승냥이보다도 사납게 조밭과 콩밭을 짓밟았다. 그리고는 밭 저쪽 단 한 그루의 뽕나무를 물고 늘어졌다.

그래도 누에는 눈 깜박할 새에 뽕잎을 먹어치웠다. 그리곤 아이들보다도 살찌면서 커갔다. 넘칠 것만 같은 健康―풍성한 安心이라고도 할만한 것은 거기에밖에 없었다. 처녀들은 죽음보다도 누에를 사랑했다.[43]

「산촌여정」의 한 단락과도 겹쳐지는 이 대목은[44] 일제의 식민지 농업정책으로 시행된 면화사업을 꼬집은 것이다. 일본은 유사시의 국방적 대비와 국가 경제의 향상이라는 목적의식 하에 면화 증산 장려시책을 시행한다. 이후 면화의 공판제가 시행됨으로써 전통적인 농촌 가내 공업으로서의 수직공업은 해체되고 방직제품의 농촌 판로가 개척되어 그로써 조선 농업의 가격경제화가 촉진되었다. 그러나 그 가격은 조선 농민의 면화 재생산의 의욕을 유지해 줄 수 있는 수준이 되지 못했다.[45] 이상은 먹고 살기 위해 필사적으로 뽕을 따는 처녀들의 모습에서 비참한 식민지 농촌의 현실을 절감한다.

어디에도 幸福은 없다. 天使는 죄다 少年軍처럼 都市로 모여들고 만 것이다.

風雨에 쓰러진 碑石 같은 마을이여, 太古의 口碑를 살고 있는 村사람

---

43) 이상, 「첫번째 放浪」, 앞의 책, 191-192면.

44) "담배가게 겻房안에는 오늘 黃昏을미리가저다노앗습니다. 침침한 몇『가론』의 空氣속에 生生한 針葉樹가 鬱蒼합니다 黃昏에만 사는移民갓흔 異國草木에는 純白의 갸름한 열매가 無數히 열렷습니다. 고치―歸化한『마리아』들이 最新智慧의 果實을 端麗한 맵시로 짜고잇습니다. 그아들의 不幸한最後를 슯허하며『그리스마스추리』를 헐어드러가는 『피에다』畵幅全圖입니다."(이상, 「山村餘情」, 『정본 이상 문학전집 03―수필 기타』, 소명출판, 2005, 50-51면)

45) 金文植 외 4인, 『日帝의 經濟侵奪史』, 民衆書館, 1971, 80-82면.

들―거기엔 發明은 절대로 없다.46)

그러나 이상은 “古代스러운 꽃”을 피우고자 하는 염원을 끝내 버리지 않는다. 그가 꿈꾸는 세계로서의 ‘고대’는 어디에도 없고, 일제강점기 “무서운 咀呪”가 내린 이 땅에 구원이란 존재하지 않는다. 그러나 구원이 파멸에서 벗어나는 것이 아니라 최악을 피하고 가능한 최선을 찾는 것을 의미할 수 있다면 새로운 희망을 품을 수 있는 것이다.47)

이상은 「첫번째 방랑」의 끝에 이르러 자신의 절망과 포기할 수 없는 희망을 내적 독백 형식을 빌려 산촌에서 만난 ‘귀뚜리’에게 고백한다. 기차여행 내내 “아무하고도 만나지 않”기를 희망했고 자신의 여행의 목적을 금융조합 간부인 ‘그’에게 말할 수 없어 “무턱대고 초조해”했으며, 도착해서도 “아무와도 친하지 않”으며 자신의 속내를 들키지 않기 위해 성천 마을 사람들을 향해 “무턱대고 싱글벙글함으로써” 자신의 내면을 숨겼던 이상이 비로소 낯선 산촌에 와서 만난 ‘귀뚜리’에게 스스로의 내면을, 영혼을 고백한다. ‘귀뚜리’는 “홀로 俗世의 시끄러움에서 빠져나와 이 人外境에 鬱積하게 哲學하면서 야위도록” 애태우는 “지독한 厭世家”다. 또한 “별처럼 빛나”는 “慧眼”을 갖고 있어 이상의 속임수를 간파하며 “先知者 같은 整頓된” “理智的인” 존재여서 이상이 쓴 글의 모자란 점을 지적해낸다. 게다가 “筆舌로서 호소할 수가 전혀 없는 수많은 깊은 惡과 苦痛마저 알고 있”는 존재다. 이상은 자신을 간파해내는 존재인 ‘귀뚜리’에게 자신의 권태와 고독, 절망과 죽음의 충동, 포기할 수 없는 희망을 솔직히 고백한다.

나는 물을 마셨다. 시원한 밤이 五臟으로 흘러들었다.

---

46) 이상, 「첫번째 放浪」, 앞의 책, 192면.
47) 에드가 모랭・안느 브리지트 케른, 이재형 역, 『지구는 우리의 조국』, 문예출판사, 1993, 252면.

귀뚜리 소리는 한층 야단스레 한결 선연해진 것 같다. 달 없는 千斤의 마당 안에.

홀로 이 귀뚜리는 俗世의 시끄러움에서 빠져나와, 이 人外境에 鬱積하게 哲學하면서 야위도록 애태움은 어찌된 까닭일까? 이 귀뚜리는 지독한 厭世家인지도 모른다. 램프의 位置는 어쩌면 그 화려한 自殺場所로서 選定된 것이나 아닐지.

그의 저 등피 밖에서 興奮과 躊躇는 어떠했던가.

귀뚜리의 自殺一여기에 一家眷屬을 떠나, 朋友를 떠나, 世上의 한없는 따분함과 倦怠로 해서 먼 낯설은 땅으로 흘러온 孤獨한 나그네의 모습을 보지 않는가. 나의 空想은 自殺하려고 하는 귀뚜리를 향해 慰安의 말을 늘어놓는다.

귀뚜리여, 영원히 沈默할 것인가. 귀뚜리여, 너는 어쩌면 방울벌레인지도 모른다. 네가 방울벌레라해도 너는 沈默할 것이다.

죽어선 안된다. 서울로 돌아가라. 서울은 시방 가을이 아니냐, 그리고 모든 애매미들이 한껏 아름다운 목청을 뽑아 노래하는 季節이 아니냐.

서울에선 아무도 너를 기다리고 있지 않다 그 말인가. 그래도 좋다. 어쨌던 너는 서울로 돌아가라. 그리고 노래해 보게나. 그리하여 전과는 다른 의미에서의 삶의 새로운 意義와 光明을 발견하게나. 考案해 보게나.[48]

이상의 주관적 상상력이 그려낸 '귀뚜리'와 이상의 대화는 내적 독백 형식의 자기 자신과의 대화로 구성된다. '귀뚜리'는 서울에서 탈출해 산촌 성천에서 의식적인 방랑을 하고 있는, "모파상式" 여행을 하고 있는 이상 자신을 관찰하고 반성하는 성찰적 자아에 해당한다. 그렇다면 이상의 성천 여행이란 결국 이상의 자기성찰의 여행인 셈이다. 동·서양에 있어 '방랑'은 종교적 순례, 경이로운 세계에 대한 경험과 모험, 자기완성 등의 수양이나 교육의 형태로 나타난다. 그러나 파산된 객관과 주관성의 위기의 시대, 존재의 불안이 극에 달한 근대에 오면 인간 내부로

---

48) 이상, 「첫번째 放浪」, 앞의 책, 193-194면.

의 방랑이 새롭게 등장한다. 그래서 괴테는 "모험적으로 넓은 세계를 뛰어 다니던 시대는 이미 지나갔다"고 말한다. 근대인의 방랑, 그것은 "외부적 관계를 떠나 스스로 생각하기를 배워야 하는" 방랑이며, "일관성을 환경에서 찾지 않고 자기 속에서 찾아야" 하는 방랑이다.49) "근대적인 여행기가 담고 있는 것 또는 여행기의 궁극적인 시선"은 "여행하는 인간 자신"을 향해 있다. 근대인의 여행은 곧 자기 발견의 과정이 된다. 이것은 근대 초기 한국의 기행문들에서 자기, 민족, 고향 등의 개념이 여행자의 내면에 심상 공간(心象 空間)을 형성하는 점에서도 확인할 수 있다. 그러나 이상의 여행기 「첫번째 방랑」에서의 '자기에 대한 인식'은 근대 초기의 기행문들처럼 "고향과 민족 중심으로, 자연은 국토와 역사로서 인식된" 것만은 아니다.50) 전술한 바와 같이 「첫번째 방랑」에는 "汚辱에 길든 一族"인 조선의 민족, "赤土"로서의 국토와 "赤土色"의 반체제적 저항정신과 함께 불가능한 인류애로 연결된 "地球" 공동체, 사멸된 인간과 자연이 조화를 이뤘던 "古代" 세계에 대한 염원과 지향이 공존한다.

이상의 "모파상式" 여행의 초입에 놓여 있는 「첫번째 방랑」은 수렁의 20세기, 변전해 가는 시대의 희망 없음을 체념할 수밖에 없으면서도 결코 시대적 현실로부터의 구원을 포기할 수 없는 한 식민지 조선 작가의 방랑의 기록이다. 「첫번째 방랑」은 식민지 지식인인 작가 이상의 내면 고백이자 동시에 이상이 기차와 산촌 풍경에서 파악한 당대의 사회적 진리내실의 서술이라는 점에서 무시할 수 없는 문학적 가치를 갖는다.

고향과 민족, 국토와 역사에 대한 식민지 지식인으로서의 이상의 '자

---

49) 육현승, 「괴테의 시대의식과 근대성 문제-'방랑'의 모티브를 중심으로」, 『인문학보』 제17집, 강릉대학교 인문과학연구소, 1994, 143면.
50) 우미영, 「視角場의 변화와 근대적 心象 空間-근대 초기 기행문을 중심으로」, 『어문연구』 제32권 제4호(통권 124호), 한국어문교육연구회, 2004, 327-351면.

기 인식', 심기일전해 자기 한계를 넘어서려는 작가로서의 이상의 욕망, "地球 위에 밤낮 없이 따스하니 서로 껴안"는 눈부신 미래가 도래하기를 하염없이 기다려야만 하는 혹은 "위대한 魂魄"으로서의 고대를 재차 확인할 수밖에 없는 근대인 이상의 절망 등을 염두에 둘 때, 「첫번째 방랑」의 결미를 장식하는 다음 구절은 뜻 깊다.

> 하지만 너(귀뚜리―인용자)만은 알 것이다. 보다 속 깊이 싹트고 있는 나의 惡에 대한 衝動을, 그리고 염치도 없는 나의 慾望을, 그리고 大海 같은 나의 絶望까지도. 그리고 너만은 나를 용서할 것이다. 나를 순순히 받아들여 줄 것이다.[51]

'귀뚜리'만이 알 수 있으며 용서하고 받아들여 줄 수 있는 이상의 "惡에 대한 衝動", "염치도 없는 慾望", "大海 같은 絶望" 등은 이상의 내면에서 들끓고 있는 식민지 현실에 대한 반발, 작가로서의 자기갱생의 욕망, 윤리적 세계에 대한 염원과 등가어이다. 이상의 자기성찰의 여정이 확인한 것은 바로 이러한 이상 자신의 내면의 본 모습이다. 이상이 "모파상式" 여행을 염두에 두고 써내려간 의식적인 방랑의 기록 「첫번째 방랑」은 "식어가는 地球 위에" 위치한 이상 자신의 삶과 문학에 대한 "새로운 意義와 光明" 찾기의 일환이라 할 것이다.

---

51) 이상, 「첫번째 放浪」, 앞의 책, 195면.

「추등잡필(秋燈雜筆)」에 나타난 풍자와 그 구조적 의미

박 성 필*

1. 서론 : '이상문학'이라는 현상학

우리는 이상의 문학을 논하기에 앞서 그의 문학을 '이상 문학'이라는 고유명사로 일컫는 것이 과연 타당한지 묻지 않으면 안 된다. 한국 근대 문학사의 작가들 중 이광수와 더불어 가장 많이 연구된 자가 이상이라는 흥미로운 통계[1]가 제출된 바 있다. 이런 점을 염두에 둘 때 '이상 문학'이라는 용어는 그의 문학이 연구 대상으로서의 가치가 높다는 것을 드러내는 징표이기도 하지만, 때때로 그 용어 자체가 그의 문학을 '난해성'의 틀에 가두는 데 일조를 하지는 않았는지 의문이 생긴다. 여기에서 '이상 문학이라는 용어가 타당한가'라는 질문을 대신하여 '이상의 문학은 난해한가'라고 되물어보자.

이상의 문학에 대한 연구가 시작된 이래, 이상의 문학 특히 시 장르

---

* 서울시립대 박사과정 수료. 논저로 「이상 시의 근대성 연구 — 대(對)근대 편집증적 성향에 대하여」가 있음.

1) 이선영, 『한국문학의 사회학』, 태학사, 1993, 98-100면.

가 난해하다는 점에 대해서는 많은 연구자들이 동의해온 것처럼 보인다. 그렇지만 그의 문학이 결코 난해하지 않다는 반론들도 적지 않았다. 대표적으로, 이상의 문학에는 사실상 미학적 거리감이 거의 존재하지 않는 은유적 고백에 가깝다는 주장,[2] 그의 문학에 내재된 위트와 패러독스 그리고 아이러니를 탐색해보면 어렵잖게 독해할 수 있다는 주장[3] 등이 있다. 또 다른 예를 살펴보면, '이상 문학 연구 서설'이라는 의욕적인 부제를 내건 한 논자는 이상 문학의 본질을 '열린 텍스트'라 규정하고 있는데[4] 이상 시의 해석이 본질적으로 다양할 수밖에 없다는 논자의 지적은 이상의 문학이 결코 난해하지 않다는 사실을 의미한다. 이와 같이 이상의 문학이 결코 난해하지 않다면 그 텍스트를 난해한 것처럼 보이게 하는 장치들을 우선 해체할 필요가 있다. 이 글에서 우리가 그의 텍스트가 지닌 구조·의미적 특성에 우선 주목한 까닭은 그러한 연유에서이다. 특히 이 글에서는 이상의 수필 중 「추등잡필」 연작을 중심으로 논의해보고자 한다.

「추등잡필」은 이상이 1936년 10월 ≪매일신보≫에 게재한 다섯 편의 수필 연작이다. 「추석(秋夕) 삽화(揷話)」, 「구경」, 「예의」, 「기여(寄與)」, 「실수(失手)」 등으로 구성된 이 수필 연작은 그 구조·의미적 특성을 차치하더라도 우리의 주목에 값하는 작품이다. 무엇보다 이 연작에서 이상이 머무르고 있는 공간이 변화하고 있다는 점에 주목할 필요가 있다. 텍스트의 순서대로 살펴보면, 「추석 삽화」에는 삼촌의 묘소가 있는 경성의 미아리가 등장하고 있고, 「구경」에서는 재학 시절 견학한 형무소가 등

---

2) 강상희, 「이상 소설의 서사전략」, 『인문논총』 7호, 경기대 인문과학연구소, 1999. 2, 6면.
3) 김명인, 「근대도시의 바깥을 사유한다는 것―이상과 김승옥의 경우」, 『한국학연구』 제21집, 인하대 한국학연구소, 2009. 11, 216면.
4) 한형구, 「기호 놀이의 시학, 난센스의 시학 : 이상 문학 연구 서설」, 『한국근대문학연구』 제1권 제1호, 한국근대문학회, 2000. 4, 145면.

장하고 있다. 이 두 개의 텍스트까지는 그 공간이 분명 조선으로 명시되어 있는 것이다. 그러나 「예의」에서는 끽다점(喫茶店)만 명시되어 있을 뿐 그것이 어디에 위치한 곳인지 명시하지 않고, 「기여」에서는 "어떤 학부(學府) 부속병원"을 명시하고 있다. 이때의 부속병원이란 일본의 어느 대학병원임을 암시하는 것이겠거니와, 「실수」에 이르러서는 이상이 머무르고 있는 공간이 동경임을 분명하게 밝히고 있다. 즉, 이 연작이 집필된 시기는 이상이 동경 행을 감행했던 시기와 정확히 맞물린다. 그의 연보를 살펴보면 그가 동경으로 건너간 때가 1936년 10월 중순경이라고 대략적인 시기가 언급되어 있는데,5) 지금 언급한 공간의 변화에 주목해 볼 때 이상은 「예의」나 「기여」를 집필한 이후 동경으로 건너간 것으로 추정된다.

이처럼 「추등잡필」은 전근대와 근대, 혹은 경성과 동경 사이에서 고뇌하는 이상의 흔적들을 고스란히 담고 있다. 그렇지만 이 텍스트에 대한 논의는 매우 미흡한 실정이다. 이는 지금까지 이상의 수필 문학에 대한 독자적인 연구 자체가 매우 드물기도 했던 까닭이지만, 수필에 대해 논의한 일부의 논자들 역시 「19세기식」, 「동경」, 「권태」, 「산촌여정」 등 일부 텍스트에 한정하여 논의를 진행했기 때문이다. 즉, 「추등잡필」에 대한 독자적인 분석은 거의 없다고 말할 수 있다.

기존 논의들 가운데 「추등잡필」에 대해 비교적 상세히 논의한 것들을 살펴보면 다음과 같다. 우선, 도시 공간을 소재로 삼은 이상의 수필을 논의의 대상으로 하여 근대 도시 경성의 이중성과 그곳에서 일상을 경험하는 작가의 의식 및 태도의 이중성을 살핀 논의에 주목할 수 있다.6)

---

5) 김주현 주해, 「연보로 보는 이상」, 『이상문학전집 1－詩』, 소명출판, 2005, 262면 참조.
6) 조해옥, 「이상 수필의 이중성 연구－「早春點描」와 「秋等雜筆」을 중심으로」, 『어문논집』 26집, 민족어문학회, 2006. 4, 300-308면.

이 논의에서는 이상이 경성을 모순에 가득 찬 공간으로 인식하면서도 경성의 화려한 외양에 대해서는 찬미할 수 없는 이중적 감정을 드러냈다고 지적한다. 또 다른 논의로 「추등잡필」에 나타난 대타자의 질서에 대한 양가성을 살핀 경우가 있다.7) 이 논의에서는 이상이 그의 백부(伯父)에 대한 증오의 감정과 더불어 연민의 감정을 동시에 나타냈다고 밝히고 있다. 이 논의들은 이상의 작품들 중 별반 주목받지 못한 수필 「추등잡필」에 주목했다는 점에서는 의미가 있지만, 이상에 관한 많은 논의들과 같이 그의 문학을 하나의 질서에 가두려 했다는 점에서 한계가 있다. 특히, 후자의 논의는 이상의 문학을 김해경(金海卿)의 삶으로 환원시키고 있다는 점을 지적할 수 있다. 이 글에서의 논의가 무엇보다 구조·의미적 특성이라는 다소 원론적인 접근 방식을 택하는 이유는 이러한 사정에서 기인한다.

 수필 텍스트에 대한 구조·의미적 특성에 대해 접근할 때, 무엇보다 구조와 의미 간의 긴밀한 관련성에 주의해야 한다. H. Read는 언어가 모형(pattern)이나 형식(form)으로 구체화되는 것을 '구조'라 하고, 언어가 배열되는 과정으로 투사되는 작자의 사상을 '내용'으로 규정한 바 있다.8) 물론 이러한 규정은 시 텍스트 내부에서 구조와 의미 사이의 긴밀한 관련성에 대한 강조이지만, 그 대상 범주를 확장시켜 일반적인 문학텍스트에 적용할 수 있을 것이다.

---

7) 나갑순, 「이상 수필에 나타난 욕망 연구」, 인제대 석사논문, 2002, 26면.
8) H. Read, *Collected Essays in Literary Criticism*, London : Hyperion Press, 1969, p.60 ;
  임명섭 역시 이상 시에서 그 형식과 내용의 결합에 주목한 바 있다. 이에 대해서는
  임명섭, 「이상 시의 또 다른 시사적 의미망」, 『이상 리뷰』 제4호, 이상문학회, 2005
  를 참조.

2. 전근대에서 근대로 향하는 구조

(1) 「추등잡필」의 구조적 특성

'추등잡필'이라는 연재명이 의미하는 바는 무엇인가. 이 연재명은 이 작품을 연재한 지면인 ≪매일신보≫에 기존에 있던 이름이 아니라 이상이 하나의 작품명으로 부여한 이름이다. 그 축자적인 의미를 살피기 위해 '추등'과 '잡필'이 각각 의미하는 바가 무엇인지 살펴볼 필요가 있다. 우선 '잡필'에 대해 먼저 언급해두자면, 말 그대로 '여러 가지가 섞여 있는 양상'을 뜻하는 것이며 동시에 수필을 흔히 '잡문'이라 칭하는 바에서 알 수 있듯 이 연작이 '수필' 장르임을 표 나게 보여주는 것이다.9) 한편 '추등'의 사전적 의미는 '등급을 춘추(春秋)의 둘로 나눈 것의 둘째', 또는 '춘하추동의 넷으로 나눈 것의 셋째'이다. 이 연재가 시작되던 때가 1936년 가을이었다는 점, 또 이 연작의 첫 번째로 내세운 글이 「추석 삽화」였다는 점에서 이 연작명은 계절적인 감각에서 비롯된 것이라 할 수 있을 것이다. 그러나 「추등잡필」 연작의 총체적 구성에 주목한다면, '추등'이 단순히 계절적 의미만을 뜻하지 않는다는 것을 어렵잖게 파악할 수 있다.

'추등' 즉 가을이 되면 생태계가 서서히 동면을 준비해가는 바 이것은 몰락의 계절을 뜻한다는 점, 또 그것이 첫 번째나 두 번째가 아니라 '세 번째' 계절을 뜻한다는 점을 떠올려보자. 그렇다면 이 연재명 역시 그러한 서수(序數)적 의미와 결코 무관하지 않음을 알 수 있을 것이다. 「추등잡필」이라는 연재명은 조선의 후진성, 그리고 우리가 일본 혹은

---

9) 「추등잡필」의 경우 '잡문'임을 명시적으로 드러내고 있음에도 불구하고, 이 연작을 포함한 이상의 수필들은 개인적인 감성과 정서로 짜여 있는 경수필이라기보다는 사회적 관심의 표현에 보편적인 논리와 이성으로 구성된 중수필에 가깝다. 수필 장르의 구분에 대해서는 한국문학개론 편찬위원회 편,『한국문학개론』, 혜진서관, 1991, 541면 참조.

그 너머에 존재한다고 믿어 의심치 않았던 서구적 근대에 대한 열등감의 표현은 혹 아닐까. 앞서 이 글의 서론에서 밝혀둔 것처럼, 「추등잡필」에는 이상이 머무르고 있는 공간의 변화가 명확하게 드러나고 있다. 경성에서 동경으로의 행보가 그것인데, 「추등잡필」의 공간적 배경은 다음과 같이 정리할 수 있다. 「추석(秋夕) 삽화(揷話)」에는 미아리에 위치한 삼촌의 묘소, 「구경」에는 형무소 내 벽돌 공장, 「예의」에는 찻집, 「기여」에는 동경이 드러나고 있다.

이와 같은 공간적 배경의 이동은 연재가 이루어진 시간적 순서에 따라 이상의 행보를 고스란히 담고 있다. 그런데 이러한 공간적 배경의 이동은 그의 경험임과 동시에 '근대를 향한 미망'을 보여주는 것이기도 하다. 김윤식의 표현 '서울과 동경 사이'10)가 함축하고 있는 것처럼 이상은 동경이라는 근대의 상징적 도시를 끊임없이 꿈꾸곤 했는데, 『추등잡필』에는 그 상징적 도시로 옮겨가는 실제 행보와 더불어 또 다른 독특한 구성 방식이 드러난다. 논의의 편의를 위해 현대어로 옮긴 텍스트를 인용해보도록 한다.

> 소록도(小鹿島)의 나원(癩院)을 보고 온 이의 이야기를 들으면 아무리 석존(釋尊) 같은 자비스러운 얼굴을 한 사람이 내도(來到)하여도 그들은 무한한 증오의 눈초리로 맞이할 줄 밖에 모른다 한다. 코가 떨어지고 수족(手足)이 망가진 자기네들 추악한 군상을 사실 동류(同類) 이외의 어떤 사람에게는 보이기 싫을 것이다. 듣자니 그네들끼리는 희희낙락하기도 하며 때로는 연애까지도 할 듯 싶은 일이 다 있다 한다.
>
> 형무소 죄수들도 내가 본 대로는 의외로 활발하게 오히려 생활난에 쪼들려 헐덕헐떡하는 사파(娑婆)의 노역군(勞役軍)들보다도 즐거운 듯이 일하고 있는 것이었다.
>
> —「구경」 부분11)

<hr>

10) 김윤식, 『이상연구』, 문학사상사, 1987.
11) 이상, 권영민 편, 『이상전집』, 웅진씽크빅, 2009, 85면(이하 모든 작품은 이 책에

그 구성방식이란, 경험한 것의 기술과 더불어 전해들은 말들을 기록하고 그에 대한 해석을 덧붙이는 방식이다. 위 인용문은 이상이 재학 시절 형무소 견학을 했던 경험을 기술하고 그 뒤에 덧붙인 내용이다. 여기에서 드러나는 것처럼 이상은 자신이 경험하지 않은 소록도 방문기를 함께 싣고 있다. 인용문에서 "소록도 나원을 보고 온 이의 이야기를 들으면"이라는 도입이 그러한 구성 방식을 잘 보여주는데, 이상은 두 개의 삽화를 조화시키고 있다. 그런데 이러한 구성 방식은 옴니버스의 서사 양식을 의도적으로 취한 것이라기보다는 그가 근대를 경험했던 방식과 깊은 관련이 있는 것으로 보인다. 당대 조선인들은 전통적 질서의 영역 내부에 있으면서 '새로운' 질서 즉 일제가 가져온 근대적 질서에 적응할 수 있는 근대인으로 개조되어갔는데,12) 그러한 시대에 이상이 기록한 근대란 온전히 '경험'한 것이라기보다는 그저 '본' 것에 지나지 않는다.

(2) 형식적 특성에서 '투사'의 의미

이상에게 근대란 무엇이었는가. 그는 우리가 '근대'라 부르는 시대를 살아갔고 또 그 새로운 시대(양식)를 끊임없이 추구하였지만 그것은 늘 하나의 '상징'에 불과했다. 임종국은 이상 문학의 특질을 '혼돈무질서상'이라 규정하며, "혼돈무질서상은 결국에 있어서 작가의 의식이 그 어느 양상에도 안주할 수 없었음을 유력히 증명하여 주는 것"13)이라 밝힌 바 있다. 다시 말해, 이상이 전근대에 심취했던 것은 아니지만 또한 식민지 조선에 펼쳐지고 있던 근대에 신뢰가 깊었던 편도 아니었던 것이다. 필

서 인용한다).

12) 조형근, 「역사 구부리기」, 서울사회과학연구소 편, 『근대성의 경험을 찾아서』, 새길, 1997, 33면 참조.

13) 임종국, 「이상문학의 본질」, 『이상전집』, 문성사, 1966, 453면.

자가 앞에서 강조한 것처럼 그에게 있어 근대란 '경험'한 것이라기보다는 그저 '본' 것에 지나지 않는다. 이런 점에서 '보는' 행위가 갖는 문학적 의미에 특별히 주목할 필요가 있다. 「추등잡필」 연작 중 하나인 「구경」은 제목부터 그러한 성격을 암시하고 있다. 구경이란 관심을 가지고 지켜보는 행위일 따름이지 구경하는 자는 결코 그 행위에 참여하지 않기 때문이다.

여기에서는 「구경」과 「기여(寄與)」의 한 부분씩을 살펴보도록 하겠다.

죄수들의 생활, 동정(動靜)의 자태를 볼 수 있다는 것이 이 견학이 나로 하여금 즐겁게 하여주는 이유의 전부였다. 나는 일부로 끝으로 좀 처지면서 그 똑같이 적토색(赤土色) 복장을 몸에 두르고 깃에다 번호찰(番號札)을 붙인 이네들의 모양을 살피기로 하였다. 그런데 과연 아니나 다를까, 그들은 끝없는 증오의 시선을 우리들에게 던지는 것이 아니냐. 나는 놀랐다. 가슴이 두근두근해 왔다. 그리고 제출물에 겁이 나서 얼굴이 달아 들어오는 것을 어찌하는 수가 없었다. 너무나 똑똑히 불쾌한 표정을 지어 보이는 그들을 나는 차마 바로 쳐다보는 재주가 없었다.
— 「구경」 부분

그다지 명예롭지 못한 그러나 생각해 보면 또 그렇게까지 불명예라고가지 할 것도 없는 질환을 가지고 어떤 학부(學府) 부속병원에를 갔다. 진찰이 끝나고 이제 치료를 시작하려 그 그리 보기 좋지 않은 베드 위에 올라 누웠다. 그랬더니 난데없이 수십 명의 흑장속(黑裝束)의 장정(壯丁) 일단이 우— 틈입하여서는 내 침상(寢牀)을 둘러싸는 것이다. (…) 이것은 나에게 있어서 참으로 천만의외(千萬意外)의 일일 뿐 아니라 정말로 불쾌하기 짝이 없는 봉변일 수밖에 없는 일이었다.
— 「기여(寄與)」 부분

위 두 개의 인용문은 이상이 각각 '보는' 자와 '보이는' 자의 입장에서 기술한 내용이다. 이렇게 상반된 관점에서 '본다'라는 행위가 갖는 의미를 기록했다는 점도 흥미로운 것이지만, 그것이 「추등잡필」이라는 연작에 실림으로써 창출하는 효과는 그것보다 훨씬 크다. 먼저 「구경」의 경우를 살펴보자. 이상은 죄수들의 자태에 관심을 갖고 그들의 모양을 살펴보다가 그들이 던지는 "증오의 시선"으로 말미암아 놀라고 있다. 이상은 그들의 '증오'를 "불쾌한 표정"에서 읽어내고 있는데, 이러한 '보는' 주체와 '보이는' 대상의 관계가 「기여」에서는 역전되어 나타나고 있다. 그는 "명예롭지 못한" 질환으로 병원을 찾아갔는데 많은 장정들이 침상을 둘러싸고 그를 바라보게 된다. 이상은 이러한 경험을 "불쾌하기 짝이 없는 봉변"이라 기록하고 있다.

이와 같이 별개이면서 동시에 연작인 두 개의 글에서 이상은 '보는' 행위와 '보이는' 행위가 갖는 의미와 그 대상이 된 입장에서 갖게 되는 감정들을 기록하고 있다. 정신분석학자들은 주체의 것인 '바라보는 눈'과 대상의 것인 '시선'은 구별이 된다고 말한다.14) 이러한 견해를 따르자면, '보는' 주체와 '보이는' 대상, 즉 '눈'과 '시선' 사이에는 항상 분열이 있다. 그런데 이상은 그러한 분열 혹은 차이를 '불쾌'라는 감정을 통하여 통합시키고 있다. 내가 대상으로서 보이는 것이 불쾌하다면, 또 하나의 주체인 그 대상들 역시 보이는 것이 불쾌할 수 있다는 것이다. 이러한 융합은 외부 세계의 대상을 자신 안으로 투사하는 행위가 있을 때에만 가능할 것인데, 이상은 그러한 융합의 가능성을 『추등잡필』이라는 연작에서 도모하고 있다. 물론 여기에서 '보는' 행위가 이상이 아직 경험하지 못한 근대와 관련이 있음은 앞서 밝힌 바와 같이 자명한 사실이다. 그에게 있어 '근대'란 추구해야 할 하나의 상징이었지 실체로 존재하는 것이 아니었기 때문이다.

---

14) Dylan Evans, 김종주 외 옮김, 『라깡 정신분석 사전』, 인간사랑, 1998, 214면 참조.

3. 전근대와 근대 '사이'에 놓인 의미의 층위

(1) 자율성의 상실에 대한 공포

아마도 '이상에게 근대란 무엇이었는가?'라는 질문만큼 그의 문학 본질에 대해 물을 수 있는 질문은 없을 것이다. 임종국이 이상의 문학 본질을 '혼돈무질서상'이라 규정한 바와 같이[15] 그에게 있어 근대는 하나의 미망에 지나지 않았다. 왜 그는 전근대에도 근대에도 정착할 수 없었는가. 이는 그가 끊임없이 '동경'으로 표상되는 근대를 갈망했지만 그것은 실체라기보다는 하나의 상징이었기 때문일 것이다. 또 같은 이유에서 경성을 중심으로 확대되고 있던 근대화 역시 그는 결코 신뢰할 수 없었을 것이다. 「추등잡필」 연작의 서두를 장식하고 있는 「추석 삽화」는 전근대와 근대 두 시대를 살아가야했던 이상의 비애를 담아내고 있다.

그는 이 수필에서 자발적 근대화에 대해 버리지 못한 미련을 삼촌의 죽음에 빗대어 말하고 있다. 그는 '추석'을 비롯한 명절에 대해, "사(死)의 적막을 가끔 상기해 보며 그러함으로써 생의 의의를 더한층 깊이 뜻있게 인식하도록 하는 선인(先人)들의 그윽한 의도에서 나온 수법"이라고 말하고 있다. 물론 이러한 그의 언설이 전근대에 대한 막연한 향수는 아닐 것이다. 앞서 밝힌 바와 같이 그는 끊임없이 근대를 갈망했던 자이기 때문이다. 그렇다면 왜 이상은 전통적 질서를 옹호하지 않으면서도 자신의 눈앞에 펼쳐지고 있는 근대를 부정하였던 것일까. 이에 대해 그는 삼촌의 성묫길에서 만난 성묘객 일행에게 닥친 작은 소동을 통해 밝혀두고 있다. 「추석 삽화」의 한 부분을 살펴보도록 하자.

---

15) 임종국, 앞의 글, 같은 면.

　　종로의 여인네는 호곡한다. 호곡하며 일어날 줄을 모른다. 젊은 내외
는 소리 없이 몇 번이나 향 피우고 잔 붓고 절하고 하더니 슬쩍 비켜서
는 것이다. 소학생도 따라 비켜선다.
　　비켜서서 그들은 멀리 건너편 북망산(北邙山)을 손가락질도 하면서
잠시 담화하더니 돌아서서 언제까지라도 호곡하려 드는 어머니를 일으
킨다. 그러나 좀처럼 일어나려 하지 않는다.
　　그때 이날만 있는 이 북망산 전속(專屬)의 걸인이 왔다. 와서 채 제사
도 끝나지 않은 제물을 구걸하는 것이다. 그 태도가 마치 제 것을 제가
요구하는 것과 같이 퍽 거만하다. 부처(夫妻)는 완강히 꾸짖으며 거절한
다. 승강이가 잠시 계속된다.

—「추석(秋夕) 삽화(揷話)」 부분

　　위 인용문에는 '종로의 여인네', '젊은 내외', '소학생' 그리고 '걸인'
이 등장한다. 여기에서 '종로의 여인네'가 호곡하는 반면 '젊은 내외'와
'소학생'은 관망하는 편이다. 이를 세대로 구분하여 말하자면, 전자는
근대를 살아가는 인물인 반면 후자들은 근대를 추구하는 인물로 볼 수
있을 것이다. '종로의 여인네'가 목 놓아 슬피 우는 반면, 나머지 인물
들이 멀리 있는 산을 그려보고 방관하고 있는 것은 두 세대의 차이를
보여주는 것이다. 즉, 이는 전근대에 대한 집착과 근대에 대한 동경으
로 구별되는 당대 세태에 대한 모습이며, 1930년대 경성의 풍습과 중첩
된다.
　　그렇지만 위 인용문의 젊은 내외가 "멀리 건너편 북망산(北邙山)을 손
가락질"하는 행위가 근대화에 대한 무조건적 옹호를 의미하지는 않는
다. 이상은 잠시 뒤에 찾아오는 걸인과의 승강이를 통해 근대성 추구에
대한 불신감을 풍자적으로 보여준다. "채 제사도 끝나지 않는 제물을 구
걸하는" 걸인의 태도에 대해 이상은 "마치 제 것을 제가 요구하는 것과
같이 퍽 거만"하다고 밝혀두고 있는데, 이는 식민지적 근대화에 대한 이
상의 깊은 불신을 보여주는 것이다. 즉 위 인용문에서 이상은 성묘객과

걸인 사이의 승강이를 하나의 삽화로 제시함으로써, 당대 방식의 근대
화를 계속 추구한다면 걸인의 행태와 같은 위험에 빠질 수 있음을 경고
하고 있다. 이러한 삽화 제시는 소극적으로나마 당대의 근대화에 대한
저항으로 보인다. 이러한 이상의 글쓰기 방식에 대해 신형철은 「烏瞰圖」
계열의 「詩第十三號」를 논의하는 자리에서 '편집증적 충동'을 언급한 바
있는데,[16] 물론 그 스스로 '편집증적 충동'을 부분적으로만 긍정하고 있
음에도 불구하고, 이상 문학의 본질에 대한 명쾌한 해석이라 여겨진다.

(2) 근대에 대한 방어적 경계

여전히 우리에게 가장 중요한 물음은 왜 그가 전근대에도, 근대에도
정착할 수 없었는가 하는 것이다. 이상에게 근대화란, 방금 살펴본 삽
화의 경우와 같이, '걸인'의 행동에 지나지 않을 수도 있다. 그럼에도
불구하고, 그에게 있어 근대는 반드시 추구해야 할 대상이었다. 이와
같은 현실과 이상의 괴리 사이에서 이상은 고뇌했고, 그 괴리는 '자율
성의 상실'에 대한 막연한 공포에서 비롯되었을 것이다. 『추등잡필』이
놓인 자리는 바로 그 간극이다. 앞서 필자는 이 연작에서 이상이 머무
르고 있는 공간이 변화하고 있다는 점에 주목할 필요가 있다고 언급한
바 있는데, 「예의」나 「실수」 특히 후자만큼은 일본에서 쓴 수필임이 분
명해 보인다.

앞서 살펴본 다른 텍스트들과 마찬가지로 「실수」의 경우도 '보는' 행

---

16) 신형철, 「이상(李箱) 시에 나타난 '시선(視線)'의 정치학과 '거울'의 주체론 연구」,
『한국현대문학연구』 제12집, 한국현대문학회, 2002. 12, 343면. 필자는 신형철의
논의에서 출발하여 이상 시의 본질이 근대를 향한 열등감과 불신감으로 표출되
는 양가성이 이상 시의 본질이라 파악하고, 이상 시에 드러나는 근대성에 대한
저항 기제와 그 시적 함의를 고찰한 바 있다. 이에 대해서는 졸고, 「이상 시의 근
대성 연구」, 『한국민족문화』 제31집, 부산대 한국민족문화연구소, 2008. 4 참조.

위가 중요하게 작용하고 있다. 이 작품은 이상 그 자신이 갈망했던 '근대의 상징' 동경에 이르러 실제로 '경험'한 근대의 기록이라 할 수 있다. 먼저 아래 인용문을 살펴보자.

> (…) 수일 전 본정(本町) 좁고도 복작복작하는 거리를 관류(貫流)하는 세 채의 인력거를 목도하였다. 말할 것도 없이 백인의 중년 부부를 실은 인력거와 모 호텔 전속의 안내인을 실은 인력거다.
> 그들은 우리 시민이 정히 못 알아들을 수밖에 없는 국어로 지껄이며 간혹 조소 비슷이 웃기도 하고 손에 쥐인 단장을 들어 어느 방향을 가리키기도 한다. 자못 호기에 그득찬 표정이었다.
> 과문(寡聞)에 의하면 조쪽 의례 준칙으로는 이 손가락질하는 버릇은 크낙한 실례라 한다. 하면 세계 만유(漫遊)를 하옵시는 거룩한 신분의 인사니 필시 신사나라.
>
> —「실수(失手)」 부분

「실수(失手)」에는 두 개의 '근대'가 등장하고 있다. 물론 이 작품에 이르러 두 개의 근대가 나타났다고 말할 수는 없다. 동경 행을 감행하기 이전까지 '경성'이 낙후된 실체로서의 근대임에 반해, '동경'이 진정한 근대의 상징이었기 때문이다. 그런데 이상이 이 작품을 쓴 장소이자, 자신이 '근대의 상징'이라 믿어 의심치 않았던 일본에 이르러 새로운 '근대'가 등장한다. 바로 위 인용문에 나타나는 '백인의 중년 부부'가 그 대리인이다. 위 인용문에서 이상이 그 백인의 중년 부부를 바라보는 태도는 매우 부정적이다. 그 이유는 그들이 "조소 비슷이 웃기도 하"고 "손에 쥐인 단장을 들어 어느 방향을 가리키기"도 했기 때문이다. 이러한 그들의 행동에 대해 이상은 해석을 덧붙이고 있는데, 바로 "손가락질하는 버릇은 크낙한 실례"라고 말하고 있는 부분이다.

그런데 한 가지 흥미로운 사실은 그 스스로 "과문(寡聞)에 의하면"이라고 덧붙이고 있는 바와 같이, 또 자신이 그들의 언어를 전혀 알아듣지 못한 채 그들의 행동을 해석하고 있다는 점이다. 앞서 이상 문학의 특징 중 하나로 '편집증적 충동'을 언급한 바 있는데, 「실수」에 나타난 이상의 해석 역시 그러한 양상과 맥을 같이 하는 듯하다. '편집증'을 넓은 의미로 이해하자면 주체가 타자의 의도를 오인하는 것인데, 편집성 사람들의 특징 중 하나는 '방어행동'이라고 한다.17) 그들의 특징은 잠재적인 악이나 기만을 예견하는 것인데, 위 인용문에 나타난 이상의 해석 역시 그러한 방어행동의 하나로 보인다. 이와 같이 지나친 그의 해석은 어디에서 기인한 것일까. 필자가 말한 바와 같이, 이는 동경에서 발견한 '새로운 근대'에서 비롯된 것이라 여겨진다. 즉, 이상 스스로는 동경이야말로 진정한 근대라 여기고 그 곳을 향해 떠났지만, 막상 동경에 이르니 "못 알아들을 수밖에 없는" 언어로 말하는 세계가 또 존재했기 때문에 그는 문화적 충격에 휩싸였던 것으로 보인다.

그렇다면 이상이 생각했던 진정한 '근대'란 무엇이었을까. 「실수」에서 그는 걸인을 희롱하던 이를 "일위(一位) 무골(武骨) 청년이 구타하는 것을 목도한 일이 있다"고 밝히면서, "이 청년 역(亦) 향토를 아끼는 갸륵한 자존심에서 우러난 행동이었음에 틀림없으리라"(96면)라고 말하고 있다. 이러한 언설을 통해 볼 때, 그는 '향토'로 표상되는 조선에서 '근대'적인 삶을 꿈꾸었던 것이라 여겨진다. 물론 그가 생각한 이러한 '근대'는 잘 아는 바와 같이 그의 죽음으로 이해 못다 이룬 꿈이 되었지만 말이다.

---

17) 이훈진·이명원, 『편집성 성격장애』, 학지사, 2000, 27-47면 참조. 이상 시편들 중에서 「꽃나무」와 「I WED A TOY BRIDE」에는 정서적 결속의 불가능에 대한 그의 생각들이 드러나고 있다. 이에 대해서는 졸고, 앞의 글, 219-220면 참조.

4. 『추등잡필』 연작의 구조적 의의와 그 한계

지금까지 살펴본 바와 같이, 「추등잡필」 연작은 텍스트의 구조와 의미가 긴밀한 관련성을 가지면서, 전근대와 근대 두 시대를 살아가야했던 이상의 행보를 고스란히 담고 있다. 지금까지의 논의를 간략히 요약하면 다음과 같다. 우선, 이 수필 연작이 창작된 시기는 이상이 일본으로 건너가는 시점과 정확하게 맞물리는데 이 연작에 나타난 공간적 배경의 이동은 이상의 행보를 잘 보여준다. 둘째, 이상이 이 연작에서 기록한 근대란 온전히 '경험'한 것이라기보다는 '본' 것에 지나지 않는다. 그런데 이와 같은 작품의 특성은 그 약점이라기보다는 '보는' 행위와 투사를 통해 근대를 자기 안으로 끌어들이고자 했던 이상의 욕망이라 보는 편이 낫다. 셋째, 이 연작의 의미는 전근대와 근대의 '사이'에 놓여 있다고 할 수 있는데, 이상은 근대성 추구에 대한 불신감, 특히 자율성의 상실에 대한 공포를 풍자적으로 그려내고 있다. 마지막으로 이 연작은 이상 그 자신이 갈망했던 '근대의 상징' 동경에 이르러 실제로 경험한 근대의 기록이라는 점에 주목하였다. 그렇지만 이상은 진정한 근대를 발견했다기보다는 '새로운 근대'를 경험하는데 그치고 말았다.

이와 같은 적지 않은 의미들에도 불구하고 「추등잡필」이 탁월한 작품이라고 말하기는 어렵다. 이는 수필이라는 장르의 특성상 '경험의 기록'에 집중한 탓일 텐데, 시 작품에서 살펴볼 수 있는 것처럼 그가 자신의 환상 세계를 통하여 형상화하고자 했던 '근대'의 모습을 「추등잡필」에서는 찾아볼 수 없었다.[18] 물론 시에서 그 '진정한 근대'의 형상화가 성공했냐면 그렇지는 않다. 시에서도 그러한 형상화는 고유한 체계를 구성하지 못한 채, 근대에 대한 불신에 머무르고 있다. 두 장르 공히 이러

---

18) 졸고, 앞의 글, 224-240면 참조.

한 형상화에 실패한 까닭은 「추등잡필」 연작에 드러나는 바와 같이, 그가 '근대의 상징적 도시'인 동경을 너무 빨리 경험한 탓일 것이다. 이러한 약점에도 불구하고 이 연작은 근대적 인간으로 개조되어야 했던, 또 전근대와 근대를 동시에 살아가야했던 이상의 고뇌가 고스란히 엿보인다는 점만으로도 충분히 주목할 만한 텍스트이다.

이상의 전위성, 현해탄 건너기의 의미

김 예 리*

1. 기림에게 보낸 편지 : 문학공동체의 요청

　김기림은 1936년 봄 센다이로 유학을 떠난다. 30년대 조선의 모더니즘을 대표하는 모더니스트이자 문인기자출신이었던 그는 시인이라기보다는 학자에 가까웠고, 그런 그가 서구의 지식 창구였던 일본을 향한 것은 당연한 수순이었다고 할 수 있다. 문학공동체였던 '구인회'의 동지이자 자신의 문학적 깊이를 이해하고 지지해주었던 김기림의 도일이 이상에게는 일종의 상실의 감각으로 다가왔음은 분명하다. 이런 그리움의 감정으로 이상이 센다이의 김기림에게 보낸 편지는 세상에 소개되었고,[1] 사신들은 이상이 도일하기 전후의 심사가 고스란히 노출되어 있어

---

* 서울대학교 강사. 대표 논문으로 「매저키스트 이상, 근대를 사유하는 두 방식」, 「이상 시의 공백으로서의 '거울'과 지도적 글쓰기의 상상력」 등이 있음.

1) 「私信」은 잡지 『여성』에 1936년 8월부터 다음해 1월까지 발표된 것으로 알려져 있다. 가장 최근에 출판된 이상 전집(권영민 편, 『이상전집』, 뿔, 2009)에도 이렇게 소개되어 있다. 그러나 김주현은 이 정보가 잘못된 것으로 보고 있으며, 김기림이 세상에 공개한 것으로 추측하고 있다. 『여성』을 확인해본바, 이 편지들은 잡지에 수

이상 연구에 중요한 자료로 여겨졌다. 이 편지는 김기림이 센다이로 떠난 1936년 봄부터 1937년 2월 10일까지 이상이 김기림에게 보낸 것이며, 다섯 번째 편지를 보낸 36년 11월 14일에는 이미 이상도 동경행을 감행한 상태였다. 이 편지 안에서는 '구인회' 회원의 동정과, '구인회' 동인지 『시와소설』의 간행소식, 이상이 장정한 김기림의 『기상도』의 출판소식 등, '구인회'에 관련된 소소한 정보들을 읽을 수 있으며, 「날개」, 「종생기」, 「위독」 등의 작품들이 창작된 시점도 유추할 수 있을 뿐만 아니라, 르네클레르의 영화나 미샤 엘만의 음악과 같은 이상의 아방가르드한 예술적 성향도 편지를 통해서 파악할 수 있다. 그러나 무엇보다도 이상이 동경으로 건너가기 전후, 이상의 심정과 동경행을 감행하려는 이상의 모험을 이 편지들을 통해 유추할 수 있다는 점에서 중요한 자료가 아닐 수 없다. 표면적으로 편지에서 읽을 수 있는 굵직한 내용들을 정리해보면 다음과 같다.

첫째, '구인회'의 동인지 『시와소설』의 문제. 『시와소설』의 창간호가 출판되었고, 동인들의 게으름 때문에 2호는 불가능할 것 같다는 것. 이상 혼자의 힘으로라도 만들고 싶고, 다른 동인들이 글을 준다면 "어떤 잡지에도 지지 않는 버젓한 책"을 만들 자신이 있다는 것. (「사신1」, 「사신2」)[2]

둘째, "고황에 든 문학병"에서 벗어나고 싶고, 그래서 동경에 가고 싶다는 것. (「사신3」)

셋째, 「날개」, 「종생기」, 「위독」을 썼다는 것. (「사신4」)

넷째, "새 세기의 영웅들"인 '삼사문학'에 김기림이 동인이 되어주었

___

록되어 있지 않았다. 다른 잡지에 수록되었거나 김주현의 견해처럼 김기림에 의해 세상에 공개되었을 가능성이 크다. 편지의 출처에 대해서는 확인 작업이 필요해 보인다.

2) 「사신」에 붙은 번호는 전집에 따라 조금씩 차이를 보인다. 이 글에서 이상의 작품 인용은 권영민 편, 『이상전집』 판본으로 한다.

으면 좋겠다는 것. (「사신5」)

다섯째, 마침내 도착한 동경이 실망스러운 도시라는 것. (「사신6」)

여섯째, 서울을 떠나 동경에 올 때의 생각이 헛된 망상이었다는 것. (「사신7」)

이렇게 '구인회' 동인들에 대한 실망, 벽에 부딪힌 자신의 문학, 그리고 이 절망적인 상황에서 벗어나기 위한 동경행, 그리고 동경의 실체를 목도한 뒤 다시 절망에 빠진 이상이라는 구도로 편지의 흐름을 정리할 수 있다. 그렇다면 이 편지들은 결국 이상이 자신의 정신적인 의지처였던 김기림에게 보낸 일종의 SOS 신호였던 것은 아니었을까. 소설 「김유정」에서 묘사되고 있는 김기림의 어른스러운 면모는 '구인회'라는 문학공동체에서의 김기림의 위상을 말해주는바, 김기림은 이상에게 문학적 동지를 넘어서 자신들의 문학공동체인 '구인회' 그 자체가 가능하게 해주는 정신적 지주와도 같은 존재였다고 할 수 있다. 뿐만 아니라 소소한 일상처럼 '구인회' 회원들의 소식을 전하고 있는 듯 하지만, 김기림이 떠난 후 '구인회'의 모임은 이루어지지 않았고, 박태원과 정지용과도 왕래가 소원하다는 점을 편지에 적고 있다는 점, 그리고 '구인회' 동인지 『시와소설』의 발간 사업이 이어지지 않고 있는 것에 대한 실망을 토로하고 있다는 점, 신세대 전위작가들이라고 할 수 있는 '삼사문학' 동인에 김기림의 참여를 유도하고 있다는 점 등을 생각해볼 때, 김기림에게 보내진 이 편지들에는 사적인 내면 고백의 층위보다 한층 더 적극적인 어떤 요청이 내포되어 있다고 여겨진다. 그리고 그 요청은 물론 '구인회'와 관련 있을 것이고, 나아가 '구인회'라는 문학공동체의 연장선상에서의 '삼사문학'과도 연관된 어떤 요청일 것이다. 이 글은 김기림에게 보낸 편지 속에 숨겨져 있는 이상의 요청의 실체를 파악해보기 위한 일종의 흔적 찾기이다.

2. 『시와 소설』과 문학공동체에의 갈망

1933년 8월 15일 창립된 '구인회'는 특별한 문학 이념이나 지향점을 내걸지 않았고, 그들의 창립선언문의 언어를 그대로 옮기자면 단지 "순연한 연구적 입장에서 상호의 작품을 비판하며 다독다작을 목적으로"[3] 그야말로 문학을 좋아하는 문학청년들의 모임으로 세상에 소개되었다. 그들은 카프처럼 행동강령이나 조직의 이념을 내세우지 않았고, 조직을 이끌어나갈 리더격의 인물도 선출하지 않았으며, 표나는 조직의 이념을 내세우지 않았으므로 회원들의 문학적 성향도 통일되지 않았다. 그들은 스스로 "9인회는 한낱 문학적 사교성"[4]으로 모인 집단, "대단히 소극적이요 샌님 같은 사교구락부"[5]라고 했고, 이런 그들을 백철은 "무의지파"[6]로 규정했다. 백철의 이런 규정을 거부한 이는 "무의지파인지 아닌지는 총회가 열리어 규약이 발표될 때에 보라"[7]고 공격한 이무영 한 사람에 불과했다.

이처럼 '구인회'는 표면적으로는 "자기들 자신으로 상호비평하는"[8] 순수한 문학모임이었다. 그러나 '순수함'이라고 하는, 의미를 의식적으로 거부하려는 몸짓은 오히려 수많은 의미를 생산해냈고,[9] '순수문학자

---

3) 「'구인회창립' 기사」, 『조선일보』, 1933. 8. 30.
4) 이태준, 「구인회에 대한 난해·기타」, 『조선중앙일보』, 1934. 8. 10.
5) 조용만, 「구인회의 기억」, 『현대문학』, 1957. 1.
6) 백철, 「사악한 예원의 분위기」, 『동아일보』, 1933. 10. 1.
7) 김두용, 「'구인회'에 대한 비판」, 『동아일보』, 1935. 7. 31.
8) 정인택, 「文壇問題抄」, 『삼천리』, 제6권 제5호, 1934. 5.
9) 프로문학의 영향력이 서서히 상실되면서 조선 문단에 이념적 공백이 생겨나고 있을 시점인 1933년에 이루어진 '구인회'의 창립은 그 자체가 새로운 의미가 부여되지 않을 수 없는 하나의 사건이었다고 할 수 있다. 당대로서는 신세대 작가들의 모임이라고 하지만, 이태준이라는 묵직한 인물이 버티고 있었고, 정확한 시대감각을 바탕으로 꽤 날카로운 비평 감각을 보여주었던 김기림이나, 학창 시절부터 일본 모더니즘 시 잡지『近代風景』에 일본의 유수한 작가들과 같은 위상으로 시를 발표

들의 카프의 대타적 조직체'라는 문학사적 규정은 '구인회'의 모호한 색
채를 선명하게 만들었다. 애초에 일본의 신감각파 무리들이 프롤레타리
아 계급문학이 주도하는 분위기에 반기를 들고 만들어진 '13인 구락부'
에서 암시를 얻어 조직이 시작되었다는 점10)이나 카프에 관여한 적이
있던 김유영과 이종명의 발기와『조선중앙일보』의 이태준이 합세하면
서 시작된 '구인회' 창립 초기의 정치적 목적, 즉 신문 학예면의 발표지
면 확보를 통한 저널리즘 장악이라는 정치적 목적을 손쉽게 읽을 수 있
다는 점은 '구인회'를 '카프'와 동일한 위상의 조직체로 볼 수는 없더라
도 '구인회'의 정체성을 규정함에 있어 '카프'는 비교 대조항으로 소환
되지 않을 수 없었을 것이다.

그러나 두 번에 걸쳐 진행된 '구인회'의 인적조정을 통해 30년대 모
더니즘 문학의 중핵을 구성하는 인물들로 '구인회'는 재배치되었고, 이
로써 다방 '제비'를 중심으로 하는 '라보엠적인 예술공동체'11)는 구성될

하곤 했던 정지용이 함께 한다는 사실만으로 '구인회'의 모임은 관심이 집중되지
않을 수 없었다. 그러나 이 '사건'으로서의 '구인회'는 카프 계열 작가들의 계속된
비판과 공격에 묵묵부답으로 일관했고, 이러한 태도는 역설적으로 스스로 어떤 이
념에 의해 규정되는 것을 강력하게 거부하는 양상으로 읽혀졌다. '구인회' 조직에
의미를 부여해주는 것은 오히려 '구인회'에 대한 비판적 담론을 만들어나가던 카
프계열의 작가들이었다. '구인회'를 '부르주아 문학단체'로 규정한 백철은 그들을
'무의지파'로 호명했고, 임화는 이태준, 박태원, 김기림, 이종명 등의 창작 경향에
대해 현실에 대한 '절망과 도피의 문학', '소시민적 인텔리의 애수의 문학'으로 규
정하고는 이러한 현상들이야말로 심화되어 가는 근대문학의 위기를 반증하는 것
이라 단정했다. 백철이나 임화와 달리 박승극이나 홍효민의 경우 "구인회는 조선
문학계에 있어서 카프에 버금가는 문제의 문학 단체", 혹은 "사회 정세가 급각도
로 변환되지 않는 한에는 이들의 조직체가 수년 동안 지속"될 단체로 구인회에 대
한 긍정적인 시선을 보여주기도 했다(임화, 「1933년의 조선문학의 제경향과 전
망」,『조선중앙일보』1934. 1. 1~14 ; 박승극, 「조선문학의 재건설」,『신동아』, 1935.
6 ; 홍효민, 「조선문단 및 조선문학의 전진」,『신동아』, 1935. 1). '구인회'의 묵묵부
답과 구인회의 정체에 대한 카프 계열의 수많은 담화가 만들어내는 이러한 형세는
마치 기의 없는 기표에 수많은 의미가 달라붙는 모양새였다.
10) 조용만,『울밑에 선 봉선화야』, 범양사, 1985, 124면.
11) 신범순,『이상의 무한정원 삼차각나비』, 현암사, 2007, 63면 ; 조영복, 「이상의 예

수 있었다. '구인회'가 구인회라는 이름을 걸고 진행한 공식적인 활동은 상당히 미미했지만, 이태준, 정지용, 김기림, 이상, 박태원, 김유정 등 '구인회' 회원들은 1930년대 중반 조선 문단에서 가장 왕성하게 활동한 작가들이기도 했다. 이들은 모였으나 이데올로기적인 집단성은 거부함으로써 자신들의 집단에 최소한의 의미만을 부여하고, 각기 개별 활동을 하지만 그 활동의 맥락 속에는 '구인회'라는 문학적 동류의식이 내재되어 있으며,[12] 명시된 조직 방침은 없으나 실험성과 기교성라는 공통된 창작 지향점은 존재하는, 그야말로 모였으나 집단이라고는 부를 수 없는 문학공동체의 형상이었던 것이다. 그런 점에서 '구인회'라는 이름은 이들에게는 일종의 '문학의 이데아'였다고 할 수 있다. 이러한 독특한 집단성은 김기림의 견해이기도 하다.

> 「스쿨」은 문인 자체에게 있어서도 필요한 것이다. 낡은 전설에서 대척되는 지점에서 자신을 발견하는 기쁨을 의미하며, 전설과 새 출발의 경계선을 의미하는 점에서 유파는 자기 발전의 한 개의 표석이다. 「마티스」의 「포비즘」, 「짜라」의 「다다」, 「올딩튼」 등의 「이미지스트」 운동, 「스포」 등의 「슈르리얼리즘」 ─ 이것들은 비평가가 반가워하고 현상이 편해질 뿐 아니라, 그들 자신이 차라리 전통을 의미하지 않는 자기유파의 고유명사에 더 애착을 느낀다.
>
> 또한 「스쿨」은 현대 자본주의사회에서 등록상표와 간판의 의미도 가지고 있는 것을 부인하지 않는다. 나는 외람히 생각한다. 우리 문단의 타기의 원인의 일부분은 문인들이 각각 자신의 작은 창작실에 칩거하면서 개인의 길만 걸어가는 데도 있다고─. 요컨대 문인의 대부분은 너무 비겁한 것이 아닐까. 용감하게 그 간판을 걸고 집단으로서 유파의

술 체험과 1930년대 예술 공동체의 기원」, 『한국현대문학연구』, 23집, 2007. 12, 209면.

12) 이상의 소설 「김유정」이나 박태원의 「방랑장 주인」, 「애욕」과 같이, 그들은 서로를 소설적 주제로 가져오기도 했다. 구인회 동인들간의 전인적인 예술체험과 예술교류의 흔적에 대한 내용은 조영복, 「이상 혹은 리토르넬로 비교교유록」(『이상의 사상과 예술』, 신구문화사, 2007) 참조.

동력을 발휘하다면 1933년의 문단은 더 활기 있고 다채해질 것이다.13)

> 여하간 새해의 문단은 좀 다채하여야 하겠습니다. 초현실주의도 좋
> 습니다. 즉물주의도 감각파도―. 너희들은 아무 구석에서나 너희들 자
> 신의 특성을 가지고 대담하게 뛰어나오너라. 생기있는 혼돈의 彼方에서
> 는 더 높은 통일의 세계가 빛나고 있을 것이다.14)

김기림에 의하면, 포비즘이나 다다이즘, 이미지즘, 초현실주의 등 다
양한 유파들이 만들어내는 경계들은 추상적인 예술 행위에 특정한 대척
점을 만들어주고, 이러한 선명한 '서클'은 다시 다채로운 창작 행위의
밑바탕이 된다. '작은 창작실'에 칩거하면서 개별적인 창작 활동에만 골
몰하는 낭만주의적인 개별성으로는 문단에 타기와 나태를 불러일으킬
뿐이다. 조선 문단이 다채롭기 위해서는 '집단으로서 유파의 동력'을 발
휘해야할 필요가 있고, 다채로운 집단성은 '더 높은 통일의 세계'로 지
양될 것이라는 것이 김기림의 주장이다. 이러한 그의 논의에서 읽을 수
있듯이 김기림의 '집단성'은 다채로운 목소리를 내기 위한 바탕으로서
의 집단성이며, 이러한 다종다기한 유파들이 만들어내는 충돌과 충격으
로 조선의 예술은 발전할 수 있다. '작은 주관', '움직이는 주관'이라는
김기림의 독특한 주체론도 이러한 맥락과 이어져 있다. 지도비평으로
집단의 정체성을 정돈하고 집단이 나아가야할 방향을 제시하는 카프와
같은 거대조직체가 아니라 다채로운 집단성의 향연이 되기 위해서는 그
집단을 구성하고 있는 분자들도 다채롭게 운동하지 않으면 안 된다.

'구인회' 회원들의 활동 모습도 바로 이러한 것이었다. 이런 점에서
동인지 형식이 '구인회'라는 집단의 특성상 적절한 형식이 아니었다고

---

13) 김기림, 「「서클」을 선명히 하자」, 『김기림전집』 3, 심설당, 1988, 231면(『조선일보』,
    1933. 1. 4).
14) 김기림, 「신민족주의 문학운동」, 『김기림전집』 3, 229면(『조선일보』, 1932. 1. 10).

도 볼 수 있다. 동인지란 그 동인들이 지향하고 있는 특정한 이념을 향할 수밖에 없고, 이렇게 된다면 열려있고, 언제나 충돌을 준비하고 있는 동적인 리듬감은 잃어버리고 폐쇄적인 집단성으로 전락할 가능성을 언제나 담지하고 있는 것이기 때문이다. 『창조』, 『폐허』와 같은 지향성을 내보이는 타이틀이 아니라 문학 그 자체를 뜻하는 『시와소설』이라는 타이틀이 말해주는 것이 바로 '구인회'의 이념인 것이다. '구인회'의 두 번에 걸친 인적조정은 저널리즘 장악이라는 문단 정치적인 견해로 '구인회' 조직에 임했던 이태준보다는 김기림의 엘리트 문학주의적 성향이 발휘된 결과들이며, 김기림의 문학주의에 화답할 수 있는 이들로 '구인회'는 재조정되었던 셈이다.

물론 '구인회'가 동인지를 기획하는 일에 큰 관심이 없었던 것은 신문 학예면을 확보했기 때문이기도 하다. 동인지라는 것은 동인들의 작품을 세상에 내놓기 위한 발표지면의 확보라는 측면에서도 중요한 것인데, 『조선중앙일보』의 이태준, 『조선일보』의 김기림, 『매일신보』의 조용만, 『동아일보』의 이무영 등 1930년대 주요 일간지 기자들을 회원으로 포섭함으로써 이들은 충분한 발표지면을 확보할 수 있었던 것이다. 문제는 이상의 전위적인 문학적 성향을 대중이 수용하지 못했다는 데 있었다. 1930년대 조선의 문단은 신문 학예면을 중심으로 한 저널리즘이 강세를 보이고 있었고, 저널리즘의 상업적 속성은 출판 자본의 힘에 의해 문단의 흐름이 좌우되는 경향으로까지 나타나게 되었다.[15] 김남천 역시 상업출판 자본에 종속될 수밖에 없는 조선 문단의 현실에 대해 냉철한 비판을 표한바 있거니와,[16] 30년대의 문단에서의 저널리즘의 영향

---

15) 1930년대 저널리즘의 상업화 경향에 대해서는 김민정, 「1930년대 문학적 장의 형성과 구인회」, 『한국근대문학의 유인과 미적좌표』, 소명출판, 2004 참조.
16) 김남천, 「동인지의 임무와 그 동향」, 『김남천 전집1』, 박이정, 2000(『동아일보』, 1937. 9. 28).

력은 동인지 시대인 20년대에 비해 상당히 커져 작가들도 상업적인 측면을 고려하지 않을 수 없게 되었다. 이런 상황에서 이상은 이태준의 도움으로 『조선중앙일보』에 「오감도」를 연재할 수 있는 기회를 가지게 되었지만, 그의 문학을 이해하지 못한 대중들의 반발로 「오감도」 연재를 중지할 수밖에 없게 되었다. 30년대 저널리즘은 자본 침투와의 상관관계를 떠나서 생각할 수 없었고, 따라서 작품의 발표지면을 확보하는 층위와 자신의 문학적 세계를 펼쳐보이는 것은 다른 차원의 문제가 될 수밖에 없었던 것이다. 특히 독자의 거부로 인한 연재 중지라는 스캔들의 주인공인 이상에게는 더욱 저널리즘의 상업적 속성을 대체할 수 있는 다른 형식이 필요했다. 이상이 '구인회'의 다른 동인들과 달리 동인지 『시와소설』에 그렇게 집중할 수밖에 없었던 것을 「오감도」 연재 중단 사건과 30년대 저널리즘에의 자본의 침투와의 상관관계와 함께 생각할 수밖에 없는 것도 이런 이유에서이다.

'구인회' 동인지라고 하지만 『시와소설』은 이상의 노력이 아니었다면 출간될 수 없는, 이상의 작품이었다.[17] 「오감도」의 연재중단을 당한 경험이 있는 이상에게는 동인지 양식이야말로 신문의 한계를 넘어서서 자신들의 '데폴메숑'한 감각을 표출할 수 있는 창구가 될 수 있었던 것이다. 따라서 이상에게 『시와소설』의 간행은 '구인회'의 다른 동일들에 비해 한층 적극적으로 달려들 수밖에 없는 작업이었고, 『시와소설』은 자신의 문학적 전망을 마음껏 표현할 수 있는 문학적 공간이었으므로, 1호를 끝으로 종간하게 된 현실이 이상은 못내 아쉬웠을 것이다. 이런 맥락

---

17) 조용만에 의하면 『시와소설』을 발간하기 위해 이상은 구본웅의 부친이 운영하는 출판사인 창문사에 취직하였고, 『시와소설』 후기에도 나와 있듯, "쓰고 싶은 것을 써라 책을랑 내 만들어주마"라고 말하는 친우 구본웅의 원조로 『시와소설』은 발간될 수 있었다. "겉표지에서 뒤표지까지 예서 더할 수 있으랴. 보면 알게다"라고 말하며 뿌듯해하는 이상의 표정에서, 그리고 "『시와소설』에 대한 일체 통신은 창문사 출판부 이상한테 하면된다"는 후기의 마지막 구절에서 『시와소설』에 대한 이상의 애정의 정도를 짐작케 한다.

에서 본다면 이상이 김기림에게 '삼사문학'에의 동인참여를 권유하는 것은(「사신5」) '구인회'의 두 차례 있었던 인적조정의 연장선상으로 생각해볼 수 있다. '구인회'적 문학공동체적 감수성을 이상은 '삼사문학'으로 이어가고 싶었던 것은 아닐까.

동인이나 서클과 같이 집단성을 지향하는 것은 '전위' 문학의 일반적인 특징이기도 하다. '전위avant-garde'라는 개념에 내포되어 있는 군사적 이미지에는 기교와 도발적인 형태 실험에 관련하여 미학적 동료들을 서로 격려하는 행위를 절대적으로 필요로 하는 작은 전투 집단이 암시되어 있으며, 집단의 격려 속에서 다양한 기성 문화에 '게릴라 습격'을 가할 수 있다.[18] 박태원의 소설 「방랑장주인」의 아방가르드적인 형태실험과 문명 비판적이고 폐허가 된 도시 이면의 이미지를 고스란히 보여주고 있는 이상의 시 「가외가전」, 초현실주의적 기법으로 꿈과 환상의 이미저리를 통해 뚜렷한 대상을 해체하여 '유선'이라는 모호한 윤곽선으로만 처리한 정지용의 시 「유선애상」 등 『시와소설』에 발표된 작품들에서 나타나는 '구인회'의 아방가르드적인 실험정신은 문학적 동류의식을 바탕으로 실현된 작품들이라 할 수 있을 것이다.

그러나 '구인회'는 아방가르드적인 전투적 혁신성을 지향하는 집단이라기보다는 '데폴메쇽'한 감각으로 발휘된 문학적 감수성을 바탕으로 형성된 온건한 혁신주의였고, 항상 새로움을 강조하는 김기림이지만, 그의 문학세계는 역시 너무나 온건했다. 신문 연재 중지라는 스캔들이 김기림에게는 없었던 점이 이를 증명한다. 반면 '삼사문학'이라는 젊고 신선한 집단에게서 이상은 "20세기 정신의 영웅"(「사신6」)의 면모를 읽는다. 분명 문학적 성취의 면에서 보자면 '삼사문학' 동인들은 '구인회' 동인들을 넘어설 수 없는 졸렬한 작품들을 생산해냈고, 이상 역시 이들의

---

18) Eugene Lunn, 김병익 역, 『마르크시즘과 모더니즘』, 문학과지성사, 1986, 53면.

문학적 수준을 간파하지 못했을 리 만무하지만, "모임은 새로운 나래(翼)
다. 새로운 예술로의 힘찬 추구이다"[19]라고 당당하게 선언문을 들고 등
장한 이들에게서 온건한 '구인회' 동인들과는 다른 정신적인 혁신성의
가능성을 이상은 읽어내고 있었던 셈이다.『시와소설』의 발간이 1호로
끝나버리고, 김기림도 일본으로 건너가버린 뒤, 다방 '제비'에서 꿈꾸던
예술공동체의 꿈을 이상은 다시 한번 꾸고 싶었던 건지도 모른다. 그러
나 이미 스캔들을 한번 겪고 났던 이상으로서는 '구인회'보다는 한층 강
도 높은 전위적 혁신성을 갈구했을 것은 분명하다. 그리고 이상의 이러
한 전위적 감각에 대한 갈증은 그의 동경행과도 어느 정도 관련이 있어
보인다.

　당시 일본 문단에서는 장혁주와 같은 인물이 이미 활발하게 활동하
고 있었고, 이광수 역시 유명인사로 일본 문단에 초대받고 있었다는
점,『詩と詩論』과『세르팡(セルパン)』의 편집자 하루야마 유키오를 이상
이 만나고 싶어했다는 점,『近代風景』에 작품을 발표했던 구인회 동인
정지용이 일본 문단에서 활동할 수 있는 가능성을 보여주었다는 점, 흐
지부지 끝나버린『시와소설』에 대한 실망과 그 뒤를 이어서 계속 동인
지 문학을 이끌어나가고 싶었던『삼사문학』등에 대한 김기림에의 참여
호소 등을 고려해본다면 이상은 일본 문단에의 진출을 계산하고 있었던
것일지도 모르겠다. 그러나 일본 문단에의 진출이 곧 제국이라는 보편
성의 중심을 지향하는 것이라고는 말할 수 없다. 이상에게 동경은 도달
해야할 목적지가 아니라 새로운 실험을 위한 출발지였기 때문이다. 그
리고 이 출발은『詩と詩論』과 같은 잡지가 보여주는 서구 유럽 예술의
전위적 감각과 이러한 전위적 실험이 가능할 수 있는 문학 장(field)의 탐
색 작업과 관련성을 가질 것이다. 이런 점에서 이러한 이상의 전위성에

---

19) 신백수, 「「34」의 선언」,『삼사문학』 1호, 1934. 9.

의 지향은 그의 동경행을 해명할 수 있는 키워드가 될 수 있을 것이다.

그러나 여기서 두 가지의 문제점이 남는다. 첫째는 이상의 '현해탄 콤플렉스'이고 둘째는 이상이 자신의 정체성으로 규정했던 '19세기 인간'이 의미하는 바이다. 이상의 동경행을 '현해탄 콤플렉스'로 봤을 때, 이상의 문학은 서구적 근대 문명의 기착지이자 서구를 대신하는 일본으로 상징되는 보편성이라는 목적지를 향해 달려 나간 것이 되고, 전위주의가 20세기 미래의 세계의 미학을 보여주는 것이라고 했을 때, '19세기 인간'이라는 이상의 퇴행적 자기규정은 자신의 문학이 전위적인 측면과는 그다지 상관없는 문학이라는 점을 말해주는 듯하다. 김기림에게 보낸 편지에서 이상은 「삼사문학」과 자신은 세대가 다름을 분명히 하고 있는데, 이상의 이러한 선긋기는 「오감도」 연재 중지를 당한 뒤 "왜 미쳤다고들 그러는지 대체 우리는 남보다 수십 년씩 떨어져도 마음 놓고 지낼 작정이냐. (…) 여남은 개쯤 써보고서 시 만들줄 안다고 잔뜩 믿고 굴러다니는 패들과는 물건이 다르다"라며 그가 보여준 독자에 대한 분노과 시대를 앞서나간다는 자신감에 비교해봤을 때, 상당히 모순적인 태도가 아닐 수 없다. 또한 전위의 감각이 변형과 해체의 '데폴매숑'한 감각을 지향하는 것이라고 했을 때, 그리고 이상의 문학이 보편성의 획득의 측면보다는 아이러니나 이율배반적인 상황의 설정으로 보편성의 불가능성을 보여주는 측면이 더 강하다고 했을 때, 이상의 동경행은 '현해탄 콤플렉스'로만 설명되지 못하는 부분이 존재한다.

3. '19세기 인간'의 전위성과 윤리감각

"동경이라는 곳에 오직 나를 매질할 빈고가 있을 뿐인 것을 너무 잘

알고 있”음에도 불구하고 이상은 “컨디션, 사표, 시야”를 찾아 동경행을
선택했고, 이러한 이상의 선택은 ‘현해탄 콤플렉스’[20]라는 관점에서 해
명되었다. 문명의 ‘혼모노本物’를 찾아 ‘나비’처럼 날아갔다가 ‘니세모노
僞物’의 악취 앞에 혼절해버린 이가 이상이라는 점은 이상의 동경행의
심리를 해명하는 기본 전제처럼 여겨졌다. 물론 소설 「실화」나 김기림
에게 보낸 편지들, 수필 「동경」 등을 통해 ‘니세모노’ 동경에 대한 이상
의 실망과 그로 인한 절망을 읽을 수 없는 바는 아니지만, 거대한 도시
동경에 대한 너무 빠른 이상의 실망은 이 실망조차 이상 특유의 포즈가
아닐까하는 의심을 불러일으킨다. 이상의 동경행이 1936년 10월경이라
고 한다면 단지 몇 개월 사이에 이상은 동경을 체험하고, 그 체험을 잣
대로 동경을 판단하고, ‘니세모노’ 동경에 실망하기까지를 모두 경험한
것이라는 말이 된다. 아무리 천재 이상이라고 하더라도 이것은 너무나
재빠르지 않은가. 그렇다면 혹시 동경의 모조품인 서울에서 탈출하여
‘혼모노 동경’으로 나아간 것이 아니라 오히려 ‘니세모노 동경’을 목격
하기 위해 죽을 것을 뻔히 알면서도 불덩이 속으로 질주하는 불나비처
럼 동경행을 선택한 것은 아닐까. 이 질문에 답하기 위해 식민지 조선에
서 가장 혁신적인 시인이었던 이상이 스스로 자신의 정체성으로 규정했
던 ‘19세기 인간’(「사신6」)이라는 표현에 숨은 뜻을 먼저 생각해볼 필요
가 있다.

  이상이 스스로를 ‘19세기 인간’으로 호명할 때는 언제나 “엄숙한 도
덕성의 피”가 어떤 계열체처럼 따라온다. “암만해도 나는 19세기와 20세
기 틈사구니에 끼워 졸도하려 드는 무뢰한인 모양이오. 완전히 20세기
사람이 되기에는 내 혈관에 너무도 많은 19세기의 엄숙한 도덕성의 피
가 위협하듯이 흐르고 있소 그려”(「사신6」)라고 김기림에게 토로할 때도

---

20) 김윤식, 『이상연구』, 문학사상사, 1987.

그러하고, 이상의 마지막 작품이라고 할 수 있는 「실화」에서도 그러하
다.("20세기를 생활하는데 19세기의 도덕성 밖에는 없으니 나는 영원한 절름발이로
다.") 그러나 이상은 이미 이 도덕성의 피가 폭발하여 터져버린 경험이
있다. 시 「一九三一年」을 보자.

> 나의 방의 시계 별안간 13을 치다. 그때, 호외의 방울 소리 들리다.
> 나의 탈옥의 기사. 불면증과 수면증으로 시달림을 받고 있는 나는 항상
> 좌우의 기로에 섰다.
> 나의 내부로 향해서 도덕의 기념비가 무너지면서 쓰러져 버렸다.
> 중상.
> 세상은 착오를 전한다.
> 13 + 1 = 12 이튿날(즉 그때)부터 나의 시계의 침은 3개였다.
>
> — 「一九三一年(作品第一番)」 부분(강조는 인용자)

이상의 방에 걸려있던 시계가 갑자기 '13'을 치자 "호외의 방울 소리"
가 들리더니 '나'는 탈옥을 한다. 그러니까 이상의 시계가 13을 친 사건
은 '호외'로 보도되는 사건, 즉 제도적인 사회 속에서 충분히 발생가능
하다고 예측 가능한 사건이 아니라 의외의 돌발적인 사건이며, 이 충격
의 사건은 다름 아닌 '이상의 탈옥'이다. 1931년은 이상이 『朝鮮と建築』
에 「이상한 가역반응」과 「조감도」 계열시, 「삼차각설계도」 연작시 등을
발표하며 수식이나 수학적 기호, 기하학적 좌표 등의 다양한 시각적 기
호들을 시어로 수용하고, 쉽게 이해할 수 없는 역설적 명제들로 가득 찬
전위적인 작품들을 세상에 쏟아내던 시기이다. 이상 문학에서 '13'이라
는 숫자는 이상의 '거울'만큼 방대한 해석적 충동을 일으키는 이상 특유
의 알레고리이지만, '12'라는 온전한 안정성을 거부한 파편적인 불안정
성, 근대적이고 유클리드적인 대칭성을 위협하는(혹은 결여한) 탈근대적
인 타자성, 의식의 영역 밑에 깊숙이 침잠해 있다가 문득 주체를 공격하

는 무의식의 영역을 향하고 있다는 점은 분명해 보인다. 「오감도 시제1호」에서 막히고 뚫린 식민지 도시의 골목을 이리저리 쫓겨(아)다니는 '13명의 아해'들을 서늘하게 응시하고 있는 까마귀의 시선 역시 불길한 숫자 13의 계열체일 것이다. 그러므로 이상의 탈옥 사건이란 전위적인 예술 행위를 통한 근대적, 의식적 세계로부터 탈주하는 사건일 것이고, 당연히 탈옥 사건 이전의 세계를 지배하던 도덕의 기념비는 무너지고 만다.

그러나 이상에게 '전위'라는 비평용어를 붙일 때는 조금 조심해야 할 필요가 있다. 이상의 전위적 실험이 단지 관습적이고 진부한 과거와 전통을 부정하고 새로운 시대에 적합한 형식을 실험하고 있는 것이 아니기 때문이다. 이상의 시선은 미래에 있지 않다. 오히려 그는 서늘한 까마귀의 눈으로 현재를 응시하며, 19세기의 도덕의 기념비는 이상의 "내부"를 향해 쓰러진다. 이상의 전위적인 형식실험으로 중상을 입은 것은 바로 이상이다. 다시 말해 이상은 파편화된 근대를 육화함으로써 자신의 존재를 식민지 폐허와 일치시키고 있으며, 그런 점에서 「一九三一年」은 이상이 마조히스트 주체로 재탄생하고 있는 장면을 보여주는 시라 할 수 있다. 이상이 동경행을 감행하기 바로 직전에 작업한 것으로 여겨지는 「위독」에는 「一九三一年」에서 읽을 수 있는 파괴적인 내출혈의 이미지들이 가득하고(「침몰」, 「내부」) 마조히스트 주체의 얼굴은 "데드마스크"로 형상화되며(「자상」) "기억을 맡아보는 기관"은 "염천아래 생선처럼 상해들어"간다.(「매춘」) 물론 밖으로 내뿜어야 할 피를 몸속에 고스란히 담아놓고 있는 이러한 죽음의 이미지들은 폐결핵 말기환자였던 이상에게 닥친 죽음에 대한 공포와 반대급부로 작용하는 죽음충동의 결과물이라고 볼 수도 있겠지만, 김기림의 평가처럼 「위독」은 "우울한 시대병리학을 기술하기에 가장 알맞은 암호"이자 병을 앓고 있는 "현대의 진단서"21)이기도 한 것이다.

그러나 전위의식이란 기본적으로 미래에 대한 역사적 의식을 바탕으로 시대를 앞서나가려는 의지를 상정한다. 이때 전위주의자들은 새로움을 향한 무한한 운동보다는 하나의 비판적 극복을 택함으로써 스스로에게 역사적 성격을 부여하는 방향으로 흘러간다. 유행이 보여주는 것처럼 새로움이라는 것은 곧 헌 것이 될 운명에 있는 것이고, 이 허무한 시간의 흐름을 감당하기는 쉬운 일이 아니다. 그래서 전위주의자들은 모더니티 속에 내재된 역설, 즉 자기 충족성과 자기 긍정성의 주장을 통해 자기 파괴와 자기 부정을 필연적인 것으로 만드는 역설을 활성화하여 스스로의 존재방식으로 삼게 된다.[22] 1920년대 임화를 비롯한 카프 계열 작가들이 계급문학으로 방향을 선회하기 전 잠시 보여주었던 다다이즘 문학의 생명이 그렇게 짧았던 것은 '새로움'이라는 요소 이면에 존재하는 허무한 시간의 흐름을 이겨내지 못했기 때문이다. 이처럼 '전위'의 개념 속에 내재된 진보와 퇴행의 긴밀한 연결은 아이러니하게도 혁신으로서의 '전위'가 퇴폐주의와 같은 맥락에서 논의되는 사태를 초래하기도 했다. 20년대 유행했던 다다이즘 유파에 대해 박영희나 김기진이 '데카당한 반동문학의 일종'[23]으로 읽은 것은 아방가르드 문학에 내재되어 있는 숙명적인 본성이기도 한 것이다.

이처럼 '전위'와 데카당스가 동의어가 되는 아이러니한 사태가 벌어지게 되는 것은 전위주의의 미래지향적인 진보적 성향 때문이다. 군사용어였던 '전위'가 미학적인 차원으로 넘어가면서 공간적인 가치에서 시간적인 가치로 그 중심이 이동된다. 전위예술은 필사적으로 미래에

---

21) 김기림, 「과학과 비평과 시」, 『김기림 전집』2(『조선일보』, 1937. 2. 21~2. 26), 33면.

22) A. Compagnon, 이재룡 역, 『모더니티의 다섯 개 역설』, 현대문학, 2008, 67-79면 참조.

23) 김기진, 「반자본 비애국적인 전후의 불란서문학」, 『개벽』, 1924. 2 ; 박영희, 「중요술어사전」, 『개벽』, 1924. 7.

매달리게 되고, 현재에 밀착되기보다는 미래에 편입되기 위해 현재를 뛰어넘어 예측하는 것을 추구하게 된다. 진부해지지 않기 위해서는 과거가 아니라 현재와 단절해야 하고, 현재를 청산해야만 했다. 이에 따라 전위주의적인 예술은 점점 진화론적이고 변증법적인 진보의 역사철학의 맥락 속에 놓이게 되고, 파괴적이고 혁신적인 예술 형식과는 반대되는 순응주의적이고 목적론적인 세계관에 지배되는 아이러니한 상황에 빠져버리게 된다. 파시즘에 동조하게 된 미래파의 경우가 대표적인 예일 것이다.

전위적인 형식과 순응주의적인 세계관이라는 아이러니적인 사태는 일본의 전위주의 예술에서 역시 예외가 아니었다. 특히 영화장르에 있어서 '전위'의 양식은 이미 일본에서 일반화된 계급주의 예술의 '정치적 전위'의 측면이 아니라 '예술적 전위'의 영역을 분명히 하려는 측면이 강하게 부각되었다.[24] 그러나 영화에서의 '예술적 전위'의 영역에 대한 접근은 형식적 실험성의 측면이 강조되기보다는 전위영화가 자본주의 질서 속에 어떻게 상품으로 안착할 것인가에 대한 문제에 집중되었고,[25] 상품으로서의 영화와 영화의 대중성에 대한 노골적인 욕망을 드러내면서 아이러니하게도 전위영화의 상업적 상품성을 강조하는 방식

---

24) '전위'로 번역되는 아방가르드는 일반적으로 두 가지 맥락, '정치적 전위'와 '예술적 전위'로 나누어진다. 전자가 정치적 혁명에 복무하는 예술가의 전위라면 후자는 미학적 혁명 기획을 통하여 세계의 변혁을 지향하는 예술가의 전위라고 할 수 있다. 정치적 전위가 프롤레타리아 문학 예술운동사의 맥락에 위치한 것이라면, 예술적 전위는 다다이즘이나 초현실주의와 같은 유럽의 혁신적인 예술운동의 맥락에 놓여있는 것이다. 전위주의에 대한 이러한 구분은 프랑스에서 1870년을 전후하여 분명히 나뉘어졌다. 콩파뇽에 따르면 군사용어로서의 '전위'가 정치적·미학적 의미로 통용된 것은 1848년 혁명 이후부터이며, 1848년부터 1870년까지 '전위'는 미학적 은유에 있어 핵심적인 변화를 겪는다. 즉, 전위예술은 처음에는 사회적 진보를 위해 복무했다가 나중에는 미학적으로 시대에 앞선 예술이 된다. 다시 말해 1848년 이전에는 주제면에서 '전위'였다면, 1870년 이후에는 형식면에서 '전위'가 된다(A. Compagnon, 앞의 책, 70-71면 참조).
25) 佐々木能理男·飯島正, 『前衛映畵藝術論』, 天人社, 1930.

으로 진행되었다.26)

  이와 같은 전위주의에서의 미학적 태도와 정치적 태도의 역전현상은 미래에 편입되기 위해 현재적 상황에 눈감아버림으로써 현재를 희생시키는 진보에 대한 믿음에서 초래된 아이러니라고 할 수 있다. 벤야민이 「역사 개념에 관하여」에서 비판했던 것도 바로 이점이다. 진보의 역사철학을 혁명적이라고 생각하지만, 정말 혁명적인 것은 현재의 구원을 한없이 미래에 유예하는 진보의 역사철학이 아니라 '동질적이고 공허한' 시간의 흐름을 폭파하여 시간의 흐름 속에 숨겨져 있는 파편적이고 폐허로서의 현재의 순간을 눈앞에 펼쳐보이는 것, 그리고 부서진 채 망각된 역사의 파편들 속에서 현재의 구원 가능성을 찾는 것이다. 그리고 이 망각된 역사의 파편들이란 물론 승자의 역사로 기록된 내러티브가 아니라 기록된 적도 없고 의식화된 적도 없는 심연의 무의식에서 솟아올라오는 충격 경험으로서의 파편들이며, 진화에 뒤쳐져 승리자의 역사에 기입되지 못한 진보의 실패자들의 세계이다.27)

  그 누구보다 전위적이고 혁명적이었던 이상은 20년대 전위주의자들과 달리 자신의 시선을 미래에 두는 것이 아니라 식민지 폐허의 현재를 응시한다. 이상의 소설이 보여주는 서사적 시간의 단속성(斷續性)이 보여주는 바, 그의 시간은 과거-현재-미래라는 역사적 시간의 흐름 속에 위치하는 것이 아니라 끊어진 현재이자 간헐적인 시간의 나열이다. 예컨대 「종생기」는 과거의 시점과 현재의 시점이 혼재되어 있어 시간의 흐름을 파악하기가 쉽지 않고, 동경의 시간과 서울의 시간을 병치적인 몽타주로 번갈아 제시하는 「실화」와 같은 경우는 시간의 병치가 소설의

---

26) 峰岸義一, 「「貞操のロボツト」日活映畫化」, 『前衛時代』, 1931. 7.(波潟剛, 「전위와 아방가르드와의 조우-1930년의 문예·영화비평」, 『일본문화연구』 5집, 2001. 10, 345면에서 재인용).
27) W. Bemjamin, 최성만 역, 「역사 개념에 관하여」, 『발터 벤야민 선집 5』, 길, 2008.

구성법이 되고 있다. 『시와소설』에 발표된 「가외가전」 역시 타자의 공간, 무의식의 공간, 근대적 도시에서 밀려나간 거리 밖의 거리를 지시하고 있다. '전'이라는 이야기체의 형식을 빌려왔으나, 서술은 해체되고 파편화된 이미지들로만 가득하다. 보들레르가 19세기 파리의 거리를 산책하면서 사유했던 바로 그 폐허이다. 이 거리 밖의 거리에 있는 것은 모두 "방대한 방"에서 쓸어 담은 쓰레기이고, 병법의 천재 '손자'가 탑재한 객차도 피해버리는 속수무책의 폐허이며, 쓰레기투성이의 폐허 속에서 "번식한 거짓천사"들이 온 하늘을 가리고 있어 "방대한 방"은 속으로 곪아서 열통을 앓는다. 이렇게 시간을 파편화하여 지속되는 시간의 흐름을 정지시키고, 서늘한 응시로 거짓된 질서의 허위를 폭로하고 있는 이상의 작품들은 김기림의 평가처럼 현대의 시대병리학을 기술하는 가장 알맞은 암호인 것이다. 미래로의 자기 긍정을 위해 자기 파괴와 자기 부정을 감행하는 것이 아니라 오직 마조히스트적 자기 파괴로 폐허인 현재의 순간을 현시하는 것이 이상의 문학이었고, 그의 전위성이었다.

특히 이상이 동경에서 체류하는 동안 창작된 「실화」에서 우리가 눈여겨봐야할 것은 제국의 시간(동경)과 식민지의 시간(서울)을 나란히 병치시키고 있는 형식적 기법이다. 이것은 제국의 시간 사이로 식민지의 시간이 떠오르고 있는 것이며, 이 시간은 제국의 내러티프를 조각내는 망각되었던 식민지의 시간이다. 어떻게 본다면 「실화」는 식민지의 시간이 제국의 시간 사이로 떠오르면서 제국의 시간이 조각이 나고 파편화되고 있다고도 볼 수 있다. 수필 「동경」에서 이상은 동경에 대한 자신의 첫인상이 '가솔린' 냄새라고 말한다. '가솔린' 냄새가 가득한 동경 마루노우치 거리를 홀로 19세기 식으로 산책하다가 참지 못하고 택시를 잡아탄 이상은 택시 창밖으로 "20세기를 유지하노라고 야단들"인 동경의 거리 풍경을 목격한다. 그것은 '판타스마고리아' 동경의 실체이다. 네온사인으로 번쩍이는 '밤의 긴자'와 달리 "부지깽이 같은 철골"들이 여기저기 마구 얼크러져 있는 '낮의 긴자'의 모습은 마치 "밤의 긴자를 위한 해 골"과도 같다. 이상은 이렇게 일본 제국의 중심 동경에서도 파편적인 폐 허로서의 현재적 순간에 맞닥트리고, 그 폐허 속에서 살아가면서 판타 스마고리아의 환상에 도취되어 살아가는 동경 시민들을 응시하면서 그 폐허를 선뜩하게 목격하는 영웅적 산책자가 된다.

　여기서 간과하지 말아야할 것은 머리 아픈 '가솔린' 냄새가 이상이 동경에 대해 받은 '첫인상'이라는 점이다. 마치 실망하기 위해 동양의 최대 도시이자 첨단의 근대 문명이 압도하는 거대 도시 동경으로 건너 온 것인 양 이상은 동경에 도착하자마자 준비한 듯이 '가솔린' 냄새를 맡고, 번쩍이는 네온사인이 군중을 홀리는 밤의 긴자가 아닌 앙상한 철 골이 선명하게 노출되는 해골같은 낮의 긴자를 서성이며 '판타스마고리 아' 동경의 실체를 폭로하고 있다. 마치 뒷걸음치며 자기의 발 앞에 쉼 없이 쌓여가는 잔해와 이 잔해를 만들어내는 "단 하나의 파국"을 응시 하는 벤야민의 '역사의 천사'[28]처럼 이상은 미래를 향해 내달리고 있는 근대 자본주의 물신의 세계 동경을 응시하고 있는 셈이다.

　이런 점에서 이상의 시에서 간간히 등장하는 역사이미지가 비어 있 거나("역사의 빈페이지", 「LE URINE」), 망각된 채로 나타나며,("잊혀진 계절", 「명 경」) 상실의 멜랑콜리적 감정으로 그려진다는 점을 주목할 필요가 있

---

28) 벤야민이 '역사의 천사'를 묘사한 부분은 다음과 같다. "그의 얼굴은 과거를 향했 다. **우리들** 앞에서 사건들의 연쇄가 나타나고 있는 바로 그곳에서 그는, 잔해 위 에 또 잔해를 쉼 없이 쌓이게 하고 또 이 잔해를 그의 발 앞에 내팽개치는 단 하 나의 파국만을 본다. 천사는 머물고 싶어 하고 죽은 자들을 불러일으키고 또 산 산이 부서진 것을 모아서 다시 결합하고 싶어 한다. 그러나 천국에서 폭풍이 불 어오고 있고 이 폭풍은 그의 날개를 꼼짝달싹 못하게 할 정도로 세차게 불어오기 때문에 천사는 날개를 접을 수도 없다. 이 폭풍은, 그가 등을 돌리고 있는 미래 쪽을 향하여 간단없이 그를 떠밀고 있으며, 반면 그의 앞에 쌓이는 잔해의 더미 는 하늘까지 치솟고 있다. 우리가 진보라고 일컫는 것은 바로 **이러한 폭풍**을 두 고 하는 말이다."(W. Benjamin, 앞의 글, 339면, 강조는 원문, 번역일부수정).

다.("역사의 슬픈 울음소리", 「오감도 시제14호」) 상실의 멜랑콜리라고 했거니와, 이상의 시에서 역사의 망각을 20년대 다다이스트들이 그러했던 것처럼 과거를 백지화하려는 의지와 동일하게 읽어서는 안 된다. 과거를 부정하고 거부하는 것이 아니라 이상에게 역사란 잃어버린 것이며, 상실된 것으로서의 공백이자, "절망적 공허"(「공포의 기록」)이다.[29] 다시 말해 이상은 미래를 이야기하는 이가 아니라, 현재 시간의 '위독함'을 이야기하고, 자본주의 사회의 폐허성을 이야기하며(「날개」), 상실의 멜랑콜리를 보여주는 이였다. 낫을 들고 모든 것을 파괴하는 잔인한 크로노스의 근대적 시간의 악마성을 간파하고 이러한 기계적인 근대적 시간이 유발하는 감정이 '권태'라는 점을 이상은 분명히 알고 있었다(「권태」). 『시와 소설』의 후기로 실린 "절망이 기교를 낳고 기교 때문에 또 절망한다"는 이상의 에피그람은 자신의 문학은 세계의 불합리와 모순을 고스란히 노출시킨 폐허의 현재이며, 폐허의 현재를 벗어나지 않는다는 자기 윤리성을 표현하고 있는 지점이자, '절름발이 19세기 인간'이 의미하는 바이기도 하다. 그리고 '절름발이' 이미지는 모순과 아이러니로 가득찬 이율배반적인 근대 세계를 응시하는 '19세기 인간'의 또 다른 모습이다.

「19세기식」에서 이상은 '간음은 용서할 수 없다'라는 명제와 '연애에 있어 비밀은 있어야한다'라는 명제를 동시에 제시한다. 이 두 명제는 상당히 이율배반적인데 전자가 "절대의 애정"을 추구하는 것이라면, 후자는 "情痴 세계의 비밀"을 강조하는 것이기 때문이다. 그러나 이상의 소설을 통해 읽을 수 있는 이상의 연애담이 언제나 불가능한 연애, 빗겨나는 연애이자, '연애 게임'으로서의 사랑이었다고 할 때, "절대의 애정"이라는 진정한 관계성의 측면은 아무래도 이상의 문법과는 어울리지 않는

---

29) 최근 신범순은 이상의 이 '잃어버린 역사'의 흔적을 탐색하는 시도를 보여주고 있다(신범순, 앞의 책).

다.30) 하지만 「종생기」, 「단발」, 「동해」 등에서 언제나 교묘한 여자들에게 속아 나가떨어지는 순진한 남자(이는 곧 이상이기도 하다)의 입장에서 보자면, 이 "절대의 애정"에 대한 갈구는 그가 도저히 도달하지 못할 불가능성의 세계이긴 하더라도, 그리고 어떤 위악적인 포즈로 자신의 진심을 숨기고 있더라도, 이 순진한 남자가 지향하는 세계이기도 한 것이다. 이상 문학에서 손쉽게 읽을 수 있는 수많은 이율배반적인 사태들, 아이러니와 역설들은 이상이 이 세계를 바라보는 눈이기도 하다. 그는 이 세계의 불합리성과 모순을 눈감아버리기에 그는 너무 눈 밝은 사람이었던 셈이다. '19세기 인간'이 절름발이라는 것은 이 이율배반의 사태에서 조금도 벗어날 수 있는 가능성이 보이지 않기 때문일 것이다. 그러나 이러한 절름발이의 상태를 유지할 수밖에 없는 것이 미래로 뻗어나가는 20세기 인간이 되지 못하는 19세기 인간 이상의 운명일 것이다. 그리고 이상은 자신의 이 운명을 외면하지 않고 고스란히 껴안는 마조히스트 주체로서 세계의 모순에 맞섰다고 할 수 있을 것이며, 이것이 바로 "19세기와 20세기 틈사구니에 끼워 졸도하려 드는 무뢰한"으로서의 이상이 보여주는 그의 시대감각이라 할 것이다.

4. 파괴자의 현해탄 건너기

이 글은 이상이 김기림에게 보낸 편지에서 시작되었다. 이 편지에서 이상은 '구인회' 동인지 『시와소설』 간행이 이어지지 않는 것에 대한 낙망과 '구인회' 동인들에 대한 실망, 그리고 예술공동체의 연장선상으로

---

30) 이상 소설의 연애의 불가능성에 대해서는 서영채, 『사랑의 문법』, 민음사, 2004 참조.

서의 새로운 가능성을 보여주는 '삼사문학'의 발견, 폐허 동경의 목격담, 그리고 자살충동을 일으킬 정도의 폐허 동경에 대한 환멸 등을 이야기하고 있다. 이상이 '구인회'나 '삼사문학'과 같은 문학공동체의 꿈을 포기하지 않은 것은 그의 전위성의 감각과 관련 있다고 할 수 있다. 대중들의 거부로 연재중단을 당한 이상은 '구인회'의 다른 회원들에 비해 상업 저널리즘을 대체할 매체의 필요성을 감지했고, 자신의 전위의 감각을 개진할 수 있는 동인지 중심의 발표지면이 필요했던 것으로 보인다. 특히 전위성은 집단적인 상호관계성을 통해 더욱 가속화될 수 있으며, 집단의 상호 지원으로 더욱 분명한 목소리를 낼 수 있기 때문이다.

그러나 『시와소설』은 1호 간행으로 흐지부지 끝나버렸고, 이에 이상은 새로운 가능성으로서의 '삼사문학'을 바라보고 있었다고 할 수 있다. 그리고 자신의 전위적 감각을 실험할 수 있는 새로운 문학장으로서 그는 동경을 택한 것으로 보인다. 폐쇄적인 식민지 공간의 식민지 지식인이 아니라 '이미그란트'로서의 정체성의 변화가 동경행을 통해 가능할 수 있기 때문이다. 「사신7」에서 이상은 김기림에게 엘만의 랄로 협주곡에 대해 이야기한다. 엘만의 랄로 협주곡은 "그저 막 헐어내어서 완전히 딴 것"으로 만들어버리는 '데폴메숑'의 기법이 거의 "경탄할만한" 수준이라고 고평한다. 여기서 주목할 부분은 이상이 '데폴메숑'한 전위의 감각과 '이미그란트'의 정체성을 연결시키고 있다는 점이다. "영국 사람인 줄 알았더니 나중에 알고보니까 역시 イミグラント입디다"라고 말하며 '이미그란트'로서의 엘만의 정체성을 강조하고 있다. 여기서 "역시"라는 부사어에 주목할 필요가 있다. '역시'가 의미하는 바는 엘만의 '데폴메숑'한 감각은 그가 '이미그란트'이기 때문에 가능하다는 뜻일 것이다. 보편성으로서의 제국의 문법에서 벗어날 수 있는 타자성으로서의 '이미그란트'과 '이미그란트'의 전위성이 이상의 뇌리 속에 자리잡고 있었던 셈이다.

즉, 이상의 동경행은 '구인회'의 온건한 혁신주의에서 '삼사문학'의 전위적 혁신성으로의 전환, 식민지 조선의 지식인에서 "イミグラント"(「사신7」)로의 정체성의 전환이자, 폐허의 현재를 마주하는 마조히스트가 세계의 끝을 향해 달려가는 무모해 보이는 자기 파괴의 선택이다. "동경이라는 곳에 오직 나를 매질할 빈고가 있을 뿐인 것을 너무 잘 알고 있지만" 그럼에도 불구하고 "컨디션이 필요하단 말이오. 컨디션, 사표(師表), 시야(視野), 아니 안계(眼界), 구속(拘束), 어째 적당한 어휘가 발견되지 않소만그려!"(「사신3」)라고 말하며 스스로도 선명하게 언어화하지 못하는 그 무엇을 찾아 일본으로 건너간 이상이 찾으려고 했던 "컨디션"은 결국 전위성을 향한 지향이자 열망이었다. 이상의 동경행은 순진한 나비의 추락이 아니라 불 속으로 돌진하는 부나비의 날갯짓이며, 김기림이 보들레르의 시구를 빌려 말한 바와 같이 "결코 운명에서 풀려나지 못하면서도 그저 '가자'고만 외치는 사람"[31]의 여정길이었다.

이상의 동경행은 언제나 '현해탄 콤플렉스'의 주박에서 벗어나기 힘들었다. '현해탄 콤플렉스'는 제국이라는 보편성과 식민지라는 특수성 사이에 낙차를 설정함으로써 이상의 동경행을 식민지 서울에 결여된 보편성을 추구하고자 한 열망과 그 좌절로 규정지었다. 그런 점에서 "현해탄을 의식하면서도 그 굴레를 넘어서려 한 보편주의자"[32]로 읽은 최근의 한 연구는 '현해탄 콤플렉스'를 넘어설 수 있는 시사점을 제공해준다. 그러나 이 글은 여전히 '보편성'이라는 층위를 도달해야 하는 목표 지점으로 상정한 채, 보편(제국)과 특수(민족)의 자리를 바꿔놓는 것으로 이상 문학의 '현해탄 콤플렉스'를 극복하고자 했다. 그러나 제국이라는 보편적 질서를 상정하는 한 이상의 동경행은 결여된 보편성을 획득하려는 불가능한 시도로서만 이해된다. 하지만 이상은 환상으로 가려져 있

---

31) 김기림, 「여행」, 『김기림전집 5』, 심설당, 1988, 173면.
32) 방민호, 「「실화」: 한복을 입은 이상」, 『이상소설작품론』, 2007.

는 해골 같은 골조를 투시하는 사람이었고, 미래의 진보를 믿는 20세기 인간이라기보다는 현재의 폐허성을 체현하는 마조히스트 주체였다. 이상은 동경에서 동경의 폐허를 목격한다. 이상이 궁극적으로 지향하고자 했던 것은 보편적 질서라는 가상의 껍데기를 파괴하려는 것이었으며, 그 질서 자체를 무화시키려는 것이었다. '현해탄 콤플렉스'가 간과한 것은 이 질서를 벗어나기 위한 모험을 감행하는 이상의 욕망이다. 그리고 이상의 욕망의 흔적은 김기림에게 보낸 편지 속에 감추어져 있었다. 이상이 혁명적인 시인이라고 한다면, 이런 의미에서만 가능하다.

李箱의 수필 「슬픈이야기」에 나타난 심리 양상과 구성법*

최 효 정**

1. 들어가며

李箱의 수필 「슬픈이야기」는 '어떤 두 주일 동안'이라는 부제를 달고 있다. 11월 16일 화자는 여인으로부터 동반자살을 하겠다는 각서를 받는다. 두 주일쯤 후인 12월 1일에 화자는 여인과 동반자살하려고 바닷가로 가지만 결국 실패한다는 내용이다. '어떤 두 주일 동안'은 이러한 동반자살을 위한 결심과 기다림의 기간을 말한다.

이 수필은 『조광』에 1937년 6월, 유고로 발표되었다. 지어진 시기로 『李箱 평전』을 쓴 고은은 李箱이 1936년 東京으로 간 후로 추정하고 있다. 이 시기에 李箱은 「終生記」, 「倦怠」, 「실락원」, 「東京」을 썼다. 삶의 종반을 예상한 듯 李箱은 「終生記」를 썼고, 「슬픈이야기」에도 과거사를 돌아보는 내용이 들어 있다.

---

* 이 논문은 필자의 2010년 한국학중앙연구원 박사 논문 「李箱 隨筆 硏究」에서 발췌, 정리한 것임.

** 2010년 한국학중앙연구원 박사 졸업, 수필가.

李箱은 1935년 겨울 변동림을 만났다.[1] 내용상 수필 「幸福」은 「슬픈이야기」와 연결되는 부분이 많고, 「슬픈이야기」의 시간적 배경은 1935년 말이며, 여인은 변동림으로 추정된다.

작가 李箱만큼 그의 문학이 전기론적 관점에서 자세히 해부된 작가도 드물다. 그의 인생 자체가 극적인 요소를 지니고 있는데다가 그는 일상의 삶을 주로 작품화했기 때문이다. 李箱의 소설조차도 자신의 삶과 연관된 것이 많고, 시나 수필도 대부분 자신의 이야기를 담고 있다. 그러나 전기론적 관점에서의 연구도 李箱의 작품을 완전히 이해하는 경지까지 이를 수는 없었다. 이러한 이유로 李箱의 작품을 정신분석적인 차원에서 시도하는 일이 시작되었다. 이 방면의 연구는 1950년대 후반 유석진의 「李箱의 연구」가 최초이며, 1973년 김종은은 「李箱의 理想과 異常」[2]에서 李箱을 "순환성 성격의 소유자"로 파악했다. 이후로는 서울대 의대 정신과 교수인 조두영에 의해 「李箱의 인간사와 정신분석」,[3] 「정신의학에서 바라본 李箱―李箱 문학의 승화작업, 심리 구조 분석」[4]이 발표되었다. 조두영은 李箱 이해의 기본 열쇠로 "養子로서의 李箱"과 "棄兒로서의 李箱"을 들고 있다.

김상환은 「李箱 문학의 존재론적 이해―존재사적 문맥화 작업과 타당성 검증」에서 존재론적으로 李箱을 파악하고자 하여 그를 "분열과 갈등 혹은 불일치의 경험은 단순히 개인적이고 사적인 차원을 넘어 모더니즘 문명의 본성에 대한 통찰과 이어져 있다. 李箱은 분명히 모더니즘 문명의 본성이 파편화에 있다는 것을 깨달았던 최초의 한국인에 속한다"[5]고

---

1) 고은, 『李箱 평전』, 향연, 2003, 314면.
2) 1973년 『문학사상』 7 / 8월호에 발표되었다.
3) 1986년 『문학사상』 11월호에 발표되었다.
4) 『李箱 문학연구 60년』, 문학사상사, 1998, 113-132면.
5) 김상환, 「李箱 문학의 존재론적 이해―존재사적 문맥화 작업과 타당성 검증」, 권영민 편, 『李箱 문학연구 60년』, 문학사상사, 1998, 133-164면.

평가한다.

정신분열병의 발병원인에 대해서 학자들은 아이가 성장 도중에 겪은 부모, 특히 어머니와의 관계와 형제관계, 이성 관계에서 원인을 찾으려는 노력을 한다. 일반적으로 알려진 정신분열증의 증상은 초기에 사고가 산만해지고 비현실적인 생활과 생각으로 생활이 무질서해지며, 여러 가지 망상이 생기기 쉽다고 한다. 감정도 비현실적이어서 사랑, 돈벌이, 출세, 직업 등 문제에 대해서 비현실적인 생각에 몰두하며, 공연히 우울했다가 바보스럽게 기분이 좋아져서 환경에 맞지 않는 웃음을 짓기도 한다. 또한 정신분열증 환자는 때로는 이해할 수 없는 폭력을 폭발시키며 혼자서 자폐적이 되어 방문을 잠그고 방 안에서 나태한 생활을 즐기고 타인과의 접촉을 싫어한다.

李箱은 나태하고 불규칙적인 생활을 했다고 하는데 폐결핵 때문에 기력이 없어서 누워 있었다고만 볼 수는 없다. 그는 심지어 며칠 간 세수도 하지 않고 지낼 정도였다. 그가 방 안에서 글을 많이 썼다고는 하지만 생활이 나태했던 것만은 사실이다. 체형적 특성으로는 細長型이 정신분열증에 잘 걸린다고 하는데 李箱은 사진이나 친구들의 증언을 보아도 틀림없는 세장형이었다. 그러나 정신분석적 접근법은 한계가 있다. 즉 그 작품 내용들이 작가의 인생의 어느 부분에 해당하는지 또는 작가가 지닌 심리의 어떤 면에 해당하는가 하는 것은 어느 정도 맞출 수가 있으나 작가의 재능은 분석하기가 곤란한 것이다.[6] 정신분석적 방법만으로는 작품의 예술성을 설명할 수 없다는 점도 지적된다. 그렇다고는 해도 정신분석적 문학 연구는 텍스트에 숨어 있는 비밀의 이해를 돕는 것이 사실이다.

이 글에서는 李箱의 심리들이 「슬픈이야기」 속에 표출된 양상과 더불

---

6) 조두영, 「李箱 문학에 대한 정신분석적 접근법의 한계」, 『李箱문학 연구 60년』, 문학사상사, 1998, 259-260면 참조.

어 글의 형식적 측면을 간략하게나마 살펴 이들이 주제의 표현에 어떻게 상호작용하는지 알아보고자 한다. 이 수필은 액자식 구성방식으로 이루어져 있다. 머릿속에서 자살을 상상하는 내용이 실제로 자살하려는 이야기 속에 삽입되어 있다. 이러한 액자식 구성에서 상상과 실제가 어떠한 연관을 지니는지도 보려고 한다.

2. 李箱의 수필 「슬픈이야기」에 나타난 심리 양상

李箱이 정신분열증적 성향을 가졌다는 것으로 인해 李箱의 문학이 폄하될 수는 없다. 창의적 인간은 정서적 충격에 지속적으로 노출되어 성격이 괴팍하거나 정신질환에 시달리거나 동성애자가 되는 경향이 많다고 한다. 그들은 변태적 취미를 즐기기도 하는데 이러한 남들과 다른 정서적 경험이 새로운 인지체계를 만들어내기 때문이다. 李箱의 성장과정이 정신적 질환에 취약한 상황이었다 해도 이것으로 또 모든 것을 속단할 수는 없다. 李箱의 성장과정과 질병, 문학에 대한 집착과 욕심을 모두 함께 고려해야만 한다.

「슬픈이야기」에는 자살 계획을 세운 화자의 고통과 절망으로 가득 찬 자기연민적 심리가 다양하게 묘사되어 있다. 이러한 자기연민으로부터 비롯된 심리 양상을 살펴보기로 한다.

가. 자책감와 복수심

자살충동은 李箱의 글쓰기에서 빈번히 나타난다. 가까이에 친부모가 있음에도 백부 집에서 성장해야 했던 李箱은 어려서부터 자폐적인 증세를 나타냈다. 어려서 친구들과 어울려 놀기보다는 혼자 있기를 좋아했다는 점을 볼 때 활동적인 성격이 아님을 알 수 있다. 李箱은 보성고보 시절에도 방과 후 집으로 돌아가지 않고 조용한 학교 마당에서 거울을 가지고 교사의 벽에 반사하는 놀이를 혼자 즐겼다고 한다. 李箱의 폐쇄적이며 자기애적 성향은 주위 인물들의 증언으로 밝혀진 바가 있으며, 자살몽상과 자살기도도 李箱에게 예외는 아니었다.

> 두루맥이 아궁탱이 속에서 바른손이 왼손을아구에 꼭—쥐고 땀을 흘니고 있읍니다. 내마음이 虛空에있거나 물속으로 가라앉었을 둥안[7]에도 肉身은 肉身끼리의 사랑을 잊어버리거나 게을니하지는 않는가봅니다. 머리카락은 帽子속에서 헐크러진채 끽소리가 없읍니다. 어떻게 생각하면 이가난한 母體를 依支하고 저러고지내는 그 各部分들이 無限히 측은한것도 갔읍니다. 땅으로치면 土薄한不毛地 세음일 게니까— 눈도퀭하니 힘이없고 귀도 몬지가 잔뜩앉어서 주접이 들었읍니다. 목에서는 소리가 제대로 나기는나지만 낡은 風琴처럼 다 潤澤이없읍니다. 코속도 그저 늘 도배한것 낡은것모양으로 구중중합니다. 二十餘年이나 하나를믿고 다수굿이 따라지내온 그네들이 여간가엽고 또끔찍한것이 아닙니다. 이런 그윽한 忠誠을 지금 그냥없이하고 母體나는 亡하려드는것입니다.
>
> 一身의 食口들이—손, 코, 귀, 발, 허리, 종아리, 목 등— 主人의 心思를 무던이 짐작하나봅니다. 이리 비켜스고 저리비켜스고 서로서로 처다보기도하고 不安스러워 하기도하고 하는中에도 서로서로 依支하고 如前히 다수굿이 닥처올일을 기다리고만 있는것같읍니다.
>
> —「슬픈이야기」(120-1)[8]

화자는「슬픈이야기」초반부에서, 학창시절 사생하던 다리와 졸업기념 사진을 찍었던 목교가 있는 시냇물 근처로 가서 나무토막에 앉아 해질 무렵의 물속을 들여다보고 있다. 그러다 차가운 날씨에 두루마기 속

---

7) 원본에서 '동안'을 오식한 것으로 추정된다.
8) 작품은 김주현 편『정본 李箱 문학 전집—隨筆』(소명출판, 2005)에서 인용하고, 쪽수만 표시하기로 한다.

에서 두 손이 서로 꼭 쥔 채 땀 흘리고 있는 것을 느낀다. 마음이 어떻든지 육체끼리의 사랑은 계속되는 것을 감지하며 그의 감각은 머리카락, 눈, 귀, 목, 코의 상황으로 옮겨간다. 모자 속에서 헐크러진 채 끽소리가 없는 머리카락, 퀭하니 힘이 없는 눈, 먼지가 잔뜩 앉은 귀, 낡은 풍금처럼 윤택 없는 소리를 내는 목, 낡은 도배처럼 구중중한 콧속 같은 각 부분들에게 모체인 화자 자신은 무한히 측은함과 가엾음, 끔찍함을 느낀다. 이십여 년이나 자신을 믿고 다소곳이 따라 지내온 그네들이지만 자신은 이런 그윽한 충성을 그냥 없이 하고 죽으려는 것이다.

자신의 몸을 깨끗하고 건강하게 유지하지 못하는 것을 자책하는 동시에 화자는 자살시도를 앞둔 상태에서 신체의 각 부분에게 미안함을 느낀다. 신체 부분들의 믿음과 충성을 모두 헛된 것으로 만들 자살이기에 그 부분들은 가여우면서도 끔찍하다. 일신의 식구들은 주인의 죽고자하는 심사를 짐작하고 불안해하면서도 서로 의지하고 닥쳐올 일을 기다리고 있는 것 같다고 화자는 묘사한다. 신체 각 부분을 의인화하여 묘사했지만, 각 부분이 느끼는 불안함은 화자 자신의 불안이다. 측은하고, 가엾고, 끔찍한 것도 자신이다.

李箱은 거울을 들여다보기를 즐겼는데 여기서는 그리스 신화의 나르시스처럼 물속에 자신을 비춰보고 있다. 나르시스는 자신의 미모에 반해 물속에 빠져 죽었지만, 李箱은 가엾기 그지없는 스스로를 죽이고자 한다.

李箱은 작품에서도 거울을 많이 다루었다. 이승훈은 "거울을 모티프로 한 시로는 「거울」(1933), 「오감도 시제8호 해부」(1934), 「오감도 시제15호」(1934), 「명경」(1936) 등이 있고 소설로는 「날개」(1936)가 있다"9)고 했다. 「오감도 시제15호」에는 "나는至今거울속의나를무서워하며떨고잇다. 거

---

9) 이승훈, 『李箱』, 건국대출판부, 1997, 36면.

울속의나는어디가서나를어떠케하랴는陰謀를하는중일가", "나는드듸어
거울속의나에게自殺을勸誘하기로결심하얏다"10)라는 대목이 나온다. 이
승훈은 李箱의 두 자아에 대해 "거울 밖의 자아가 거울 속의 자아로부
터 독립될 때 거울 속의 자아는 무서움, 공포, 두려움의 대상이 되고, 따
라서 거울 밖의 자아는 그를 죽이고 싶은 충동에 시달린다"11)며 "거울
속의 자아로 표상되는 이상적 자아 혹은 본질적 자아는 공포의 대상으
로 드러난다"12)고 분석했다. 자살 충동은 이러한 공포를 감추고 있는
스스로에 대한 연민에 기인한다고 할 수 있다.

「슬픈이야기」에서 화자는 너무나도 침착하고 객관적인 시선으로 자
신을 응시하고 있다. 절망적 상황이지만 오히려 그것을 천천히 즐기고
자 하는 것 같기도 하다. 李箱은 김기림에게 보내는 편지인 私信(4)에서
다음과 같이 호소한 적이 있다.

> 膏肓에 든, 이 文學病을— 이 溺愛의, 이 陶醉의…… 이 굴레를 제발
> 좀 벗고 瓢然할수 있는 제법 斤量나가는 人間이 되고싶소. 여기서같은
> 環境에서는 自己腐敗作用을 이르켜서 그대로 煙化할것 같소. 東京이라는
> 곳에 오직 나를 매질할 貧苦가 있을 뿐인 것을 너무 잘 알고 있지만 컨
> 디슌이 必要하단 말이오. 컨디슌, 師表, 視野, 아니 眼界, 拘束, 어째 適當
> 한 語彙가 發見되지 않소만그려!
>
> —「私信(4)」 (244)

李箱은 자신이 고치기 힘든 문학병에 걸려 있다는 사실을 자각하고
있었다. 문학 때문에 자신이 점점 더 황폐해져 가고 있었으므로 그 굴레
에서 벗어나고 싶어 하는 심정이 보인다. 그는 그 탈출구를 東京 행으로
생각하고 있었다. 편지에서 李箱은 자신이 처한 정신적 상황을 정확히

---

10) 김주현 편, 『정본 李箱 문학 전집—詩』, 소명출판, 2005, 93면.
11) 이승훈, 『李箱』, 건국대출판부, 1997, 38면.
12) 이승훈, 『李箱』, 건국대출판부, 1997, 38면.

인지하고 있었음이 드러나는 것으로 볼 때, 李箱의 자살충동은 처지에
대한 비관만이 아니라 문학을 위해 극한 감정을 느끼려는 의도가 숨어
있다고 보인다.

1930년 각혈이 시작되고 李箱은 1933년 3월 총독부 기수직을 사임했
다. 그는 경성 고공을 졸업한 후부터는 친부모 가족과 백부의 가족, 할
머니까지의 생계를 책임져야 하는 상황에 놓여 있었다. 그러나 李箱은
문학병이 들어 밤새워 책 읽고 글 쓰는 일이 계속되어 직장에서는 멍한
상태로 지냈다. 뒤이어 시작된 각혈로 직장을 그만두지 않을 수 없게 된
그는 돈을 벌어야 한다는 압박감과 이에서 벗어나고 싶은 심정을 동시
에 느끼지 않을 수 없었다.

> 무슨일이 있으려나— 大闕에초상이 났나보다— 나는 팔장을끼고 오
> 래동안 잊어버렸든 우두 자죽을 맨저보았습니다. 우리 어머니도 우리아
> 버지도 다 얽으셨읍니다. 그분들은 다마음이 착하십니다. 우리아버지는
> 손톱이 일곱밖에 없읍니다. 宮內部活版所에 단이실적에 손까락셋을 두
> 번에 잘니우셨읍니다. 우리어머니는 生日도 일음도 몰으십니다. 맨처음
> 부터 친정이없는 까닭입니다. 나는 外家집있는 사람이 퍽부럽습니다.
> 그러나 우리아버지는 장모있는 사람을 부러워하시지는 않으십니다. 나
> 는 그분들께 돈을갖다 들인 일도없고 엿을사다 들인일도없고 또한번도
> 절을해본일도 없읍니다. 그분들이 내게 經濟靴를 사주시면 나는 그것을
> 신고 그분들이 몰으는 골목길로만 단여서 다해뜨려버렸읍니다. 그분들
> 이 月謝金을주시면 나는 그분들이 못알아보시는 글字만을 골나서 배웠
> 읍니다. 그랬건만 한번도 나를 사살하신일이 없읍니다. 젓떨어저서 나
> 갔다가 二十三年만에 돌아와보았드니 如前히 가난하게들 사십디다. 어
> 머니는 내다님과 허리띠를접어 주셨읍니다. 아버지는 내모자와 洋服저
> 고리를 걸기爲한 못을 박으셨읍니다. 동생도 다자랐고 망내누이도 새악
> 시꼴이 단단이 백였읍니다. 그렇것만 나는 돈을벌줄 몰읍니다. 어떻게
> 하면 돈을버나요 못법니다. 못법니다.
>
> —「슬픈이야기」 (122-3)

李箱의 아버지 김연창은 얼굴이 얽었고, 관내부 활판소에서 일하다 손가락 셋을 잘린 뒤 이발관을 차렸으나 그 이발관에 가면 손가락이 잘린다는 소문이 돌아 번창하지는 않았다. 李箱의 어머니도 역시 얼굴이 얽었고, 부모도 모르는 처지였다.

李箱은 1932년 백부가 사망하고 나서 친부모에게로 돌아갔다. 자신을 친히 키우지 않은 친부모와의 관계는 부모가 자신이 어디를 다니는지, 무엇을 배웠는지도 모르며, 그러므로 잔소리할 거리도 없는 것으로 표현된다. 겉으로는 담담한 회고지만, 이면에는 부모와의 거리감이 묻어난다.

그의 여동생 옥희는 "술 마시고 친구와 동행일 때 말고는 집안 식구와 거의 말을 하는 일이 없었습니다. 집에 오면 으례 이불을 둘러쓰고 엎드려서 무엇인가를 끄적거리고 있기가 일쑤였습니다"[13]라고 회고했다. 李箱은 친부모에게 몸은 돌아왔지만, 마음은 돌아오지 않았다. 그는 여전히 부모를 의식 깊은 곳에서 용서할 수 없었기에 마음의 벽을 굳게 세워두고 있었다. 그는 부모가 미웠지만, 그들은 착하고 가난한 사람들이었다. 부모를 원망하고 싶지만 그럴 수 없는 상황이었다. 그들을 위해 돈도 벌어야 했다.

"그렇것만 나는 돈을벌줄 몰읍니다. 어떻게하면 돈을버나요 못법니다. 못법니다"라는 문장에는 자신의 경제적 무능력에 대한 한탄과 자책이 들어 있다. 한편으로는 세상과 타협해 돈을 벌고 싶지는 않다는 절규로 들리기도 한다. 그렇지만 李箱의 商才에 대한 김소운의 평가가 맞는다면 李箱은 어느 정도 돈을 벌었지만 관리하는 능력에 문제가 있었을 수도 있다. 李箱은 총독부 기수 시절에도 급료를 탕진했다. 친구들과 어울려 다니며 엽색 행각에 돈을 즉흥적으로 낭비해서 병든 백부의 약값

---

13) 김옥희, 「오빠 李箱」, 김유중·김주현 편, 『그리운 그 이름, 李箱』, 지식산업사, 2004, 61면.

도 제대로 댈 수 없을 지경이었다.

총독부 일을 그만둔 뒤 李箱 가족의 재산은 줄어들기만 했다. 李箱의 경제적 실패로 인한 가족의 처참함, 그 속에 흐르는 장남으로서의 중압감과 이에서 벗어나고 싶은 마음으로 인해 가족에 대한 애정과 증오의 양가적 감정이 나타난다.

일반적으로 아이들은 어머니를 알아보는 나이가 지나서 자기 어머니와 떨어지면 그 이전에 헤어지는 것보다 충격이 더 심하고 남자 아이가 더 상처를 받는다고 한다. 또한 "2~3세 아이가 어머니와 헤어지면 처음에는 항거하고, 그 뒤에는 낙담하고, 마지막에는 무관심해진다. 그러나 이 외견상의 무관심은 내부의 억눌린 분노를 말한다"14)고 분석되어 있다.

李箱은 만 2세에 어머니와 떨어졌으니 어머니를 알아보는 나이였고, 남자아이였으니 정신적으로 심한 충격을 받았음이 틀림없다. 또한 차츰 내부의 분노도 억눌린 상태에서 커져갔을 것이다.

> 동무도 없어젓읍니다. 내게는 어룬도 없읍니다. 버릇도 없읍니다. 뚝심도 없읍니다. 손이 내뺨을 만집니다. 남의손같이 차듸차구나―「무슨생각을 그렇게 하시나요― 이렇게야왯는데」 母體가 亡하려드는 氣色을 알아채렸나봅니다. 여내 慰問이 끊지지않습니다. 그러면 무얼 하나― 속절없지― 내마음은 버얼서 내마음 最後의 財産이든 記事들까지도 몰래 다 내다 버렸읍니다. 藥한봉지와 물한보새기가 남아있읍니다. 어느날이고 밤깊이 너이들이 잠든틈을타서 살작 亡하리라 그생각이 하나적혀있을뿐입니다. 우리어머니 아버지께는 告하지않고우리 친구들께는 電話걸지않고― 棄兒하듯이 亡하렵니다.
>
> ―「슬픈이야기」 (123)

---

14) 조두영, 「정신의학에서 바라본 李箱」, 권영민 편, 『李箱문학 연구 60년』, 문학사상사, 1998, 122면.

화자에게 남아 있는 것은 자살하기 위한 약 한 봉지와 물 한 보시기다. 이는 문자 그대로 해석되기보다는 오로지 자살하고 싶은 마음밖에 없다는 뜻으로 풀이된다. 깊은 밤, 아무도 모르게 특히 부모에게 고하지 않고, 친구들에게 전화하지 않고 "棄兒하듯이" 죽고 싶다고 하는 대목에서 李箱에게 어린 시절 기아된 정신적 충격이 얼마나 컸는지 엿보인다.

친부모 생각으로는 李箱으로 하여금 백부의 뒤를 잇게 해서 그 밑에서 좋은 교육도 받고, 호의호식하며, 재산도 물려받아 가문을 이끌어 가는 것이 李箱을 위해서도 좋은 일이라고 여겼을 법하다. 李箱의 부모는 李箱이 백부의 사랑을 극진히 받고 자신들보다 좋은 집에서 생활하니 李箱에 대해 더 이상 신경을 쓰지 않았던 듯하다. 그러나 어린 李箱이 원한 것은 단지 어머니의 따뜻한 품과 보살핌이었다. 기아되어 입은 李箱의 정신적 상처는 자기 폐쇄적이고 자아 분열을 유발하는 주된 요인이 되었다.

"어느날이고 밤깊이 너이들이 잠든틈을타서 살작 亡하리라" 하는 대목은 자신이 잠든 틈을 타서 백부 집에 버려진 데 대한 복수를 하려는 것이다. 부모가 자신을 잠든 틈에 몰래 버렸듯이, 李箱도 부모가 잠든 틈에 살짝 죽음으로써 자신이 당한 고통에 대한 복수를 하려는 것이다. 자신을 버린 부모에 대한 분노가 간접적으로 표현되고 있다.

李箱의 심리를 이야기할 때는 양가적 감정을 거론하지 않을 수 없다. 부모에 대한 애정과 증오를 동시에 느낌으로 해서 자책과 복수심이 같이 나타나는 것은 당연한 일이다.

나. 악마성과 불안감

李箱의 글에는 악마적 성격이 더러 나타난다. 일반적으로 죄악시되는 악마성을 李箱은 글에서 자주 노출했다는 점이 특징이다. 그는 기독교의 선악 개념에 대해 상당한 관심을 가지고 글을 썼다. 이에 대해 김승구는 李箱의 글에 나타나는 기독교 표상에 대해 다음과 같이 썼다.

> 식민지 시단 전반을 통해서 기독교적 표상이 시 속에 인입된 사례는 李箱 시를 제외하고는 매우 드물다. 그것은 달리 보면 李箱에게 있어서 기독교가 남다른 함의를 가지고 있다는 것을 의미할 수도 있는 것이다. 그러나 李箱은 잘 알려져 있다시피 기독교 신자였던 적이 없다. 그에게 있어서 기독교는 서구적 산물일 뿐, 그것이 매개하는 사랑이나 구원의 가치에 대해서 李箱이 큰 의미를 두지는 않았던 것으로 보인다. 그렇다면 李箱에게 있어 기독교는 하나의 지식의 차원이나, 색다른 시적 영감의 차원에서 시적 창조를 충동한 매개였다는 가정도 가능하다.[15]

李箱은 기독교에 관심이 많았다. 수필 「山村餘情」에는 "空氣는水晶처럼맑아서 별빗만으로라도 넉넉이 조와하는 『누가』福音도읽을수잇슬것갓습니다"라는 구절이 있다. 이로 보아 그는 성경을 읽었음도 알 수 있다. 그러나 다른 글 어디에도 기독교에 귀의했다는 내용이나 암시는 보이지 않는다.

기독교적 세계관에서 인간은 선 아니면 악에 속한다. 李箱은 자신의 마음속에서 들끓고 있는 감정들이 악마적이라는 사실을 잘 알고 있었다. 마음의 평안을 얻지 못하고 비관적이며 쫓기는 듯한 피해의식 끝에 악마가 자신의 주인을 끌고 가는 궁극적 종착역은 자살이다.

> 비는 인제 제법옵니다. 帽子채양에서도 물이 뚝뚝 떨어집니다. 두루맥이는 속속듸리 젖저서 인제는 저고리가 젖기 시작했읍니다. 아모도보는 사람이없읍니다. 아모도없는데 뉘게다가 붓그러워 해야합니까. 나는 누구나 만나거든 붓그러워해드리렵니다. 그러나 그이는 내가왜 붓그러워해하는지 몰읍니다. 내속에사는 惡魔는 苦生사리만이한 사람모양으로

---

15) 김승구, 「李箱 시에 나타난 기독교 표상에 관한 고찰」, 신범순 외, 『李箱 – 문학연구의 새로운 지평』, 역락, 2006, 399면.

키가적습니다. 또體重도 몇푼어치 안되나봅니다. 惡魔는어듸가서橫財를
하고 도라왔읍니다. 장갑을 버스면서 憔悴하나 길거운[16]얼골을 잠간 거
울속으로 엿보나봅니다.

—「슬픈이야기」 (125)

李箱의 「恐怖의 城砦」라는 글에는 "성장함에 따라 여러가지 이상한
피를 피의 냄새를 그는 그의 기억의 이면에 간직하고 있다", "어느날 손
도끼를 들고—그 아닌 그가 마을 입구에서부터 살륙을 시작한다. 모조
리 인간이란 인간은 다 죽여버린다. 그리고 집으로 돌아와서 다 죽여 버
렸다"라는 대목이 있다. 물론 실제 상황이 아닌 공상을 표현한 것이지만
화자의 마음속에 악마적 잔인함이 잠재되어 있음을 나타냈다. 李箱은
인간의 내면에 숨겨진 악마성에 주목하고 있었던 것이다.

「슬픈이야기」에서 "내속에사는 惡魔"라고 표현한 것처럼 화자는 자기
자신을 살해하려는 악마적 충동에 사로잡혀있었다. 자신 속에 사는 악
마는 고생을 하여 키가 작고, 체중도 가볍다는 것은 자신이 그만큼 악마
에 많이 시달렸다는 뜻이다.

"惡魔는어듸가서橫財를하고 도라왔읍니다"라는 문장의 의미는 동반
자살을 해줄 사람을 찾았다는 뜻이다. 화자는 여인에게서 틀림없이 같
이 죽어주겠다는 증서를 받았다. 악마는 화자 외에 여인 하나도 덤으로
죽음으로 끌고 갈 수 있게 되어서 횡재를 한 것이다. 그래서 악마의 얼
굴은 "초췌"하지만 즐거울 수 있었다. 李箱은 자신의 마음에 내재된 악
마성을 의식하고 있었고, 글 속에서 이러한 상태를 날카로운 시선으로
표현해 내고 있다.

李箱은 기아된 이후 항상 불안에 시달렸다. 얼굴을 익힌 어머니와의
갑작스러운 이별은 어린 李箱을 불안하게 만들기에 충분했다. 그의 마

---

16) 원본에서 '즐거운'을 오식한 것으로 추정된다.

음은 안정을 몰랐고, 따라서 남에게 안정을 줄 수도 없었다. 어린 시절, 버려지고 남겨진 것에 대한 불안은 존재 자체의 불안을 야기했다.

고은의 『李箱 평전』에는 李箱이 총독부에 다닐 때 백부가 결혼을 권유한 적이 있다는 대목이 나온다. "백부의 먼 외숙이 되는 우씨 가의 딸이 있다고 했다. 동대문 밖의 농가라고 했다. 그러나 그는 그것만은 안 된다고 잘라 말했다"[17]고 적혀 있다. 李箱은 평범한 규수와 안정적 결혼생활을 시작하는 것을 원하지 않았다. 그 이유로는 여러 가지가 있을 수 있다. 그렇지만 우선 그는 자신의 건강 하나 챙기기에도 버거운 상태였고, 집안의 장자로서 책임을 부담스러워 하고 있었기 때문에 결혼하여 다른 사람을 더 떠맡는다는 것은 불안을 가중하는 일이었다. 그는 여인과 한 가정을 만들기보다는 여인과 죽음으로 동행하기를 원했다.

두週日이 속절없이 지나가고 공일날이 닥처왔읍니다. 江邊모래밭을 나는 女人과함께 것고 있었읍니다. 나는 기침을합니다. 콜녹콜녹― 코올녹― 감기가 촉생이되였읍니다. 바람이 上流를향하야 人情없이 불어옵니다. 내포켙트에는 걱정이 하나갔득 들어있읍니다. 女人은 오늘 유달리 키가적어보이고 또生氣가 없어보입니다. 내 그럴줄을 알았지오. 당신은 너무 젊습니다. 그렇게 젊은 몸으로― 이렇게 작구期日이 遷延되는데에서 나는 不安이 점점 커갈뿐입니다. 바람을 띵띵먹은 돗폭을둘식 셋식 세워서 商賈船은 뒤에뒤니어 올나가고 있읍니다. 노래나 한마디 하시구려― 하늘은차고 땅은젖었읍니다. 菓子보다도 거벼운 女人의 體重이였읍니다. 나는돌아서서 간신히 담배를 붙어물고 겸사겸사한 숨을쉬였읍니다. 기침이납니다. 저리가봅시다. 防風林 욱어진속으로 鐵路가 놓여있읍니다. 까치 한마리도없이 落葉은 落葉대로 싸여서 이世上에 이렇게 荒凉한데가 또 있겠읍니까.

―「슬푼이야기」 (127)

---

17) 고은, 『李箱 평전』, 향연, 2003, 163면.

약속한 두 주일이 지나고 화자는 여인과 동반자살 하러 바닷가로 향했다. 주머니 안에 걱정이 하나 가득 들어 있을 수밖에 없는 이유는 여인이 키가 작아 보이고 생기가 없으며 너무 젊기 때문이다. 망설임으로 죽음이 지연될까봐 화자의 불안은 점점 더 커졌다. 불안한 삶을 자살로 마감하려는 시도가 연기되면 불안감을 종식시킬 수 없다는 데에 생각이 미치자 더욱 불안해질 수밖에 없었다. 그는 돌아서서 담배를 피며 한숨을 쉰다. 주변 풍경은 황량하기 이를 데 없는데 이는 계절 탓만이 아니라 자신의 마음이 불안하기 때문이다.

자살하려는 악마적 충동에 시달리지만 화자는 자신은 물론 동반자살 하려는 여인에게까지 연민을 느낀다. "菓子보다도 거벼운 女人의 體重"에서 화자는 미안함과 연민이 드러난다. 화자의 불안은 자살할 날이 연기되는 것 외에 죽음에 대한 두려움에서 비롯된 것이기도 하다. 악마성의 지배 아래에 있는 한 불안에서 벗어나기는 힘든 일이다.

다. 패배감과 소극성

양자의 심리 특성 중 하나는 열등감이다. "친부모가 나를 양자로 주어 버렸다는 것은 내게 큰 흠이 있기 때문이라 생각하고, 쓰레기 취급받은 데서 오는 수치심과 분노가 생긴다. '나는 살 가치가 없는 놈'이라는 심한 열등감이 생기고, 원죄의식이 평생 밑에 깔려 있게 된다"[18]고 한다.

내곁에는 내女人이 그저 벙어리처럼 서있는채입니다. 나는 가만이 女人의 얼골을 처다보면 참 희고도 애처럽습니다. 이렇게 어듬침침한 밤

---

18) 조두영, 「정신의학에서 바라본 李箱」, 권영민 편, 『李箱문학 연구 60년』, 문학사상사, 1998, 121면.

에 몸時計처럼 맑고도 깨끗합니다. 女人은 그前에 月光아래 오래오래놀
는歲月이 있었나봅니다. 아ー저런 얼골에ー 그러나 입맞을 자리가하나
도 없읍니다. 입맞을 자리란 말하자면 얼골中에도 正히 아모것도아닌
자그만한 뷘터전이여야만 합니다. 그렇것만 이女人의 얼골에는 그런空
地가 한군데도 없읍니다. 나는 이태엽을 감아도 소리안나는 女人을 가
만이 가저다가 내마음에다 놓아두는中입니다. 텅텅뷔인 내母體가 亡할
때에 나는 이「시모-느」와같은 女人을滯한채 그러랍니다. 이女人은 내마
음의 잃어버린 題目입니다. 그리고 未久에 내다버릴 내마음 暫間걸어두
는 한개못입니다. 肉身의 各部分들도 이母體의 虛妄한것을 默認하고 있
나봅니다. 女人ー도아닌대몸에는 손까락하나 대이지않으리다. 죽읍한것
을 「따불풀라 토닉크쉬사이드인가요」 아니지요ー 두個의 싱글쉬사이드
뷘터전이나는手帖을 끄내서 집혔읍니다. 오늘이 十一月十六데도고 오는
오는 空日날이 十二月一데도고 그렇다고을 「두 週데도군요」 참 그러쿤
요. 女人의 窓戶紙같이 蒼白한 얼골에 금이가면서 그리로 우숨이 가만이
내다보나봅니다. 女人은 내 그윽한空冊에다 樂譜처럼 생긴글字로 證書를
하나쓰고 指章을 찍어주었읍니다. 「틀님없이 같이죽어 들이기로」ー 네-
感謝하다뿐이 겠읍니까. 나는 내가第一 좋와하는 노래를 생각하고 횟바
람을 불었읍니다. 나는世上의 모든 罪悚스러운일을 잊어버리기로 決心
하였읍니다. 그리고 깨끗한 손수건을 旗처럼 흔들었읍니다. 敗北의 紀念
입니다.

ー「슬푼이야기」 (124-5)

    화자는 수첩을 꺼내 달력을 보며 11월 16일인 오늘에서 2주일 뒤이고
공휴일인 12월 1일을 가리킨다. 여인과 같이 죽을 날짜를 잡는 것이다.
여인은 공책에다 같이 죽기로 맹세하는 증서를 쓰고 지장을 찍어준다.
화자는 감사해 하며 휘파람을 분다. 잊어야 할 "世上의 모든 罪悚스러운
일"이란 그의 원죄의식을 포함한 죄책감을 일컫는다. 버려진 것에 대한
수치심과 분노는 열등감을 낳고 자신이 죄인이라는 죄의식을 수반했다.
    화자는 같이 죽어줄 여자가 있어 기분이 좋아 "깨끗한 손수건을 旗처
럼" 흔든다. 그러나 그 깃발은 패배를 기념하는 것임을 자신도 잘 알고

있다. 화자는 자살하고는 싶지만 혼자서 하고 싶지는 않았다. 미지의 장소에 혼자 남겨지는 것, 그것은 자살보다 두려워하는 상태였다. 혼자 버려진 슬픔을 다시 느끼는 것은 이 세상에서의 고통을 잊기 위해 시도하는 자살보다도 무서웠다. 화자는 공포의 장소에 동행해 줄 여인이 필요했다. 어머니처럼 그의 곁에서 그의 무서움을 달래 줄 여성을 구하자 그는 기뻤다. 여인의 얼굴에 입 맞출 만한 "공지"가 하나도 없었던 이유는 우두자국이 많은 어머니의 얼굴이 여인의 얼굴에 겹쳐 보였기 때문이다.

그가 굳이 여인과 동반자살하려는 이유는 어머니와 함께 죽고 싶기 때문이다. 어려서 어머니와 헤어져야 했던 보상으로 그는 어머니와 같이 죽기를 원하는 동시에 어머니에게 복수를 하고 싶어 한다. 어머니에 대한 李箱의 감정은 그리움과 미움이 뒤섞여 있는 것이다.

여인의 얼굴에서 어머니의 얼굴을 보며 그는 여인을 "내마음의 잃어버린 題目"이자 "내마음 暫間걸어두는 한개못"으로 표현한다. 두 표현 모두 李箱이 그리워하고 의지하고 싶었던 어머니를 상징한다. 화자는 그런 어머니 같은 여자와 죽게 되어 휘파람을 분다.

그렇지만, 기쁨 뒤에 오는 패배감을 피하기는 어려웠다. 이 세상에 적응하지 못하고 아니 이 세상은커녕 백부의 집에 적응하지 못하고, 다시 돌아 온 친부모의 집에도 적응하지 못한 자신은 세상의 낙오자일 뿐이었다.

어려서 자신감은 누군가 뒤에서 자신을 철저히 편들어 주는 사람이 있을 때 생성된다. 이러한 역할은 대부분 어머니가 맡는다. 친어머니와 헤어진 李箱은 백부가 아무리 사랑해 주었다 해도 무언가 결핍된 감정을 느껴야만 했다. 부정은 공정한 사랑이다. 시비를 가려서 잘한 것은 칭찬하고, 잘못된 것은 야단치는 식이다. 어머니처럼 무조건적으로 자신의 편을 들어주는 사람이 없었기 때문에 李箱은 자신감을 키울 기회를 잃었다.

> 　　나는 얕으막한 女人의억개를 어루만지면서 그薔薇처럼생긴 귀에다
> 대이고 부드러운 發音을 하였읍니다. 집이갑시다. 「싫여요— 저는 오늘
> 아즈나왔세요」, 닷새만 더참아요. 「참찌요— 그러나 그렇게까지 해서라
> 도 꼭 죽어야되나요」 「그러믄요, 죽은세음치고 그 靈魂을 제게빌려 주
> 失手는없나요」, 안됩니다. 「언제든지 죽어드리겠다는 抵當을붙어도」, 네.
> 　　世上에 이런일도 또있습니가. 나는 주머니속에서 몇벌 편지를끄내서
> 는 그자리에서 다 찢어 버렸읍니다. 君이 이편지를 받았을때에는 나는
> 벌서 아모개와함께 이世上사람이 아니리라는 내마즈막 虛榮心의 레터-
> 페퍼들이였읍니다. 그러나 그게 뭐란말입니까. 果然 지금 나로서는 혼
> 자 내한命을 끈을만한 自信이없읍니다. 修養이 못되였읍니다. 그러나 힘
> 써 얻어보오리다. 까치도오지안는 이 그윽한 숲움속에 이무슨 난데없는
> 떼喪章이 쏟아진것입니다. 女人은 샛팔애졌읍니다.
>
> 　　　　　　　　　　　　　　　　　　　　　　　—「슬픈이야기」 (128)

　　여인과 같이 죽으려던 화자는 집에 도로 가자고 여인에게 말한다. 예
정된 날짜에 선뜻 자살을 행할 자신감이 없었던 그는 닷새를 연기하자
고 말한다. 그러나 여인은 오히려 오늘 아주 나왔다고 말하며 이렇게 망
설이면서까지 꼭 죽어야 하느냐고 묻는다. 이어서 죽은 셈 치고 영혼을
자신에게 빌려달라고 하지만 화자는 거절한다. 여인에게 영혼을 맡기는
것은 있을 수 없는 일이다. 여인은 자신을 언제 버릴지 모른다. 여인이
언제든 죽어준다는 저당을 붙이겠다고 해도 그는 믿지 않는다. 여기서
여인에 대한 믿음 부족은 어머니에 대한 신뢰 상실을 의미한다. 모성에
대한 신뢰가 없는 사람은 항상 자신감이 부족하고 소극적일 수밖에 없
다. 李箱이 백부가 권한 결혼을 거부했던 것도 자신감 부족에서 연유한
책임 회피의 성격을 띤다.

　　여인을 놓아두고 혼자 죽을 자신도 화자에게는 없었다. 그는 친구에

게 자살했음을 알리는 글을 쓴 편지를 도로 꺼내어 찢으며 혼자 명을 끊을 만한 자신이 없음을 한탄한다. 자신감을 힘써 얻어 보겠다고 다짐을 하지만 부질없음을 자신도 안다. 그는 수풀 속에 찢어진 종이 조각들을 날려 "떼喪章"을 쏟아내는 것으로 자신에 대한 불만족을 표시한다. 이는 자신의 소극성에 대한 분노를 드러내는 행동이다. 진짜 속마음으로 그는 자살할 의도가 없었을 수도 있다. 어차피 자신의 생명을 갉아먹고 있는 폐결핵을 앓고 있어서 조만간 죽을 운명인 그는 서두를 이유가 없었다. 자살 시도는 다가오는 죽음에 대한 반항의 몸짓에 불과했다.

수필 「幸福」에서 화자는 쉰 개의 담배를 피운 다음, 여인과 같이 바다에 뛰어들지만 여인이 비명을 지를 때 다른 남자의 이름을 부르는 것을 듣고 정신을 차려 물 밖으로 나온다. 혼자 가려다 화자는 여인을 살려내고 결혼하여 복수를 꿈꾼다. 「幸福」은 「슬픈이야기」에서 자살할 날짜를 닷새 미룬 후에 일어난 자살 사건과 그 이후의 이야기를 그린 것일 가능성이 크다.

3. 「슬픈이야기」의 구성법

「슬픈이야기」는 화자의 공상이 글 중간에 들어가 있는 액자 구성을 사용했다. 화자의 상상이 머릿속에서 그림처럼 펼쳐지는 광경이 들어가 있는 것이다. 작품 속에서 여인이 같이 죽어 주기로 증서를 써주자 화자는 자신 속에 사는 악마가 횡재를 하고 돌아왔다고 표현한다. 여기서 악마는 화자 자신이다. 악마는 장갑을 벗으며 초췌하지만 즐거운 얼굴을 잠깐 거울 속으로 엿본다. 그런 다음 악마는 상상을 시작한다. 깨끗한 도화지 위에 단색으로 풍경화를 그린다는 것은 화자의 머릿속에 떠오르는 상상을 의미한다. 이를 인용문에서 보기로 한다. 설명의 편의상 인용문의 단락에 번호를 붙였다.

① 내속에사는 惡魔는 苦生사리만이한 사람모양으로 키가적습니다. 또體重도 몇푼어치 안되나봅니다. 惡魔는어듸가서橫財를하고 도라왔읍니다. 장갑을 버스면서 憔悴하나 길거운얼골을 잠간 거울속으로 엿보나봅니다. 그리고나서는깨끗한 圖畫紙우에 單色으로 風景畫를한장 그립니다.

② 거기도 언젠가 한번은 왔다간일이있는 港口입니다. 날이 좀흐렸읍니다. 반찬도맛이 없읍니다. 젊은 사람이 젊은女人을 곁에세우고 우체통에 편지를 넣습니다. 찰삭一어둠은 물과같이 출넝출넝 하나봅니다. 우체통안으로 꼭두선이 빗물이 처겁게튀여서 편지가젖었을가 생각해봅니다. 젊은사람은 입맛을 다시드니 곁에섰든 女人과 억개를나란이 埠頭를향하야 걸어갑니다. 몇時나되었나一네時? 해는 어즈간이 西로기울고 음산한바람이 밀물 내음새를품고 불어옵니다. 「담배를 다섯갑만 주십시오. 그리고 五十錢짜리 초콜레이트도 하나주십시오」 여보 허를없이 실깡기갖지一 「자一 안녕히게십시오」 골목은길고 鋪道에는 굴껍질이 여기저기 헤여졌읍니다. 뚜一 埠頭에서 들녀오는 氣笛소리가 분명합니다. 뚜一이뚜一소리에는 옅은보라 色을 칠해야합니다. 埠頭요 올시다一 에그 여기도 뻐스가있구료. 마스트우에서 旗빨이 오늘은 숨이차서 헐떡헐떡 야단입니다. 젊은사람은 앞가슴 둘째단초를 빼여노습니다. 누가 暗殺을하면 어떻게 하게一 築港물은 그냥 마루젱처럼 검습니다. 나무토막이 떴읍니다. 저놈은 大體어듸서 떨어저 나온 놈인구一참 갈매기가 나네一 오늘은 헌옷을 입었읍니다. 虛空中에도 길이진가 봅니다. 자一탑시다. 船壁은검고 굴딱지가 많이 붙었읍니다. 何如間탑시다. 時間이된 모양이지一 뚜一뚜뚜一 떠나나보. 나좀 드러눕겠소. 「저도요」 좀똥그란 들窓으로 좀 내다봐야겠군一 港口에는 불이 들어왔읍니다. 女人의 이마를 좀짚허봅니다. 딱근딱근해요. 팔팔끓습니다. 어쩌나一 그러지마우. 담배를 피어 물었읍니다. 한개 피우고 두개피우고 잇대여 세개피우고 네개 다섯개 이렇게해서 쉰개를피우는 동안에 決心을하면됩니다. 여보 그동안에 당신을랑 초콜레이트나 잡수시오船室에도 다불이 켜졌읍니다.

모도들 疲困한가 봅니다. 마흔개 마흔한개— 이렇게해서 어느사이에 마
흔아홉개를 태워버렸읍니다. 혀가아려서 못견듸겠읍니다. 초저녁이 흔
들닙니다. 여보— 이꽁초 늘어슨것줌 봐요— 마흔아홉개요— 일어나요
— 인제 甲板으로 나갑시다. 女人은 다수굿이 이러나것만 如前이 말이없
읍니다. 흐렸군— 별도없이 바다는 그냥門을 닫은것처럼 어둡습니다.
소곰내나는 바람이 女人의 치마자락을 날립니다. 한개남은 담배에불을
붙어물고— 요거한대가 다타는동안에 마즈막決心을 하면됩니다. 여보
섧지는안소? 女人은 머리를 左右로 흔들었읍니다. 다탔소. 門을닫어라—
배를 버서버리는 밋그러운소리— 답답한 夜陰을떠미는 힘든소리— 바
다가 깨여지는 요란한소리— 꿋빠이. 惡魔는 이 그림한구석에차근차근
이싸인을하였습니다.
　③ 두週日이 속절없이 지나가고 공일날이 닥처왔습니다. 江邊모래밭
을 나는 女人과함께 것고 있었습니다.
—「슬픈이야기」 (125-7)

　위 인용문에서 ②는 액자 속의 그림에 해당한다. ②에 나오는 "거기
도 언젠가 한번은 왔다간일이있는 港口입니다"라는 문장부터 "門을닫어
라— 배를 버서버리는 밋그러운소리— 답답한 夜陰을떠미는 힘든소리—
바다가 깨여지는 요란한소리— 꿋빠이"까지는 화자의 머릿속에서 그려
지는 공상이다. "惡魔는 이 그림한구석에차근차근이싸인을하였읍니다"
라는 문장은 공상이 끝났음을 의미한다. 그림을 그릴 때 작업이 다 끝난
뒤 화가가 오른 쪽 구석에 사인을 하듯 자신의 상상도가 완성되었음을
알리는 것이다. 악마가 깨끗한 도화지에 그린 풍경화는 단색이라는 점
도 주목된다. 화려한 색들은 화자의 자살 상상과는 어울리지 않는 색이
다. 아마도 검은색이나 회색이 그의 풍경화를 이루는 색일 것이다.
　李箱의 취미는 그림 그리기였다. 그는 어려서부터 화가가 되고 싶었
지만 백부의 반대로 화가가 되는 대신 돈을 벌 수 있는 건축을 전공해
야 했다. 李箱은 1924년 고교 교내 미술전람회에 유화 「풍경」을 출품하

여 입선했고, 1929년에는 조선과 건축』 표지도안 현상 모집에 1등과 3등
으로 당선되기도 했으며, 1931년에는 조선 미술 전람회에 「자상」이 입
선했다. 李箱은 특히 자화상을 많이 그렸다. 자화상을 자주 그린다는 것
은 그만큼 자신에 대한 관심이 높다는 뜻이다. 자아도취이든 자아분열
이든 자화상을 많이 그리는 사람은 자신 내부에 해결되지 않은 심리적
갈등이 팽배한 사람이다. 조선 미전에 입선한 경력이 있으니 李箱은 화
가이기도 했다. 그런 그가 「슬픈이야기」의 액자 구성에서 미술적 비유
를 이용했다는 점은 전혀 이상한 일이 아니다.

상상 속에서 화자는 여인과 항구로 가서 우체통에 편지를 넣는다. 부
모에게 고하지 않고 친구들에게 전화하지 않고 기아하듯이 죽겠다던 그
는 자신의 자살을 알리는 편지를 누구에겐가 보낸다. 그는 자신을 위한
담배 다섯 갑과 여인을 위한 초콜릿을 산다. 그들은 배에 탄 다음 여인
은 초콜릿을, 화자는 담배를 핀다. 마흔 아홉 개의 담배를 피우고 화자
는 여인과 갑판으로 나간다. 그는 한 개 남은 담배에 불을 붙이고 마지
막 결심을 굳힌다. 이윽고 바다가 깨어지는 소리가 나며 둘은 물속으로
뛰어든다. "꿋빠이"라는 마지막 한 마디로 화자의 상상 속 동반자살은
끝나고, 악마는 사인으로 상상화에 종지부를 찍는다.

李箱은 자신 속에 악마가 살고 있다고 분석한다. 악마는 李箱의 부분
적 자아라고 할 수 있다. 자신을 죽음으로 몰고 가려는 것은 그 악마다.
그러나 전체적 자아는 악마에게 완전히 장악되지는 않았고, 자살을 결
행하지 못한다. 李箱은 자신의 부분적 자아와 전체적 자아 사이의 갈등
과 분열을 잘 의식하고 있었고 이를 작품 속에서 액자구성을 활용하여
효과적으로 표현해냈다. 李箱은 부분적 자아인 악마를 전체적 자아의
문학적 성취를 위해 살려 두고 있다. 악마가 자신 속에서 어느 정도 활
개를 칠 수 있도록 허용하고 있는 것이다.

액자 구성은 주로 목격담이나 증언담의 형태를 취하는 경우가 대부분

으로 사실성과 생동감을 증진시키는 효과를 유발하지만 「슬픈이야기」
는 특이하게도 상상하는 장면을 액자 속에 집어넣었다. 드라마나 영화
에서 주로 사용하는 상상적인 장면을 수필 속에 삽입한 것이 참신하다.
李箱이 미술적 기법과 영화적 기법을 동시에 이용한 액자 구성을 취한
것은 그의 수필이 예술성을 획득하는 이유가 된다.

「슬픈이야기」의 문체는 스스로의 처지와 내적 성찰을 차분하게 표현
한 묘사체 문장이다. 시적이고 서정적 문체이며, 미문의식에 의한 화려
체이자 우유체, 만연체이기도 하다. 예술성을 추구한 문체라고 할 수
있다.

「슬픈이야기」의 문장은 '~습니다.'체를 사용하여 호흡을 늘임으로써
비장감을 자아내어 슬픔을 강조하고 은연중에 독자의 동정을 유발한다.
'~습니다.'체는 「슬픈이야기」 외에 「여상」, 「약수」, 「산촌여정」 같은 작
품에도 쓰였다.

「슬픈이야기」의 수사법은 다양한 기법이 동원되었다. 비유법과 강조
법, 변화법이 모두 동원 되었다. 세부적으로는 직유법, 은유법, 의인법,
과장법, 반복법, 점층법, 열거법, 영탄법, 생략법, 설의법, 문답법등 다채
로운 수사법이 글을 꾸미고 있다.

구인회 동인지에 李箱은 '어느 時代에도 그 現代人은 絶望한다. 絶望
이 技巧를 낳고 技巧 때문에 또 絶望한다.'19)고 썼다. 그 당시에 李箱만
큼 지성과 감성을 동원한 밀도 높은 예술적 수필을 쓴 사람은 드물다.
李箱은 스스로 문학에서 기교를 추구했음을 고백했다. 존재론적 절망은
문학 즉 기교를 통한 성취 추구로 향했지만, 기교를 위해서는 절망으로
되돌아 올 수밖에 없었다.

---

19) 구인회 동인지 『시와 소설』(1936. 3. 13)의 속표지 첫 장에 李箱이 쓴 아포리즘
   이다.

4. 나가며

현대인은 정도의 차이는 있지만 대부분 자아 상실과 자아분열을 경험한다. 복잡해진 인간관계와 사회생활은 한 인간에게 다양한 역할을 요구하기 때문이다.

李箱은 기아로서의 체험을 통해서 지속적 자아감각이 파괴되었다. 그는 백부 집의 낯선 환경에서 역할이 모호하게 되었고, 결과적으로 역할을 상실하여 탈을 쓰고 생활하게 되었다고 볼 수 있다. 백부의 양아들이라는 탈 안에서 李箱은 진정한 자아를 상실한 박탈감을 느껴 자아분열에 이르게 되었다. 비극적 자아를 극복하기 위해 인간은 영원한 것을 추구하게 되지만, 李箱은 신을 통해서도 위로를 받을 수 없었다. 그는 의식의 진공상태 즉 죽음은 영원이라는 결론에 이르러 끊임없이 자살 충동의 유혹을 받는다.

「슬픈이야기」에는 李箱의 이러한 자아분열이 여러 가지 심리적 양상으로 나타나는 것을 살펴보았는데 이 같은 어둡고 부정적인 심리는 영원을 소유하지 못한 인간의 비극일 수밖에 없었다. 대신 그는 문학을 통해 정신의 영생을 추구했고, 이를 위해 자신을 감정의 극단으로 몰고 가는 자멸의 길로 들어섰던 것인지도 모른다. 李箱은 이 수필에서 자신의 심리적 상황을 철저히 자각하고 이를 분석적, 객관적으로 표현해 낸 것으로 보인다.

「슬픈이야기」의 구성은 미술적 비유로 이루어진 액자식 구성을 이루고 있는데 이러한 구성은 자아분열을 더욱 잘 드러나게 하는 역할을 하고 있다. 수사법적 측면에서도 이 작품은 고도의 수준을 갖추고 있어서 그의 절망은 진부하고 유치한 절망이 아닌 현대적이고 세련된 절망이 될 수 있었다. 李箱의 수필작품들 가운데 「슬픈이야기」는 그의 복잡한 심리를 차분하게 회고와 상상을 통해 묘사한 걸작이다.

이상 시학의 밀실로 가는 열쇠, 「애야(哀夜)」

박 현 수*

1. 「애야」와 미발표 일문 노트

「애야」는 이상의 미발표 일문 노트에 실린 작품이지만, 발굴된 지 6년이나 지난 뒤에 세상에 알려지게 되었다. 이 작품은 김수영이 번역하여 『현대문학』(1966. 7)에 발표하였다. 김수영은 「시작 노트6」에서 이 작품과 관련하여 다음과 같이 기록하고 있다.

> 그러나 생각이 난다. 엘리엇이 시인은 2개 국어로 시를 쓰지 말아야 한다고 말한 것을. 나는 지금 이 노트를 쓰는 한편, 이상(李箱)의 일본어로 된 시 「애야(哀夜)」를 번역하고 있다. 그는 2개 국어로 시를 썼다. 엘리엇처럼 조금 쓴 것이 아니라 많이 썼다. 이것을 어떻게 생각할 것인가. 내가 불만스럽게 생각하는 것은 이상이 일본적 서정을 일본어로 쓰고 조선적 서정을 조선어로 썼다는 것이다. 그는 그 반대로 해야 했을 것이다. 그는 그렇게 할 수 있었을 것이다. 그러함으로써 더욱 철저한

* 경북대학교 국어국문학과 교수. 대표 논저로 『모더니즘과 포스트모더니즘의 수사학－이상문학연구』, 『한국 모더니즘 시학』 등이 있음.

역설을 이행할 수 있었을 것이었다.[1]

　　김수영은 이상이 일본적 서정을 일본어로 쓴 것을 불만스럽게 생각하
고 있다. 조선적 서정을 일본어로 쓰고, 일본적 서정을 조선어로 썼다면
"더욱 철저한 역설을 이행할 수 있었을 것"이기 때문이다. 이 불만은 언
어와 서정적 특수성의 엇갈리는 배치를 통해 더욱 극화될 언어적 긴장
이나 그로부터 발생하는 '의미잉여'(Bedeutungsüberschuß)[2]의 효과와 연관되
어 있는 것으로 보인다. 김수영의 논법으로 볼 때, 「애야」의 서정은 '일
본적 서정'이다. 아마도 사창가의 경험을 사소설적으로 서술했기 때문
에 그럴 것이다.

　　김수영은 「애야」를 시로 규정하고 있다. 그러나 갈래의 명명은 이 작
품의 성격을 꼼꼼하게 분석하여 내린 결론이 아닌 것으로 보인다. 이 작
품은 이어령이 편한 전집에서는 시로, 김윤식이 편한 전집에서는 수필
로 분류되어 있다. 그리고 김주현의 전집에서는 다시 시로 분류된다. 이
런 차이는 이상의 유고 노트에 실린 대부분의 글이 지닌 문제이기도 하
다. 조연현으로부터 유고 노트를 보고 목록을 작성한 바 있는 김구용은
일문 노트 전체를 시로 분류한다.[3] 아마도 이렇게 보는 것이 발견 당시
의 전반적인 분위기였던 듯하다.[4] 김수영 역시 이런 분위기 속에서 이

---

1) 김수영, 「시작 노트6」, 『김수영 전집2 산문』(개정판), 민음사, 2003, 451면. 이 책의
　　각주에 따르면 김수영의 이 글은 일본어로 쓰인 것이다.
2) '의미잉여'는 '원래의 사전적(산문적) 의미나 그런 의미의 조합에서는 발생할 수
　　없는 의미의 생성'을 말한다. 이것은 '남아도는 의미'를 의미하는 것이 아니라, 그
　　의미를 시적으로 존재하게 하는 '의미의 아우라'를 말한다. 그래서 '잉여의미'가
　　아니라 '의미잉여'이다. 이 말은 람핑에 의해 사용되었다. 디이터 람핑, 장영태 옮
　　김, 『서정시 : 이론과 역사』, 문학과지성사, 1994, 87면.
3) 김구용, 「'레몽'에 도달한 길」, 『김구용 문학 전집6 – 인연』, 솔출판사, 2000, 630-
　　633면 참조
4) 「애야」를 번역 발표할 당시의 '이상 유고 소개의 말'에서도 "이곳에 발표하는 이
　　상의 유고는 일문으로 쓰여진 그의 습작기의 시편들이다."고 시로 규정하고 있다.
　　이때 발표된 유고는 '故王의 땀'으로 시작되는 「무제」와 「애야」, 그리고 일문 「悔

작품을 시로 보고 있는 것이다. 그러나 이상의 시와 달리 「애야」는 산문
적이다. 「산촌여정」이나 「권태」와 같은 느슨한 언어적 밀도를 지니고
있으므로 산문으로 분류하는 것이 타당할 것이다.5)

　　지금까지 「애야」의 일문 노트 원본은 알려지지 않았다. 김수영이 번
역하였다고 하지만 필자가 유족에게 확인해 본 결과 김수영의 유품 중
에 이 원고가 없는 것으로 확인되었다. 그러나 「애야」론을 쓰면서 자료
조사를 하던 중 의외의 곳에서 이 작품의 원본이 있음을 알게 되었다.
공공연하게 전시되고 있었지만 그것이 공식적으로 확인되지 않은 일문
노트라는 것은 누구도 인식하지 못 했던 것이다.

　　그 동안 이상의 일문 노트 중 우리에게 알려진 것은 김윤식의 『이상
문학 텍스트 연구』의 부록으로 실린 것이 전부였다. 이 책 부록에 실린
일문 노트를 정리해 보면 다음과 같다.

> 恐怖の記録(序章) : 제목 있는 부분. 전체 1면.
> 第一の放浪 : '出發' 부분. 전체 1면.
> 不幸ナル繼承 : 서문, 箱ハ, 木芙蓉으로 시작하는 부분. 전체 3면.
> 悔恨ノ章 : 전체 1면.
> 與田準一, 月原橙一郎 : 전체 1면.
> 一九三一年 作品第一番 : 전체 3면.
> コノ子ラニ玩具ヲ与ヘヨ : 제목 있는 부분. 전체 1면.6)

　　여기에 소개된 일문 노트는 총 11면. 이 중 「悔恨ノ章」, 「與田準一」, 「月
原橙一郎」, 「一九三一年 作品第一番」 외에는 전문이 아니라 일부분만 소
개되어 있다. 소장한 원고가 길어서 일부만 실은 것인지, 아니면 원문의

恨ノ章」이다. 『현대문학』(1966. 7), 14면 참조.
5) 이상의 시 작품에 있어서 장르 분류 문제는 박현수, 『모더니즘과 포스트모더니즘
　의 수사학 - 이상문학연구』(소명출판, 2003), 29-40면 참조.
6) 김윤식, 『이상 문학 텍스트 연구』, 서울대학교출판부, 1998, 449-459면.

이 부분만 가지고 있는 것인지는 확인할 수 없다. 그나마 이것이라도 영인되어 일문 유고의 원형을 짐작할 수 있게 되었다는 점을 다행으로 여겨야 할 판이다.

이상의 사후 20여 년 후에 기적처럼 발견된 이 일문 노트. 그의 유고는 김기림, 정인택 등이 보관해오다가 그들의 월북(?)으로 행방이 묘연해졌다. 그러다가 1960년에 갑자기 나타난 것이다. 당시 그의 미발표 일문 노트를 입수한 조연현의 설명을 들어 보자.

> 얼마전 현재 한양공대 야간부에 재학 중인 이연복 군이 낡은 노오트 한 권을 가지고 나를 찾아왔다. 이 군은 초면이었으나 그가 문학청년이며 특히 이상을 좋아하고 있음을 곧 알 수 있었다. 그가 내 보이는 노오트는 이상의 일본어시작 습작장임이 곧 짐작되었다. 그 노오트를 이 군이 발견하게 된 것은 그의 친구인 가구상을 하는 김종선 군의 집에 놀러 갔다가 그곳에서 그것을 보게 된 것이었다. 김종선 군의 백씨가 친지인 고서점에서 휴지로 얻어온 그 노오트는 그 집에서 그야말로 휴지로 사용되고 있었던 것으로서 백 면 내외의 노오트가 이미 십분지구(十分之九)쯤 파손되고 십분지일(十分之一)쯤이 남아 있었던 것이다.[7]

남은 십분의 일이 다행스럽다기보다 잃어버린 십분의 구가 안타깝고 그 행방이 궁금한 이런 유고는 이상의 문학 붐 덕택에 그나마 발견될 수가 있었다. 그러나 그 유고는 지금 누구의 수중에 있는지 알 수 없다. 번역이 제대로 되었는지 확인하기 위해 그 유고는 다시 이 세상에 공개되어야 할 것이지만 이상의 삶이 그렇듯이 그 유고노트도 많은 비밀 속에 나타나지 않고 있다.

이 유고 노트의 전체적인 면모를 자세하게 기록한 것은 김구용의 글, 「'레몽'에 도달한 길」이다. 그는 유고 노트를 조연현으로부터 빌려 보고

---

7) 조연현, 「이상의 미발표유고의 발견」, 『현대문학』, 1960. 11.

목차를 만들어서 소개하고 있다. 유고 노트의 행방이 묘연한 지금 이 목
차는 여간 소중한 것이 아니다. 그러나 이 목차 역시 연구자들에게 제대
로 알려지지 않았다. 참고로 김구용의 글 중에서 이상 유고의 목록에 대
해 다룬 부분을 이곳에 옮겨 둔다.

> 미발표 유고
> 4293년에 이상의 미발표 유고가 발견되었다.『현대문학』제6권 11호
> 를 보면 미발표 유고에 관한 조연현의 글이 있다. 씨의 글에 의하면 백
> 면 내외의 노트가 휴지로 사용된 후여서 십분지 일쯤 남아 있었다는 것
> 이다.
> 필자도 씨의 호의에 의해서 그 노트를 빌려보았다.
> 목차를 만들어 소개한다.
> (　　) 안의 제목은 필자가 그 시의 첫 구에서 따서 붙인 것이다.
> 「　」안의 제목은 原詩에 있는 제목을 그대로 기입한 것이다.
> 작품 연대와 月日 중에서 (　) 안의 것은 필자의 추측이며 [　] 안의
> 것은 작가가 밝힌 것이다.

「夜色」	(?)
「第一の放浪」	[28일]
「車窓」	[28, 29일]
(寢床ニ)	[8월 31일]
「コノ子ラニ玩具ヲ与ヘヨ」	[8. 31]
「暮色」	[9. 3]
(初秋,陽サシハ)	[9. 3]
(毎日ノ様ニ)	[9. 5]
(豚小舍夕)	[9. 6]
「哀夜」	(?)

> 이상 10편은 잉크 빛이 같았다.

(荒城ハ雪ヲ踏ンテ)	[2월 27일]

(役員ノ齎スラ第三報)   [1932년 11월 15일]

(室內ノ照明が)   (1933?)

(指ノ樣ナ女が)   [1933. 1. 10]

[咯血ノ朝]   (1933?) [1. 13]

(肺の中のパンキ塗リの)   (1933?)

(ネオンサイン)   [1933. 1. 20]

필자가 이상에서 3편을 1933년이라 한 것은 페이지의 순서로 보아서
추단한 것이다.

(トアル冬天ノ日中)   [1933. 2. 5]

(全テ枝ヲ)   [1933. 1. 10]

(夜明方)   [27]

(壽ト福トヲ)   [27]

(女ノ手ハ白イ)   [27]

(フリゥトノ音ハキレイタ)   [2. 27]

(私ハ每朝含嗽スル)   [3. 1]

(私ノ生活ノ)   [3. 1]

(夢ハ私ヲ逮捕セヨト云フ)   (?)

「一九三一年」 作品 第一番   (?)

「獚ノ記」 作品 第二番   [1931. 11. 3 命名]

(故王ノ汗)   [1931. 11. 3]

[習作シヨウウインドウ數點]   [1931. 11. 14 밤]

「作品第三番」   [1931]

(繪入レカレンダ-ノ)   [3. 20]

「悔恨ノ章」   (?)

(私ノ路ノ前方ニ)   [3. 23]

「不幸ナル繼承」   [1935. 7. 10]

「少シバカリノ辯解」   (?)

「靴」   [1935. 7. 23]

「恐怖の記錄」 序章   [1935. 8. 2]

「恐怖の城砦」   [1935. 8. 3]

이상 39편 외에 타인의 글을 필사한 것이 두 편 있었다.

이 39편은 이상 전집에 수록된 작품과 비교하면 연대를 밝힐 만한
것도 더러 있을 것이다.

누구인가가 정확한 연대를 언제고 밝혀주리라 믿는다.8)

김구용이 언급한 "타인의 글을 필사한 것" 두 편은 아마도 현재 「與
田準一」, 「月原橙一郎」이란 제목으로 번역되어 있는 시 두 편일 것이다.
이 작품이 이상의 창작인지 김구용의 지적처럼 타인의 글을 필사한 것
인지 아직 확인이 안 된 상태이다.

현재 일문 노트 전체가 어디에 있는지, 누가 소장하고 있는지 전혀
알려져 있지 않다. 그러나 「애야」의 원문은 현재 한국현대문학관에 영
인본 상태로 전시되어 있다. 전시되어 있는지는 오래 되었지만 이상하
게도 학계에 알려지지는 않았다. 김윤식의 『이상 문학 텍스트 연구』에
도 이 작품의 원문은 빠져 있다.

2. 일어 원문 번역의 문제

여기에서 다룰 「애야」는 이상 문학의 본질을 알려주는 주요한 자료이
다. 그러나 대부분의 일문 노트 텍스트가 그렇듯이 이 작품도 번역의 문
제가 제대로 검토되지 않았다. 현재 한국현대문학관에 보관되어 있는
원문과 김수영의 번역을 대조해본 결과 몇 가지 점에서 원본과 다른 점
이 있어 여기에 밝혀둔다.9)

---

8) 김구용, 「'레몽'에 도달한 길」, 『현대문학』, 1962. 8 ;『김구용 문학 전집6 − 인연』,
   솔출판사, 2000, 630-633면 참조
9) 원문과 번역본의 대조는 「애야」 영인본을 제공해준 한국현대문학관의 후의가 있

첫째, 먼저 행갈이에서 원문과 번역본이 서로 다른 부분이 있다.[10) 김 주현 전집에 실린 번역본에는 "이내 어린애 똥같은 우엉과 문어요리와 두 병의 술이 차려져 왔다."(177면)라는 구절의 다음 행이 붙어 있다. 그러나 원문에는 한 줄 띄어쓰기가 되어 있다. 그리고 그 사이에 긴 직선 표시('-')가 그 사이를 나누는 표지로 들어가 있다. 이것은 김수영의 번역에는 그대로 반영되어 있었지만 전집에 옮기면서 생략된 것으로 보인다. 또한 번역본의 "입을 오므리고 있다."(178면)라는 구절 다음에 행갈이가 있어야 한다. 마지막으로 "있다."(181면 19행)라는 구절을 한 행으로 독립시켜야 한다.

둘째, 문맥에 더욱 어울리면서, 이상의 표현이 지닌 맛을 정확하게 느끼게 하는 방향으로, 어휘의 번역을 수정할 필요가 있다. 이것은 대체적으로 김수영의 의역에서 생긴 것인데, 이상의 표현을 그대로 살리는 것이 좋을 듯하다(괄호 안은 원문).

> '애절하다'(177면) → '귀엽다', '사랑스럽다'(愛クルシイ)
> '포주 마누라'(177면) → '여주인'(女將)
> '방바닥'(177면) → '다다미'(疊)
> '이상스러워'(178면) → '불가사의하여'(不思議)
> '얼마간의'(178면) → '약간의'(若干)
> '허기는'(179면) → '하기는'(尤モ)
> '배가 고픈 모양이다'(179면) → '공복인 모양이다'(空腹ナノデアラウ)
> '호주머니'(180면) → '포켓'(ポケット)
> '흰하다'(180면) → '야단스럽다', '야하다'(派手デアル)
> '말했다'(181면 2행) → '알려주었다', '고했다'(告ゲタ)
> '쌍말'(181면) → '짐말', '태마'(駄馬)
> '새까만'(181면) → '칠흑의'(漆黑ノ)

었기에 가능하였음을 밝혀두며, 이 자리를 빌어 감사를 표한다.
10) 번역본은 김주현의 『증보 정본 이상문학전집1－시』(소명출판, 2009)에 실린 것을 대상으로 삼는다(이하, 쪽수만 표기).

이 중 '허기는'은 '하기는'과 의미상의 차이는 없지만, 내용의 흐름상 '허기(虛飢)'로 오해할 수 있기 때문에 더욱 분명하게 표현하자는 의미에서 '하기는'으로 수정하자고 한 것이다. 그리고 '쌍말'도 문맥을 잘못 읽을 경우 '상스러운 언어'를 뜻하는 '상말', 혹은 '쌍말'로 읽힐 수도 있기 때문에 '짐 부리는 데나 쓰는 질이 낮은 말'이라는 의미가 잘 드러나는 '짐말' 같은 어휘를 추천하는 것이다.

셋째, 원문의 의미를 살리기 위해 문장 전체의 번역을 다시 할 필요가 있는 부분도 있다.

> 1) 눈병이 난 모양이다. 電燈불 밑에 菊科植物이 때가 끼어있었다(177면).
>   (眼ヲ病ムラシイ電燈ノ下ニ…)
> → 눈을 아프게 하는 듯한 전등 아래에 전등불 밑에 국과식물(菊科植物)이 때가 끼어있었다.
> 2) 나의 속의 불량기는 벌써 無料로 자리에 앉아 있다(178면).
>   (私ノ中ノ無賴ハ既ニ無料デ着席シテイル。)
> → 내 속의 무뢰(無賴)는 벌써 무료(無料)로 착석(着席)해 있다.

1)은 '눈을 아프게 하는 듯한 전등 아래에'로 하는 것이 적당할 듯하다. 원문에는 이 문장이 하나의 문장으로 되어 있기 때문이다. 그래서 번역에 나타난 앞 문장을 전등불을 꾸미는 형용절로 보는 것이 옳다. 「애야」의 원문 전체에서 마침표가 정확하게 사용하고 있어 이 문장을 두 문장으로 나누어 보기 힘들다. 이렇게 수정할 때, 김수영의 번역에서 생기는 문제, 즉 '눈병이 난 모양이다'의 주체가 없어서 생기는 당혹스러움이 사라진다. 2)는 '내 속의 무뢰(無賴)는 벌써 무료(無料)로 착석(着席)해 있다.'로 옮기는 것이 적당하다. 이 구절은 일어 원문으로 읽을 때 '무뢰'와 '무료'의 배열을 통해 언어유희를 하고 있는 부분으로 읽히기 때문이다. 그리고 '자리에 앉아 있다'로 풀어 쓰는 것보다 원문을 살려 '착

「애야(哀夜)」의 일문 노트 원본 ①

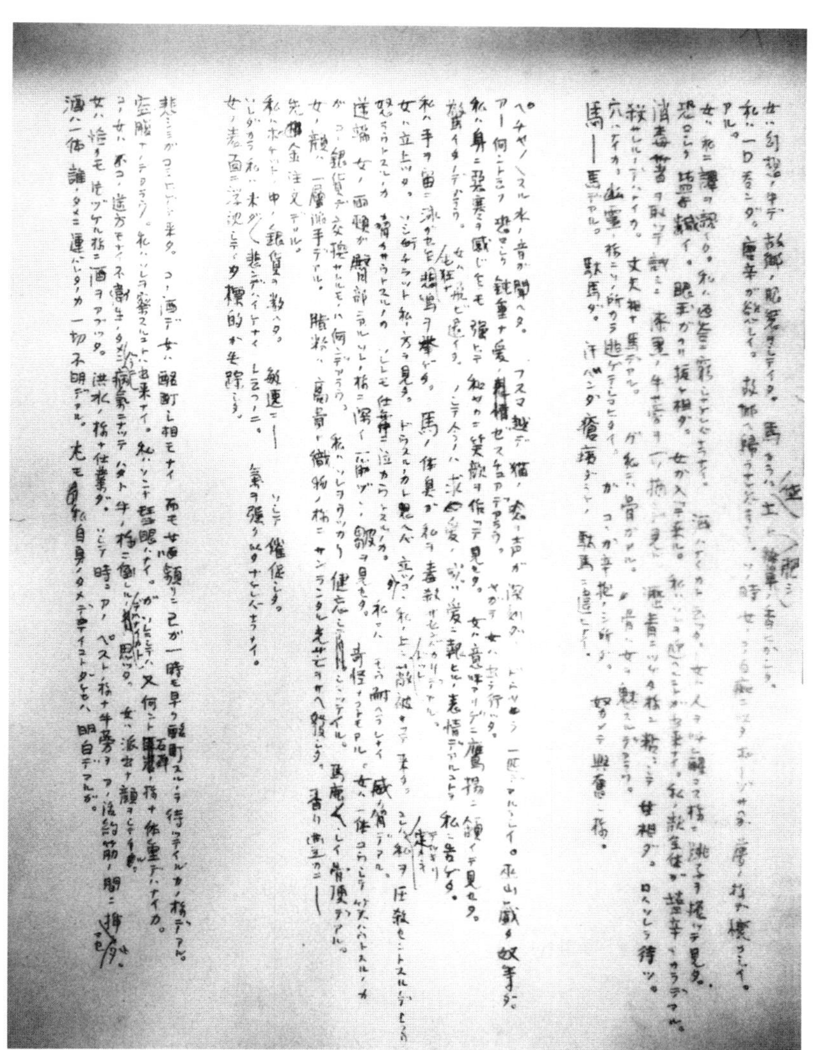

「애야(哀夜)」의 일문 노트 원본 ②

석해 있다'로 옮기는 것이 간단명료하면서 건조한 이상투의 문체에 더 어울린다.

넷째, 어휘가 빠진 부분이 있다. 원문대로 빠진 어휘를 보충해 넣어야 할 것이다.

> "그것은 세상에 둘도 없는" (177면)
> → "그것은 나에게는(私二ハ) 세상에 둘도 없는"
> "消毒箸를 집어서 새까만 우엉을 하나 집어본다." (181면)
> → "소독저(消毒箸)를 집어서 재빨리(訊シニ) 칠흑(漆黑)의 우엉을 하나
>   집어본다.

다섯째, 오자의 신비화를 깨우쳐 주는 부분이 있다. 이상이 범한 한자 표기의 실수에 억지로 의미부여하지 말고 단순한 오자로 처리하여야 한다. 이상은 「애야」에서 '괄약근'(括約筋)이라는 한자를 부정확하게 쓰고 있다. 이것은 의도된 문자 유희가 아니라 정확한 어휘가 생각나지 않아서 대충 썼기 때문에 생긴 단순한 실수이다. 그는 「애야」에서 이 말을 세 군데에서 쓰고 있는데, 세 군데 모두 다르게 표기한다. 첫 번째는 '滑躍筋'으로, 두 번째는 '滑約筋'으로 사용한다. 김수영은 "滑躍筋―이를테면 항문따위―여자의 입은 滑躍筋인 모양이다."(177면)로 두 어휘를 동일하게 처리하고 있다. 그리고 마지막은 "우엉을 그 滑躍筋 사이에다 집어넣었다"(179면)로 번역한 부분에 나오는 것으로, 원문은 '活約筋'으로 되어 있다. 이런 것을 볼 때 이상의 텍스트에서 잘못 표기된 어휘를 어떤 심오한 의도를 반영하는 것으로 해석하는 것은 지양되어야 한다. 이상에 대한 잘못된 신화가 오자를 신비화하는 것이다. 필자가 보기에 이상의 한자에서 생기는 대부분의 오자는 의도가 아니라 식자공의 실수거나 이상의 실수에 기인하는 것이다. 다만 '오감도(烏瞰圖)'는 반복적이고도 지속적으로 사용하고 있다는 점에서 의도적이라 할 수 있다.

이런 문제점을 고려해 볼 때 이상의 일문 유고 노트의 번역이 제대로 이루어졌는지 확인하기 위해 유고 노트가 공개되어 전문가의 번역 검토가 이루어져야 한다. 그럴 때 이상문학의 본질은 더 분명해질 것이다.

3. 「애야」와 몇 텍스트의 친족유사성[11]

「애야」는 '나는 한 매춘부를 생각한다'라는 부제에서 드러나듯이 매춘의 경험을 기록한 글이다. 일부만 인용해 본다(밑줄은 수정 부분).

> 括約筋―이를테면 肛門 따위―여자의 입은 括約筋인 모양이다. 자꾸 더 입을 오므리고 있다. 그것을 자기의 눈으로 내려다보고 있다. 코는 어지간히 못생겼다. 바른쪽과 왼쪽 뺨의 살집이 엄청나게 짝짝이다. (…)
> 거름냄새가 코에 푸욱 맡혀왔다. (177-178면)

> 그러자 갑자기 여자의 두 볼은 臀部에 있는 그것처럼 깊은 한 줄씩의 주름살을 보였다. 奇怪한 일이다. 여자는 도대체 이렇게 하고 웃으려고 하는 것인가.
> 골을 내려고 하는 것인가 위협을 하려고 하는 것인가 아니면 결국 울려고 하는 것인가. 나에게는 참을 수 없는 威脅이다.
> 여자는 일어났다. 그리고 흘깃 내쪽을 보았다. 어떻게 하려는가 했더니 선 채로 내 위로 버럭 덮쳐왔다. 이것은 틀림없이 나를 壓殺하려고 하는 것일 것이다.
> 나는 손을 허공에 내저으면서 바보같은 悲鳴을 올렸다. 말의 體臭가 나를 毒殺시킬 것만 같다.

---

11) 이 절과 다음 절은 기존 원고의 일부(『모더니즘과 포스트모더니즘의 수사학』 중 「애야」 관련 부분)를 작품론에 맞게 보완, 수정한 것임을 밝혀둔다.

놀랐던 모양이다. 여자는 비켜났다. 그리고 지금의것은 求愛의 혹은
愛情에 報答하는 表情이라는 것을 나에게 <u>알려주었다.</u>
　나는 몸에 惡寒을 느끼면서도 억지로 부드럽게 웃는 낯을 해보였다.
여자는 알겠다는 듯이 너그럽게 고개를 끄덕거려 보였다.
　아―얼마나 무섭고 鈍重한 사랑의 제스처일까. 곧 여자는 나가버렸다
(180-181면)

상당히 그로테스크한 경험의 기록이라 할 이 글에 나오는 매춘부는
입을 자기의 눈으로 내려다 볼 수 있을 정도로 눈과 입이 튀어나오고,
코는 어지간히 못생기고, 뺨의 살집은 불균형인데다 몸에서 거름냄새와
같은 악취가 나는 여자이다. 거기에다 압살의 위협을 느낄 정도로 과격
하게 애정을 표현하는 존재이기도 하다. 그리고 '압살'이라는 말이나
"나는 될수있는대로 여자의 體重을 竊取했다"(178면)라는 표현에서 '체중'
이야기가 나오는 것으로 보아 대단한 비만이라는 사실도 짐작할 수 있
다. "체중을 절취했다"는 표현은 '체중을 몰래 짐작해보았다'는 뜻으로,
이 말 속에는 그녀의 대단한 몸집에 대한 암시가 담겨 있다. 그는 이 여
자의 애정 표현을 "무섭고 鈍重한 사랑의 제스처"라고 표현하고 있다.
무서움을 줄 정도로 위협적인 체중이라는 뜻이다.
　이런 상황을 종합해 볼 때 이상은 그녀에게서 일종의 추함, 공포와
불결함 등 부정적인 감정을 느끼고 있었음을 알 수 있다. 그래서 이 여
자와 관계를 한 그 날의 경험은 이상에게 있어서 '무섭고' '기괴한 일'
이면서 동시에 '슬픈 밤(哀夜)'의 기억일 수밖에 없을 정도로 강렬한 것
으로 각인되었던 것 같다. 그는 이 강렬한 인상 때문에 이 경험을 그의
친구에게도 전한 것으로 보인다. 문종혁의 증언에서 이와 유사한 경험
이 등장한다.

　그게 몇살 적인지 기억이 분명치 않다. 그러나 스물 한 살 전후인 것

은 확실하다. 어느날 내게 상의 편지 한 장이 날아왔다. 그 내용인즉 다음과 같다. 상은 한 여인을 샀다고 한다. 아마도 그때, 공창(公娼)이 있던 시절이오 그 이야기라고 생각된다. 그 편지에는 삽화가 한 장 첨부되어 있었다. 여자가 천정을 향하고 누워 있는 모습을 옆에서 본 그림이다. 배는 임신 10개월로는 부족하다. 젖가슴부터 아랫배까지가 고무풍선 같다. 그 높이가 대단하다.

　또 그녀의 얼굴은 메주를 손가락으로 꾹꾹 찔러 만들었다면 입체감이 난다. 이북말로 미욱하기 짝이 없다. 눈퉁이는 나오고 코는 납작하고 입술은 돼지입이다.

　이 여인이 말하더라는 것이다.

　"파리만도 못한 기운을 해 가지고—"

　그러며 해괴한 눈으로 흘겨보더라는 것이다.[12]

　문종혁의 증언에 나오는 매춘부도 튀어나온 눈퉁이에 납작한 코, 돼지입 같은 입술을 지닌 미욱하기 짝이 없는 용모의 소유자이며 동시에 대단하게 비만인 여성이다. 여러 가지 점에서 이 두 글에 등장하는 매춘부는 동일한 존재로 볼 수 있다.[13] 이상은 그의 생전에 이 경험을 직설적인 형태로 활자화한 적이 없다. 그러나 그에게 있어서 이 경험은 너무나 강렬하여 어떤 식으로든 표출되지 않으면 안 될 성질의 것이었다.

　이 경험을 시로 표현한 것이 바로 극도의 난해시 「이십이년」 혹은 「오감도 시제5호」인 것으로 보인다.

　　前後左右를除하는唯一의痕跡에잇서서

　　翼殷不逝　目大不覩

　　胖矮小形의神의眼前에我前落傷한故事를有함。

---

12) 문종혁, 「심심산천에 묻어주오」, 『여원』, 1969. 4, 241면.

13) 이경훈도 "「애야」의 '한 매춘부'는, 문종혁에게 보낸 이상의 삽화에 등장했던 그 매춘부일 가능성이 크다."고 지적한 바 있다. 이경훈, 『이상, 철천의 수사학』, 소명출판, 2000, 215면.

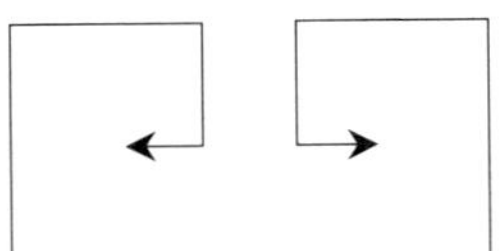

—이상, 「오감도 시제5호」 전문14)

 이 작품은 일문으로 먼저 발표되었는데 그 때의 제목은 「이십이년(二十二年)」이다. 이 제목 「이십이년」은 이상이 그 그로테스크한 경험을 한 '애야'의 해에 해당하는 이상의 나이를 뜻하는 것으로 보인다.15) 이상의 나이 22세는 우리 나이로 할 때 1931년, 만으로 하면 1932년경에 해당하는데 이것은 이 작품의 발표시기(1932. 7)와 유사하다. 이런 추정은 문종혁이 확신을 가지고 증언하는 '스물 한 살 전후'와도 일치한다.

 이 시에 나오는 '전후좌우를제한유일의흔적(前後左右を除く唯一の痕跡)'은 '전후좌우'로 표현되는 부차적인 것, 비본질적인 것을 제외한 가장 본질적인 어떤 것을 나타내는 표현으로 볼 수 있는데, 이는 매춘부의 모습과 연결될 수 있다. 이때의 전후좌우란 사지(四肢)라 할 수 있으며, 이것을 제한 '유일의 흔적'은 몸통 자체, 즉 몸통이 비만하여 사지가 상대적으로 위축된 상태를 의미하는 것이다. 이것은 『산해경』에 나오는 제강(帝江)이라는 신의 모습과 유사한데 이 잠재적인 맥락은 이후의 '신'이란 단어로 현현한다. 그리고 '목대부도'는 눈이 크다는 의미소를 중심으로 볼 때 문종혁의 증언에 나오는 튀어나온 눈퉁이와 연결될 수 있다.

---

14) 『조선중앙일보』, 1934. 7. 18. 이 작품은 『朝鮮と建築』(1932. 7)에 「建築無限六面角體」라는 표제하에 「二十二年」이라는 제목으로 수록되어 있다.

15) 이는 특정 일자를 작품에 사용하는 창작방법의 한 연장선상에 있다. 그중 유고로 발표된 시 「1931년(작품제1번)」과 「황」, 「황의 기(작품제2번)」 등이 그 경험과 관련될 가능성이 높다. 이들 작품에 대한 집중적인 해설은 이경훈의 『이상, 철천의 수사학』에 실린 「이상의 또다른 질병에 대하여」와 「그리스도와 알 카포네」 참조.

그렇게 볼 때 '반왜소형의 신'은 산해경의 신의 모습처럼 '작지만 뚱뚱한 체구의 매춘부'와 연결된다. 그 신 앞에 낙상한 고사라는 것은 바로 '파리만도 못한 기운을 해 가지고—'라는 수치스런 면박을 당한 일과 관련된다.

그 다음에 등장하는 도표는 여성의 자궁을 추상화한 것으로 보인다. 이런 추정은 문종혁의 증언 '여자가 천정을 향하고 누워 있는 모습을 옆에서 본 그림'에서 확인될 수 있다. 즉 이 도표는 이상이 그 매춘부를 그린 삽화의 추상적인 약도라 할 수 있는 것이다. 이 작품이 최초에 가로쓰기로 발표되었다가 후에 「오감도」의 연작시로 세로쓰기로 다시 발표되었을 때에도 이 도표만큼은 동일한 형태를 취한다는 사실도 이런 추정에 힘을 실어준다. 그리고 장부(臟腑)를 침수된 축사에 비유한 것은 매춘부의 육체에 대한 혐오를 반영한 것이며, 더 구체적으로는 자궁에 대한 묘사이다. 이는 이와 유사한 경험을 다루고 있는 「가외가전」의 다음 구절과 비교할 때 더욱 분명해진다.

> 나날이썩으면서가르치는指向으로奇蹟히골목이뚫렸다. 썩는것들이落差나며골목으로몰린다. 골목안에는侈奢스러워보이는門이있다. 門안에는金니가있다. 金니안에는추잡한혀가달린肺患이있다. 오—오—. 들어가면나오지못하는타잎기피가臟腑를닮는다. 그우로짝바뀐구두가비철거린다. 어느菌이어느아랫배를앓게하는것이다. 질다.

「가외가전」은 이상 자신이 편집한 구인회 기관지 『시와 소설』에 실린 것으로 아방가르드적 요소가 강한 작품이다. 성적인 이미지로 가득한 이 「가외가전」에서 골목이나 그 안에 있는 문은 여성의 은밀한 신체부위를 가리키는 말이라 할 수 있다. 인용문의 '골목—문—금니—혀가 달린 폐환'이라는 연쇄적인 어휘가 장부(臟腑)와 연결되는 것이며, 그 위에 구두(남성의 상징)가 비철거리는 것 역시 성적인 이미지로 해석된다. 특히

‘들어가면 나오지 못하는 타입 깊이가 장부를 닮는다’는 표현은 낚시바늘과 닮은 화살표를 통해 자궁을 추상화한 「이십이년」의 그림과 관련된다. 더 중요한 것은 「가외가전」의 이 부분이 장부와 골목을 중첩적으로 지시하는 ‘질다’라는 표현으로 끝나고 있다는 점이다. 그것은 장부를 침수된 축사로 보는 것과 동일한 시각이라 할 수 있다. 이는 「애야」에서 ‘눈을 감은 兵士’가 발을 들여놓는 ‘개흙진 소택지(沼澤地)’와 동일한 표현이다. 이를 다시 정리하자면 ‘침수된 축사와 같은 장부’(「이십이년」) = ‘개흙진 소택지’(「애야」) = ‘질어빠진 장부’(「가외가전」)라는 등식이 성립되는 것이고 이는 당연히 동일한 계통의 이미지인 것이다.

4. 「애야」의 가치와 이상시학의 핵심

이상의 산문 「애야」의 가치는 그 자체가 지닌 수사학적 특성이나 작품의 수준 같은 것에 있는 것이 아니라, 「오감도 시제5호」와 같은 난해한 시에 접근하는 통로를 명확하게 제시해준다는 점에 있다. 앞에서 살펴보았듯이 「애야」는 하나의 체험이 어떤 경로를 거쳐 난해한 텍스트로 변용되는가를 잘 보여준다는 점에서 이상 시학의 비밀에 접근하는 데 가장 적절한 자료가 된다. 그래서 평이한 산문과 난해한 시 텍스트 사이의 격차가 커지면 커질수록, 「애야」의 공로는 더 두드러지게 된다.

이상이 동일 체험을 다룬 산문을 극단적인 난해성을 지닌 시로 변용한 방법론은 무엇일까. 그 방법론이 바로 이상시학이라 할 수 있다. 이상은 그 방법론을 몇 가지 이름으로 부른다. 가장 많이 사용한 것이 ‘위티즘’일 것이다. 이 용어는 「단발」이라는 작품에서 네 번 사용되고 있다. 또 ‘위트와 파라독스’(「날개」), ‘아름다운 복잡한 기술’(「지도의 암실」),

'기만술'(「종생기」), '복화술'(「황의 기(작품 제2번)」) 등 상당히 다양하다. 이 것은 이상이 자신의 시학에 얼마나 의식적이었는가를 보여주는 증거가 된다.

'위티즘'이나 '위트와 파라독스'는 방법론을 문학상의 용어로 표현한 경우이고 나머지는 자신이 만든 용어이다. 그는 '위트와 파라독스'의 사용방식을 바둑에 비유한다. 바둑포석은 치밀한 계산 끝에 놓이는 바둑돌처럼 그의 언어들이 일정한 원칙을 지니고 텍스트에 현현함을 암시하는 표현이라는 점에서 철저하게 계산된 의도로서의 시학을 암시한다. 문학은 고도의 기술이라는 선언이 여기에 담겨 있다. 이 자율적이면서 개성적인 창작방식은 미적('아름다운')이고도 기교적인('복잡한') 특성을 지닌 기술이다. 그리고 '기만술'과 '복화술' 역시 기술의 문제, 방법의 문제에 바탕을 두고 있다. '기만술'은 의뭉스럽게 속중을 얼마나 잘 속일 수 있는가 하는 방법이고, '복화술'16)은 '언어의 저장창고'를 어떻게 경영할 것인가 하는 기술의 문제이다.

「애야」에서 「오감도 시제5호」로의 변용에는 바로 이런 시학이 가로 놓여 있다. 이 시학의 본질은 무엇일까. 그것은 일상적인 경험을 기술적으로 왜곡시키고자 하는 욕망이다. 쉽게 전달되는 것은 새로운 문학의 금기이기 때문이다. 목소리를 매체로 하던 시대의 서정시는 알기 쉬운 말, 관습적인 표현, 반복법 등을 사용하여 청각에 호소하였다. 하지만 인쇄활자를 매체로 하는 현대시는 한 번에 그냥 읽어 지나가게 하는 관습적인 표현이나 쉬운 문장 구조 등을 기피한다. 시각적으로 독해하는 시간을 요하는 것이 현대시의 요구조건이기 때문이다. 이상 역시 이것을 정확하게 인식하고 있다.

인류가아직만들지아니한글자가 그자리에서이랬다 저랬다하니무슨암

---

16) "複話術이란 결국 言語의 貯藏倉庫의 經營일 것이다."

시 이냐가무슨까닭에 한번읽어지나가면 도무소용인글자의고정된기술
방법을채용하는흡족치않은버릇을쓰기를버리지않을까를그는생각한다.
—「지도의 암실」

이상은 "한 번 읽어 지나가면 도무 소용인 글자의 고정된 기술방법을
채용하는 흡족치 않은 버릇"을 버리고자 한다. "한 번 읽어 지나가면 도
무 소용인 글자의 고정된 기술방법"은 바로 시가 노래였던 시대, 그리고
그 유산을 물려받은 현대 서정시의 세계에나 적합한 방법이다. 이는 '한
번 읽어 지나가면 도무 소용'이 된다는 점에서 "1차방정식같이 간단"(「황
의 기(작품 제2번)」)[17]하고도 상식적인 방법이 아닐 수 없다. 지각과 동시
에 이해가 이루어지는 이런 방식과 달리 이상이 목표로 하는 것은 지각
의 과정을 최대한 지연시키는 글쓰기이다. 이는 쉬클로프스키가 "사물
을 <낯설게> 하고 형식을 어렵게 하며, 지각을 힘들게 하고 지각에 소
요되는 시간을 연장"하는 데 목적이 있다고 한 예술의 기법과 동궤에
놓인다. 그에 따르면 예술은 어느 대상의 예술성을 경험하는 한 방법이
기에 지각의 과정은 그 자체가 미학적 목적이고 따라서 되도록 연장되
어야 하는 것이다.[18] 이상에게 있어서 '한 번 읽어 지나가면 도무소용'
인 글은 "금칠을 너무 아니"(「종생기」)하여 지각에 소요되는 시간이 거의
없는 글이며, 읽는 행위 자체만 남고 행위의 결과는 없는 자동화된 글읽
기만 유도하는 글이다. 이상이 원하는 것은 이 상투적인 글쓰기에서 벗
어나서 '한 번 읽어 지나가'서는 도저히 그 지각이 즉각적으로 이루어지
지 않도록 "고의적으로 방해받는 형식(deliberately impeded form)"[19]을 고안해

---

17) 이상은 '나의 식욕은 1차방정식같이 간단하였다'는 표현을 사용하고 있는데, 이
　　는 '답을 풀어서 근이 하나 나오는 것, 아주 단순하고 뻔한 것'을 의미한다.
18) V. Chklovski, 「기술로서의 예술」, 『러시아 형식주의 문학이론』, 청하, 1986, 34면.
19) Vicror Erlich, 박거용 역, 『러시아형식주의』, 문학과지성사, 228면. 이와 관련해서
　　아이스테인손의 방해의 미학 관련 논의가 도움이 된다. A. Eysteinson, 임옥회 역,
　　「리얼리즘, 모더니즘, 방해의 미학」, 『모더니즘 문학론』(현대미학사, 1996) 참조.

내는 것이다.

그런데 이 기술은 기술이면서 기술 이상의 어떤 것으로 읽힌다는 점에서 문제적이다. 이는 바둑포석이 바둑포석의 기술이 아니라 바둑의 원리로 읽히는 것과 같다. 단적으로 말하자면 이상의 기술은 기술이면서 동시에 그 원리이다. 그 기술은 단순한 기교의 차원에 그치는 것이 아니라 기술 자체 속에 그 원리를 내재하고 있는 것이다. 따라서 이상의 시학에 있어서 기술은 개념상 포지올리의 '기술주의'에 보다 가깝다고 할 수 있다.[20] '기술의 범주에 비기술적인 것을 포함시키는 것'으로 정의되는 기술주의는 이전 고전 예술에서 강조되었던 기술과 전혀 다른 함의를 지닌다. 그의 말처럼 기술주의는 기술이 존재 이유를 갖지 못하는 곳인 정신적 영역에 기술적 재능이 침투하는 것을 의미하기 때문이다. 기술은 단순한 기교의 차원에 놓여 있는 것이 아니라 자체의 형이상학을 내재한 이념이 되었던 것이다.

이상 문학의 본질을 단순한 기교 차원의 기술로 파악하여 폄하하는 것은 방법론의 심층적인 측면을 간과한 일면적 이해에 불과하게 된다. 원리를 내재한 기술로서의 이상시학은 단순한 기술이 아니라 모든 형이상학적 체계를 스스로 구현하고 있는 형식으로서 존재 그 자체가 존재 이유가 될 정도의 역학적인 힘을 자급하는 개념이다. 이상은 기술주의를 시학의 절대적인 조건으로 삼고 있었던 것이다.

또한 이상 시학은 「애야」와 같은 그 소재의 성격 때문에도 필수적인 방법론이었다. 이상 문학의 전체라고도 할 수 있는 매춘 경험과 그와 관련된 질병, 그리고 두 명의 아버지를 두어야 하는 집안 사정, 여성 편력 등의 개인사적 비밀 등은 그의 시학의 형성에 근원적으로 작용하고 있었는데, 성이나 가족사와 관련된 그의 시들이 하나같이 고도의 기술로

---

20) Renato Poggioli, 박상진 역, 『아방가르드 예술론』, 문예출판사, 1996, 200면.

은폐되고 있는 이유는 여기에 기인한다. 이런 사실은 그가 끝까지 발표를 유보한 유고의 내용이 대부분 매춘과 성과 관련되거나 내밀한 가족사와 관련되고 있다는 점에서도 드러난다.[21] 이것은 다시 다음과 같은 이상의 진술에서 확인되는 바이다.

> 이튿날 나는 작은어머니와 말다툼을 하고 脈搏百二十五의 팔을 안은 채, 나의 物慾을 부끄럽다 하였다. 나는 목을 놓고 울었다. 어린애같이 울었다.
> 남보기에 퍽이나 醜惡했을 것이다. 그리다 내가 왜 우는가를 깨닫고 곧 울음을 그쳤다.
> 나는 근래의 내 心境을 정직하게 말하려 하지 않는다. 말할 수 없다. 滿身瘡痍의 나이언만 若干의 貴族趣味가 남아 있기 때문이다.[22]

'만신창이'의 개인사적 비밀을 지닌 그는 자신의 심경을 정직하게 노출하지 않으려 할 뿐 아니라 노출할 수 없다고 강조하고 있다. 전자가 은폐의 심리적 기원이라면 후자는 소재 차원의 기원이다. 개인사적 비밀을 은폐하는 그의 '귀족취미'는 내재적 원리로서의 기술의 다른 명칭이다. 이는 '보들레르의 변장술(Mystifikation)'을 "매음부의 거짓말과 같이 재해를 막는 요술"[23]이라고 지칭한 벤야민의 언급을 떠오르게 한다. 보들레르에게 있어서 변장술의 목적이 일종의 재해를 연기하고자 하는 데 있는 것처럼, 귀족취미에 근거한 기만술과 복화술의 목적도 이처럼 만신창이와 같은 개인사적 비밀의 노출이라는 재난을 연기하는 데 있는

---

21) 매춘이나 성과 관련해서는 「애야－나는 한 매춘부를 생각한다」와 「황」, 「황의 기」 등 「황」의 계열, 은밀한 가족사와 관련해서는 「공포의 기록」, 「공포의 성채」, 「불행한 계승」, 「육친의 장」 등이 있으며 여기에 여성편력을 다룬 「환시기」, 「단발」, 「실화」 등이 포함될 수 있다.
22) 「공포의 기록」, 김주현 주해, 『증보 정본 이상문학전집 2 － 소설』, 소명출판, 2009, 218면. 현대 맞춤법에 맞춰 수정하였음.
23) Walter Benjamin, 차봉희 역, 『현대시회와 예술』, 문학과 지성사, 1980. 135면.

것이라 할 수 있다. 인용문을 토대로 할 때 '아름답고 복잡한 기술'로서의 기만술과 복화술이라는 그런 시학의 형성은 각혈로 인한 죽음의 공포나 타나토스의 충동 이전에 더욱 근원적으로 그 동기가 불가피하게 주어진 것이라 할 수 있다. 각혈의 경험이 지니는 의미는 그 귀족취미의 경향을 극단화하는 데 있는 것으로 보인다. '만신창이'의 자신이 각혈과 죽음 충동을 포함한 것이라 할 때 그것들 자체의 추동력은 그의 시학에서 드러나지 않는다. 오히려 여기에서 분명해지는 것은 죽음 충동의 저변에 확고하게 놓여 있는 것이 '귀족취미'라는 방법론적 태도라는 사실이다. 이런 관점에 설 때 시골 아이들의 유희의 황폐성으로부터 끌어낸 "이번만은 또 어떤 기상천외의 노는 법이라도 고안하여 그들의 생명을 유지할 것인가"(「이 아해들에게 장난감을 주라」) 하는 탄식에서 드러나는 바, 생존 그 자체와 등가로 인식되는 그의 시학의 필사성이 해명될 수 있는 것이다.

일반 논문

이상 시의 이중성 연구 | 김영건

질주하는 언어의 세계─이상의 시 『오감도』「시제1호」를 중심으로 | 신용목

이상 시의 이중성 연구

김 영 건*

1. 서론

이 글은 이상 시의 '이중성'을 규명하고자 한다. 이상에 대한 평가는 다양하다.[1] 이상에 대한 평가가 다양한 이유는 이상의 관념이 당대를 직접적으로 통어하고 있기 때문일 것이다. 이상이 만들어 보인 이러한 '다양함'의 궤적은 그를 근대 문명의 선구적 수용자로 치부해 버렸다. 이런 견해는 이상에게 '초현실주의자' 혹은 '탈근대론자' 내지는 '포스트모더니스트'와 같은 명칭을 부여했다.

이 글의 목적은 문학사적으로 이렇게 다양한 평가를 받는 이상에 주목하는 것이다. 문학인 이상에 주목하는 것에 앞서 '인간 이상'에 대한 관심의 표명이 어쩌면 더욱 적확한 표현이 될 수도 있겠다. 근대 문명을

---

* 고려대학교 대학원 국어국문학과 박사과정.

[1] '다양하다'는 의미는 이상에 대한 평가가 '공과'의 성격이 아닌 것을 뜻하는 것이며, 시인 이상이 '근대'라는 새로운 세계로 진입하는 장(場)을 열었다는 견해에 대해서는 대체로 이견이 없다.

선구적으로 수용했다고 평가받는 이상과 '인간 이상'에 대한 관심은 '근
대'라는 공간과 '전근대'라는 공간의 길항관계와 유사하다고 할 수 있
다. '근대'라는 공간은 '초현실주의자'로 호칭되던 문학인 이상이 활동
하던 당대를 말하며, '전근대'라는 공간은 문학인이기 이전에 '인간 이
상'이 살아왔고 익숙한 '당대 조선'이기 때문이다.

급변하는 정세와 근대적인 문명의 이기들이 수용되던 당대 속에서 살
았던 이상은 '근대'와 '탈근대' 사이에서 갈등할 수밖에 없었을 것이다.
이 글은 바로 이와 같은 갈등의 문제에서 비롯된다. 이 글은 1930년 당
대를 전근대와 근대를 연결하는 통시적인 지점으로 한정하고, 그 안에
서 영위되는 삶의 양상을 공시적인 측면에서 파악할 것을 목적으로 한
다. 그렇기 때문에 이글은 문학인 이상 특히 시인 이상과 순수한 '인간
이상'에 관심을 갖고자 한다.

이 글의 연구 범위는 이상의 시 작품 전체로 한정할 것이다. 이상의
시 가운데에서 '근대'로 지칭되는 공간에 관심을 갖고, '근대'라는 공간
속에서 살아가는 이상과 그를 대변하는 혹은 그가 대변하고자 하는 화
자의 측면에 집중할 것이다. 그렇기 때문에 이 글에서 분석할 텍스트는
인식의 충돌이 직접적으로 드러나는 텍스트보다는 감각을 지각하고, 지
각된 감각들이 인식의 흐름에서 어떻게 전이되는지를 확인할 수 있는
작품이 될 것이다.

이 글에서 분석하고자 하는 텍스트는 「꽃나무」와 「거울」, 「시제15호」
이다. 「꽃나무」에서는 '공간'으로, 「거울」에서는 '인식의 주체'로 그리
고, 「시제15호」에서는 '인식된 주체'2)로 텍스트를 분석할 것이다. 이와

---

2) '인식된 주체'의 의미는 '시적 주체'라는 의미로 병치할 수 있다. '시적 주체'는 '자
   아'와 '화자' 그리고 '주체'의 개념을 모두 내포한 의미를 가지고 있는데, 여기서
   사용하는 '인식된 주체'는 이들 '자아', '화자', '주체'의 의미뿐만이 아니라 '우리'
   의 의미까지로 확장해서 사용할 것이다. '시적 주체'의 개념이 이렇게 확장될 때
   비로소 시인 이상도 메를로 퐁티가 천명하는 '세계—에로—존재'에서 데카르트가

같은 방법으로 텍스트를 분석하는 이유는 결국 갈등을 해소하고자 하는 목적에서 비롯된다. 이상의 갈등은 삶이라는 피할 수 없는 '공간'과 그러한 공간 속에서 삶을 영위하는 가운데 생기는 필연적인 현상이다. 이 글은 이상의 이러한 갈등 양상을 '이중성'의 측면에서 확인할 수 있을 것으로 기대한다.

2. 환상을 통한 소통과 좌절

이상은 1931년 『조선과 건축』[3])을 통해서 시작 활동을 시작하였다.[4]) 주지하는 바와 같이 『조선과 건축』은 문예지가 아니었다. 이상의 시작 활동이 문예지가 아닌 일본어 건축 잡지였다는 사실은 그의 직업과 상관이 있다. 1929년에서 1933년 총독부 내무국 건축과 기사로 일한 경력이 그것이다.[5])

1930년 당대는 근대적인 문물을 자의에 의해서든지 혹은 타의에 의해서든지 받아들이던 시기였다. 근대 문물이 수용되는 이러한 시기에 이상은 근대 문물의 표상이라고 할 수 있는 건축물을 담당하는 건축 기사로 일하고 있었다. 건축이라는 양식은 문명이 개화되는 지점에서 대개 먼저 발달하는 속성을 가지고 있다. 1930년 당대 조선이 근대 문물을 수용하고 받아들이는 과정도 짐짓 여느 국가와 다르지 않았을 것이다.

주장하는 '세계-내-존재'로 수렴할 수 있을 것으로 판단하기 때문이다.

3) 『조선과 건축』은 일본어로 간행되는 건축 잡지로 이상은 「이상한 가역반응」을 1931년 6월 5일 탈고해서 같은 해 7월 발표한 것으로 판단된다.

4) 이상의 첫 작품 활동은 장편 소설 『12월 12일』을 1930년 2~12월 『조선』을 통해서 발표하면서 시작되었다.

5) 이상은 1926년 경성고등공업학교 건축과에 입학해서 1929년 경성고등공업학교를 3년만에 졸업하고 이후 취업을 한다.

시각적으로 우선 발달하는 근대적 구조물은 당대 이상에게는 낯선 것인 동시에 근대에로의 이상향을 제공했을 것으로 보인다. 근대적 이상향에 대한 동경과 전근대적인 사고와 관념에 익숙한 이상에게 1930년 당대는 혼돈을 주었을 것이다. 이는 전근대적인 사고에 익숙한 의식 습성과 근대적인 문물로 인한 근대적인 생활 습관의 편입으로 인한 갈등이 공존하고 있었음을 의미한다.

이상이 살고 있는 시대는 근대화의 과정에 있는 1930년대였고, 그의 의식은 조선의 유교적인 세계관에 갇혀 있었다. 이상은 새로운 근대 문명이 도입되는 한 가운데 살고 있었지만, 그가 경험할 세계는 자신이 경험하지 못한 전혀 낯선 세계였다. 그리고 그러한 세계는 일제 강점기라는 타의에 의한 세계였으며, 그렇기 때문에 1930년대 당대는 이상에게 비극적인 세계(근대)였다.

이상에게 1930년대는 상술한 것과 같은 외부적인 상황과 자신의 복잡한 가정사6)로 인해서 고통을 주는 시기였다. 거듭되는 사업의 실패7)와 젊은 나이에 걸린 폐결핵8)은 그가 삶과 생에 안주할 수 없게 만들었고, 이상 자신이 스스로 타개하고자 한 이러한 상황은 오히려 점점 나쁜 방향으로 흘러가게 된다. 바로 이 점이 이상을 현실에서 벗어나게 만든 근원적 원인이 될 수 있다.

근대적인 현실에서 이룰 수 없었던 이상향은 이상 스스로를 자신 안으로 침잠하게 만들었다. 그리고 이러한 시기에 쓴 작품이 다음의 「꽃나무」이다.

---

6) 가난한 가정으로 인해서 부와 권력이 있는 백부 슬하에서 지낸 양자 생활을 지칭한다.
7) 다방 '제비'와 인사동 카페 '쓰루(鶴)', 다방 '69', 다방 '麥'의 경영 실패를 말한다.
8) 스무 살 무렵에 걸린 폐결핵으로 이상은 평생을 죽음의 공포와 불안을 간직한 채 살아야 했다.

> 벌판한복판에 쏫나무하나가잇소. 近處에는 쏫나무가하나도업소 쏫나
> 무는제가생각하는쏫나무를 熱心으로생각하는것처럼 熱心으로쏫을피워
> 가지고섯소 쏫나무는제가생각하는쏫나무에게갈수업소 나는막달아낫소
> 한쏫나무를爲하야 그러는것처럼나는참이상스러운숭내를내엿소.
> ─「쏫나무」(『카톨릭청년』, 1933. 7) 전문9)

위의 인용 시는 전경을 묘사하고 있다. 「쏫나무」의 전경은 "벌판한복
판에" 홀로 있는 "쏫나무"를 묘사하는 것으로 시작된다. 넓은 "벌판한복
판에" 꽃나무는 홀로 서 있다. 홀로 서 있는 꽃나무의 "근처에는 쏫나무
가하나도" 없다. 화자가 객관적 상관물로 시에 등장시킨 '꽃나무'의 주
위에는 아무도 없다. 시에 등장하는 대상이 "쏫나무하나"이기 때문에
시인은 새로운 대상을 이입한다. 시인이 다시 새롭게 등장시킨 꽃나무
는 "제가생각하는쏫나무"가 될 수 있다.

이러한 등장은 인용 시의 해석을 달리 하게 만드는 구실이 될 수 있
다. 시의 전경에 등장하는 대상을 세계와 시인으로 설정한다면 이 시 「쏫
나무」는 시인이 처한 현실과 시인이 도달하고자 하는 이상향이 될 수
있다. 이와 같은 설정을 근거로 인용한 시 「쏫나무」를 다시 한 번 시를
읽어보자.

"벌판한복판에 쏫나무하나가잇소."라는 첫 문장은 다음과 같이 재해
석이 가능하다. '세계 한 가운데에 내가 혼자 있다.'가 그것이다. "벌판"
이 '세계'로 그리고 "쏫나무"가 '나'로 대응이 되는데, 이러한 방법으로
「쏫나무」를 분석하면 이 시는 일반적인 전경을 묘사하는 작품에서 탈피
하게 된다.

우리가 살아가는 세계는 혼자서는 살아갈 수 없는 세상이다.10) 화자

---

9) 시 인용은 최초 발표지면을 따르는 것을 원칙으로 하되, 조해옥의 『이상 시의 근
   대성 연구 : 육체의식을 중심으로』(소명출판, 2001)와 임종국 편 『이상전집』(문성
   사, 1966)을 참조하겠다.

를 시인으로 대별시키는 것은 곤란하지만 시인도 사회적 존재임을 감안하면 지나친 오독은 아닐 것이다. 시인은 혼자서 살아갈 수 없는 세계에서 살기 때문에 자신과 소통할 또 다른 존재를 양산한다. 그것이 위 인용 시에는 "제가생각하는꽃나무"이다. 즉 시인은 "벌판한복판"이라는 세계 속에서 "꽃나무"라는 존재의 주체로 기능하기 위해서 또 다른 자신을 만들어낸다. 이 또 다른 자신은 시인이 바라보는 '새로운 나'가 될 수 있다.

현실에서 시인은 자신이 생각하는 그대로 시인 자신의 또 다른 모습에 "열심으로생각하"게 된다. "열심으로생각하는것"은 현실의 세계에서 고립되어 혼자인 시인이 다른 세계로 넘어가려는 의지를 보여주는 것이다. 그러니까 "열심으로생각하는것"은 고립된 현실에서 벗어나 새로운 소통의 출구를 찾는 행위가 된다. 시인의 이러한 노력은 현실에서는 없는 '새로운 나'의 출현으로 가능하게 되는데, 허상의 '나'는 실재 '나'와 소통하는 역할을 부여받는다.

'나'는 '새로운 나'와 소통하기 위해서 "열심으로꽃을피워"보지만 실패하고 만다. 실재 '나'는 '새로운 나'에게 갈 수가 없다. 소통의 실패는 실재하는 '나'에게 패배감만을 줄뿐이다. 결국 화자는 현실 속에서 패배감을 느끼게 되며, 현실과 이상 사이에서의 갈등은 나를 "막달아나"게 만든다.

현실에서 실재하는 존재가 분리되는 일은 상상할 수 없다. 「꽃나무」에서 볼 수 있는 두 존재인 '나'와 '새로운 나'의 출현은 현실에서는 일어날 수 없는 일이다. 이것은 생각해보지 않아도 당연한 것인데, 인용 시를 이와 같은 방법으로 해석하기 위해서는 일종의 관념이 필요하다.

---

10) 인간이 사회적 존재이기 때문으로, 이상은 사회 속에서 살아가고자 부단히 노력한 사람으로 판단된다. 이것은 그가 살아온 자취를 살펴보면 비교적 쉽게 확인할 수 있다.

이러한 장치는 시인이 「꽃나무」라는 시를 창작할 때 자신과 소통할 수 있는 '새로운 나'를 미리 염두에 두고 시작 활동을 했다는 것으로 추측해 볼 수 있다.

시인에 의해서 생성된 '새로운 나'는 존재하는 것이 아니라 존재한다고 믿어지는 대상이 된다. 존재한다고 믿어지는 대상은 실존할 수 없는 대상이다. 실상이 아닌 허상의 '나'는 그렇기 때문에 상상 속에 존재하는 또 다른 주체이다. 실재하는 주체와 실재하지 않는 주체가 소통하기 위한 방법은 관념 속으로 파고드는 것인데, 시인은 이러한 점을 적절하게 활용하고 있다. 「꽃나무」의 가장 마지막 문장이 이를 증명한다. "한 꽃나무를위하야 그러는것처럼나는참이상스러운숭내를내엿소"라는 문장은 시인 스스로가 생각해도 논리적이지 못한 것이다. 존재하지 않는 '나'를 위해서 스스로 참 이상한 흉내를 냈다는 것은 이성적으로는 사고할 수 없는 것을 떠올렸다는 의미로 귀결되기 때문이다.

화자는 이렇게 근대적 현실 속에서 환상적인 공간으로 이동하고자 노력한다. 화자가 현실에서 환상의 공간으로 옮겨가고자 하는 노력은 소통하고자 하는 대상으로 드러나고 있다. 화자는 이 '새로운 나'와 소통하고자 하지만 실패하고 만다. 이것은 '나'와 소통해야 하는 또 다른 '나'가 실재하는 '나'가 아니기 때문이다.

시인이 소통해야 할 대상은 시인의 의식 속에 자리 잡은 자신이 아니다. 시인은 세계 속에서 주체로서 기능하기 위해서 타인과 교류해야 한다. 시인이 관념 속의 '나'에 소통하고자 하면 할수록 시인은 스스로 세계와 차단된 상황에 놓이게 된다. 결국 시인은 소통할 수 없는 상황 즉 불통의 상황에 놓이게 되는 것이다.11) 이것은 시인이 소통하고자 하는

---

11) 이상의 시에서 현실에 적응하고자 하는 노력은 「家庭」과 「正式」에서도 살펴볼 수 있다. 그러나 두 작품 모두 현실과 환상의 공간인 이상향 사이에서 갈등하는 모습으로 표현되고 있다. 다음은 현실에서 갈등하는 모습이 보이는 이상의 시 「家

대상이 실재하는 대상이 아니기 때문이고, 소통하고자 하는 방식은 주체와 주체 간의 소통 방식인 대화가 아니다. 대화가 아닌 관념 속으로의 침잠은 소통을 어렵게 만든다.

「꽃나무」에서 확인할 수 있는 관념으로의 대상은 결국 "제가생각하는꽃나무"이고, "제가생각하는꽃나무"는 화자와 같이 실제로 존재하는 꽃나무가 아니라 허상에 존재하는 꽃나무이다.

3. 실재의 '나'와 실재하지 않는 '나'

시인이 현실이라는 세계와 조우하지 못하고 환상의 공간으로 끊임없이 침전하는 모습은 현실의 세계와 환상의 세계 사이에서 갈등하는 태도에서 비롯된다. 현실의 세계 속에서 살아가는 시인은 스스로의 모습

庭」과 「正式」이다.

> 門을압만잡아단여도않열리는것은안에生活이모자라는까닭이다. 밤이사나운꾸즈람으로나를줄른다. 나는우리집내門牌앞에서여간성가신게아니다. 나는밤속에들어서서제웅처럼작구만減해간다. 食口야封한窓戶어데라도한구석터노아다고내가收入되여들어가야하지않나. 집웅에서리가나리고뾰족한데는鍼처럼月光이무덨다. 우리집이알나보다그러고누가힘에겨운도장을찍난보다. 壽命을헐어서典當잡히나보다. 나는그냥門고리에쇠사슬늘어지듯매여달렷다. 門을열려고않열리는門을열려고. (밑줄－인용자)
>
> —「家庭」(『카톨릭청년』, 1936. 2) 전문
>
> 너는누구냐그러나門밖에와서을뚜드리며門을열라고외치니나를찾는一心이아니고또내가너를도무지모른다고한들나는차마그대로내어버려둘수는없어서門을열어주려하나門은안으로만고리가걸린것이아니라밖으로도너는모르게잠겨있으니안에서만열어주면무엇을하느냐너는누구기에구태여닫힌앞에誕生하였느냐(밑줄－인용자)
>
> —「正式」(임종국, 『이상전집』, 문성사, 1966, 243면) 부분

을 찾아볼 수 있는 상태이다. 그러나 시인이 침잠하는 세계에서는 자신의 모습을 찾아볼 수가 없다.

　이상의 시에서는 현실의 세계와 환상의 공간을 보이지 않는 선으로 연결하고 있는 구조를 적지 않게 발견할 수 있다.[12) 일반적인 형태를 벗어나는[13) 시의 구성은 형식상의 변형태를 동반하게 만든다. 이때 시는 긴장을 더하게 되고 새로운 모습을 보이기도 한다. 이상은 여러 변형 기법을 통해 구속이 없는 세계에서 자유로운 감각의 날개를 펴고 상상력을 최대한 확장했다. 이를 위해 이상은 모든 고정관념들을 전면적으로 파괴하는 극단적 상황들을 구현하여 우리 현실의 절망적 상황을 독창적으로 보여 주었다.[14) 여기서 우리 현실은 이상 자신이 처한 상황이기도 하다.

　　　　거울속에는소리가업소
　　　　저럿케까지조용한세상은참업슬것이오
　　　　　　　　◇
　　　　거울속에도 내게 귀가잇소
　　　　내말을못아라듯는쌱한귀가두개나잇소
　　　　　　　　◇
　　　　거울속의나는왼손잡이오
　　　　내握手를바들줄몰으는―握手를몰으는왼손잡이오

---

12) 이상 시에서 이러한 구조는 김승희(「접촉과 부재의 시학 : 이상시에 나타난 '거울'의 구조와 상징」, 서강대학교 석사학위논문, 1980), 오규원(『거울 속의 나는 외출중』, 문장사, 1981), 이규동(「이상의 정신세계와 작품」, 월간조선, 1981. 6), 조수호(「도형에서 바라본 이상 시의 해독」, 『이상문학전집5』, 문학사상사, 2001)에 의해서 분석된 바 있다.
13) 김윤식은 이상의 창작 세계를 '관념지향성'이라고 명명하면서 이때의 관념성은 첫째 창작방법에 있어서 난해한 서사 문법, 둘째 작품 내용에 있어서 기존의 보편적 서사 내용으로부터의 일탈의 두 가지로 설명하고 있다(「유클리드 기하학과 광속의 변주―이상 문학의 기호 체계 분석」, 『이상 문학 텍스트 연구』, 서울대 출판부, 1998, 278-307면 참조).
14) 이윤경, 「이상 시의 변형세계 연구」, 국민대학교 박사학위논문, 2004, 186면.

◇

거울째문에나는거울속의나를만저보지를못하는구료만은
거울아니엿든들내가엇지거울속의나를맛나보기만이라도햇겟소

◇

나는至今거울을안가젓소만은거울속에는늘거울속의내가잇소
잘은모르지만외로된事業에골몰할께요

◇

거울속의나는참나와는反對요만은
쏘쫴닮앗소
나는거울속의나를근심하고診察할수업스니퍽섭々하오

—「거울」(『카톨릭청년』, 1933. 10) 전문

위의 인용 시에서는 시의 형식상 형태적인 대칭 구조를 확인할 수는 없다. 그러나 '거울'이 가지고 있는 이미지를 상기한다면 시의 문면에서 기호화된 대칭 구조를 살펴볼 수 있다.

시의 화자는 거울을 바라보고 있다. 시의 화자가 바라보는 "거울속에는소리가" 없다. 화자가 살고 있는 거울 밖의 세상은 거울 속의 세상처럼 조용하지가 않다. 화자가 바라는 세상은 "저러케까지조용한세상"으로 거울 밖에서는 찾기 힘든 세계이다. 그래서 시의 화자는 거울 속의 세상을 이상향으로 생각하게 된다. 시의 화자가 바라보는 거울 속의 세상에서도 화자에게는 "귀가잇"다. 화자 자신의 말을 "못아라듯는쌕한귀가두개나잇"다. 거울 속의 세상은 거울 밖의 세상과 동일하지 않다. "귀가두개나잇"지만 화자의 "말을못아라듯"는데, 이것은 거울 밖의 세상과는 달리 "거울속에는소리가업"기 때문이다.

시의 화자는 거울 속의 자신의 모습을 뚜렷하게 바라본다. 시의 화자가 앞에서 보았듯이 '나'에게 보이는 거울 속의 '나' 자체는 언제나 내가 보는 반사물이다.[15] 이 둘의 관계는 보이는 것과 보이지 않는 것의

____

15) 메를로 퐁티, 『보이는 것과 보이지 않는 것』, 남수인 · 최의영 역, 동문선, 2004,

관계이다. 보이지 않는 '나'는 다른 하나의 보이는 '나'(논리적 의미에서 '가능한' 것)이고, 단지 부재하는 하나의 긍정적인 '나-존재'(un positif)가 아니다. 그것은 원칙상 피은폐성(Verborgenheit), 즉 보이는 '나'의 안보임이며 거울을 중심으로 하는 세계의 개방성(Offenheit d'Umwelt)이지 무한성(Unendlichkeit)[16]이 아니다. 시의 화자인 '나'에게 문제가 될 수 있을 존재의 무한성이란 실제 활동하는 전투적[17] 유한성, 즉 갈등을 해결할 수 없는 여러 한계들을 가지고 있는 사실상의 실존을 받아들일 수 없다. 그런 이유로 시의 화자는 보이는 현실이 아니라 '보이지 않는 세계'[18] 쪽으로 기운다. 그러나 보이지 않는 세계는 사실상의 보이는 현실의 유한성 가운데 있지 않는 것과 마찬가지로 보이지 않는 세계의 무한성 가운데도 있지 않다.[19]

따라서 "거울속의나는왼손잡이"이고 "내악수를바들줄몰으는" 존재가 된다. 거울 밖의 화자는 "거울째문에" "거울속의나를만저보지를못하는" 것을 한탄하지만 이내 '거울'로 인해서 생기는 변화를 직감하게 된다.

화자는 거울을 중심으로 거울의 밖에 위치하면서 거울 속을 동경하고 있다. 그런데 시의 화자가 동경하는 거울 속의 세상은 화자의 손을 잡아주지도 못하고, 화자의 소리를 듣지도 못한다. 시의 화자인 '나'는 거울 속의 세상에는 존재하지만 존개감이 미약한 것으로 묘사된다. 실제하지만 실재하지 않는 존재가 바로 거울 속의 '나'이다. 시의 화자는 자신의 미비한 존개감을 "거울이아니엿든들내가엇지거울속의나를맛나보기만이라도햇겟소"라고 약화시킨다.

28면 참조.

16) 여기서의 무한성은 사실상 '즉자', 객-관이다(위의 책, 362면).

17) '전투적'이라는 의미는 갈등을 넘어서려는 의도, 일종의 지향호를 뜻한다(메를로-퐁티, 『지각의 현상학』, 류의근 역, 문학과지성사, 2002, 220-235면 참조).

18) 형이상학의 세계를 의미한다.

19) 위의 책, 362면 참조.

「거울」의 화자는 "나는지금거울을안가젓소만은거울속에는늘거울속의 내가잇"다고 말한다. 화자의 이러한 태도는 '세계—내—존재'를 지향하는 데카르트의 사유와 같다. 이상의 시 「거울」은 시의 화자의 태도를 통해서 그가 추구하는 세계관을 확인할 수 있는데, 시인 자신이 생활하는 현실에 적응하고자 하는 노력이 '세계—내—존재'하는 면모이다. 그러면서 동시에 그러한 세계관은 거울 속의 세계에 존재하는 화자 자신의 모습과도 같게 된다. 결국 화자는 거울 밖에서 보이는 '나'이면서 거울 속에서도 보이는 '나'가 될 수 있고, 거울 밖에서 미비한 존재인 화자가 거울 속에서는 자신의 위치를 정립하는 '주체'로 거듭날 수 있게 된다. 따라서 "거울속의나는참나와는반대요만은/ 쏘쐐닮앗소"라는 시의 화자의 주장이 설득력을 갖게 된다.

그런데 시의 화자는 "거울속의나를근심하고진찰할수엄스니퍽섭섭하"다고 말한다. 이것은 '나'가 주체이면서 동시에 주체로 기능하지 못하는 갈등을 의미한다고 볼 수 있겠다. 즉 거울 속의 세계는 거울 밖의 내가 가고 싶어 하는 이상향의 세계이지만, 절대로 갈 수 없는 세계이다. 이러한 거울의 세계 반영의 기능 때문에 갈등이 생기게 된다.

「거울」에서 확인할 수 있는 갈등의 원인은 이미 「꽃나무」에서 확인한 바 있다. 이것은 「꽃나무」에서 확인한 갈등의 구조와 「거울」에서 확인한 갈등의 구조가 동일하다는 의미이다. 그 이유에는 여러 가지가 있을 수 있겠지만, 주요한 원인 중 하나는 시인이 의도한 시작 방법과 관계가 깊을 것이다. 「거울」에서 거울 밖의 '나'는 「꽃나무」에서의 "벌판한복판 꽃나무"와 대응이 되고, 「거울」에서 "거울속의나"는 「꽃나무」에서 "생각하는꽃나무"로 병치가 가능하다. 환원하면 「꽃나무」에서 "벌판한복판 꽃나무"가 "생각하는꽃나무"에게 다가가려고 해도 갈 수 없는 것과 마찬가지로 「거울」에서 거울 밖의 '나'도 "거울속의나"에게는 다가갈 수가 없게 된다. 이것은 궁극적으로 「거울」에서 시의 화자가 거울을 바라보는 행위가 곧 「꽃나무」에서 "벌판한복판 꽃나무"가 "생각하는꽃나무"
에게 가지 못하고 "막달아나"는 "이상스러운숭내"와 같은 것이다.

　주지하다시피 이상은 위에 인용한 「꽃나무」와 「거울」과 같은 작품을
통해서 '이항대립', '변형', '대칭'과 같은 구조를 사용해서 근대적인 삶
과 전근대적인 삶 사이의 경계를 함몰시키는 방안을 모색하고 있었다.
그래서인지 김기림의 말이 상기하는 바가 크다. 어쩌면 김기림의 말대
로 이상은 1930년 당대의 환경과 종족과 무지 속에 두기에는 너무나 아
까운 천재였을지도 모른다.

4. '감각'과 '지각'을 통한 근대적 이상(理想) 추구

　'세계-에로-존재'[20]는 메를로 퐁티가 천명한 명제이다. 퐁티는 데
카르트적인 사유[21]에 동조하면서도 데카르트의 '세계-내-존재'를 넘
어서고자 했다. 그래서 퐁티가 착안한 지향호는 '초월'을 통한 현존의
이탈이었다. 퐁티에 따르면 현존을 이탈하는 방법은 '세계-내-존재'하
는 불가분의 관계인 현존을 분리시키는 것이었다. 불가분의 관계를 분

---

20) 세계-에로-존재être-au-monde는 세계에 속해 있으면서 그러나 세계에 매몰
　　되지 않고 세계를 소유하고자 세계로 향해 나아가는 인간의 실존적 초월 운동을
　　가리키는 메를로 퐁티 특유의 전문 용어이다. 여기서 세계에 속한다는 것은 세계
　　에 의해 소유되어 있다는 뜻이기도 하지만, 그 이상으로 세계를 자기화해서 전유
　　화하지 않으면 자기성이 상실되기에 세계를 부단하게 사냥하러 다닌다는 의미를
　　품고 있다. 물론 이것은 내가 세계에 소속되어 있어야만 가능하다. 따라서 세계의
　　소유는 세계의 귀속과 분리 불가능하다. 이러한 세계-에로-존재는 세계 내에서
　　머물러 정지하고 있는 데 그치지 않고 동시적으로 세계를 향해 초월하고 참여하
　　며 위탁하는 끝없는 도주와 탈주의 운동성을 내포하는 개념이다(메를로-퐁티, 『지
　　각의 현상학』, 류의근 역, 문학과지성사, 2002, 691면).
21) "사유한다. 존재한다"는 근대적인 사유로, '모더니즘'을 의미한다.

리시키는 방법 그것은 존재에서 '감각'과 '지각'을 추출하는 것이 된다. '감각'과 '지각'은 현존을 지탱하는 두 가지가 되는데, 달리 말하면 한명의 존재자를 구성하는 요소로 표현할 수가 있다. 존재를 표현하는 핵심 구성 성분, 그것은 두말할 것도 없이 '몸과 마음'이다.[22] 메를로 퐁티가 '몸과 마음'을 통해서 '초월'하고자 의도한 것은 근대적인 이상향이었다. 문면의 의미 그대로 퐁티는 '몸과 마음'을 분리하고자 한 것이 아니라, '몸과 마음'의 분리를 통해서 '몸'으로 대별되는 '신체'를 더욱 중시하고자 한 것이다. 즉 퐁티는 '신체성'을 강조하기 위해서 '감각'과 '지각'를 별개의 관념으로 설정하고, 결국은 이러한 '감각'과 '지각'이 근대를 초월하기를 지향했다.[23]

메를로 퐁티의 '세계─에로─존재'는 이상이 추구하는 현실 세계의 이상(理想)과 의미가 연계되어 있다. 시인 이상은 폐결핵으로 인해서 현실 속에서 삶의 불안과 공포를 느끼고 있었다. 그는 자신의 불안을 벗어나기 위해서 자신의 '몸'을 초월하고자 했다.[24]

1
나는거울업는室內에잇다. 거울속의나는역시外出中이다. 나는至今거울속의나를무서워하며떨고잇다.   거울속의나는어디가서나를어떠케하랴는

---

22) 메를로 퐁티는 『지각의 현상학』에서 데카르트의 "사유한다. 존재한다"라는 관념을 "지각한다. 존재한다"라는 명제로 환치시키면서 '몸'으로 대별되는 신체성을 '마음'으로 지칭되는 '정신'만큼이나 중요시한다. 그러면서 그는 회화를 설명하면서 '감각'을 위한 전형 기관으로 '신체성'을 '눈'으로 상징화한다(메를로 퐁티, 『눈과 마음』, 김정아 역, 마음산책, 2008).
23) "존재는 세계를 향한다."는 의미로 근대에 대한 대항마로서의 근대, 모더니즘을 넘어서기 위한 지향호로서의 모더니즘을 말한다. 결국 메를로 퐁티가 천명한 '세계─에로─존재'의 '에로'는 탈근대와 포스트모더니즘을 뜻한다고 할 수 있다.
24) 이상의 시를 화자의 '몸'이나 '육체', 혹은 그 변화로 분석한 논의는 조해옥(위의 책), 이승훈(「이상 시 연구─자아의 시적 변용」, 연세대학교 박사학위논문, 1983), 류광우(「이상 문학 텍스트의 구현방식과 의미 연구」, 충남대학교 박사학위논문, 1993), 김승희(『이상 시 연구』, 보고사, 1998) 등을 볼 것.

陰謀를하는中일가.

2

　罪를품고식은寢牀에서잣다.　確實한내꿈에나는缺席하얏고義足을담은軍
用長靴가내꿈의　白紙를더렵혀노앗다.

3

　나는거울잇는室內로몰래들어간다. 나를거울에서解放하려고.　그러나거
울속의나는沈鬱한얼골로同時에꼭들어온다.　거울속의나는내게未安한뜻을
傳한다.　내가그때문에囹圄되어잇듯키그도나때문에囹圄되여떨고잇다.

4

　내가缺席한나의꿈.　내僞造가登場하지안는내거울.　無能이라도조흔나의
孤獨의渴望者다.　나는　드듸여거울속의나에게自殺을勸誘하기로決心하얏
다.　나는그에게視野도업는들窓을가리치엇다.　그들窓은自殺만을爲한들窓
이다.　그러나내가自殺하지아니하면그가自殺할수업슴을그는내게가르친
다.　거울속의나는不死鳥에갓갑다.

5

　내왼편가슴心臟의位置를防彈金屬으로掩蔽하고나는거울속의내왼편가
슴을겨누어拳銃을發射하엿다.　彈丸은그의왼편가슴을　貫通하얏으나　그의
心臟은바른편에잇다.

6

　模型心臟에서붉은잉크가업즐러젓다.　내가遲刻한내꿈에서나는極刑을바
닷다.　내꿈을支配하는者는내가아니다.握手할수조차업는두사람을封鎖한
거대한罪가잇다.

─「詩第十五號」(『조선중앙일보』, 1934. 8. 8) 전문

　위 인용한 시 「시제15호」는 연작 「오감도」의 마지막 작품이다. 「시제
15호」도 앞서 살펴보았던 「거울」과 마찬가지로 '거울'이라는 소재가 차

용된 작품이다. 「거울」과 같이 「시제15호」에는 거울을 기준으로 거울 속의 세계와 거울 밖의 세계가 그려지고 있다.

「시제15호」의 소제목 4를 보면, 거울 밖의 "나는고독의갈망자다." 시의 화자는 거울을 통해서 거울 밖의 나와는 반대되지만 거울 속의 '나'가 갈망하는 세계를 그리고 있다. 화자가 도달하고자 하는 거울 속의 세계는 「거울」에서 확인했던 것과 같은 '조용한 세상'이며, 거울 밖의 '나'는 들어갈 수 없는 세상이다. 그러니까 시인이 현실의 공포와 불안을 야기하는 폐결핵의 불안 심리를 벗어던질 수 있는 세상이 바로 거울 속의 세계이다.

시인은 거울 속에서 이상적인 공간을 발견하였으나 만질 수 없고 도달할 수 없는 거울 속 세계의 '나'는 진정한 내가 아니라고 말한다. 거울 밖의 '나'가 찾는 것은 "내위조가등장하지안는내거울"이다. 위조가 아니라 진정한 '나'가 등장하는 거울이야말로 바로 '감각'과 '지각'이 분리되지 않는 완벽체가 될 수 있는 장소이다. 그래서 그러한 장소에서 살아가는 존재야말로 근대라는 현실의 세계에서 '세계－에로－존재'로 거듭날 수 있게 되고, 이것은 결국 시인이 갈망하던 이상(理想)을 실현시킬 수 있는 근원이 될 것이다. 이때 '감각'은 '지각'과 같은 기능을 하게 되며, 시인이 진정으로 갈망하는 존재자가 될 수 있다.

그러나 거울이라는 대칭축 너머의 세계는 거울 밖의 현실의 세계와는 다르다. 곧 거울 속의 '나'는 거울 밖의 '나'의 위조이다. 이러한 위조는 거울 속의 '나'와 갈등을 일으킨다. 그래서 거울 밖의 '나'는 거울 속의 '나'를 무서워하며, 거울 속의 '나'를 해방시키고자 거울 속을 지향하게 된다. 그리고 "거울속의나에게자살을권유하기로결심"한다. 하지만 거울 속의 '나'는 거울 밖의 내가 자살하지 않으면 죽지 않는 존재이다. '감각'과 '감각'이 서로 대칭의 관계를 이룬 관계이기 때문에 '지각'만으로는 '감각'을 지배할 수가 없는 것이다. 거울 밖의 '나'와 거울 속의 '나'

는 둘이 아니라 하나이다. 그 둘은 하나의 '감각'을 가진 존재이므로 따로 죽을 수 없고, '감각' 능력이 유지되는 동안에는 '지각' 능력도 감소되지 않는다.

시인에게 '감각'과 '지각'이 분리될 수 없다는 인식은 현실에서의 상황을 더욱 악화시킨다. 왜냐하면 시인은 현실 속에서 감내해야 하는 폐결핵의 불안과 공포, 근대적인 현실의 부조리한 상황에서 벗어날 수 없게 되기 때문이다. 이는 '감각' 능력을 잃을 때까지 영원히 풀리지 않는 과제가 된다. 이로 말미암아 시인은 새로운 대책을 제시하게 된다. 그것은 근대적인 현실에서 벗어나는 새로운 공간으로의 이동이다. 실재에서 이와 같은 이동이 불가하자, 시인은 "모형심장"을 등장시킨다. "모형심장"은 현실의 불안을 벗어나게 해주는 이상의 등가물이다.

5. 결론

이 글은 시인 이상의 '이중성'에 대해서 고찰하였다. 이상은 근대적 현실에서의 불안으로부터 탈주하고자 하는 욕망을 가진 시인이었다. 그는 자신의 전체 생(生)을 영위하는 가운데 '불안'이라는 의식을 항상 가지고 살았다. 이상의 내면에는 언제 꺼질지 모르는 삶의 불안이 폐병이라는 병인으로 내재해 있었고, 이상은 이러한 삶에서 벗어나고자 끊임없이 노력하였다.

이 글은 '인간 이상'의 입장에 관심을 가지고, 이상 시를 분석하였다. 이러한 방법론을 선택한 이유는 「꽃나무」와 「거울」, 「시제15호」라는 텍스트를 통해서 '인간 이상'의 갈등 원인을 해명하고자 했던 의도 때문이었다. 그렇기 때문에 이 글에서는 '공간'과 '인식'에 대해서 숙고할 수밖에 없었다.

　이 글에서는 「꽃나무」를 통해서 ‘근대’라는 현실 공간과 환상의 공간의 갈등을 확인하였고, 「거울」에서는 보이는 ‘나’에서 보이지 않는 이면의 ‘주체’를 확인할 수 있었다. 그리고 「시제15호」에서는 자신만의 세계 속에 함몰된 존재 즉 ‘세계—에로—존재’의 모습에서 세계 속으로 편입되는 존재인 ‘세계—내—존재’로 이행되는 과정을 확인하였다.

　이 글은 시인 이상이 현실에서 벗어나려고만 했던 모습을 보인다는 기존의 연구 결과에서 탈피해서 사실은 이상이 현실에서 부단히 살아가고자 노력했다는 모습을 찾고자 연구한 결과물이 될 수 있을 것이다. 근대라는 1930년 당대를 살았던 시인 이상도 결국은 한 ‘인간 이상’이었기 때문에 위와 같은 시인 이상의 위상 정립이 가능할 것이다.

질주하는 언어의 세계
—이상의 시 『오감도』 「시제1호」를 중심으로

신 용 목*

「시제1호」 읽기의 방법

이상의 『오감도』 연작 중 「시제1호」가 발표 당시부터 지금까지 논란
의 대상이 되고 있는 것은, 이 시가 존재형식 자체의 운동성을 잃어버린
정적 텍스트로부터 가장 멀리 위치하기 때문이다.[1] 이는 이상 문학을

* 고려대학교 대학원 국어국문학과 박사과정.

[1] 이상은 시 『오감도』 연작을 1934년 7월 24일부터 8월 8일까지 <조선중앙일보>에
발표한다. 일명 '오감도 사건'에 대해 김승희는 그의 생애를 정리하며 다음과 같이
적고 있다. "오감도는 원래 30회 연재를 목표로 하였는데 발표하자마자 신문사 안
팎으로부터 물의가 터져 15회로 중단되고 말았다. 우선 신문사 文選部에서부터 말
썽이 일어났다. 「鳥瞰圖」란 말은 있어도 「烏瞰圖」란 말은 사전에도 없으니 오자가
아니냐는 것이다. 학예부장의 설명으로 조판되어 교정부에 넘어가자 다시 그곳에
서도 말썽이 터졌다. 물의는 꼬리를 물고 줄줄이 일어나 학예부장 이태준은 사표
를 주머니 안에 넣고 다닐 정도로 위협을 받았다고 한다. '무슨 개수작이냐' '웬 미
친 놈의 잠꼬대냐' 같은 독자 투서는 격증했고 그리하여 15회를 마감으로 연재는
중단되고 만다. 독자 항의문 중에는 '이상이를 죽여야 해' 같은 극단적인 비난도
있었다고 한다."(김승희, 『이상』, 문학세계사, 1993, 68면)

대상으로 한 거의 모든 연구가 「시제1호」를 언급하고 있는 데서도 증명
된다. 이상 문학의 텍스트를 확정하고 나름의 가치를 개괄하고자 했던
초기 연구2) 이후, 최근까지 활발하게 진행되어온 주요 연구의 관심이
그러했던 것처럼 연작시 『오감도』에 대한 분석도 주로 이상의 전기적
사실에 바탕한 담론이나 기호론적 접근 등 특정한 배경 위에서 진행되
었다.3) 그것은 이상의 시가 지닌 개방성 때문이기도 하거니와 『오감도』

---

2) 이상 문학에 대한 당대의 연구는 박태원, 김기림 등이 단편적으로 언급한 것 외에
   는 찾아보기 힘들다. 이후 이상 문학에 대한 관심은 한국전쟁 직후 전쟁으로 황폐
   해진 상황에서 실존의 문제를 고민하던 일군의 연구자들의 노고에 의해 활성화되
   는 양상을 보인다. 생존 당시 한권의 시집으로 묶이지 못한 채 편재하던 그의 원고
   를 집대성하여 이상 문학에 대한 연구의 시발점을 만들었던 임종국은 이상 문학
   연구에 선구적인 업적을 남겼다고 할 수 있다. 임종국의 업적에 대해서는 조해옥
   이 비판적으로 검토한 바 있다(조해옥, 「임종국의 『이상전집』과 『이상연구』에 대
   한 비판적 고찰」, 『이상 리뷰』 2호, 역락, 2003). 임종국에 의해 최초로 집대성된
   이상 텍스트는 이후 이어령, 이승훈, 김윤식, 김승희 등에 의해 검토, 보완되고 주
   석이 가해졌다.
3) 이상의 시는 다양한 관점에서 재해석되어 왔다. 그중 1970년대부터 현재까지 이어
   져온 것으로 그의 전기적 연구(고은, 이영자, 이경훈 등)와 정신분석적 관점으로 시
   를 해석한 연구(신범순, 김주현, 박찬부 등), 형식주의적 관점에서 접근한 연구(김
   용직, 이승훈, 김은영 등), 초현실주의 등 이상 당대의 서구 예술유파와의 관계에
   주목한 연구(서준섭, 강성천, 김미정 등), 육체나 도시 등 근대성을 맥락으로 접근
   한 연구(조해옥, 김윤정 등) 등 수많은 성과가 산적해 있다.
   특히, 이상의 시 『오감도』 또는 그중 「시제1호」만을 분석 대상으로 한 연구도 적
   지 않은데, 그 주요 연구는 다음과 같다.
   이정호, 「이상의 『오감도』에 나타난 이상한 질주」, 『예술문화연구』 7집, 1997.
   홍영철, 「이상의 『오감도』 연구」, 동국대 석사논문, 1998.
   윤수하, 「이상의 영상이미지에 대한 연구 : 『오감도』 「시제1호」와 「시제7호」를 중
   심으로」, 『국어국문학』 126호, 2001.
   이원도, 「이상의 「오감도 시제1호」에 나타난 상징성 연구」, 『새얼어문논집』 17호,
   2005.
   황문숙, 「정신분석적 고찰을 통한 이상의 『오감도』 연구」, 성균관대 석사논문,
   2006.
   최미숙, 「이상 시의 심미성에 관한 연구 : 「오감도 시제1호」를 중심으로」, 『국어교
   육』 119호, 2006.
   이기인, 「이상의 『오감도』 연구 : 놀이를 중심으로」, 성균관대 석사논문, 2009.
   이들 연구 또한 시 텍스트를 중심에 두고 진행하였지만 시를 특정한 어휘가 생산

를 대상으로 한 연구는 외부의 세계가 누락된 언어 속에 세계를 기입하
고자 하는 노력과 세계를 언어 자체로 인식하려는 의지가 서로 과잉과
결핍을 노출하며 산개해왔다.[4] 이 글은 그러한 연구에 대한 반성으로
기왕에 제출된 이론이나 선지식을 바탕으로 한 연역적 해석을 최대한
배제하고 이상의 『오감도』 연작 중 「시제1호」를 그의 다른 시들과의 일
관성 속에서 전체적인 의미를 추축해보고자 한다. 다음은 그 전문이다.[5]

十三人의兒孩가道路로疾走하오.
(길은막다른골목이適當하오.)

第一의兒孩가무섭다고그리오.
第二의兒孩도무섭다고그리오.
第三의兒孩도무섭다고그리오.
第四의兒孩도무섭다고그리오.
第五의兒孩도무섭다고그리오.
第六의兒孩도무섭다고그리오.
第七의兒孩도무섭다고그리오.
第八의兒孩도무섭다고그리오.

한 의미 속에 한정하였거나(이기인, 윤수하, 이원도, 최미숙 등), 외적 담론이나 전
기적 사실을 전제로 하여 시를 포획하는 방식을 택한 연구가 주를 이룬다(이정호,
홍영철, 황문숙 등).
4) 제출된 이론과 연구자의 선지식으로『오감도』를 읽는 태도에 대해 문제를 제기한
논자로 황현산을 들 수 있다. 그는 이상을 둘러싼 스캔들이나 특정 이론으로 시를
과도하게 해석하는 경향이나 지나치게 냉소적인 시선으로 그의 시를 치부하는 태
도에 대해 비판을 가한다. "그를 이해하고 이용하기 위해서는 그의 텍스트들을 우
선 평범한 눈으로 읽어야 하며, 이로써 그 글쓰기의 성실성을 증명하는 일이 우선
급하다."(황현산, 「『오감도』 평범하게 읽기」, 『창작과비평』, 1998 가을호, 339면)
5) 이 글에 인용된 이상의 시는 모두 조해옥의 『이상 시의 근대성 연구』(소명출판,
2001) 중 「사진으로 보는 자료」를 출처로 하였다. 다만, 거기에 수록되지 않았거나
판독이 어려운 글자의 경우 임종국의 『이상전집』(태성사, 1956)과 김승희의 『이상』
(열음사, 1986)을 참조하였다. 인용문에서 한자와 맞춤법은 원문에 따라 그대로 두
었으나 본문에서 한자는 모두 한글로 바꾸었으며 맞춤법은 되도록 현대식으로 수
정하였다.

第九의兒孩도무섭다고그리오.
第十의兒孩도무섭다고그리오.

第十一의兒孩가무섭다고그리오.
第十二의兒孩도무섭다고그리오.
第十三의兒孩도무섭다고그리오.
十三人의兒孩는무서운兒孩와무서워하는兒孩와그렇게뿐이모였소.(다른
事情은없는것이차라리나았소.)

그中에1인의兒孩가무서운兒孩라도좋소.
그中에2인의兒孩가무서운兒孩라도좋소.
그中에2인의兒孩가무서워하는兒孩라도좋소.
그中에1인의兒孩가무서워하는兒孩라도좋소

(길은뚫린골목이라도適當하오.)
十三人의兒孩가道路로疾走하지아니하여도좋소.

이 시는 다음과 같은 질문을 던지게 한다. 왜 13인의 아이들은 도로를 질주하가? 왜 그들은 하나하나 무섭다고 하며, 그중 무서운 아이와 무서워하는 아이는 어떻게 구분되는가? 왜 길은 막다른 골목이 적당하고 또 뚫린 골목이라도 적당한가? 왜 13인의 아이가 도로로 질주하지 않아도 좋은가? 이 시가 말하려는 바는 결국 이러한 질문들에 둘러싸여 있는 세계의 실체이다. 그 세계는 이상 시의 세계이며, 보편적으로 일컫는 '문학'의 세계일 수 있다. '문학의 세계' 또는 '문학 세계'라는 광범위한 의미망 가운데 특정한 시가 지닌 세계의 의미를 축출하는 것은, 해당 텍스트 그 자체의 내적 질서와 논리를 통해 규명될 것이다.

이때, 시의 세계는 하나의 '언어의 세계'를 구축한다. 하나의 작품은 그것이 지닌 독자적 자율 체계로 인해 '고유성'을 지닌다. 텍스트의 세계를 내적으로 고유화시키는 데서 비롯된다고 할 수 있는 그 '고유성'은

일상 또는 현실 세계의 어떤 담론이나 질서, 규범 등과는 변별된 특성을
지닌다. 그것은 기표 또는 기의의 독자성과 관계하기보다는 기표와 기
의가 형성하는 세계의 총체적 관계성을 극복하는 데 따른 것일 수 있다.
그 극복은 배제 또는 초월과 달리, 하나의 작품이 새로운 세계를 형성하
되, 그 작품이 탄생하는 현실 세계의 총체성을 담보한 곳이다. 달리 말
해, 이 글에서 사용하는 '언어의 세계' 또는 '언어세계'는 현실 세계 바
깥에 설정된 문학적 지형이다. 그것은 궁극적으로 「시제1호」를 통해 시
인이 구축하고자 했던 '문학적 세계'이며, 화자에 의해 완성되는 독자적
이고 자율적인 세계인 것이다. 이 글은 「시제1호」가 지닌 세부적인 맥
락들을 살핌으로써 이 시가 구축하는 '언어의 세계'의 실체를 규명하고
자 한다.

'언어의 세계'와 13인의 아해

이 시는 발화 구조에 따라 크게 1~3연의 전반부와 4~5연의 후반부
로 나뉜다. 전반부는 대체로 '13인의 아이들이 질주하는 것'과 '13인 각
각의 아이들이 무서워한다는 것'으로 요약되는 사실일반에 대한 진술이
며, 후반부는 특수한 경우에 대한 화자의 가정과 그에 따른 판단에 대한
진술이다. 그러므로 애초에 시 속에는 상반되거나 모순된 진술은 없다.
달리 말해, 첫 연에서 "13인의아해가도로를질주하오"라고 한 뒤, 마지막
연에서 "13인의아해가도로를 질주하지않아도좋소"라고 했다 하여 앞선
말을 뒤에서 뒤집는 것이 아니다.[6] '~도 좋소'라는 표현은 아이들의 질

---

6) 오세영, 이정호를 비롯하여 많은 논자들이 이 시를 상반된 진술이 마주보고 있다고
   쓰고 있다. 오세영, 앞의 글, 182면 참조. 이정호,『문학사상』, 1997. 10, 178면 참조.

주 행위에 강제력을 행사하지 못한다. 다만 자신의 견해를 개진하여 의미의 전도를 시도할 뿐이다.

일반적으로 의미의 전도는 의미의 확장을 불러온다. 가령, 서두에 “13인의아해가도로를질주하오”라고 하고 말미에 “13인의아해가도로를질주하지않소”라고 하였을 경우, 그 사이에는 새로운 의미가 포진한다. 질주함과 질주하지 않음이라는 동태와 정태가 동시에 성립되는 세계의 전경은 운동성 속의 비운동성 또는 비운동성 속의 운동성이라는, 각각의 상태 속에 보이지 않게 숨어 있는 상반된 가능성을 환기시키며 해석의 지평을 넓힐 수 있다. 그러나 “13인의아해가도로를질주하오”에 이어 “13인의아해가도로를질주하지않아도좋소”라고 할 경우 사정은 달라진다. 아이들은 여전히 질주하고 있지만 그 행위의 유무에 화자는 유효하게 개입할 수 없고 오히려 그들의 질주가 화자와 별반 상관없는 일로 비치는 것이다. 이때, ‘13인의 아이들의 질주행위’는 대상화되고 그 의미는 ‘13인 아이들의 질주’라는 행위 자체에만 국한되어 나타난다.

전반부가 사실일반에 대한 진술이라고 할지라도 그 사실은 우리가 통상적으로 받아들이는 현실이나 현상의 일부로 확정되지 않는다. 그 배경으로 제시된 ‘도로’와 ‘길’, ‘골목’이 창작자로서 시인이 변화를 몸소 감지하는 근대적 산물인 것은 분명하지만, 그것은 시어로 차용된 것일 뿐 시가 가진 공간성을 장악한다고 보기는 어렵다. 여기서 말하는 사실일반은 ‘아이’와 ‘질주’, ‘무서움’만이 존재하는 비의적 사실이다. 사실의 비의성이 숨겨놓은 원관념에 대한 단서는 시 어디에도 나타나지 않는다. 오로지 시는 단어과 단어의 관계 혹은 사건과 사건의 연쇄를 통해 보조관념의 세계로만 이해될 뿐이다. 달리말해, 시 속에는 대상에 대한 정해진 개념을 가지고 그를 토대로 확장된 의미를 생성시키는 일반론적 의미의 시어는 없고 자체로서 물질화된 기표와 기의만 있는 것이다. 그것은 13인의 아이들이 이름도 형태도 성격도 없이 숫자만으로 존재하는 이유이기도 하다. 그것이 또한 이 시가 하나의 자족적인 언어의 세계를 구축한다고 보는 근거이기도 하다.

'13'이라는 숫자에서도 현실의 세계와 분리된 언어세계의 일면으로 파악할 수 있다.7) 통상적으로 현실세계에서 수치의 기준이 되는 숫자는 10이다. 그러나 시계와 달력, 십이간지와 육십갑자의 중심에 있는 숫자는 12이다. 현실세계에서 12는 우주적 구성 원리로 제시되며 생활의 척도를 설정하고 그 지속적 단계를 구분하는 기준인 것이다. 앞서 밝힌 것처럼 「시제1호」가 구축하는 세계는 현실의 세계와 분리된 언어의 세계이다. 여기서 언어의 세계가 가진 난처함이 드러난다. 언어세계는 현실세계와 맺은 모든 연관이 제거된 별개의 세계가 아니기 때문이다. 오히려 현실세계의 원리인 언어를 통해 현실세계와 분리되었다는 의미에서 언어세계는 현실세계의 질서를 배제한 곳에 위치한 것이 아니라 그것을 통과한 곳에 위치한 세계이다. 다음 시를 보자.

> 나의 방의 時計 별안간 十三을 치다. 그때, 號外의 방울소리 들리다.
> 나의 脫獄의 記事.
> 　不眠症과 睡眠症으로 시달림을 받고 있는 나는 항상 左右의 岐路에 섰다.
> 　나의 內部로 向해서 道德의 記念碑가 무너지면서 쓰러져버렸다. 重傷.
> 세상은 錯誤를 傳한다.

---

7) 13이란 숫자에 관해서도 많은 논란이 있었다. 일반적으로 불안을 지시하는 방식으로 사용되었다는 견해(이정호 등)가 우세한 가운데, 성적 기호로서 보는 시각(마광수 등)과 아무 의미 없이 제시된 숫자일 뿐이라는 견해(황현산) 등이 제출되어 있다. 이 가운데 김은자의 해석은 눈여겨볼 만하다. 김은자는 13이란 숫자가 가진 세 가지 가능성을 정리한다. 첫째는 개인의 존재론적 차원에서 분열과 공포의 숫자이며 둘째는 당대 시대적 차원에서 상호불신의 제시이며, 셋째는 보편적 인간론적 차원에서 제시된 숫자라고 하지만 그 설득력이 충분하지 않다. 다만, 「1931년(작품 제1번)」의 한 대목을 인용하며 "13이란 존재의 숫자는 역사적, 종교적 개념을 초월하여 인간존재의 보편적 문제로 확대된다."고 설명하는 대목에서 발표자의 주의를 끌었다(김은자, 『현대시의 공간과 구조』, 문학과비평사, 1988, 84-85면). 이 글에서는 김은자의 논의를 토대로 논지를 전개한다.

12 ＋ 1 ＝ 12 이튿날(卽 그때)부터 나의 時計의 침은 三個였다.

—「一九三一年(作品第一番)」 부분

　　인용에서 13시는 시간 밖의 시간이다. 곧 13시라는 시간은 현실세계의 시간을 무시하고 도래하는 것이 아니라 12시를 지난 다음에 오는 시간이다. 그러므로 신문 또한 별개의 다른 신문이 아니라 정간호의 사이에 발행되는 ‘호외’이다. 화자는 현실세계가 완전히 제거된 비현실의 시간 속에 위치한 것이 아니라 현실세계를 넘어선 다른 세계에 진입한 것이다. 이때, 현실세계가 언어로 설명될 수밖에 없는 것처럼 새로운 세계 역시 언어로 설명할 수밖에 없다. 즉, 화자가 진입한 세계는 현실세계를 넘어서 있되 현실세계의 속성인 언어를 그대로 가지고 간 세계라는 점에서 그 진입은 현실과 단절되고 독립된 세계를 형성하지 못한다. 호외에 실린 ‘탈옥의 기사’에 대한 언급은 그에 대한 각성을 직접적으로 노출하는 대목이다. 탈옥의 기사가 곧바로 현실의 추적을 의미하는 것은 아니지만 탈옥의 기사가 시 속에 나타난다는 것은 화자가 현실세계의 구속으로부터 자유롭지 못하다는 것을 의미한다. 이는 화자가 구축하고자 했던 언어세계의 한계를 보여주는 동시에 새롭게 구축된 언어세계 속으로 끝없이 침투하는 현실세계의 속성을 보여준다. 마치 24시간을 포함하면서도 그것을 뛰어넘는 것의 비유로 25시간을 이야기하는 것처럼, 「시제1호」에 제시된 13이라는 숫자는 현실세계의 구성원리인 12라는 숫자 너머에 있되 12라는 숫자와의 연관 아래 놓인 것이다. 따라서 13은 언어로만 비로소 가능해지는 세계이되 현실세계의 존재적 구성원리를 내포하고 있는 숫자이다.

　　그들이 하필 ‘아이’인 이유도 여기서 유추할 수 있다.8) 아이는 현실세

---

8) 정신분석학적 접근을 통해 아버지와 대척되는 자로서의 아이를 설정한 연구(이정호 등)나 성적 코드로 아이들을 해석하는 연구(이경훈 등)를 제외하고는 대부분의

계의 질서가 온전히 장악하지 못한 대상이므로 현실세계 너머로 진입할 수 있는 가능성을 가진 존재이다. 만일 화자가 언어세계와 현실세계를 완벽하게 분리시켜 놓을 수 있었다면 질주행위의 주체는 질주가 가능한 사람이나 동물이 아니라 질주가 불가능한 사물이어도 좋았을 것이다. 그러나 언어세계의 달아남은 현실세계의 발판을 필연으로 삼고 있기에 그 둘은 변별의 지점에서 끊임없이 조우한다. 따라서 13인의 아이들은 새로운 체계로 짜여진 세계를 질주하는 아이들이고 그 세계는 현실세계의 질서를 내장한 현실 너머의 언어세계라 할 수 있다. 13인의 아이들이 가진 무서움이 순차적으로 제시된 것도 언어의 세계로 진입하는 과정에서 나타나는 내면의 풍경을 연속적으로 형상화한 것일 수 있다. 순차적 과정으로 드러나는 아이들의 질주가 열 번째 아이에서 행갈이를 통해 일단락되는 것은, 지루함에 대한 불식과 더불어 연속적인 동일 시행에 대한 독자의 주의를 집중시키기 위한 것이기도 하지만[9] 그것이 10이라는 숫자에 맞추어졌다는 점에서 현실세계에서 수치의 기준이 되는 숫자 10을 염두에 두고 있는 것이며 그 영향력이 반영된 결과라 할 수 있다.

현실의 세계와 "다른 사정"[10]

자족적인 언어의 세계에 대한 추구는 현실세계의 구속력으로 인해 항

기존의 논의 역시 아이들이 가진 순수성과 미래성에 주목한다. 다만, 오세영의 연구에서처럼 그 순수성과 미래성이 위치한 곳이 근대적 현실 또는 모순된 현실과 대치되는 곳이라는 것이 이 글의 논의와 변별된다(오세영, 앞의 글, 184-185면).

9) 김은자, 앞의 책, 76면.

10) 『오감도』 「시제1호」 3의 한 구절, "다른 사정은 없는 것이 차라리 나았소"에서 가져왔음을 밝힌다.

상 위태로움에 처해 있다. 언어세계로 진입한 13인의 아이들의 질주가 그 전제로서의 현실세계를 인식할 수밖에 없기 때문이다. 화자가 추구하는 언어의 세계는 현실의 세계에서는 도무지 이해받을 수 없으며, 언어의 세계 속에서 그 몰이해를 인지하는 것은 그 자체로서 온전히 현실과 무관한 세계가 될 수 없다는 것을 반증한다. 그것이 "불면증과 수면증으로 시달림을 받고 있는 나는 항상 좌우의 기로에"(앞의 인용시, 「1931년(작품 제1번)」) 서 있다는 고백이 나타나는 이유이기도 하다. 「시제1호」전체에 배포된 무서움의 정체는 이로부터 추론될 수 있으며, 그것은 또한 "다른사정은차라리없는것이나았소"라는 진술의 배경이라 할 수 있다.

'다른 사정'의 등장은 전반부와 후반부를 갈라지게 하며, 그 각각의 진술 방법을 달라지게 한다. '~하오' 구문에서 '~좋소' 구문으로 바뀌는 것이다. 얼핏 보아 "다른사정은차라리없는것이나았소"라는 문장은 그 의미가 앞선 행의 진술과 뒤따라오는 연의 진술에 상응하는 것처럼 보인다. 달리 말해, 그중에 몇 명의 아이가 무서운 아이든, 몇 명의 아이가 무서워하는 아이든 그 아이들이 무서운 아이와 무서워하는 아이로만 이루어져 있으면 된다는 의미로 읽힐 수도 있다. 만일 그러한 맥락으로 '다른 사정'을 제시했다면, 그 문장은 '다른 사정은 차라리 없는 것이 낫소'가 되어야 한다. 그래야만 '다른 사정'이 없는 것이 낫기 때문에 무서운 아이와 무서워하는 아이가 몇 명이든 상관없다는 논리가 성립될 수 있다. 그러나 '다른 사정은 차라리 없는 것이 나았소'라고 할 경우, 다른 사정은 되도록 없는 것이 낫겠지만 엄연히 있다는 뜻으로 읽힌다.

'~라도 좋소'라고 할 때는 상관없음의 의미를 내포한다.[11] 만일 상관

---

11) 김은자는 '~좋소'라는 구문을 들어 "허락의 종결어미는 통어할 수 없는 자기무능의 표현이다."라고 했지만, 이는 '상관 없다'와는 변별된 지점에 놓인다. '무관함'과 '무능함'은 맥락상 큰 차이를 보이기 때문이다. 아무래도 '무능함'으로 보는 것은 시적 맥락에 대한 편의적 해석이 개입된 것으로 보인다(김은자, 앞의 책, 81면).

없는 이유가 다른 사정 때문이라면, 다른 사정으로 인해 무서운 아이가 몇 명이든 무서워하는 아이가 몇 명이든 상관없어진다는 의미가 되는데 그것은 문맥상 맞지 않고 어색하다. 오히려 '다른 사정'만 아니라면 어떠해도 상관없다는 것이 자연스럽다. '다른 사정'은 무서운 아이가 몇 명이든 무서워하는 아이가 몇 명이든 상관없는 세계에 침범하여 '상관없는 세계'를 방해함으로써 화자에게 '상관없는 세계'를 환기시키고 있는 것이다. 따라서 '~라도 좋소'라는 구절은 '다른 사정'의 이유가 아니라 '다른 사정'으로 인해 파생된 언어의 세계에 대한 갈구인 동시에 현실의 세계로부터 완전히 자유롭지 못한 화자의 내면에 대한 고백이다. '다른 사정'이 현실세계의 질서를 뜻하는 이유는 그 때문이다. '다른 사정'과 대면한 화자의 내면은 다음과 같이 나타나기도 한다.

> 歷史는重荷이다
> 世上에對한나의辭表의書式은더욱重荷이다
> 나는나의文字를닫아버렸다
> 圖書館에서의召喚狀이벌써나에게는解讀되지않는다
>
> 나는이미世上에맞지아니하는衣服이다
> 封墳보다도나의義務는僅少하다
> 나에게는그무엇을理解해야하는苦痛은完全히없어져있다.
>
> ―「悔恨의 章」 부분

　　인용에서 화자는 현실세계와 자신 사이의 괴리를 인식하고 있다. 현실세계 정보들의 집합체인 '도서관에서 온 소환장'은 독해되지 않는다. 화자는 스스로 자신의 '문자를 닫아버렸다'고 말한다. 현실세계와 화자 간의 괴리가 엄연히 존재하지만 그것과 화자가 결별하는 것은 또한 쉽지 않다. '역사는 무거운 짐'이지만 '세상에 대한 사표 쓰기란 더욱 무거운 짐'이기 때문이다. 결국 화자는 현실세계로부터 스스로를 유폐시킨

다. 자신은 '세상에 맞지 않는 옷'이며 그렇기에 죽음을 덮는 '봉분보다
도 적은 의무'를 지녔다고 말한다. 급기야 스스로를 세상에 대한 "이해
의 고통"으로부터도 해방시킨다. 그 모든 것이 가능한 것은 스스로 닫아
버린 '문자' 때문이다. 여기서 문자는 세상과 소통하는 방식으로 나타난
다. 그것을 지웠다고 말하지 않고 닫았다고 말할 때, 오히려 '닫아버린
문자'를 통해 화자는 자신만의 공간에서 새로운 세계를 구축할 수도 있
는 것이다.

'다른 사정'의 진의와 그에 대한 화자의 태도는 현실세계를 자신의
내부를 향해 무너진 "도덕의 기념비"이라 일컬으며 그로 인해 자신은
"중상"을 입고 호외 신문기사를 통해 전해지는 "착오"(앞의 인용시, 「1931
년(작품 제1번)」)로 남는다는 고백에서도 드러난다. 또한 '다른 사정'은
"천하에 달이 밝아서 나는 오들오들 들킨다"(「문벌」)고 할 때의 '밝은 달'
이기도 하다. 이때 화자가 '밝은 달' 앞에 드러나는 일은 '들키는' 것과
다르지 않으며 '오들오들' 떨 수밖에 없는 무서운 순간과 대면하는 일이
다. 그것이 '다른 사정', 곧 현실세계의 질서가 언어세계로 진입하는 형
식이며 현실세계와 언어세계가 관계하는 형식이다. 이렇듯 화자가 진입
한 언어세계의 비현실성이 현실성에 의해 끝없이 침해당하고 상처입으
며 회의하는 과정이 반복된다. 이와 마찬가지로 「시제1호」에 나타난 '다
른 사정'은 시 속에 구축하고자 하는 언어세계의 영역 바깥에서 언어세
계의 화자를 위협하는 현실세계의 영역인 것이다.

괄호 속에 제시된 '다른 사정'과 연관된 구절은 역시 괄호 속에 묶인
"길은막다른골목이적당하오"와 "길은뚫린골목이라도적당하오"라 할 수
있다. 문장부호와 기호 하나까지 치밀하게 배치하는 이상의 시작 방법
상 임의대로 괄호를 사용하였다고 보기는 어렵다. 괄호 속의 구절들을
서로 연결시키면 '길은 막다른 골목이 적당하오 ─ 다른 사정은 차라리
없는 것이 나았소 ─ 길은 뚫린 골목이라도 적당하오'가 된다. 여기서

‘적당’하다는 표현은 길이 막다른 골목인지 뚫린 골목인지 결정되어 있
지 않다는 것을 뜻한다. 그것은 막혔든 뚫렸든 상관없이 ‘길’이라면 괜
찮다는 의미로도 읽힌다. 이는 다른 작품에서 ‘막다른 골목이면서 뚫린
골목’(「최저낙원」)이며, ‘뚫렸지만 막힌 골목’(「가외가전」)이라는 변주되는
것과 더불어 고착되지 않은 실체를 상징하는 이질적인 것으로서 ‘길’에
대한 집착을 드러낸 것이다. 이러할 때, 길은 언어의 세계 자체가 된다.
그 세계에서라면 “아해들은 질주하지 않아도 좋다.” 그것이 비록 ‘착오’
를 전달받는 ‘중상’의 세계일지라도 현실세계의 시간을 뛰어넘는 제3의
‘시계 침’(앞의 인용시, 「1931년(작품 제1번)」)을 가질 수 있는 것이다.

무서움의 대상과 무서움의 침범

이 시를 읽는 데 있어서 기표와 기의 간의 이격으로 인한 중의성이
문제시된다면 그 중심에는 “무서운아해”와 “무서워하는아해”가 있다.
시 전체에 흐르는 무서움의 진의가 ‘무서운 아이’와 ‘무서워하는 아이’
의 정체에 의해 전혀 다른 의미로 해석될 수 있기 때문이다. 문제가 노
출되는 지점은 “13인의아해는무서운아해와무서워하는아해와그렇게뿐이
모였소”라는 대목인데, 이로 인해 몇몇의 아이들 혹은 모든 아이들은 무
서움의 대상자인 객체가 되기도 하고 무서움의 체험자인 주체가 되기도
하는 것처럼 보인다.[12] 그러나 주체와 객체가 분리된다는 해석은 시 읽

12) 이러한 견해는 거의 모든 연구자들에 의해 견지되어 왔다. 즉, 무서움의 대상인
    아이들과 무서움을 느끼는 아이들이 함께 달리고 있다는 것이 이들의 해석이다.
    이승훈은 “13인의 아해가 공포의 원인이면서 동시에 그 결과, 곧 무서운 아해와
    무서워하는 아해라는 것은 역시 이상시의 두드러진 특성인 반어성을 밑에 깔고
    있다”(이승훈, 『이상시연구』, 고려원, 1987, 70면)고 보고 시를 관류하는 공포의

기에서 오는 우연한 효과에 불과하다. 시가 많은 부분 '우연한 효과'를 통해 의미를 생성시키는 것은 사실이지만 그 우연을 필연으로 치환하여 시 전체의 논거로 확장시킬 때 따라오는 해석의 과도함은 시를 더욱 난해한 것으로 만든다.

'13인의아해가도로로질주하오'라고 했을 때, 13인의 아이는 서술 구조상 행동의 통일성을 가지고 있다. 순차적으로 제시되는 "무섭다고그리오"는 13인이 가진 개별적 감정을 구체화하며 점층 반복을 통해 강화한다. 화자의 입장은 13인 전체의 행위를 보는 것에서 13인 하나하나의 내면을 듣는 것으로 이동한다. 이때, 무서움의 객체와 주체가 그들 속에서 나뉘어 존재하려면 화자는 줄곧 견지한 관찰자 시점 내에서 다시 엇갈리는 이중의 시점을 가져야 한다. 어떤 아이가 무서움의 객체로 존재한다는 의미에서 '무섭다고 그러오'라는 진술은, 상대의 두려움을 고발하는 것으로 한 아이가 다른 아이를 지시하며 발화하는 것(고발의 형식)을 화자가 전달하는 형태이다. 반면 어떤 아이가 무서워하는 주체로 존재한다는 의미에서 '무섭다고 그러오'라는 진술은, 본인의 두려움을 고백하는 것으로 한 아이가 자신의 내면을 지시하며 발화하는 것(고백의 형식)을 화자가 전달하는 형태이다. 만일 "무서운아해와무서워하는아해"라

정체를 캐고 있다. 오세영의 해석은 좀더 넓은 의미에서 13명의 아해 모두가 '무서운' 아해인 동시에 '무서워하는' 아이라는 해석을 내놓고 있지만 역시 무서운 대상으로서의 아이와 무서움을 느끼는 아이라는 구도를 따르고 있다(오세영, 『현대시』, 1996, 9, 190면). 김은자는 무서워하게 하는 아이(A)와 무서워하는 아이(B)가 섞여 A+B>13을 형성하고 있다는 논리를 펴기도 한다(김은자, 『현대시의 공간과 구조』, 문학과비평사, 1998, 77면). 과도한 해석을 경계하며 평범하게 텍스트를 읽기를 권하는 황현산도 "의미상으로 한 시대의 정서를 뭉뚱그릴 수 있는 "무섭다"는 낱말이 통사적으로 하나의 감정 상태를 놓고 그 객체와 주체를 엇바꿀 수 있다는 것은 오직 우연에 속한다. 일간지의 시 연재라는 우연하게 얻은 행운에 그는 이 말의 변덕스런 행운을 겹쳐놓고 싶어했을 것"(황현산, 앞의 글, 342면)이라며, 무서움의 대상으로서의 아이와 무서움을 체험하는 아이를 구분하고 있다.

는 표현이 무서움의 객체와 주체가 분리되었음을 시사한다면, 이러한 고발과 고백을 분별하여 적용하는 이중의 시선이 13인의 아이들 각각에 무분별하게 섞여 있어야 한다.

이상의 시에서 화자의 시선과 그 시선이 가지는 각도는 치밀한 계산 하에 기술되고 기호화된다. 그것은 화자의 발화방식에 대한 내적 통일 성이 신중하게 고려된 결과일 것이다. 여타 작품들 속에서 시선의 이중 성이 나타나지 않는 이유도 여기에 있다. 또한 시 속의 아이들 중 무서 움의 객체와 주체가 별도로 존재한다고 말한다면, 그들의 질주는 쫓아 가거나 달아나는 형태가 되며, 이들은 의미상 서로 물리적 대립의 양상 을 띤 대자적 위치에 놓인다. 이상 시의 화자는 자신이 구축한 세계가 현실에서 이해받지 못한 데 대한 불만을 내적 고통으로 치환하여 제시 하는 방법을 택하였으나, 그것을 물리적 대립 양상으로 표면화시켜 맞 세우는 방법을 사용하지는 않았다. 그의 거울시편13)들이 자주 드러내는 것처럼 이상 시의 화자는 물리적 대립보다는 시적 대상의 위치와 내면 의 양상을 대칭과 그에 따른 변주의 형태로 드러내는 데 각별한 노력을 보탰다. 다음 시는 그러한 사례를 선명하게 드러낸다.

싸움하는사람은즉싸움아니하던사람이고또싸움하는사람은싸움아니하 는사람이었기도하니까싸움하는사람이싸움하는구경을하고싶거든싸움아 니하던사람이싸움하는것을구경하든지싸움아니하는사람이싸움하는것을 구경하든지싸움아니하던사람이나싸움하지아니하는사람이싸움하지아니 하는것을구경하든지하였으면그만이다

—「詩第三號」 전문

싸움은 특성상 양자간의 물리적 대립 구도를 가장 효과적으로 드러낼

---

13) 이상의 시에서 직접 거울을 모티프로 삼고 있는 것은 「거울」, 「오감도 시제15호」, 「명경」 세 편이다.

수 있는 제재이다. 그러나 여기서도 화자는 싸움하는 A와 싸움하는 B의 대립 구도를 만들지 않는다. 오히려 '싸움하는 사람'과 '싸움 안 하는 사람'과 '구경하는 사람'의 관계를 A와 A', A"로 끝없이 치환하며 싸움판이라는 이질적 구도 속에 놓인 1인의 정체를 기술 가능한 여러 가지 언어적 변환 형태 속에 위치시킴으로써 그 내적 본질에 접근하고자 하였던 것이다. '무서운 아이'와 '무서워하는 아이'도 그러한 노력의 연장선상에 있는 것으로 보인다.

더군다나 아이 하나하나가 모두 주체이면서도 객체일 수 있다고 말한다면, 그것은 "그중에1인의아해가무서운아해라도 좋소/ 그중에2인의아해가무서운아해라도 좋소"라는 진술과 논리상 어긋난다. 만일 '0인의 아이가 무서운 아이라도 좋소'라는 진술이 들어 있다면 아이들 하나하나가 모두 무서움의 주체성과 객체성을 공유하고 있다고 할 수 있다. 그러나 그중 1인이나 2인이 무서움의 객체라면 나머지 12인이나 11인은 무서움의 주체가 된다. 한 명 한 명이 모두 무서움의 객체이며 주체라는 것은 정확한 환산과 맞지 않는 것이다. 뒤이어 제시된 그 반대의 경우도 마찬가지이다.

결론적으로, '무서운 아이'와 '무서워하는 아이'는 모두 무서움의 주체이다. '무서운 아이'는 그 아이가 남들이 무서워하는 객체라는 뜻도 가질 수 있지만, '~이 무서운 아이'라는 뜻으로 쓰일 수도 있다. 이는 '~을 무서워하는 아이'와 의미상 같은 맥락이다. 이는 '싸움하는 사람'과 '싸움 아니하던 사람'이 같은 사람인 것과 마찬가지로 하나의 상의 변용이다. 그것은 언어와 대상이 1 : 1로만 만나지 않는 불균질성으로 인해 만들어진 결과이며 거울 이미지와 같이 하나의 실체가 번져서 만드는 언어의 상인 것이다. 이 둘은 '~이 무서운 아이'라는 성향의 내재를 드러내는 표현과 '~을 무서워하는 아이'라는 성향의 이행 과정을 드러내는 표현으로 미묘하게 구분될 뿐이다. 앞서 살핀 것처럼, 무서움은 아이들 간에 존재하는 것이 아니라 다만 현실세계와 만나는 지점에서 발생한다. 그것이 현실세계가 끝없이 침범하는 언어세계의 존재 형식이며, 그 두려움 속에서 아이들은 질주할 뿐이다.

'언어의 세계'와 시인 이상

이상 시의 화자는 꽃나무가 "제가생각하는꽃나무를열심으로생각하는 것처럼 열심으로꽃을피워가지고 섰"지만 결국 "제가생각하는꽃나무에게갈수없"는 것처럼 시 속에 구축된 언어세계의 한계 앞에 놓여 있다. 화자가 취할 수 있는 행동은 "흉내"라도 내며 "막달아"(「꽃나무」) 나는 것이다. 이러한 질주는 「시제1호」에서 '길'을 통해 구현된다. 이때, 길은 전방이나 후방, 또는 전진과 후진 등의 2차 과정이 필요한 길이 아니다. 오히려 '길'이라는 표상 자체가 그 존재만으로 질주의 표상이 되며, 입주가 영원히 유예되는 언어세계의 복판인 것이다. 그러므로 화자는 현실세계와 완전히 격리된 언어세계의 삶을 영위하지 못한다. 현실세계의 무서운 자장 속에서 언어세계의 길 위를 달리고 있을 뿐이다.

그것이 까마귀의 눈으로 골목을 응시하는 '오감도'의 실체이다. 거울처럼 완벽한 기호의 세계이되, 현실세계와 조우할 수밖에 없는 언어화된 세계이며, 육체를 이끌고 들어가 살 수 없는 2차원의 세계인 것이다. 결국 그것은 현실에 내던져진 육체를 가진 자의 운명적 슬픔일 수 있다. 육체는 언어의 세계를 탄생시키는 처소이지만 현실세계을 전방위적으로 인식할 수밖에 없는 감각기관이기 때문이다. 육체를 기호화하여 표현한 뒤 "장기라는것은침수된축사와구별될수있을는가."(「시제5호」) 라고 하였을 때, 그 이미지는 축축하게 발겨진 육질성의 어떤 것이기도

하겠지만 침수로 인해 가축들이 다 사라지고 난 뒤의 허망함도 포함된
것이다.

무엇보다도 「시제1호」가 독자들을 당황하게 하는 것은 그 언어가 자
체만으로도 자족적인 물질적 본질 즉 물질성(materiality)을 가지기 때문일
것이다. 그것은 전달되는 매체가 아니라 존재하는 언어로 구성된 시의
일면을 상기시킨다. 시는 현실이 축소되거나 확장된 세계가 아니라 언
어만으로 하나의 세계를 구성할 수도 있다. 기표의 물질성에 바탕을 둔
기호화 과정은 언어에 대한 자각에 바탕을 둔다. 이때 기호와 대상의 기
본적인 이분성을 심화하는 것이 시의 기본 원리이겠지만, 「시제1호」는
'심화'를 위한 노력의 흔적이라기보다는 오히려 기호와 대상의 기본적
인 이분성을 완전히 '분리'시키기 위한 노력의 흔적으로 보인다. 그런
의미에서 우리 근대문학사에서 이상은 언어의 세계에 유폐된 첫 시인이
며 언어만으로 세계를 구성할 수 있다고 믿은 첫 근대인이라고 할 수
있다.

2009. 4 ~ 2010. 3

이상문학 단신

시인 이상 "결혼은 만화"

이상 마지막 자화상으로 알려진 그림 속 인물은 '구보 박태원'

이상의 '오감도'를 미술로 만난다

'식민 현실' 문학으로 벼린 문인 탄생 100주년 기린다

이상 100주년 기념 기획 전시 〈제비다방〉 전

이상 관련 저서

이상 전집

이상 산문 연구

증보 정본 이상문학전집

이상 문학과 은유

✓ 시인 이상 "결혼은 만화"
소설가 구보 결혼식 방명록서 친필 축하글 발견

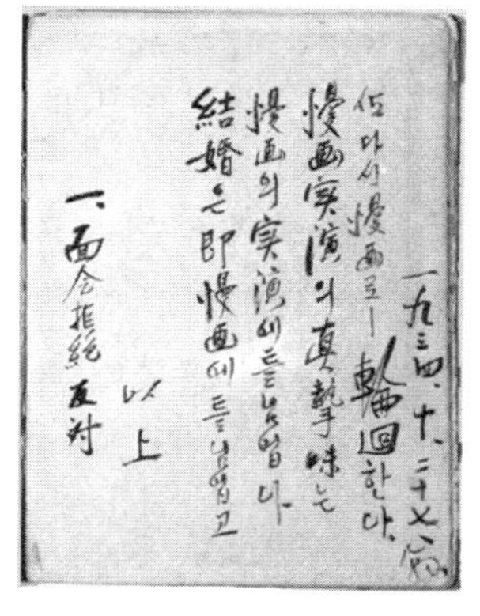

시인 겸 소설가 이상(1910~37)이 절친한 친구였던 소설가 구보 박태원(1909~86)의 결혼식 방명록에 남긴 친필 축하글이 확인됐다.

구보의 차남 박재영(67) 씨는 다음달 15일 서울 청계천문화관에서 개막하는 구보의 유물 전시회를 준비하는 과정에서 이를 발견했다고 20일 밝혔다. 재영 씨는 "문인 등 20여 명의 축하 메시지가 담긴 방명록에 정작 단짝 친구였던 이상의 글이 없다는 점을 이상하게 여겼는데, 고서 전문가 김영복 씨에게 필적 감정을 의뢰한 결과 첫 장에 '이상'(以上)이라고 서명한 글이 이상의 것임을 확인했다"고 밝혔다.

'이상' 명의의 방명록 메시지는 "結婚(결혼)은 卽(즉) 慢畵(만화)에 틀님업고/ 慢畵의 實演(실연)에 틀님업다/ 慢畵實演의 眞摯味(진지미)는/ 또다시 慢畵로—輪廻(윤회)한다"로 되어 있다. 첫머리에는 '面會拒絕 反對'(면회거절 반대)라는 '애교 섞인' 주문을 적고, 끝에는 1934년 10월 27일이라는 날짜와 이상의 '箱'(상) 자가 적혀 있다.

특이한 것은 '만화'에 원래 쓰이는 '흩어지다'는 뜻의 '漫' 자 대신 '게으르다'는 뜻의 '慢' 자가 쓰인 것이다. 연구자들은 '조감도'를 '오감도'로 바꿔 쓰는 등의 말장난에 능했던 이상다운 장난이라고 파악했다. 즉 만화가 가진 허황된 것이라는 이미지에 '느슨하고 일상적인 그림'이라는 의미를 더한 것으로 풀이된다.

구보의 장남 박일영(재미) 씨가 보관해온 이 방명록에는 이상 말고도 시인 정지용, 소설가 이태준, 시인 겸 소설가 조벽암, 삽화가 이승만 등 당대 유명 문인과 예술인들의 축하 글과 그림이 담겨 있다.

구보의 결혼 방명록은 24일 오전 11시에 방송되는 <한국방송> 제1텔레비전 'TV쇼 진품명품'에서 먼저 공개된다.

한편, 다음달 15일부터 7월 5일까지 이어지는 구보 유물 전시회에는 방명록과 함께 안경, 재떨이, 서랍장(원고지 보관함), 책장 등 구보의 유물과 1930~40년대에 나왔던 구보 작품 등 사진자료도 전시된다.

—『한겨레』, 2009. 5. 20. 최재봉 문학전문기자

╱ 이상 마지막 자화상으로 알려진 그림 속 인물은 '구보 박태원'

천재 시인 이상(1910~1937)의 마지막 자화상으로 알려진 그림의 인물이 이상의 절친한 친구인 소설가 구보 박태원(1906~1986)이라는 주장이 제기됐다.

권영민(61) 서울대 국문학과 교수는 자신이 편집주간을 맡고 있는 월간 문예지 '문학사상' 7월호에 이 같은 주장을 담은 글을 발표했다. 권 교수는 '이상이 그린 박태원의 초상'이라는 글에서 이상 연구에 앞장섰던 임종국이 1976년 잡지 '독서생활'에서 이상의 마지막 자화상이라고 소개한 그림(사진) 안 인물이 구보 박태원이라고 밝혔다.

연필 또는 펜으로 그린 간단한 스케치 형식의 이 그림에는 안경을 쓴 남자의 얼굴, 그 왼쪽에 일본어로 쓴 문구가 적혀 있다. 우측 하단에는 이상의 자필 사인이 표시돼 있다.

권 교수는 이상이 안경을 쓴 적이 없다는 사실을 근거로 그림 속의 인물이 이상이 아니라고 주장했다. 권 교수는 특히 이상이 그림에 적어 넣은 문구에서 그림의 대상이 되는 인물을 꼬리표 달린 '猿(원숭이)'라고 지칭한 것에 주목했다. '원(猿)'은 박태원의 이름 끝 글자인 원(遠)과 발음이 같다는 것이다. 또 "정상적인 가정을 이끌면서도 예술적 충동을 이기지 못했던 박태원의 경우에 이러한 설명이 붙을 법하다"고 설명했다. 권 교수는 또 "그림 속 인물이 둥근 테의 안경을 쓰고, 더벅머리에 갸름한 얼굴을 한 박태원과 흡사하다"고 밝혔다.

이상은 1931년 조선미술전회에서 유화 '자상(自像)'으로 입선했고, 39년 '청색지'에도 자화상이 소개되는 등 미술적 재능도 뛰어났다.

—『국민일보』, 2009. 6. 26, 라동철 기자

╱ 이상의 '오감도'를 미술로 만난다
'현대 미술이 재해석한 이상의 오감도 展' 열려

요절한 천재시인 이상(1910~1937)의 작품 '오감도(鳥瞰圖)'가 미술작품으로 재탄생됐다.

아트커뮤니티 봄봄은 오는 23일부터 11월 2일까지 '현대 미술이 재해석한 이상의 오감도 展'을 서울 신문로 흥국생명빌딩 지하 2층 씨네큐브와 일주아트에서 개최한다고 20일 밝혔다.

이번 전시회에서는 현대적 시선을 견지한 젊은 미술 작가 9명이 미술인의 시선으로 이상의 시 '오감도'를 재해석한 회화 조각 사진 등 작품들이 전시된다.

전시 오프닝 행사는 태광그룹 창립 59주년을 기념해 23일 오후 7시 씨네큐브 2관에서 열린다. 오프닝 행사는 문학세미나, 작가들의 작품 소개, 작가와의 대화 등으로 진행된다.

전시 관계자는 "20세기 모던함을 추구하던 지식인으로서의 이상(李箱)의 이상(理想)은 실패와 좌절로 끝났지만, 그가 시도했던 꿈들은 이제 디지털로, 기호학적으로 또 디자인으로 다양하게 해석되고 있다"며 "이번 전시가 현대인들에게 자신의 이상과 희망을 돌이켜 볼 수 있는 기회가 되기를 바란다"고 말했다.

—『머니투데이』, 2009. 10. 20, 최종일 기자

✒ '식민 현실' 문학으로 벼린 문인 탄생 100주년 기린다
이상·피천득 등 '기념문학제' 열려

이상, 피천득, 안막, 안함광, 이북명, 이찬, 허준…. 올해로 탄생 100년을 맞는 문인들의 이름이다. 이들을 기리는 '탄생 100주년 문학인 기념문학제'가 한국작가회의(이사장 구중서)와 대산문화재단(이사장 신창재) 주최로 다음달 1일 마련된다. 서울시의 후원으로 진행되는 이날 행사는 오전 10시 30분~오후 5시 40분 서울 프레스센터 국제회의장에서 있을 심포지엄, 그리고 저녁 7시부터 서울시중부여성발전센터 강당에서 열리는 문학의 밤 행사로 크게 나뉜다. 심포지엄에서는 권영민 서울대 교수가 총론을 발표하고 이경훈(연세대)·조영복(광운대) 교수가 각각 이상의 소설과 시에 대해 발표하며, 이태동(서강대)·유성호(한양대) 교수가 피천득과 이찬에 대해, 그리고 김종욱(세종대)·임규찬(성공회대) 교수가 허준·이북명과 안막·안함광에 대해 각각 발표한다.

조국의 병탄이라는 치욕의 역사와 생의 시작을 같이했던 1910년생 문인들은 식민 현실에 대한 대응을 자신의 문학적 소명으로 삼았다. 총론을 발표하는 권영민 교수는 이들의 대응을 '비판적 도전'(계급문학운동)과 '창조적 실험'(모더니즘)으로 대별하면서 "경험의 절대적인 존재성을 동시적 감각을 통해 구현하고자 했던 계급문학운동과 모더니즘 문학운동에는 식민지 지배라는 상황적 모순 속에서 드러나는 근대성의 문제들이 고스란히 담겨 있다"고 평가했다.

소설가 하성란 씨의 사회로 진행되는 문학의 밤은 후배 문인들의 낭독에 춤과 노래, 마임 등 공연, 그리고 피천득의 장남인 피수영 씨의 선친에 대한 회고 등으로 꾸며진다.

이와 함께 10월 21~22일 서울대 신양인문학술정보관에서는 '이상 탄생 100주년 기념 학술대회'가 한국현대문학회 등의 주최로 열려 김윤식 서울대 명예교수, 류보선 군산대 교수 등이 발표에 나선다. 6월12일 명지대에서는 '1910년생 월북(재북) 문인 탄생 100주년 기념 문학 심포지엄'이 한국현대문예비평학회 등의 주최로 열려 박태상 한국방송통신대 교수, 강진호 성신여대 교수 등이 발표한다. 문학사랑이 주관하는 '이상 문학 그림전'(9월 말~10월 초 예정)에는 민정기, 김선두, 이인, 한생곤 등 화가 아홉 사람이 이상의 작품을 소재로 한 미술작품 넉 점씩을 내놓는다.

탄생 100주년 문학인 기념 문학제는 21세기의 첫해인 2001년 김동환, 박영희, 박종화, 심훈, 이상화, 최서해 등 1901년생 문인들을 대상으로 시작해 올해로 10회째를 맞았다. 한국작가회의와 대산문화재단은 1911년생 문인들을 기리는 같은 행사를 내년에도 이어갈 계획이다.

—『한겨레』, 2010. 3. 23, 최재봉 기자

✓ 이상 100주년 기념 기획 전시 〈제비다방〉 전
25일부터 4월 8일까지 교하아트센터에서 열려

천재시인이라는 수식어가 따라다니는 시인 이상, 그는 폐병에서 오는 절망을 이기기 위해 본격적으로 문학을 시작했다. 25일부터 다음달 8일까지 교하아트센터에서는 이상 100주년을 기념하여 그의 인생 한때 시작했던 〈제비다방〉을 모티브로 한 작품전을 갖는다.

이상의 〈제비다방〉은 2년여 만에 실패한 사업 중 하나였지만 구본웅, 김유정, 박태원 같은 문화 예술인들이 모여 치열하게 예술을 고민하던 장소였다. 청진동 어딘가에 있었다던 〈제비다방〉은 지금 위치조차 확실히 알 수는 없지만 박태원의 소설, 소설 속 삽화 혹은 낡은 사진으로나마 제비다방의 흔적을 찾을 수 있다.

성신여대 조소과와 동대학원을 졸업한 여섯명의 작가들(김민, 김정은, 소무, 이지애, 홍근영, 김도훈, 김지숙)은 80년전 그들과 같은 20대 중후반의 젊은 예술가들이 모여 예술과 삶을 고민했던 제비다방을 지금 현재로 옮겨와 그들을 추억하고 그때 그들이 나누었던 예술과 삶에 대한 고민들을 함께 한다.

김 민의 작품은 이상과 구보의 이미지를 변형하여 그들의 초상을 입체화 시키고 이상의 시를 모티브로 한 드로잉작품을 선보이며 김정은은 소설 [구보씨의 일일] 속 구보의 여정을 따라 장소들을 연결시켜 패턴화 시키고 궤적을 쌓아 흔적을 현재화 시킨다.

소 무는 가면이라는 매개체로 이상, 작가, 구보등과 함께 과거 제비다방의 역할을 하는 현재 작가의 제비다방을 함께 거닐며 생기는 에피소드를 표현한다. 이지애의 작품은 소통이라는 주제를 가지고 그 시대에 쓰인 물건들을 다시 새로운 매체로 재구성함으로써 현시대의 사람들에게 향수를 불러일으킨다.

홍근영은 이상과 제비다방의 마담이었던 금홍과의 스캔들을 모티브로한 에로티시즘적인 드로잉과 조각 작품을 선보인다. 김도훈은 이상이 죽기 전 발언했던 것을 초점으로 그를 기리는 작품을 표현하며 김지숙은 먼지 쌓인 상자속의 짐처럼 현실에서 정리되어버린 이상의 제비다방을 나무를 이용하여 작품화 한다.

과거에는 다방이라는 공간에서 지식인들과 예술인들이 모여 예술과 삶을 논하곤 했다. 하지만 현재의 예술가들은 각자의 영역에서 개별적인 활동을 하고 있다. 예전보다 예술가들의 활동 영역이 넓어지고 자유로워짐에 따라 오히려 예술가들의 공동 아지트와 같은 공간이 많이 사라졌다.

과거의 이상과 구인회사람들이 모였던 <제비다방>의 공간을 추억하며 모든 예술가들이 하나로 화합되는 장소를 마련하고 이들과 함께 문화예술 전반에 대해 이야기 하고 공감하고 토론할 수 있는 전시를 교하아트센터에서 만나 보길 바란다.

—『데일리안』, 2010. 3. 25, 강영한 기자

╱ 이상 관련 저서

이상 전집 ‖ 권영민 엮고 지음, 뿔(웅진문학에디션), 2009. 4.

이상의 원전을 완벽하게 복원하고 각각의 성격에 맞는 본문 해석으로 다가간 시리즈『이상 전집』[전4권]. 서울대학교 국문과 권영민 교수가 현대적 해석으로 상세한 주석과 해설을 달았다. 생전에 발표한 글과 유고로 소개된 글, 그리고 습작 노트 등 이상의 모든 작품을 총망라하여 엮은 전집이다. 이 전집은 이상 문학을 연구하는 전문자와 일반인이 함께 보기 좋도록 구성했다. 원전과 현대 국어의 표기법에 따라 고쳐 쓴 이상의 작품을 덧붙였다.(교보문고)

이상 산문 연구 ‖ 조해옥 지음, 서정시학, 2009. 8.

『이상 산문 연구』는 이상문학회 편집위원인 조해옥의 저서로 인문학 학술서적이다. 이 책은 시, 소설, 수필이라는 장르의 경계를 넘나들며 자신의 문학세계를 가감없이 보여 줬던 현대문학 작가 이상의 수필과 산문, 그리고 발굴원고를 연구한 것으로 총 2부로 구성되어 있다. 이를 통해, 이상문학을 온전하게 이해하는 데 많은 도움이 될 것을 기대한다.(교보문고)

증보 정본 이상문학전집 ‖ 김주현 엮고 주해, 소명출판, 2009. 12.

『증보 정본 이상문학전집』(전3권). 이상문학회 편집위원인 김주현이 기존의 전집의 오류를 교정하고 방대한 각주를 새로 단 이번 전집은, 전집의 오류가 연구의 오류로 이어지는 악순환을 바로잡아 보자는 의도에서 정확한 원전을 제시하고, 보다 풍부한 주해를 달아 정본으로서의 이상문학전집을 추구한다. 그래서 구득 가능한 모든 작품은 최초 발표본을 토대로 하여 편집하고, 모든 작품들은 원문의 저자명, 발표시기를 부가하였다. 또한 내용 중 특이사항에 대해서는 주해를 달고, 어렵거나 난해한 것, 애매한 것은 우선적으로 주석 대상으로 삼았으며, 이해에 필요한 정보 역시 주석으로 달았다.(교보문고)

이상 문학과 은유 ‖ 김옥순 지음, 채륜, 2009. 12.

『이상문학과 은유』에서는 수사학의 한 분야인 은유가 서로 다른 두 관념 사이에 이루어지는 제3의 상호작용이자 인식의 개념임을 이상의 작품을 통해서 보여주고 있다. 먼저 은유의 이론적 배경과 형태론으로 나누어 설명하고 있으며 은유라는 이론적 틀을 통해서 모더니스트 이상의 난해한 문학 작품에 깔려 있는 암호의 베일을 벗기고 있다.(교보문고)

이상수필작품론(이상리뷰 제8호)

초판1쇄 인쇄 2010년 4월 20일
초판1쇄 발행 2010년 4월 30일
엮은이 이상문학회
펴낸이 이대현
펴낸곳 도서출판 역락
책임편집 권분옥
편 집 이소희 박선주
디자인 이홍주
마케팅 안현진 심용창

등록 제303-2002-000014호(등록일 1999년 4월 19일)
주소 서울 서초구 반포4동 577-25 문창빌딩 2층
전화 02-3409-2058, 2060 | 팩스 02-3409-2059 | 이메일 youkrack@hanmail.net
ISBN 978-89-5556-833-2 93810

정가 20,000원

* 잘못된 책은 교환해 드립니다.